Wie ein feuerspeiender Drache bläst Orlando seinen Atem schon am frühen Morgen durch Palermos Gassen ... Orlando, so heißt die Kaffeeröstmaschine von Genzianas Eltern, die als eine Art Familienmitglied eben auch einen eigenen Namen trägt. Genzianas größter Wunsch war es schon als Kind, eines Tages in der Kaffeerösterei zu arbeiten, doch das ist im streng konservativen Sizilien natürlich ihren Brüdern vorbehalten. Der Traum des jungen Mädchens rückt in noch weitere Ferne, als der Krieg kommt. Genzianas Jugendliebe Medoro verschwindet nach Rom, um für die Republik zu kämpfen. Dann verliert sie 1943 im Bombenhagel der Amerikaner, der Palermo in Schutt und Asche legt, ihre Eltern. Genziana ist untröstlich und für den Familienbetrieb samt Orlando scheint es keine Zukunft mehr zu geben. Doch dann erinnert sie sich an einen ehemaligen Verkaufsschlager ihres Vaters: die geheime Röstmischung »Genziana« ...

Giuseppina Torregrossa wurde 1956 in Palermo geboren, studierte Medizin in Rom und arbeitete viele Jahre als Gynäkologin. Mit dem Bestseller *Kirschen auf Ricottaschnee* feierte sie ihren Durchbruch als Autorin. *Das geheime Rezept der Familie Olivares,* ihr vierter Roman, ist ihr bislang größter Erfolg. Sie ist Mutter dreier Kinder und lebt in Rom und auf Sizilien.

Verena von Koskull, geboren 1970, studierte Italienisch und Englisch an der Berliner Humboldt-Universität und in Bologna. Nach mehrjähriger Verlagsarbeit in Italien und Deutschland machte sie sich 2002 als Übersetzerin selbstständig. Sie lebt mit ihrer Familie in Berlin und auf dem Land in Brandenburg.

Giuseppina Torregrossa

Das geheime Rezept der Familie Olivares

Roman

Deutsch von
Verena von Koskull

Berlin Verlag Taschenbuch

Mehr über unsere Bücher und Autoren:
www.berlinverlag.de

FSC
www.fsc.org
MIX
Papier aus verantwortungsvollen Quellen
FSC® C083411

ISBN 978-3-8333-1061-4
April 2016
2. Auflage Oktober 2016
Die Originalausgabe erschien 2004 unter dem Titel
La miscela segreta di casa Olivares
bei Mondadori, Mailand

Umschlaggestaltung: ZERO Werbeagentur, München
Umschlagmotiv: plainpicture / Briljans
Druck und Bindung: CPI books GmbH, Leck
Printed in Germany

Für meine Mutter, die mich liebt, allerdings ...
Für meinen Vater, der mich allerdings geliebt hat.

DIE ERWARTUNG
(1940–1943)

Du, Herr meiner Seele, dir hat vor den Frauen nicht gegraut, als du durch diese Welt zogst, im Gegenteil, du hast sie immer mit großem Mitgefühl bevorzugt und hast bei ihnen genauso viel Liebe und mehr Glauben gefunden als bei den Männern.

Teresa von Avila, *Weg der Vollkommenheit*

Der Drache

Orlando füllte den winzigen Laden in der Via Discesa dei Giudici fast vollkommen aus. Er war einfach riesig, so beengt es auch sein mochte. Wenn man ihn nicht kannte, konnten seine bullige Statur und sein hitziges Temperament einem Bange machen. Wusste man ihn aber zu nehmen, war er ein Segen: Er besaß ein gütiges Wesen und ein weites Herz.

Zwei sinnliche, ausladende Kurven – die eine gewölbt wie ein Bauch, die andere plateauähnlich aufragend wie ein Hinterteil – gaben ihm etwas Solides und Verlässliches. Aus dem runden Kopf ragte ein schmales, zylinderhutähnliches Rohr. Ein gedrungener, an mehreren Punkten verengter Hals verband das Haupt mit dem massigen Körper. Die Unproportioniertheit seiner Formen stand der Harmonie seiner Funktion zuwider. Er war hässlich, und sein flaches Gesicht blickte beängstigend finster drein. Je nach Röstphase fingen seine Augen an zu funkeln und zu glühen, und sein Blick bekam etwas Diabolisches, was an den in der Hitze wirbelnden Bohnen lag. »Hässlich, aber unwiderstehlich«, verteidigte ihn der alte Olivares, der seine gesamten Ersparnisse in dieses Ungeheuer gesteckt hatte.

Orlando strahlte eine geheimnisvolle Kraft aus. Tief in seinen Eingeweiden brodelte urzeitliche Energie. Der drohend verzogene Mund nahm die gesamte Breite des kantigen Kiefers ein. Die Unterlippe, ein riesiges, konkav gewölbtes Blech, stülpte sich steil nach vorn, bereit, zuzuschnappen.

Doch war dieser moderne Titanosaurus kein Fleischfresser, er liebte Holz, vertilgte Kohle und verschlang Papier. Obgleich er als autonomes Wesen unter der Knechtschaft litt, hatte er nie den Aufstand geprobt und war treu wie ein Hund. Grunzend, murrend und rasselnd tat er seine Arbeit. Nicht nur das Überleben der Familie Olivares hing von ihm ab, deren männliche Mitglieder einander seit Generationen die Kunst des Kaffeeröstens weitergaben, sondern auch das Wohl des gesamten Viertels, schließlich war die Rösterei ein wichtiger Arbeitgeber.

Doch nur einer durfte diesen mechanischen Prometheus bedienen. Gewissenhaft wie ein Arzt umsorgte Giovanni mit Handschuhen und Schmieröl den ausgeklügelten Mechanismus, der Orlando am Leben hielt, um ihn vor Verschleiß zu schützen. Sanft wischte er austretende Flüssigkeiten fort, trocknete jede Ritze und setzte alles daran, jedweden Pannen oder Störungen, die die Güte des Kaffees beeinträchtigen könnten, zuvorzukommen.

Wie bei einem Opferritual fütterte er den großen Heizkessel, auf dem der Drache thronte, mit Reisigbündeln, Obstkisten, Pappschachteln, Altpapier, trockenem Laub und Lumpen. Die Flammen mussten konstant bleiben, damit die Temperatur nicht absackte und die Röstung zur faden Dampfgarung verkam. »Hier wird Kaffee geröstet und kein Mais gekocht!«, rief Giovanni und starrte in das rote Flackern, das durch die Ritzen der Feuerung blitzte.

1

In der vormorgendlichen Stille verkündete das Prasseln der Flammen den Familien der Via Discesa dei Giudici den Tagesanbruch. Während der Drache seine Eingeweide wärmte, schleppte der Laufjunge die prallen Säcke aus dem nahe gelegenen Lager in der Via degli Schioppetieri herbei und zerrte sie über die marmornen Gehwegplatten. Ein sinnliches Schleifgeräusch erfüllte die Straße, bis die Jute über die Ladenschwelle scharrte und lautlos über den Terrazzoboden glitt.

Mit einem Schwung wurden die rohen Bohnen in den Fülltrichter gekippt, der wie ein drolliger, deckelloser Hut auf Orlandos hirnlosem Kopf saß. Ein Geruch nach frischem Salat erfüllte den Raum, brachte die Mägen der Anwesenden zum Knurren und ließ ihnen das Wasser im Mund zusammenlaufen. Die Bohnen vollführten einen wirbelnden Tanz, glitten geschmeidig fließend die eiserne Kehle hinab, sammelten sich in Orlandos heißem Bauch und wechselten die Farbe. Das kränkliche Grün wurde zu Gold, dann zu Kupfer und schließlich zu Bronzebraun.

Ein leises, für das ungeschulte Ohr nicht wahrnehmbares Seufzen meldete, dass die Röstung fast fertig war. Giovanni machte sich bereit. Während dieser heiklen Phase konnte die kleinste Unaufmerksamkeit alles verderben. Das Herz des Mannes und das der Maschine schlugen im Gleichtakt, keuchend, schnaufend und seufzend holten ihre Atemzüge einander ein und wurden schließlich eins.

Dort, wo die linksseitige Rundung der Metallwange in die Senkrechte überging, prangte ein kleiner, geradezu schelmisch wirkender Leberfleck im grimmigen Antlitz des Drachen. Es war der Griff des schmalen Schäufelchens, das sich wie ein langer Keil in den Drachenleib bohrte, um Probebohnen zu entnehmen und den Röstgrad zu kontrollieren. Als Giovanni mit seinen großen, kräftigen Fingern mehrmals rüttelnd daran zog, entstand ein zikadenartiges Zirpen.

Rauchschwaden verhüllten die Bohnen und ein feiner, öliger Film beschlug Giovannis Brille. Mit einer jähen Bewegung zerdrückte er eine Bohne wie eine Laus zwischen Daumen und Zeigefinger, verbrannte sich, fluchte laut, wedelte mit den Fingern und stieß das Schäufelchen mit der anderen Hand in seinen Schacht zurück. Dann legte er das Ohr horchend wie eine Hebamme an den Drachenbauch. Ein dumpfes Dröhnen erscholl, dann ein vielfaches *Krack*, und ein unablässiges, scharfes Peitschen erfüllte die Luft. »Es ist so weit!«, rief Giovanni, und in seiner Stimme lag ein erregtes Zittern.

Dies war der entscheidende Moment. Blitzschnell drehte Giovanni an einer Kurbel, und der Drache sperrte sein Maul auf und fing an zu spucken. Der geröstete Kaffee prasselte in eine riesige Pfanne wie Hagel aufs Straßenpflaster. Vier kräftige Schaufeln begannen sich zu drehen und durch die braunen Bohnen zu pflügen, bis ein glänzender Schimmer sie überzog. Als der Dampf verflog, erhob sich ein fröhliches, in der Rösterei »Kaffeegesang« genanntes Murmeln, das, begleitet von einem unwiderstehlichen Duft, in wenigen Sekunden zur Tür hinaus war und sich im gesamten Viertel verteilte, den Bleichlaugegestank der benachbarten Wäscherei vertrieb und sich mit dem Geruch nach Elend mischte, der aus den Mauern des Tribunali-Viertels sickerte.

Mit Schweißerhandschuhen, die ihm bis zu den Ellenbogen reichten, vergrub Giovanni die Arme in der dunklen, duftenden

Masse und stieß einen sehnsüchtigen Seufzer aus: Könnte er doch in diesem Meer ertrinken. Zufrieden ließ er die Bohnen durch die Finger gleiten, pickte sich die größten heraus und steckte sie in die Taschen. Kaum hatte sich der letzte weiße Dampf verzogen, war Orlando nicht mehr das furchterregende Ungeheuer im zwielichtigen Tagesgrauen, sondern eine zitterig erschöpfte Wöchnerin. Das Feuer verglomm und der Senfton seines Panzers wechselte zu Glutorange. Seine Augen wurden matt, das zahnlose Maul war in einem seligen Lächeln geöffnet und sein Bauch grummelte und gurgelte wie nach einer Magenverstimmung.

Leer und benommen stieß der Drache ein paar letzte Rülpser aus und fiel ächzend in den Schlaf. Wie steif gewordene Gelenke knarrten die Bolzen vor sich hin, während der Laden sich mit dem geschäftigen Kommen und Gehen der Kunden belebte.

Giovanni trocknete sich den Schweiß, schlüpfte in ein sauberes Hemd, strich sich das Haar zurecht, verzog den schmalen Mund zu einem strahlenden kleinen Lächeln und stieg, die Taschen voll der besten Bohnen, die Treppe des Hauses neben der Rösterei hinauf. Viola Olivares stand ganz oben in der Wohnungstür und erwartete ihn. In einen roten, mit kleinen goldenen Stickereien verzierten Morgenmantel gehüllt, das Haar um das hübsche Gesicht zerzaust, die Lider noch halb verschlossen vor dem kommenden Tag, hielt sie ihm die hohlen Hände entgegen. Die Bohnen glitten durch ihre weißen Finger und verschwanden in der dunklen eisernen Kaffeemühle.

Eilends machte sich die versierte Kaffeesatzleserin Viola Olivares daran, eine Kanne türkischen Kaffee aufzusetzen. Ihre geheimnisvolle Gabe, das Schicksal auf dem Grund einer Tasse zu lesen, hatte ihr den Respekt des gesamten Viertels sowie den Titel »Principessa der Quattro Mandamenti« eingebracht.

2

Wrrrrruim wrrrrruim, das gedämpfte Kurbelgeräusch drang durch die noch schläfrige Stille der Wohnung. Hingebungsvoll mahlte Viola die Kaffeebohnen. Sie stand früh auf, denn noch ehe das Morgenlicht sich golden färbte, musste ihr Gebräu fertig sein.

Wruimmm wruimmmm, geschmeidig bog und streckte sie die Arme, hielt die Kurbel mit energischem Griff und zwang die Klinge, sich zu drehen. Bei jeder Umdrehung rieben die Unterlegscheiben schnalzend aufeinander und die Zähne des Mahlwerks verschränkten sich mit einem trockenen Knirschen.

Einem duftenden schwarzen Schneesturm gleich rieselte das Kaffeepulver in das hölzerne Kästchen. Das sanfte Rischeln mischte sich mit dem leisen Knistern der Laken, die über die verschwitzten Körper ihrer Kinder glitten, mit dem schweren Atem ihres Mannes, der in verbotenen Träumen schwelgte, und dem heiseren Seufzen der alten Mutter, die sich vor dem Erwachen mit ihren Toten traf.

Wruim wrrrruim, das Kurbeln verlangsamte zu einem schleppenden Marsch und erstarb schließlich in einem Raunen. Dann war es still und das trockene *Klack* des sich öffnenden Holzlädchens erscholl. Viola schüttete den Inhalt in die Kanne, in der schon seit geraumer Zeit das Wasser kochte. Einen Moment lang stand das Pulver in einem dichten Häufchen auf der Wasseroberfläche und löste sich dann mit einem ahnungsvollen Gurgeln auf. Als die Flüssigkeit einen verlockenden Karamellton angenommen hatte, ließ Viola sie abkühlen. Sacht und lautlos trudelten die Kaffeepartikel auf den Grund.

Ein feiner Geruch nach moderigem Laub in feuchtem, lichtlosem Unterholz, nach nasser Borke, Geranienblüten und Minze stieg davon auf, erfüllte die Küche, legte sich über Ofen und Backtrog und drängte in die Schlafzimmer, wo der Rest der Familie sich an den letzten Krumen Schlummer labte.

Behutsam hob Viola die Tasse und ihre drallen Arme vollzogen eine perfekte Kreisbewegung. Ihr mächtiger Busen ruhte auf der marmornen Tischplatte. Ihre kleinen, runden Schultern reckten sich. Freudiges Kribbeln durchrieselte ihre weiße Haut, die bei jedem Atemzug erschauderte wie das Meer bei Westwind. Viola konnte einfach nicht stillhalten, ihr nimmermüder Körper fühlte sich beglückend lebendig. Mühsam unterdrückte sie die Erregung, nippte am Kaffee, stürzte die Tasse auf ein Tellerchen und ließ beides mehrmals im Uhrzeigersinn kreisen. Ein tiefer Atemzug hob ihre Brust und ihre Lider flatterten wie Schmetterlingsflügel. Dann versenkte sie den forschenden Blick in den feuchten Kaffeesatz, um die rätselhaften Wege des Schicksals zu ergründen.

3

»Viola, was soll ich tun? Es sind zehn Sack, eine ganze Menge. Soll ich sie kaufen oder nicht?«

An diesem Morgen war Roberto Olivares mit einer fixen Idee erwacht: sämtlichen Arabica aus Äthiopien aufzukaufen – die einzige Kaffeesorte, die nach Jasmin duftete.

Eigentlich wusste er genau, was zu tun war, fürs Geschäft hatte er einen guten Riecher, doch machte er keinen Schritt, ohne den Rat seiner Frau eingeholt zu haben: eine Frage des Aberglaubens. Breitbeinig stand er in der Küchentür und wartete auf Antwort. Ein leiser Luftzug drang durch die halb geschlossenen Fensterläden und ließ ihn schaudern. Noch immer lag winterliche Kälte in der Märzluft und das wollene Unterhemd wärmte ihn nur dürftig.

»Können wir nicht mal das Fenster zumachen?«, schnaubte er. Er hasste Zugluft, das kleinste bisschen genügte, schon hatte er Schnupfen. Jeden Abend musste alles hermetisch verschlossen werden, und ehe er ins Bett stieg, vergewisserte er sich höchstpersönlich, dass selbst die Schranktüren ordentlich zugedrückt waren.

Viola musste schmunzeln. »Was hast du denn?«

»Na, was wohl!« Er wurde rot. »Es zieht.«

Wenn er übellaunig war, kam man ihm besser nicht in die Quere. »Kaum zieht's, kriege ich Fieber!«, pflegte er zu zetern, und seine Stimme drang wie Donner aus dem mentholgesättigten Dampf, den zu inhalieren ihm der Arzt verordnet hatte. »Wenn ich sterbe, werdet ihr schon sehen ...«, wetterte er weiter, da ihn niemand ernst nahm. »Es sterben mehr Menschen durch Zugluft als durch Krieg!«

»Und, was ist?«, drängte er jetzt ungeduldig und schlug unwirsch das Fenster zu.

Seine Frau schwieg. Sie schien das Fragezeichen, das sich zwischen seinen einst strahlend blauen Augen formte, regelrecht zu genießen.

»Komm schon, Viola, jetzt lass dich nicht so bitten!«, drängelte er und rieb sich energisch die Oberarme.

Stumm und ungerührt starrte sie in den Kaffee, doch innerlich jubelte sie. Wie sehr sie diesen dicken, älteren, stets um sie bemühten Mann doch liebte!

»Also, was soll ich machen?«

»Mach, was du willst«, blaffte sie.

»Übertreib's nicht! Du bist immer noch eine Frau und das heißt, du hast zu gehorchen, dich um den Haushalt zu kümmern, Kinder zu gebären und dir Hörner aufsetzen zu lassen!«

»Von wem hast du denn diesen Bockmist?«

»Vom Duce, stell dir vor«, rief Roberto und reckte den Finger gen Zimmerdecke, als rede er vom himmlischen Vater persönlich.

»Dann frag doch ihn, wie viel Kaffee du kaufen sollst.«

Roberto kratzte sich am Schädel, gähnte und sah eher verdattert als wütend aus. Wie immer machte es ihn befangen, wenn seine Frau fuchsig wurde. Außerdem bereute er es, Mussolini erwähnt zu haben, nachdem er zwanzig Jahre lang alles darangesetzt hatte, sich den Faschismus vom Leib zu halten. Ausgerechnet vor der undankbaren Viola musste er den Duce zitieren! Linkisch zog er sich die Schlafanzughosen hoch. »Das Gummi ist ausgeleiert«, knurrte er, um das Thema zu wechseln.

»Es ist ausgeleiert, aber klar doch ...«, meinte Viola. »Das liegt nicht zufällig daran, dass dein Bauch dicker geworden ist?«

Mit einer Aufwallung von Stolz reckte Roberto die Schultern und wölbte die Brust.

»Ich sag's ja.« Viola zeigte auf den Kugelbauch ihres Mannes.

»Also, bitte!«, polterte er entrüstet und stampfte mit dem Fuß auf.

»Jetzt wirst du auch noch laut, du hast wirklich keine Manieren.« Pikiert zog Viola sich den Morgenmantel zurecht und wandte ihm den Rücken zu.

»Würdest du dich um deinen Mann kümmern, wie es sich für eine anständige Frau gehört, hättest du es mir schon längst enger gemacht.«

»Du hast recht«, schnurrte sie plötzlich versöhnlich, »ich muss dir ein neues Gummi einziehen.«

Er lächelte triumphierend. »Ah, so gefällst du mir.« Vielleicht hatten seine Freunde doch recht: Frauen waren wie Eier, geschlagen schmeckten sie am besten.

»Das haben wir gleich.« Die Lippen zu einem verführerischen Lächeln halb geöffnet wie einst als süßes Mädchen, in das er sich auf den ersten Blick verliebt hatte, kam sie auf ihn zu. Einen Augenblick lang vergaß er das Geplänkel, seine Knie wurden weich und er breitete die Arme aus, um sie an sich zu ziehen. Mit einer blitzschnellen Bewegung packte Viola seine Hosen und zog sie bis zu den Knöcheln herunter. Entblößt, mit vom knappen Unterhemd nur dürftig bedecktem Schmerbauch, die Genitalien dem gnadenlosen Blick seiner Frau ausgesetzt, stand Roberto da. Er wurde rot, er zeigte sich nicht gern in Ruhestellung. Was sollte er tun? Sich bücken und die Hosen hochziehen kam einer Erniedrigung gleich, und die Genugtuung wollte er ihr nicht geben. Also blieb er reglos stehen und betete, seine Kinder mögen weiterschlafen. Unterdessen hatte sich sein Glied fröstelnd unter dem Bauch verkrochen.

»Und? Was hast du jetzt davon?«, fragte er gespielt gelassen, doch sein Fuß klopfte nervös auf den Fußboden.

Viola hätte am liebsten losgeprustet, aber zugleich spürte sie ihre Überlegenheit wanken. ›Vielleicht habe ich übertrieben‹, dachte sie und musterte sein immer röter werdendes Gesicht. Die von borstigen weißen Stoppeln überhauchten Wangen begannen zornig zu zittern.

»Kauf ihn, den Kaffee.« Sie wandte sich ab. »Jetzt ist der richtige Moment, um Vorräte anzulegen.« Violas silberhelle Stimme klingelte wie Münzen im Sparschwein.

Roberto grinste: Na, endlich! Diese Antwort hatte er hören wollen. Er mochte es nicht, wenn das Lager halbleer war, deshalb hatte er es auf diese Arabica-Säcke abgesehen. Außerdem hatte ein Freund ihm gesteckt, dass in Rom von einem neuen Krieg gemunkelt wurde: »Kaufen, hamstern, horten«, hatte er ihm bei der samstäglichen Versammlung geraten. Die Erfahrung des Abessinienkrieges hatte Roberto gereicht. Unter dem Vorwand der Autarkie war jahrelang kein Schiff in den Hafen eingelaufen, und er hatte sich mit minderwertigem Kaffee begnügen müssen.

Er seufzte erleichtert, jetzt hatte er auch die Zustimmung seiner Frau. Roberto stritt nur höchst ungern, vor allem mit ihr. Er musterte sie zufrieden: Ihre Schönheit überdauerte die Zeit.

»Aber nicht vergessen: Die Principessa bin immer noch ich«, schob Viola nach und warf ihm mit den Fingerspitzen eine Kusshand zu.

»Prinzessin oder Zauberin«, antwortete er zwinkernd. »Du hast mich behext. Heute Abend im Bett reden wir noch mal darüber.« In der Stille des Morgens klang seine Drohung wie ein Liebesversprechen.

Während Roberto sich ergeben die Hosen hochzog, blickte Viola prüfend in die Tasse, sie hatte noch zahlreiche Fragen offen. Das Geschäft war zwar wichtig, aber es war Sache ihres Mannes. Die Zustimmung, die er sich von ihr erbat, war eher Jux denn Notwendigkeit. Violas Aufgabe war es, sich um die Kinder und sämtliche Scherereien zu kümmern, die damit einhergingen.

Mimosa, die Kleinste, erholte sich nur mühsam von der Grippe. Ein heftiger Husten drückte ihr die magere Brust zusammen und ließ das ganze Haus erzittern. Ein ungutes Pfeifen begleitete ihren Atem. Sie war dürr und abgezehrt, ein achtjähriges Hascherl ohne ein Gramm Fleisch auf den Knochen.

Kaum hatte man sie Viola nach der Geburt in die Arme gelegt, hatte sie gewusst, wie schwach sie war. Die Kleine hatte spinnendünne Händchen und durchscheinende, fast gelbliche Haut.

»Sie ist eben blond«, hatte die Hebamme gesagt, doch Viola hatte den Kopf geschüttelt und ihre Augen waren feucht geworden. »Tränen statt Milch?«, hatte die Frau gespöttelt und auf eine Wochenbettdepression angespielt.

»Sie ist so zerbrechlich«, hatte Viola gesagt und der Kleinen den Rotz abgewischt. ›Wenn's kalt wird, überlebt sie keine Stunde‹, hatte sie bei sich gedacht und sich die Kleine an die Brust gelegt, ohne sie an sich zu drücken oder zu küssen, denn an kränkliche Kinder soll man das Herz nicht hängen. Und weil sie so überaus zerbrechlich war, hatte Viola sie Mimosa genannt. In ihrer Familie war es Brauch, den Mädchen Blumennamen zu geben. Bei der Namenswahl ließ sich die Mutter von der Beschaffenheit des Neugeborenen leiten.

Genziana dagegen strotzte vor Sinnlichkeit. Schon gleich nach der Geburt war sie Viola unwiderstehlich erschienen. Der rote Mund, ein zartes, pralles, von zwei runden Wangen eingerahmtes Herzchen, schien zu sagen: »Küss mich, küss mich!« Die bernsteinfarbene Haut, die festen Arme, die zu grimmigen kleinen Fäusten geballten Händchen, die dichten, geschwungenen Wimpern, die zwischen den fest zusammengekniffenen Lidern hervorlugten. Aus ihren Brustwarzen, zwei braunen, in weiche Falten gebetteten Kaffeebohnen, troff die Hexenmilch und ließ den Vater staunen.

»Bei echten Frauen ist das so: Die wird uns noch alle auf Trab halten«, hatte die Hebamme prophezeit.

Das Mädchen war ein zähes Blümchen, ein himmelblau leuchtender Enzian, der auf den Almen blüht. Viola hatte es kommen sehen: Genziana war kaum vierzehn, da wurde sie schon von einer Schar Verehrern umschwirrt, die ihr hoffnungsfroh durch das ganze Viertel folgte. Sie spielte gern mit dem Feuer.

Aber nicht nur ihre Töchter hielten Viola in Atem. Ruggero, der Älteste, hatte sich in den Kopf gesetzt, zu studieren, und stritt dauernd mit seinem Vater, der ihn bei sich in der Rösterei haben wollte. Auch Raimondo und Rodolfo hatten ständig etwas auszusetzen, doch Roberto ließ seinen Söhnen nichts durchgehen.

4

»Nun geh schon!«, pflaumte Viola ihren Mann an, der unentschlossen im Türrahmen stand. »Du weißt, dass ich allein sein muss, wenn ich im Kaffeesatz lese.«

Roberto warf ihr einen letzten Blick zu, er konnte nicht fassen, dass ausgerechnet ihm so ein unverschämtes Glück zuteilgeworden war. Viola war schon erwachsen gewesen, als er sie das erste Mal gesehen hatte, doch war sie ihm kaum älter als ein kleines Mädchen erschienen: Immerhin betrug der Altersunterschied zwanzig Jahre. Untergehakt bei ihrer Mutter war sie durch die Via Maqueda spaziert. Ein ausladender Busen lastete an ihrem kleinen Körper wie die schweren Blütenblätter am zarten Stängel eines Stiefmütterchens. Mit hochgezogenen Schultern verschränkte sie verschämt die Arme vor ihrem üppigen Busen und hielt den Kopf gesenkt, als hätte der Hals nicht genug Kraft, ihn zu tragen. Er verliebte sich auf der Stelle in sie. Doch war es weniger der unschuldige Blick unter ihren zarten Lidern, der Roberto bannte, als der Duft, den sie in der Straße zurückließ. Das Mädchen roch nach Puder und strahlte eine beruhigende Sinnlichkeit aus, die ihn trotz seines gestandenen Mannesalters bezauberte.

Er wollte sie sofort haben. Er vergaß jegliche Zurückhaltung, schlug die Ratschläge seiner eingefleischten Junggesellenfreunde in den Wind und machte ihren Eltern seine Aufwartung.

»Olivares Roberto, habe die Ehre«, sagte er mit ausladender Verbeugung.

»Die Ehre ist ganz auf unserer Seite«, antworteten sie im Chor.

Die Schwiegermutter in spe hieß Ortensia und sollte sich im Laufe der Jahre ihrer großen Anpassungsfähigkeit wegen ihres Namens als würdig erweisen. Ihr blasser Teint changierte je nach

Gemütslage wie die Blüten der Hortensie, die bei unterschiedlicher Bodenbeschaffenheit ihre Farbe wechseln. Sie nahm kein Blatt vor den Mund: »Sieh dich bloß vor, sie hat einen schlechten Charakter. Sie wirkt schüchtern und zurückhaltend, hat's aber faustdick hinter den Ohren.«

Wehmütig musterte sie ihre Tochter, die Zeit war zu schnell vergangen. Viola war zwanzig Jahre alt, doch für Ortensia war sie immer noch ein Kind.

»Das wird sich schon auswachsen.«

»Ich fürchte, es wird nur noch schlimmer. An deiner Stelle würde ich einen großen Bogen um sie machen.«

»Lassen wir sie doch selbst entscheiden«, schlug Roberto vor. »Schließlich geht es um ihr Leben.«

Mit einem koketten, vielsagenden Lächeln auf den Lippen sah Viola ihm fest in die Augen und stimmte der Verlobung zu.

Die Eltern ließen die beiden allein, damit sie über die Liebe reden konnten. Behutsam nahm Roberto sie in die Arme. Diese mühsam gezügelte Weiblichkeit, die nur darauf wartete, von ihm entdeckt und vervollkommnet zu werden, erfüllte ihn mit zehrendem Verlangen. Sie öffnete die Lippen, legte den Kopf zurück und gemeinsam versanken sie in einem Meer aus Leidenschaft. Die untergehende Sonne tanzte golden durch das Zimmer, und Violas Mund war eine glückliche Verheißung.

Am Hochzeitstag wurde Roberto von Sorge gequält. Unablässig betrachtete er sich im Spiegel und sein angejahrter, aus dem Leim gegangener Körper kam ihm abstoßend vor. Er verfluchte die üppigen Abendessen der letzten Jahre. Noch ärger stand es ums Gesicht: Die Wangen schlaff, der Schnurrbart ergraut, das Haar über der Stirn schütter.

›Und wenn ich ihr nicht gefalle?‹, fragte er sich bestürzt. ›Wie ein Märchenprinz sehe ich nicht gerade aus.‹

Er zog den Bauch ein, der über sein Glied schlappte. Sofort richtete es sich auf, und diese leise Ahnung von Jugend, die sein aufzuckendes Genital so urplötzlich heraufbeschworen hatte, genügte, um ihn zu beruhigen.

Während der Trauungszeremonie verfiel er wieder ins Grübeln. ›Was sie wohl von mir hält?‹ Er konnte nicht ahnen, wie glücklich es die unter einem langen weißen Schleier verborgene Viola machte, dass sich dieser herrische Mann für sie entschieden hatte.

Dann kam der Moment der Wahrheit. Roberto wartete lange, ehe er sie berührte. Er fürchtete sich vor einer Abfuhr, die Demütigung hätte ihn fürs Leben gezeichnet.

»Was ist los?«, wollte Viola wissen.

Er fing an, im Zimmer auf und ab zu tigern, und räusperte sich mehrmals, als wollte er etwas sagen, schwieg dann aber. »Gefalle ich dir?«, fragte er brüsk und sein Herz raste.

In dem Moment begriff die junge Braut, welche Macht sie besaß. Sie lächelte ihn an, strahlte mit solcher Süße, dass es keine Antworten brauchte. Wie ein nasser Sack ließ sich Roberto auf ihren kleinen Körper fallen und liebte sie wie ein unbeholfener Junge. Überwältigt von der Befangenheit, die sich in den Falten dieses dicken Bauches versteckte, erwiderte sie seine schüchternen Umarmungen.

Am nächsten Morgen erwachte er als anderer Mann, strotzend vor neuer Lebenskraft und jugendlicher Energie. Die Liebe hatte wahrhaft magische Kräfte!

Entgegen den Unkenrufen der Verwandten waren die Eheleute Olivares auch nach zwanzig Jahren noch ein glückliches Paar. In Violas Armen spürte Roberto noch immer die Gewissheit des Kommenden und die Wärme des Augenblicks. Der Duft seiner Frau entfachte in ihm ein brennendes Begehren, das als sachter Schauder in der Nase begann und den ganzen Körper durchfloss.

Den Tag über beherrschte ihn dieses Verlangen wie eine süße Qual, und sie jeden Abend aufs Neue im Bett vorzufinden war die reinste Freude. Roberto verlor sich im Labyrinth ihrer überbordenden Weiblichkeit, ertrank in ihren warmen Küssen und drückte sie im Schlaf mit kindlicher Inbrunst an sich – es war herrlich, sich lieben zu lassen.

Gedankenverloren und mit leerem Blick war er in der Tür stehen geblieben.

»Du bringst mich um meine wertvolle Zeit.« Violas Stimme riss ihn in die Gegenwart zurück.

»Entschuldige«, murmelte er und eine unendliche Zärtlichkeit lag in seinem Blick, denn im Laufe der Zeit ändert die Liebe ihre Sprache. Er legte eine Hand aufs Herz, warf ihr mit der anderen eine Kusshand zu, machte kehrt und zog sich die Hosen zurecht. Das Gummiband fiel ihm wieder ein. »Es ist ausgeleiert«, brummte er und verschwand schmunzelnd im Flur.

Es war noch früh, doch er hatte keine Lust mehr, sich wieder ins Bett zu legen. Herzhaft gähnend trat er an die Betten seiner Töchter und ließ den vernebelten Blick von Genzianas dichtem, glänzenden rabenschwarzen Haar zu dem dünnen, blonden Mimosas wandern. Dann trieb ihn ein dringendes Bedürfnis ins Bad.

Von der Küche aus lauschte Viola auf das Geräuschrepertoire, das ihr Mann jeden Morgen zum Besten gab. Das rhythmische Platschen, mit dem er sich wusch, war ihr bestens vertraut. Doch nicht einmal diese sonderbaren Töne, die nach einem liebeskranken Bären klangen, konnten sie von ihm abbringen. Wie ein Echo gurgelte die neapolitanische Kaffeekanne auf dem Herd.

Viola griff nach einem Topflappen und drehte die Kanne um. Das Wasser sickerte nach unten und ein kräftiger, belebender Duft entströmte der Tülle, kroch über die fettbeschlagenen Kacheln des Rauchfangs und die bunten Majoliken, durchdrang die Mauern wie dünne Gaze, wallte durch den Flur, zog in die Zimmer und verfing sich in den Vorhängen. Er wogte unter die Decken, strömte zwischen die Laken und verebbte dort zu einer sachten Brandung. Er streichelte über die Gesichter der Olivares-Sprösslinge, stieg in ihre feinen Nasen, bezwang den letzten Rest lauen Schlummers und mischte sich mit dem Geruch der Unschuld, den der Mensch kurz vor dem Erwachen verströmt.

5

Die Kirchenglocken von Santa Caterina begannen zu läuten: drei trockene Schläge, gefolgt von lebhaftem Bimmeln. Die Nonnen betraten den Chor und verteilten sich in einer langen, geordneten Reihe hinter dem vergoldeten Gitter, das sie vor zudringlichen Blicken schützte. Ein frischer Luftzug drang durch die geöffneten Fenster und wirbelte sacht durch das Kirchenschiff. Die Nonnen weiteten die von ihrer steifen Tracht beengte Brust und stimmten den Lobgesang des Herrn an.

Ein seltsames akustisches Phänomen wollte es, dass ihr allmorgendlicher Wohlgesang durch die Seitentür der Kirche auf die Piazza Bellini hinauswehte, die Via Discesa dei Giudici entlanghallte, an den Balkonen der Häuser entlangstrich und das Haus der Familie Olivares erreichte, um ihr einen himmlischen guten Morgen zu bescheren.

Genziana träumte zu fallen. Ihr Blut begann zu rasen, sie zuckte zusammen und fuhr mit einer jähen Bewegung hoch. Nervös schwang sie die Beine aus dem Bett und befreite sich ungeduldig aus den zerwühlten Laken. Sie wackelte mit den Zehen, reckte die Arme wie Flügel im Wind und huschte in ihrem dünnen Flanellhemdchen den Flur hinunter.

Jede Wohnstatt hat ein Herz, genau wie die Menschen. In der sonnigen Dachwohnung der Olivares' war es die Küche. Dort nahmen sämtliche Familienereignisse ihren Lauf und fanden, durchdrungen von appetitlichen Wohlgerüchen, ihren Abschluss.

Genziana erreichte die Küchentür und rieb sich den letzten Schleier Schlaf aus den Augen. Wie jeden Morgen stand ihre Mutter mit der Tasse in der Hand in der Küche und hielt prüfend die Nase in den torfigen Schlack. Mit von der ständigen Näherei geschwollenen Augen, die Stirn so heftig gerunzelt, dass sich die Brauen fast berührten, studierte sie jede Windung und jeden Wirbel des staubfeinen schwarzen Pulvers, das ihr wie ein unfehlbarer Kompass den Weg wies.

»Was stehst du da rum und glotzt? Setz dich und iss«, sagte der Vater, der unversehens hinter Genziana aufgetaucht war.

Sie fuhr zusammen. Um die Kinder auf frischer Tat zu ertappen und ihrem Unfug zuvorzukommen, bewegte sich Roberto lautlos und flink.

Er setzte sich an den Tisch und begann mit genussvoll geschlossenen Augen seinen »Genziana-Kaffee« zu nippen, dessen Mischung nur er kannte. Das ganz besondere Aroma beschwor die sanften Arme einer Mutter, die Freigiebigkeit eines Vaters und das Band der sie vereinenden Liebe herauf.

Genziana wusste, was für ein Geschenk es war, einer glücklichen Familie anzugehören, in der die Liebe sich frei bewegen konnte. Ihr Blick wanderte zum beleibten, friedfertigen Vater und zur zierlichen, ruhelosen Mutter. ›Wie verschieden sie sind‹, dachte sie.

»Wie kommt es, dass sie sich so gut verstehen?«, hatte sie ihre Großmutter einmal gefragt. »Sie sind wie Tag und Nacht. Mama liebt die Sonne, Papa künstliches Licht; sie mag's gebraten, er gekocht; er träumt von grünen Wiesen und felsigen Gipfeln, sie von weißen Stränden und smaragdgrünem Wasser.«

»Zauberei«, hatte Ortensia geantwortet. »Es ist wie bei Zucker und Kaffee: Zwei Pulver, das eine ist weiß und das andere schwarz. Das eine riecht nach nichts, das andere duftet. Sie sind grundverschieden, doch gemeinsam werden sie stark und verschmelzen nur, wenn einer der beiden seinen Zustand verändert. Bei deinen Eltern ist es genauso. Hätte sich Viola am Hochzeitstag nicht verflüssigt, hätten sie sich nicht mischen können.«

»Beeil dich, sonst kommst du zu spät zur Schule«, sagte Viola und strich ihrer Tochter sanft übers Haar. Genziana steckte die Nase in ihre Tasse. »Bäh!«, rief sie nach dem ersten Schluck. »Ich will keinen Malzkaffee!« Unwirsch knallte sie die Tasse auf den Tisch.

»Trink«, befahl die Mutter.

Genziana zeigte auf die neapolitanische Kaffeekanne, der noch immer ein köstlicher Duft entströmte. »Ich will den.«

»Du bist noch zu klein für Kaffee.«

»*Der* ist was für gestandene Kerle. Du wirst davon nur hibbelig«, fügte der Vater hinzu und legte den Arm um die Taille der Mutter, die ihn streng anblitzte; die Zärtlichkeiten ihres Mannes waren ihr peinlich.

Nach und nach erwachte auch der Rest der Familie und mit den Stimmen der Kinder erhoben sich die Geräusche des Viertels.

6

»Nonna, wo ist mein Unterhemd?«

Violas Mutter kümmerte sich um den Haushalt. Sie wollte sich nützlich machen und sich für die Gastfreundschaft revanchieren, die ihr nach dem Tod ihres Mannes zuteilgeworden war.

»Du mit deinem Unterhemd, Raimondo! Erst gestern hast du's gewechselt.«

»Raimondo hat sich eingeduftet, Raimondo hat sich eingeduftet, Raimondo hat sich eingeduftet!«

Ständig schienen die Jungen zu streiten, doch es war nur Fopperei.

»Rodolfo! Ruggero! Hört auf, euren Bruder zu ärgern!«

»Selber schuld. Welcher Kerl wäscht sich schon jeden Morgen und parfümiert sich wie 'ne Bordsteinschwalbe?«

»Na, na, na, ihr Rotzlöffel! Dafür stinkt ihr wie die Ziegen. Los, geht euch waschen, alle drei!«

Erst, als sich die Großmutter einen Schuh vom Fuß zog und ihn dazwischenwarf, ließen die Brüder voneinander ab. Rodolfo und Ruggero stoben davon, und Raimondo verzog sich ins Bad, um seiner peniblen Toilette nachzugehen.

Mimosa, die Kleinste, stand als Letzte auf, reckte matt die dürren Arme, wippte wie eine verängstigte Schildkröte mit dem Kopf und rieb sich mit den kleinen, blutleeren Fingern die Augen. Sie gähnte lang, während die Sonnenstrahlen durch die Fensterläden sickerten, sich auf ihr zerzaustes Haar legten und die dünnen blonden Strähnen zum Leuchten brachten. Mit einer graziösen Bewegung schlug das Mädchen das wie frisch gebügelt aussehende Laken zurück. Sie war so dünn, dass sie keine Spuren im Bett hinterließ, und dennoch machte es die Großmutter jeden Morgen mit besonderer Sorgfalt.

Mimosa stellte die knochigen Füße auf den Boden, erhob sich und reckte den mageren Körper, dessen heimlicher Drang zu erblühen verstohlen aufblitzte.

»Hier sind deine Schuhe, Mimosa, schau mal, wie hübsch die sind! Ich bin mit weißer Schuhcreme drübergegangen.«

Mimosa war der Liebling der Großmutter.

Violas Augenstern hingegen war Genziana, sie war ihr Böhnchen, ihre kleine Kaffeebohne. Diesen Spitznamen hatte ihr die schimmernde, dunkle Haut eingebracht, die ganz anders war als die ihrer Geschwister. Gegen ihre teutonisch blassen blonden Brüder war Genziana ein Klumpen Lava. Als sie noch ganz klein gewesen war, hatte Ortensia sie jeden Abend mit einem rauen Schwamm traktiert.

»Wahre Prinzessinnen sind weiß, du siehst aus wie ein Straßenbalg«, pflegte sie zu sagen, während das kleine Mädchen gegen die kratzige Behandlung protestierte. Manchmal kam sie so krebsrot aus der Badewanne, als hätte man sie gehäutet. Doch hatten auch Ortensias Bemühungen die schreckliche äthiopische Kaiserin Zauditù nicht in Schneewittchen verwandeln können.

Roberto liebte seine Kinder sehr, jedes auf seine Art.

Dennoch war die erste Tochter eine Schmach gewesen. Die drei Jungen kamen so aristokratisch daher. Mit ihrem glatten blonden Haar, den türkisfarbenen Augen und dem feinen, durchscheinenden Teint sahen sie aus wie die Nachkommen eines normannischen Prinzen. Genziana hingegen hatte olivenfarbene Haut und pechschwarze Augen.

»Dieses Kind sieht aus wie eine Türkengöre!«, hatte er naserümpfend gesagt, als sie auf die Welt kam.

»Was redest du denn da, Roberto, sie ist doch gerade erst geboren. Wenn ich sie einen Monat lang gestillt habe, wird sich die Farbe schon ändern«, hatte Viola seine dumme Bemerkung abgetan. Die Geburt war mühselig gewesen und sie hatte keine Lust zu streiten.

»Schau doch mal«, hatte er beharrt und ein angewidertes Gesicht gemacht. »Sogar auf den Armen hat sie Haare.«

»Alle Neugeborenen haben das, schließlich war sie zehn Monate im Mutterbauch. Fingernägel hat sie doch auch«, mischte Ortensia sich ein, die eine Szene vor der Hebamme vermeiden wollte. Wie konnte man so vor einer Fremden reden?

Matt und zufrieden lag die Wöchnerin im Bett und genoss die vollkommene Ruhe, die jeder glücklichen Geburt folgt. Der von seinem wertvollen Inhalt unversehens befreite Körper zog sich zurück wie das Meer bei Ebbe.

Doch Roberto ließ einfach nicht locker. Seine Tochter sehe aus wie eine Afrikanerin und er wolle sie nicht anfassen. »Sonst mache ich mich noch schmutzig!«

›Vielleicht ist er eifersüchtig‹, dachte Viola, der das alberne Gehabe ihres Mannes allmählich auf die Nerven ging. Bei aller Gutherzigkeit und Nachsicht ging sie sehr leicht in die Luft, und dann blieb einem nichts anderes übrig, als abzuwarten, bis das Gewitter sich verzog. Ein trockenes Schnalzen der Lippen war der Startschuss. Wie ein sprungbereiter Panther spannte Viola jeden Muskel an, verzog giftig das Gesicht und polterte los.

Mit der Zeit hatten die Liebe zu ihrem Mann und die Mutterschaft eine besonnene Ehefrau aus ihr gemacht und vom jugendlichen Jähzorn war nur noch ein züngelndes Flämmchen geblieben, das kurz in ihrem Gesicht aufloderte und von allein wieder verlöschte. Nur selten konnten eine Geste, ein Wort zu viel oder eine Ungelegenheit die Glut vollends entfachen.

Viola hatte sich im Bett aufgesetzt.

Ortensia, die die Zornesausbrüche ihrer Tochter kannte, wurde nervös. »Jetzt waschen wir die Kleine, dann wird sie heller«, sagte sie versöhnlich.

»Misch du dich nicht ein!«, fuhr Roberto sie an. »Das ist nicht meine Tochter!«, sagte er seiner Frau ins Gesicht.

Violas Körper verkrampfte sich, als hätte sie einen epileptischen Anfall, und sie bleckte die Zähne, als wollte sie nach ihm schnappen. »Daran ist der ganze Kaffee schuld, den du mich hast trinken lassen, du verdammter Röster! Die Dämpfe aus dem Laden steigen in die Wohnung, kriechen in meine Lungen und vergiften mir das Leben, du Schlappschwanz von einem Kaufmann, du! Siehst du die Tür da? Raus mit dir, aber zuerst gibst du mir die Kleine, die bleibt bei mir!«

Die Hebamme war sprachlos, am liebsten hätte sie sich davongemacht, aber sie hatte ihr Geld noch nicht bekommen. Ortensia verdrückte sich in eine Ecke und versteckte vorsorglich die Schere. »So ein Jammer«, murmelte sie. »Statt sich über das Kindchen zu freuen ...«

Mit den Armen fuchtelnd, versuchte Viola die Kleine an sich zu reißen. Es mochte der Situation geschuldet sein, doch so außer sich hatte Roberto seine Frau noch nicht erlebt. Verschreckt wich er zurück und drückte das kleine Wesen noch fester an sich. Es war eher ein Reflex denn eine Umarmung, denn noch empfand er nichts für die Kleine. Sein massiger, jähe Bewegungen nicht gewohnter Körper verlor das Gleichgewicht. Sein Becken knickte ein, sein Kopf schnellte nach vorn und seine Nase geriet in die für Neugeborene typische Speckfalte zwischen Kopf und Rumpf. Ein zarter Duft durchschauderte ihn, Zärtlichkeit ergriff sein Herz, und er klammerte sich an dieses winzige Bündel, das seine Nase noch vor seinen Augen als sein Eigen erkannte. Der Geruch brachte ihn in die Kindheit zurück, er fühlte sich klein und schutzlos. Er erinnerte sich an die duftenden Arme der Mutter, die Geborgenheit, die von ihr ausging, und ehe er es sich versah, musste er lächeln, wie benommen vor plötzlicher, unermesslicher Freude. Noch immer reckte seine Frau fordernd die Arme.

»Sie ist ein blauer Schmetterling«, rief er aus und streichelte seine Tochter. In den ans Köpfchen gewinkelten kleinen Armen hatte Roberto zwei elegante, blauschillernde Flügel gesehen. »Verzeih den Blödsinn, den ich verzapft habe«, flüsterte er der Kleinen zu, als könnte sie ihn verstehen.

Mit vor Rührung feuchten Augen bettete er sie behutsam neben seine Frau und taumelte aus dem Zimmer.

Auf der Treppe ließ er sich von den Nachbarn umarmen und beglückwünschen. Dann verschwand er im Laden und schloss sich mehrere Tage darin ein. Eines Morgens kehrte er mit einer Ölpapiertüte in den Händen in die Wohnung zurück. »Kaffee Genziana«, verkündete er stolz.

»Er duftet wie die Haut unserer Kleinen«, stellte Viola gerührt fest.

7

Der alte Ruggero Olivares, Stammvater der palermischen Röster, hatte mit Gewürzhandel angefangen und sich erst später auf Kaffee verlegt. Er war zufällig daran geraten, seine Neigungen und sein Sinn für Aromen hatten ihn dazu gebracht.

Auf dem Sterbebett versammelte er seine drei Söhne um sich und riet ihnen, sich nicht der Versuchung der Zusammenarbeit hinzugeben: »Viele Köche verderben den Brei. Jeder von euch sucht sich was Eigenes und dann geht ihr getrennte Wege.«

Daraufhin schloss er die Augen und hörte auf zu atmen. Niemand weinte, er war alt, Trennung gehörte zum Lauf der Dinge.

Roberto, der Älteste, hatte die Wahl. »Ich will Kaffee rösten«, sagte er bestimmt. Er hatte ein besonderes Näschen für diese nach Schimmel oder Gras riechenden Bohnen und kannte sich besser damit aus als jeder Afrikaner. Noch ehe sie in der Pfanne lagen, konnte er ihre fruchtigen und blumigen Noten aus der blassen Farbe ihrer Hülle lesen. Ein Blick, und er kannte ihre Fehler, Verunreinigungen und Krankheiten. Dank dem Genziana-Kaffee und der Unterstützung einiger einflussreicher Leute schlug er die Konkurrenz in wenigen Jahren aus dem Feld und befand sich in der glücklichen Lage, das Kaffeemonopol von Palermo innezuhaben.

Dem Zweitgeborenen kam der Handel mit Pfeffer und Gewürzen zu, und der Dritte entschied sich, da er keine Wahl mehr hatte, anzuheuern und in die Welt hinauszufahren. Sein letzter Brief stammte aus Afrika. Dort, zwischen Kaffeeplantagen und bronzebraunen Frauen, verlor sich seine Spur.

Die Kaufmannsrolle war Roberto bald zu eng. Er war ein Visionär, der Spuren auf der Welt hinterlassen wollte. Er träumte davon, Röstereien in der ganzen Stadt, ja, in ganz Sizilien zu eröffnen. Umgeben von Säcken und Büchern arbeitete er unermüdlich und experimentierte, probierte und erfand. Seine Beobachtungen pflegte er in schwarz eingebundenen Notizbüchern zu vermerken. Seine Handschrift war kantig und sperrig. Zuweilen waren die Worte in Silben zerhackt, als ringe er um eine schwer fassbare Idee. Die kleinen weißen Zwischenräume stellten die Denkpausen dar und die *is* trugen dicke, satte Punkte. Vor dem Abendessen las er alles noch einmal aufmerksam durch, klappte das Buch zu und sagte laut: »Punkt.«

»Was schreibst du?«, hatte Genziana ihn eines Abends gefragt. Irritiert hatte er aufgeschaut: »Geheimes Tagebuch«, hatte er gesagt und den Finger auf sie gerichtet. »Wehe, du liest es, das geht nur mich was an.« Sie war sofort zur Mutter gerannt. »Papa hat Geheimnisse«, hatte sie todernst gesagt. Doch statt sich von dieser Neuigkeit verstören zu lassen, hatte Viola ihr verschwörerisch zugeraunt: »Männer haben nun mal gern Geheimnisse.«

Rund ein Dutzend dieser Notizbücher lag in Robertos Schreibtischlade, eines für jedes Jahr.

In den frühen Dreißigerjahren kannte jeder in den vier Mandamenti Robertos Laden, er war das gleichmäßig pochende Herz im Puls der Stadt.

Zu jener Zeit glich Palermo einer adligen Signora mit rosigen Wangen, vollen Lippen, markanten Zügen und schmachtendem Blick. Hingelagert am Fuß schützender Berge, umspült von salziger und zugleich süßer See ergötzte sie sich an ihrer eigenen Schönheit. Die Bewohner waren ihre Untergebenen, jedoch keine Sklaven. Es war Platz für Solidarität und Brüderlichkeit, und das Wort »Familie« hatte noch keinen üblen Beigeschmack. Die Luft war lau, die Düfte waren fein und Palermo war zwar nicht mehr glückselig, aber immer noch eine glückliche Stadt.

Die Rösterei befand sich an einem strategischen Punkt in der Via Discesa dei Giudici. Händler und Kaufleute kamen auf ihrem Weg zum Hafen oder zu den Märkten Ballarò und Vucciria dort vorbei. Die Straße verdankte ihren Namen einer grausigen Legende. Es hieß, während der spanischen Herrschaft seien die Leichen der Richter aus dem nahe gelegenen Palazzo Pretorio, die auf Anordnung des spanischen Königs umgebracht worden waren, um die Palermer für ein schreckliches Unrecht zu entschädigen, über dasselbe marmorne Straßenpflaster geschleift worden, auf dem Roberto nun seine wertvollen Säcke stapelte.

Die Sonnenstrahlen fielen durch die unscheinbare Ladentür und ergossen sich puderig über die dunklen Holzwände. Vor der linken Wand erhob sich eine riesige moosgrüne Waage, um die sich Roberto höchstpersönlich kümmerte: Die Tara musste stimmen. Er durfte die Leute nicht über den Tisch ziehen, doch zu großzügig durfte er mit dem Gewicht auch nicht sein, denn: »Kleinvieh macht auch Mist.«

Eine lange Theke aus grobem Holz, die zwischen den Kunden und den Verkäufern stand, trennte den Raum der Länge nach entzwei. In ihrer Mitte thronte eine bauchige, mit Blumenornamenten verzierte Kasse mit schweren, runden Tasten. Irgendwann hatte Roberto die Buchführung an Signorina Carmela abgegeben, eine alte Jungfer aus dem zweiten Stock, die heimlich in ihn verliebt war und ihn niemals betuppt hätte.

Mit einer zackigen Bewegung drehte sie die Kurbel aus schwarzem Bakelit, und das schallende *Ding* einer kleinen Glocke hieß jede Einnahme willkommen. *Klack*, die Schublade schnellte auf und ließ die Münzen silbrig klimpern. Wortlos und mit fest auf das Geld gerichtetem Blick, um sich beim Kopfrechnen nicht zu vertun, gab die Kassiererin den Rest heraus, zusammen mit einer kleinen Aluminiummünze mit der Aufschrift »Olivares«, die für die Teilnahme an der zum Jahresende stattfindenden Lotterie unerlässlich war. Der Erfolg der Rösterei war auch dieser Lotterie geschuldet, bei der die glücklichen Gewinner mit Bonbons, Porzellantassen, Kaffeekannen und Kochtöpfen belohnt wurden.

Der Laden lag neben einer Färberei und mehrmals am Tag wurde der Wohlgeruch des Kaffees vom beißenden Gestank der Bleichlauge verdrängt, der die Angestellten hustend und fluchend auf die Straße trieb. Roberto hatte versucht, den Laden nebenan zu kaufen, doch die Inhaberin stellte derart astronomische Forderungen, dass sämtliche Verhandlungen im Sande verliefen und jede Diskussion in Beleidigungen und Schmähungen gegen gewesene und zukünftige Generationen mündete.

»Garstiges Weib!«, knurrte Roberto und zog sich in sein Büro zurück, um eine Tasse Kaffee zu trinken, sein Allheilmittel bei jeder Enttäuschung.

Die Angestellten der Rösterei, insgesamt sechs an der Zahl, bildeten eine strenge hierarchische Pyramide. Giovanni, genannt Bimbo, weil er den Laden mit kaum sechs Jahren betreten hatte, war ihr Vorgesetzter. Gerührt von den großen, runden Augen, mit denen er in die Welt blinzelte, als wollte er jedes Geheimnis ergründen, hatte der alte Olivares beschlossen, dass der Kleine ein besseres Leben als das im Waisenhaus von Martorana verdient hatte. Kurzerhand hatte er ihn bei sich aufgenommen und erst später festgestellt, dass die staunende Miene des Jungen heftiger Kurzsichtigkeit geschuldet war. Er hatte sich betrogen gefühlt, doch inzwischen hatte er den Bengel in sein Herz geschlossen, unmöglich konnte er ihn wieder fortschicken, also hatte er ihm eine Brille gekauft und ihn zu seinem Assistenten gemacht.

Die Arbeit begann vor Tagesanbruch. Salvuccio, der Laufbursche, holte die Säcke aus dem Lager in der Via degli Schioppettieri und zerrte sie keuchend über das Pflaster. Sein Schnaufen begleitete das Sirren der Jute auf dem Marmor. Während die Verkäufer die Dosen abstaubten und die Schubfächer aufräumten, schüttete Giovanni den Kaffee Sack für Sack in den Trichter. Er liebte seine Arbeit und außerdem verjagte der Kontakt mit den Menschen die Einsamkeit, die ihm aus dem Waisenhaus geblieben war.

Dank Robertos unternehmerischen Fähigkeiten und der einenden Kraft des Kaffees war die Rösterei Bezugspunkt für das ganze Viertel. Die Leute schauten gern auf ein Schwätzchen herein und das Geschäft blühte. Die warmherzige, freundschaftliche Atmosphäre verleitete zu Herzensbeichten und wehmütigen Erinnerungen.

Als sein Bruder im Abessinienkrieg gestorben war, hatte Roberto plötzlich eine riesige Menge Gewürze geerbt. Er hatte die Ware in die Rösterei gebracht, doch nach ein paar Wochen trieb das Durcheinander an Gerüchen die Belegschaft fast in den

Wahnsinn. Zimt, Kardamom, Anis, Kurkuma, Lakritz, Safran weckten unstillbare Gelüste, beschworen sündhafte Fantasien und ließen geheimnisvolle Energien walten. Die Harmonie des Ladens stand auf der Kippe, und so hatte Roberto die wertvollen Säcke en gros verkauft.

An dem Morgen, als er das Lager ausräumte, fühlte er sich wieder mit sich selbst im Reinen. Doch als es an den Pfeffer ging, hielt sein Verkäufer Armando ihn zurück. »Den nehme ich, wenn Sie nichts dagegen haben, Chef. Ich zahle ihn in Monatsraten ab.«

»Und was willst du damit?«

»Ich mag Pfeffer.«

»Pass bloß auf. Zu viel davon und du kriegst einen knallroten Pavianarsch.«

»Keine Angst, Chef, ich weiß schon, was ich damit anstelle.«

»Wenn du mir verrätst, was du damit vorhast, kriegst du ein Kilo umsonst.«

Armando senkte den Kopf und wurde rot, wollte aber nicht damit herausrücken, und allmählich kam Roberto der Verdacht, diese Körner besäßen magische Kräfte.

Einer seiner Arbeiter verriet ihm schließlich das Geheimnis. »Haben Sie jemals seine Frau gesehen, Chef?«, raunte er ihm eines Tages verschwörerisch zu. »Jeden Abend wartet sie mit sehnsüchtiger Miene und zitternden Händen an der Ecke Via Divisi auf ihn.«

»Ist sie krank, oder was?«

»Jetzt stellen Sie sich aber dumm, Chef.«

»Dann sag mir halt, was los ist, du Schlaumeier.«

»Mit dem Pfeffer besorgt er's seiner Frau und noch zwei Frauen aus der Pension Buganè.«

Roberto beschloss, dass Kaffee und Pfeffer friedlich miteinander leben konnten, ließ die Neuigkeit im Viertel herumgehen – Werbung ist schließlich das halbe Geschäft – und betraute Armando mit der Obhut über die taubengrauen Körner.

Wenn Armando die Körner mahlte, erfüllte ihr Staub die Luft, drang in die Nase und trieb einem die Tränen in die Augen. Doch machte er einen mindestens so wach wie Kaffee. Nach einer Prise Pfeffer fühlten sich Männer stark und lebendig und Frauen bereit und willig.

Der Pfeffer und seine vielbesungenen Qualitäten waren schuld, dass sich eine Schar schmarotzender, großmäuliger Faschisten in der Rösterei einfand und die altvertraute Unbeschwertheit trübte.

8

Den männlichen Olivares-Sprossen war das Kaffeetrinken erlaubt. Zufrieden sah die Mutter ihnen dabei zu und nutzte den Moment, um ihnen einen Rat fürs Leben mitzugeben.

»Das Leben ist ein einziger langer Atemzug. Ihr müsst ihn in euch spüren«, sagte sie feierlich. »Es ist ein wertvolles Gut, vergesst das nicht.«

Mit mühsam unterdrücktem Lachen – sie konnten einfach nichts ernst nehmen – stellten die drei ihre leeren Tassen auf den Tisch. »Ist das auch Leben?«, fragten sie und rülpsten laut.

»Ihr seid nun mal Jungs«, entgegnete Viola. »Ihr könnt das nicht verstehen. Ihr habt mit mir zu atmen begonnen und werdet dank eurer Frauen weiteratmen. Das ist das Geheimnis des Lebens.«

Raimondo schlüpfte in seinen Mantel, knuffte seinem Bruder

in die Seite und flüsterte: »In der Pension Buganè lässt es sich auch gut seufzen und schnaufen. Was ist mit dir?«

Rodolfo zuckte mit den Schultern. »Früher oder später bin ich wohl dran, meine Lungen funktionieren schließlich bestens.«

»So seid ihr Kerle, ihr atmet mit dem Bauch. Wir Frauen atmen mit dem Herzen«, schloss Viola ungerührt.

»Kommt jetzt!«, rief Roberto, der bereits wartend in der Tür stand. Er öffnete die Wohnungstür und ließ seine Söhne an sich vorbeiziehen. Still und gesittet marschierten sie im Gleichschritt die Treppe hinab, denn Märsche waren damals Mode. »Meine Soldaten!«, rief der Vater stolz. Sein Blick ruhte auf Ruggero, der in der Reihe und in seinem Herzen den vordersten Platz einnahm. Violas Bauch hatte sich kaum gerundet, da hatte er für ihn bereits zahlreiche Pläne geschmiedet. In der Nacht der Geburt hatte er davon geträumt, den Laden zu vergrößern, jeder Bar auf der Insel sein Markenzeichen aufzudrücken, ein Heer von Angestellten zu führen. Neben ihm Ruggero als kleiner Junge, in kurzen Hosen und mit bewunderndem Blick und als Erwachsener mit Schlips und Durchsetzungsvermögen.

Ruggero war anderer Ansicht und nutzte jede Gelegenheit, um zu zeigen, wie wenig er für das ihm zugedachte Schicksal übrighatte. Kaum war er zur Haustür hinaus, stob er in Richtung San Cataldo davon, rannte über die Piazza Bellini und erreichte unter den Rufen des Vaters die Via Maqueda. »Komm zu mir, wenn du fertig bist, ich muss ein paar Dinge mit dir besprechen!«

Der Junge tat so, als hätte er nicht gehört, und hoffte, sich damit aus der Verantwortung zu stehlen. Nach jedem Schritt hielt er auf einem Fuß inne, hin- und hergerissen zwischen dem Pflichtgefühl, das ihn zur Umkehr drängte, und dem Wunsch, sich schleunigst aus dem Staub zu machen. Er war still und verschlossen, feine Falten rillten seine Stirn und eine namenlose Leidenschaft erfüllte seinen knochigen Körper. Der zweifelnde Ausdruck und der zögernde Blick verliehen seinen schönen, maskulinen Zügen etwas Verletzliches. Von Marmorplatte zu Marmorplatte hüpfend, lief er an der Martorana vorbei und schlüpfte in das alte Gebäude der Theatiner, in dem sich die Universität befand.

Im lichtdurchfluteten Kreuzgang, an dem die Türen zu den Hörsälen lagen, hielt er inne, huschte von Säule zu Säule, stieg die breite, glänzende Marmortreppe hinauf und verschwand mit einem Dauerschmollen auf den Lippen in der weitläufigen Halle.

An den Prüfungstagen befiel ihn Panik, die sich manchmal zu heftigen Bauchschmerzen steigerte. »Was, wenn ich die Fragen nicht beantworten kann?«, fragte er sich bang und mit krampfendem Magen. Zusammengekrümmt stand er da und ging schließlich nach Hause, ohne den Mut gefunden zu haben, sich dem Professor zu stellen.

Die Mutter empfing ihn voller Mitgefühl. Sie zog ihn zu sich in die Küche und dann steckten sie murmelnd die Köpfe zusammen. »Aus dir wird noch ein berühmter Notar«, tröstete sie ihn und starrte auf den Grund ihrer Tasse.

»Aber ich hab noch keine einzige Prüfung gemacht.«

»Keine Sorge, gut Ding will Weile haben«, sprach sie ihm zu. »Oder ein steinreicher Anwalt, ein berühmter Strafverteidiger, vielleicht ein Polizeikommissar, ein mächtiger Bulle! Schau mal, hier sehe ich zwei Handschellen ...«

»Vielleicht stecken sie mich in den Knast?«, fragte er besorgt.

»Ins Irrenhaus sollten sie dich stecken!«, witzelte Genziana grimmig. Sie hegte einen unerfindlichen Brass auf diesen Bruder, den sie als Rivalen empfand. Im Gegensatz zu ihm interessierte sie sich brennend für den Kaffeehandel: Wie gern hätte sie dem Vater zur Seite gestanden, der nur Augen für Ruggero hatte. Doch im Grunde ihres Herzens liebte sie diesen krankhaft sensiblen, schutzbedürftigen Jungen sehr.

»Sei still!«, fuhr die Mutter ihr über den Mund. »Was gesagt ist, wird wahr.« Dann wurde ihr Blick wieder weich. »Ach was, Ruggero, deine Mutter hat keine Verbrecherkinder.«

Doch jedes Mal, wenn sich das Kaffeepulver auf dem Unterteller gesetzt hatte, tauchten die Handschellen wieder auf, und Viola war überzeugt, dass sie lediglich bedeuteten, der Junge sei ein Gefangener seiner selbst. Sie wollte ihn schützen, doch seine Verunsicherung wuchs. Was richtete die Liebe doch für Schaden an! Um dem Druck des Vaters zu entfliehen, hatte Ruggero sich an der juristischen Fakultät eingeschrieben, die am wenigsten weit weg und ihm deshalb bequem war.

»Lieber Paragrafen als Säcke!«, hatte er eines Morgens verkündet und wedelte mit seinem Studienbuch.

Doch seine Interessen lagen woanders. Er hatte eine zutiefst religiöse Ader; am liebsten las er heilige Schriften; die Gesetze Gottes waren spannender als die der Menschen. Statt die Dinge in die Hand zu nehmen, verlor er sich in vertrackten Grübeleien über den Sinn des Lebens.

Roberto hatte den Tatsachen ins Auge blicken und sich damit abfinden müssen, dass der Junge nicht das Zeug zum Kämpfer hatte. Umso mehr setzte er daran, ihn für sich zu gewinnen: Dann wäre die Zukunft sicher.

»Das Studentenleben ist hart, von dem eines Wissenschaftlers ganz zu schweigen ... Steig beim Laden ein, da bist du der Chef und musst niemandem irgendwas beweisen.«

Doch Tag für Tag verblödete der Junge über seinen Jurabüchern, denn neben den schützenden vier Wänden seines Zimmers und den verständnisvollen Worten der Mutter war das Studium ein recht behaglicher Zufluchtsort.

Genziana war nicht die Einzige, der die Sonderbehandlung des großen Bruders gegen den Strich ging. Auch Rodolfo und Raimondo beklagten sich: Sie mussten arbeiten. Anfangs hatten sie sich nicht groß darum geschert, sie waren schließlich die Söhne des Chefs, wieso sollte ihnen das Leben schwergemacht werden? Doch bald ging ihnen auf, dass sie die Rechnung ohne ihren Vater gemacht hatten, der ihnen vom ersten Tag an die mühseligsten Aufgaben übertrug: Der eine musste Giovanni helfen, Orlando zu putzen, der andere Kaffee ausliefern.

»Wir sind das letzte Rad am Wagen«, beschwerte sich Rodolfo bei der Mutter, damit sie Roberto überredete, ihnen eine ihrer Stellung angemessene Tätigkeit zu geben. »All diese Schrauben, die poliert, und Griffe die gewienert werden müssen. Weißt du, wie viele Orlando davon hat? Hundertundzwei! Ganz zu schweigen von der Pfanne, da ist deine Bratpfanne nichts dagegen! Und die Schaufeln erst! Wenn sie kalt werden, sind sie voll mit öligem Kleister und wenn man den nicht sofort runterwischt, wird der zäh wie Harz. Und dann muss ich jede Ritze trockenwischen, sonst rostet er. Schau dir meine Hände an, ganz rot sind die!«

»Das ist normal«, erwiderte Viola gelassen, »schau dir meine an, ich beklage mich nicht.« Sie hielt ihm ihre Finger hin, die allerdings nicht sonderlich mitgenommen aussahen, denn sie mied die Hausarbeit.

»Was hat das damit zu tun? Ich bin schließlich jung, im Gegensatz zu dir …«

»Ganz genau, eben weil du jung bist, musst du hart arbeiten«, entgegnete Viola gereizt. Das Wort »alt«, das sich hinter Rodolfos Worten verbarg, passte ihr gar nicht.

»Was soll *ich* erst sagen?«, fing Raimondo an. »Ich muss durch die ganze Stadt strampeln. Wisst ihr, wie schwer diese Kaffeesäcke sind? Sechzig Kilo! Schaut euch meinen Rücken an!« Er zog das Hemd hoch. Zwei lange, dunkle Striemen zogen sich parallel von den Schulterblättern bis zum Becken.

»Was denn, das soll vom Kaffee kommen? Erzähl das jemand anderem«, lachte Viola.

»Na, woher denn sonst? Das sind die Säcke.«

»Wann bist du gestern Abend nach Hause gekommen?«

»Früh, so um zehn.«

»Und mit wem bist du rumgezogen, hm?«

»Mit den üblichen. Medoro war auch dabei, frag ihn doch!«

»Ausgerechnet den. Der bricht seiner Mutter noch das Herz. Und du erzählst mir nicht die Wahrheit.«

Dennoch brachte ein zufriedenes Lächeln Violas Gesicht zum Strahlen. Bestimmt stammten diese Striemen von einem Mädchen. Ach, die Jugend!

»Man fängt unten an, Jungs, ganz unten«, sagte sie warnend. »Und hört auf, in den Himmel zu spucken, es fällt euch nur ins Gesicht!«

Sie machte eine sachte Kopfbewegung, ein kleines, anmutiges Nicken. Ihr Körper strahlte eine Liebe aus, die jeden mit einschloss, der in ihrer Nähe war, und sofort gaben Raimondo und Rodolfo Ruhe. Viola wollte es nun einmal allen recht machen, und überdies wusste sie aus Erfahrung, dass die Wahrheit tausend Gesichter hat.

9

Wenn Roberto die Rösterei betrat, grüßte er seine Angestellten mit einem einfachen »oeh«, das irgendwo zwischen Husten und Seufzen lag. Er zog sich die Jacke aus, denn im Laden war es brütend heiß, und verschwand in seinem kleinen Büro hinter Orlando. Den ganzen Morgen saß er auf seinem geflochtenen Stuhl, die Ellenbogen auf den polierten Holztisch gestützt, und kalkulierte, legte Rechnungen ab und notierte Anweisungen. An manchen Tagen kritzelte er stundenlang in seine schwarzen Notizbücher. Dieser Platz war die Kommandobrücke seines Schiffes: Mit sicherer Hand hielt er das Ruder, lobte Giovanni, spornte die Mitarbeiter an, umschmeichelte die Kunden und schalt die Söhne: »Man fängt ganz unten an! Wenn irgendjemand glaubt, er könnte hier den Chef markieren ...«

Die Angestellten nickten und zwinkerten sich feixend zu. Mit geschwellter Brust und grimmiger Miene steigerte Roberto sich in seine Rolle hinein. Doch jeder wusste, wie sanftmütig der Chef war, was sein Gehabe eher lächerlich denn einschüchternd machte.

»Signor Olivares trägt Schürze«, hieß es hinter seinem Rücken. »Er spielt zwar gern den Chef, doch die Einkäufe, die Preise und selbst die Öffnungszeiten bestimmt seine Frau.«

Das entsprach nur zum Teil der Wahrheit. Viola war pragmatisch, lebensklug, tugendhaft und intelligent, deshalb hörte Roberto auf sie. Außerdem fürchtete er ihre Wutausbrüche, und selbst auf die Gefahr hin, scheinbar unter ihrer Fuchtel zu stehen, vermied er es, sie gegen den Strich zu bürsten. Doch wenn es darauf ankam und vor allem in geschäftlichen Dingen hatte er das letzte Wort. Es war ein Rollenspiel um des lieben Friedens willen.

Seit einiger Zeit hatte dieser Frieden allerdings Risse bekommen. Nach ihrem anfänglich sporadischen Auftauchen kam ein Grüppchen fanatischer Duce-Anhänger nun jeden Morgen in die Rösterei. Sie waren zu fünft, machten jedoch Lärm für zwanzig: Sie fläzten sich auf den Tresen, krakeelten herum und foppten die Kunden. Ihre Anwesenheit ließ die Stimmung im Laden kippen: Das unbeschwerte Klima, das auch im Hause Olivares stets für gute Stimmung gesorgt hatte, schlug in Anspannung um. Die herzlichen Gespräche und harmlosen Plaudereien wurden von sinnlosem, zotigem Geschwätz verdrängt. Es ging vor allem um Weiber, fette Kühe, die nur dazu taugten, Kinder zu kriegen und die Bedürfnisse des Mannes zu befriedigen. Roberto litt unter diesem kruden Gerede und dachte beklommen an seine Töchter, diese kostbaren, zarten Blumen, denen selbst der Tau zusetzen konnte.

Eines Tages fasste er sich ein Herz und beschloss einzuschreiten. »Nicht alle Frauen sind so. Nehmt beispielsweise meine Frau. Dank ihr blüht das Geschäft und meine Familie lebt in Liebe und Harmonie. Viola kennt sich aus. Ehe ich eine Entscheidung treffe, frage ich sie um Rat.«

»Engel am Herd und Teufel im Bett, so sind die Weiber. Wenn man die nicht ordentlich an die Kandare nimmt, werden sie übermütig«, konterte der Manipelführer.

Roberto schoss das Blut in die Wangen, er ballte die Fäuste und musste sich auf die Lippen beißen, um nicht aus der Haut zu fahren. Er fürchtete sich vor Vergeltung: Wenn die wollten, konnten sie ihm den Laden dichtmachen. Er zählte bis zehn und sagte dann: »Aber Viola ist hinreißend!«

»Mag sein. Aber wenn Sie genau drüber nachdenken: Wer hat die Hosen an?«, fuhr der Scherge triumphierend fort.

»Na ja … wir reden, wir diskutieren und dann versuchen wir, eine gemeinsame Lösung zu finden.«

»Wo keine Eintracht herrscht, braucht es Gewalt«, erwiderten alle im Chor und schnellten in eine Haltung, die männlich wirken sollte.

Roberto blickte sich um: Die Kunden waren gegangen, die Angestellten hatten sich schutzsuchend um Orlando geschart und die Söhne machten ihnen Zeichen zu schweigen. Also setzte er ein verhaltenes Lächeln auf und sagte nichts mehr.

Ich protestierte, hielt dagegen, stampfte mit den Füßen auf, schrie. »Wieso kann ich nicht auch im Laden arbeiten?«

»Wenn du nicht von selbst draufkommst, brauche ich es dir nicht zu sagen«, antwortete mein Vater ungerührt. Dann öffnete er die Tür und schickte mich hinaus.

Ich hörte, wie er und die Angestellten hinter meinem Rücken lachten: »Sie ist ein Mädchen und merkt es nicht.«

Ich wusste, dass ich genauso viel wert war wie meine Brüder, aber in solchen Momenten geriet meine Überzeugtheit ins Wanken. Ich rannte die Treppe hinauf und riss die Wohnungstür auf.

Meine Mutter sah von ihrer Tasse auf. »Und? Was ist los?«

»Ich will Rösterin werden!«, rief ich mit rotem Gesicht.

Sie kam langsam auf mich zu, ihr leiser Atem mischte sich mit dem Rascheln des Morgenmantels. Sie streichelte mir über die Wangen und versuchte mich zu beruhigen. »Wenn, dann rösten wir dich, meine kleine Kaffeebohne, aber bis dahin ist es noch Zeit.«

Ihr Tonfall verriet, dass sie meine Not nicht ernst nahm. Im Laden regierten die Männer, meine Mutter sah das genauso, und das machte mich rasend. Ich liebte den Duft von Kaffee, ich hätte ihn literweise getrunken, hätte ich nur gedurft. »Du bist noch zu klein!« Jedes Mal, wenn ich die Tasse hinhielt, bekam ich die gleiche Antwort. Alles, was mit diesen schimmernden Bohnen zu tun hatte, war etwas für Männer oder für Erwachsene.

Die Kaffeekanne auf dem Herd war eine tägliche Versuchung, und wenn niemand hinschaute, war sie plötzlich leer. Vor meinen Brüdern war einfach nichts sicher … Ich musste mich mit einer heimlich zusammengerührten Eigenkreation begnügen: Ich kratzte die Reste aus der Kaffeemühle und mischte sie mit Zucker. Die Mixtur war so pulvertrocken, dass sie mir fast im Hals stecken blieb, doch ich liebte sie, sie war süß, und ich konnte mir einbilden, ich täte etwas Verbotenes. Ich gewöhnte mir an, die Kaffeebohnen vom Boden aufzusammeln, die beim Aufladen aus den Säcken rutschten. Dann schloss ich mich auf dem Klo ein und mahlte sie. Um das Geräusch zu übertönen, ließ ich das Wasser laufen, sonst hätte meine Großmutter etwas bemerkt: Nonna entging nichts. Das magische Pülverchen bewahrte ich in kleinen Ölpapiertütchen auf, die ich in meiner Schultasche versteckte. Weil das dunkle Puder mehr Koffein enthielt als eine ganze Kanne Kaffee, war ich ständig nervös. Bei jeder kleinsten Nichtigkeit ging ich in die Luft und konnte nachts kaum schlafen. In der Schule war ich auf Krawall gebürstet und ertrug die Witzeleien meiner Klassenkameradinnen nicht, die mich wegen meiner dunklen Haut Zauditù nannten.

Unablässig wiesen die Lehrerinnen mich zurecht: »Olivares, Genziana, entschuldige dich!«

Schnaubend verdrehte ich die Augen zum Himmel: Er war klar und strahlend blau. Was hätte man an einem so schönen Märztag nicht alles machen können, dachte ich seufzend. Im trüben Klassenzimmer zog sich mir das Herz zusammen. Lernen erschien mir die reinste Zeitverschwendung. Um Waschen, Staubwischen und Bügeln zu lernen, brauchte man keine Schule, das konnte man sich abschauen. Eigentlich war meine Mutter Analphabetin, sie konnte einen Buchstaben nicht vom anderen unterscheiden, aber das machte sie nicht unglücklich.

Ich mochte Bücher, das Rascheln der Seiten ließ mich erschaudern, und die Leben anderer, die sich Zeile für Zeile vor mir entrollten, beflügelten meine Fantasie. Doch dieser ständige Wettstreit, wer die Beste war, ging mir gehörig gegen den Strich. Die Lehrerinnen wussten das und hatten mich auf dem Kieker.

Die Grässlichste war unsere Faschismus-Lehrerin.

»Olivares, wer ist der Duce?« Ihre gellende Stimme schmerzte in den Ohren. »Das weißt du wohl nicht, was?«, bohrte sie höhnisch.

Mit leiser Genugtuung sah sie mich leiden. Glücklicherweise saß Rosabella neben mir. Sie war die Tochter eines Röstereiangestellten, und vielleicht meinte sie deshalb, mir helfen zu müssen. Sie hielt das Buch auf den Knien, schlug es blitzschnell auf der richtigen Seite auf und zeigte auf die Antwort. Ich tat so, als dächte ich nach, schielte nach unten, seufzte erleichtert und sagte: »Der Duce ist der Gründer des Imperiums.«

Es passierte nicht oft, doch manchmal wurde ich krank. Das Fieber war ein wahres Glück, ich konnte zu Hause bleiben und hatte meine Mutter ganz für mich.

»Lass sie schwitzen, dann geht das Fieber runter«, mahnte meine Großmutter.

Es war schön, im Bett zu liegen und zuzusehen, wie die Sonnenstrahlen in spinnwebfeinen Fäden durch die Fensterläden sickerten und das Zimmer in ein Kaleidoskop verwandelten. Die hellen Vorhänge konnten das Licht nicht aussperren, das im Frühling mit aller Gewalt hereindrängte und sich in den Farben des Regenbogens im Spiegel brach. Goldfarbener Dunst drehte sich in der Mitte des Zimmers, verdichtete sich in der reglosen Luft wie feuchter Sand und legte sich sacht auf die schweren Möbel. Mit weiten Augen lag ich da, sah den glitzernden Wirbeln zu und malte meine Träume auf die weiße Wand. Einer meiner heimlichen Wünsche war ein hübscher Junge mit dunkler Haut wie meine, schwarzen Augen und tiefer Stimme. Ich stellte mir vor, wie er mich anlächelte und ich ihm stolz einen Jutesack mit der Aufschrift »Liebe« zeigte: der Kaffee, den ich kreieren würde, wenn ich groß wäre.

Wenn meine Geschwister nicht da waren, vermählte sich die Stille des Hauses mit dem leisen Rascheln des Besens auf dem Boden, dem rhythmischen Schlagen des Teppichklopfers auf den Matratzen, dem

Klappern des Geschirrs im Spülstein. Meine Großmutter kümmerte sich um die Hausarbeit, und in ihren alltäglich gleichen Gesten lag eine trügerische Beständigkeit.

In jenen Jahren war die Zeit das Glockengeläut der zahllosen Kirchen ringsum. Sie verging langsam und legte sich wie ein matter Film über Menschen und Gegenstände, auf Konsolen, Spiegel, Rahmen und Frisiertische. Sie machte Lippen runzelig, Wangen hohl, Haar und Bärte weiß. Doch niemand begehrte auf: Das waren die Spuren des Lebens.

Wenn das Fieber sehr hoch war, glitt ich in einen leichten, wachsamen Schlummer. Das Stimmengewirr von der Straße wurde zu einem melodiösen, von den Rufen der Scherenschleifer und Straßenhändler belebten Raunen. Das Klatschen des Wassers in den Waschtrögen auf der Terrasse ergoss sich über das gedämpfte Murmeln der Kunden meiner Mutter, deren Stimmen ich kannte. Da waren Pina, die ihren im Großen Krieg verlorenen Mann wiederfinden wollte, Assunta, die auf Nachrichten von ihrem Freund harrte, der nach Amerika aufgebrochen war. Die Männer redeten nur über Geld, Heirat und Frauen. Meine Mutter antwortete, ohne je die Geduld zu verlieren, und in den Pausen kam sie, um nach mir zu sehen. Sie legte mir die Hand auf die heiße Stirn, und die angenehme Kühle riss mich einen Moment lang aus meiner Benommenheit.

Ich öffnete die Augen. »Wieso weißt du bloß alles?«, fragte ich.

»Ich bin eine Zauberin«, entgegnete sie geheimnisvoll.

Doch ich wusste, dass es im Kaffeesatz nichts zu lesen gab, sie wusste nun einmal, was im Viertel los war, den Rest konnte man sich denken. Sie verstand es, verzweifelte Menschen zu trösten, und vielleicht bestand ihre magische Kraft in ebendieser Hilfe, die sie niemandem verwehrte.

Während meiner Genesung durfte ich auf der Terrasse frische Luft schnappen. Ich liebte es, zwischen den zum Trocknen aufgehängten Laken zu stehen, sie dufteten nach Freiheit. Den Schmutz aus den

Kleidern zu reiben, die Stoffe von Flecken zu befreien faszinierte mich, es war, als löschte man schlechte Erinnerungen aus und bekäme eine neue Chance. Damals dachte ich, das Glück läge im Vergessen. Dabei liegt die Rettung in der Erinnerung: Das wird mir heute klar, wenn mir das Gedächtnis Bruchstücke einer märchenhaften Vergangenheit zurückbringt.

10

Viola wusste, dass an diesem Morgen viele auf sie warten würden. Der Frühling wirkte wie ein Katalysator, die laue Luft und das sanfte Licht beschworen neue Hoffnungen, regten die Fantasie an und weckten in der Seele einen blinden Hunger nach Neuem. Sie stellte die Tassen, die Kanne und eine brennende Kerze auf den Tisch und öffnete die Tür.

»Na, so ein Andrang!«, rief sie aus und bat die Kundschaft freundlich lächelnd herein. Für eine Kaffeesatzleserin war Freundlichkeit oberstes Gebot.

Still und gesittet bildeten die Leute eine Schlange, denn auch Benimm war Teil des Rituals.

›Hoffentlich gibt's nur gute Nachrichten!‹, dachte Viola. An manchen Tagen war die Menge an Leid kaum zu ertragen.

»Setzt euch.«

Schüchtern trat Donna Ciccia in die nach Kaffee und Lakritz duftende Küche. Sie war kaum zwanzig, sah aber mindestens doppelt so alt aus. Sie hatte wenige, wackelige Zähne, dicke, knotige Finger und bläuliche, an mehreren Stellen offene Haut. Sie war eine der zahlreichen Wäscherinnen, die zu Wochenbeginn in den Palazzi in der Via Maqueda und im Corso Vittorio bestickte Laken, Hemden und wertvolle Spitzen wuschen.

»Bitte, fang an«, forderte Viola sie auf.

»Principessa, ich hab vier kleine Mädchen. Ich will nicht, dass sie sich die Lungen mit Wäscheblau und Natronlauge verätzen wie ich. Gibt es Hoffnung, dass sie ein besseres Leben haben werden?«

Viola berührte sacht ihre geschwollenen Finger. »Für dich mach ich was Besonderes. Ich verwende die Zigeunermethode. Trink, aber lass einen Rest in der Tasse.«

Als fürchtete sie, das Porzellan zu beschädigen, nahm die Wäscherin den Henkel ängstlich zwischen Daumen und Zeigefinger.

»Da es hier um einen Gewinn geht, lass die Tasse im Uhrzeigersinn kreisen. Geht es um einen Verlust, nimmt man die andere Richtung. Stürz sie auf die Untertasse und lass das restliche Wasser herauslaufen ... Gut, jetzt gib sie mir, hier in die rechte Hand.«

Prüfend tastete sich Violas Blick vom Henkel aus am Rand entlang und wanderte dann gegen den Uhrzeigersinn in die Mitte. »Gut, gut ... sehr gut! Was ich dir jetzt sage, kann in sechs Tagen, sechs Wochen oder erst in sechs Jahren passieren.«

»Bei allem Respekt, Principessa, aber was reden Sie da?«

»Schau. Hier ist die Zahl sechs. Das ist die Zeit, die von der Weissagung bis zum Ereignis vergeht, aber ich kann dir nicht sagen, ob es Tage, Monate oder Jahre sind.«

Unruhig rutschte Donna Ciccia auf ihrem Stuhl herum.

»Glückwunsch, Donna Ciccia, und Gesundheit!«

»Was soll das heißen?«

»Hier, die beiden Pünktchen: Die bedeuten Zwillinge.«

»Heilige Muttergottes, und wie soll ich die ernähren?«

»Warte einen Moment. Das eine ist auf jeden Fall ein Mädchen, der Kreis ist nicht perfekt. Das andere Pünktchen ist neben einem perfekten Kreis, das wird ein Junge, aber der schafft's nicht ... Hier drin ist ein Kreuz.«

»Ein Glück! Ein Esser weniger«, tröstete sich Donna Ciccia.

»Aber deine Töchter werden allesamt Wäscherinnen, nur

eine nicht, nämlich das Zwillingsmädchen. Ein anderer Beruf als deiner. Neben dem Kreis ist ein G: Geld, Verdienst, Gewinn.«

»Ah, jetzt wird's interessant, Principessa ... «

»Sisina, bist du schon wieder hier? Was willst du?«

»Principessa, mein Vater will nicht, dass ich mit Mario anbandele.«

»Da hat er recht, du bist zu jung.«

»Wie bitte? Ich bin vierzehn, ich habe drei Brüder großgezogen und kann sogar Tomatensugo kochen.«

»Na und?« Viola seufzte. Sisina war ein Prachtmädchen, sie war begabt und klug, so jung zu heiraten wäre eine Schande.

»Geben Sie mir einen Rat, ich liebe Mario. Und wenn mein Vater mir verbietet, ihn zu sehen, laufen wir zusammen fort.«

»Du hast's aber eilig! Trink und dann sehen wir weiter. In deinem Fall müssen wir ganz genau sein, bei deinen schlechten Absichten kann ich mir keinen Fehler erlauben.«

Sisina trank und ihre weiche weiße Kehle hob und senkte sich sacht.

Viola brauchte einen Moment, um die zahllosen Arabesken auf dem weißen Porzellan zu entziffern. Mehrmals drehte sie die Tasse hin und her. »Ich sage dir, was ich hier sehe, von links nach rechts«, hob sie zögernd an. »Flugzeug: Neue Lieben. Ring: Wahre, dauerhafte Liebe. Waage: Du bekommst, was du verdienst. Kirche: Hochzeit. Nagel: Eifersucht. Pfeil: Neuigkeiten. Traube: Betrug ... «

»Und das sehen Sie alles in dieser winzigen Tasse?«

»Sisina, die Sache ist verworren. Das hier ist Mario und daneben sind noch zwei Männer, stimmt das?«

Das Mädchen wurde rot.

»Und erzähl mir keine Märchen, der Kaffee weiß alles«, sagte Viola drohend.

»Ja doch«, flüsterte Sisina mit gesenktem Blick.

»Wie heißen sie?«

»Werden Sie es meinem Vater sagen?«

»Was redest du da? Für eine Kaffeeleserin gilt die gleiche Schweigepflicht wie für einen Arzt oder einen Beichtvater.«

»Schwören Sie!«

»Schau: Da ist die Tür. Wenn du mir nicht traust, kannst du sofort gehen.«

»Verzeihen Sie, aber wenn mein Vater es erfährt, prügelt er mich tot. Michele und Renato heißen sie, aber geküsst habe ich nur Mario.«

Viola kramte in ihren Taschen und legte ihr drei rohe Kaffeebohnen in die Hand. »Nimm. Eine nennen wir Mario, eine Michele und eine Renato. Leg sie in drei Gläser mit Wasser, die erste, die keimt, ist der Richtige. Warte also mit deiner Liebesflucht.«

Zufrieden ging Sisina davon, die Kaffeebohnen, die alles klären würden, fest in der Faust.

Alivuzza, die Näherin aus der Rua Formaggi, war schon lange nicht mehr da gewesen. Eigentlich hieß sie Concetta, doch weil ihre Haut grünlich schimmerte wie eine unreife kleine Olive, wurde sie Alivuzza genannt. Sie war ganz besessen von der Liebe. Sie verzehrte sich nach ihr wie ein Hungernder nach Brot. Die Einsamkeit hatte sie welk gemacht und vorzeitig altern lassen. Vielleicht fand sie deshalb keinen Mann, denn eigentlich war sie ein gutes Mädchen, fleißig und sparsam, sogar eine Aussteuer hatte sie sich zusammengestopft und -gesäumt.

»Alivuzza, na endlich! Dich hab ich lange nicht mehr gesehen. Was gibt's Neues?«

»Bei mir gibt's doch nie was Neues, Principessa ...«

Mit vor Hoffnung brennenden Augen trank die Näherin ihren Kaffee. Vorsichtig begann Viola zu lesen, doch diesmal war ihr, als würde sie etwas erkennen: Im dunklen Pulver war eine winzige Flocke zu sehen. »Meinen Glückwunsch, Alivuzza, du hast es geschafft! Schau hier, du wirst ein kleines Mädchen bekommen.«

Die Näherin strahlte vor Glück.

»Das muss heute in der Luft liegen«, fügte Viola hinzu. »Erst Donna Ciccia und jetzt du.«

»Und mein Mann? Wie wird er sein?«

Sosehr sich Viola auch bemühte, sie konnte keinen Mann entdecken, doch wollte sie die arme Frau nicht enttäuschen, deren dunkelolivenfarbener Teint den rosigen Schimmer einer reifen Biancolilla-Olive angenommen hatte.

»Komm morgen wieder, dann sag ich's dir, es war zu wenig Kaffee für so viele Fragen.«

Margherita Vaccaro, Ehefrau von Peppe Schiera, war eine schüchterne Frau. Sie duftete wie eine Madonnen-Lilie und war weiß wie der Mond.

»Ich mache mir Sorgen, Principessa, mein Mann Peppe begeht jeden Tag Dummheiten.«

»Er ist nun mal ein Dichter«, lächelte Viola.

»Ja, aber heute Nacht ist er auch nicht nach Hause gekommen. Ich bin ja nur froh, wenn er fortbleibt, immerhin haben wir schon fünf Kinder. Wir schlafen und essen im Haus meines Vaters, aber dessen Gastfreundschaft kann ich schließlich nicht ewig ausnutzen ...«

»Und was wollen Sie von mir wissen?«

»Ob er tot oder lebendig ist.«

»Das ist alles?«

»Das reicht doch! Arbeit findet er eh keine, wer stellt schon jemanden ein, der es auf Mussolini und Hitler gleichzeitig abgesehen hat? Wissen Sie, was er über den Stahlpakt geschrieben hat?

›Ich hab zu Mussolini und Hitler gesagt,/ tut euch doch zusammen./ Doof und Doof gesellt sich gern‹.«

Viola musste lachen, sie mochte Peppe.

»Nun ja, seit drei Tagen hab ich ihn nicht gesehen. Er hat mit einem Zettelwust das Haus verlassen und ist nicht mehr zurückgekommen.«

»Aha, verstehe«, sagte Viola. »Wir versuchen es mit der Janein-Methode. Wenn ein Kreuz rauskommt, ist er tot, wenn nicht, lebt er. Hier, trinken Sie.«

In dem Moment flog die Tür polternd auf und ein massiges Weib mit kantigem Gesicht und borstigen Augenbrauen platzte herein. »Damen lässt man nicht warten!«, krähte sie und stieß Margherita zur Seite. »Kommen Sie später wieder, jetzt bin ich dran.«

Sie setzte sich und stellte ein schwarzes Ledertäschchen, auf dessen Metallschließe der Schriftzug *Richard Koret* prangte, gut sichtbar vor sich auf den Tisch. »Und schließen Sie die Tür hinter sich«, befahl sie und zupfte sich den Rock zurecht.

Margherita Vaccaro wagte nicht zu widersprechen, sie war schüchtern und wusste, dass es sinnlos war, sich mit diesen Leuten anzulegen.

»Ich bin Pancrazia Fondonero und wollte mich persönlich überzeugen, ob es stimmt, was alle über Sie sagen.«

Viola war außer sich, ihre Wangen zitterten und fast wäre sie handgreiflich geworden. Schon lag ihr ein »Wofür hältst du dich, du vorlautes Weib?« auf der Zunge, als Roberto in der Tür erschien.

»Violetta, mein Herzchen, die Signora ist die Frau des Verbandsführers.« Mehr sagte er nicht. ›Ich bitte dich, mach keine Dummheiten‹, war in seinen flehenden blauen Augen zu lesen, die vor Angst noch heller waren als sonst. Dann verschwand er, den Arm zu einem schüchternen Faschistengruß erhoben.

Viola überlegte kurz. Wäre sie ihrem Instinkt gefolgt, hätte sie diesem Weib die Kaffeekanne ins Gesicht gekippt und ihr teures Kleid bekleckert, das für all die armen Frauen in zerschlissenen Schürzen eine regelrechte Ohrfeige war. Doch Rache ist süß, und so erhob sie sich und streckte ehrerbietig ihre Hand aus. »Signora Pozzonero ...«

»Fondonero«, verbesserte sie das Riesenweib.

»Verzeihen Sie. Es ist mir eine Ehre, Sie kennenzulernen. Möchten Sie etwas Bestimmtes wissen oder wünschen Sie eine allgemeine Deutung Ihres vergangenen, gegenwärtigen und zukünftigen Lebens?«

»Wie wär's mit der allgemeinen Deutung?«, antwortete die Signora blinzelnd.

»Ich bereite Ihnen gleich einen ganz besonderen Kaffee zu«, sagte Viola mit honigsüßem Lächeln.

Sie mahlte die schlechtesten Bohnen, die sie hatte, und mischte Magnesia hinein, das sie ihren Söhnen als Abführmittel verabreichte, wenn sie sich wieder mit ihrem heißgeliebten Straßenessen vollgestopft hatten. ›Auge um Auge‹, dachte sie. Auf diese Weise wollte sie sich auch für die Bauchschmerzen des armen Peppe Schiera rächen, der schon des Öfteren gezwungen worden war, Rizinusöl zu trinken. Sie zuckerte den Kaffee ordentlich, um den Geschmack zu übertünchen, und hielt ihn der Signora freundlich hin. »Trinken Sie alles in einem Zug.«

Die Signora verzog das Gesicht, trank und setzte sich auf dem Stuhl zurecht.

»Ich werde die Methode des kommenden Jahres verwenden«, sagte Viola. Sie ließ die Tasse kreisen, stürzte sie auf die Untertasse und bedeckte sie mit gefalteten Händen. »Das ist die Gegenwart.« Sie zeigte auf den Henkel. »Wenn wir die Tasse in zwölf gleichgroße Stücke teilen, haben wir die Monate des Jahres. Jetzt ist es Mai, richtig?«

Die Frau nickte.

»Dann ist das Juni, Juli … August, September, Oktober und immer so weiter bis Februar. Hmmm … leiden Sie unter Kolitis?«

»I wo! Mein Darm ist unerschütterlich wie die Festung von Calatubo.«

Mit dem Finger zeichnete Viola eine unsichtbare Linie nach. »Das, was oben ist, ist der Monatsanfang, dann folgen die kommenden Tage und ganz unten die fernere Zukunft.« Sie machte eine Pause. Ihre Brust hob sich mit einem tiefen Atemzug, dann ratterte sie los wie ein Maschinengewehr. »Sie sind eine herrische Frau. Keiner darf sich Ihnen widersetzen. Sie haben spät geheiratet und wie durch ein Wunder noch ein Kind bekommen. Ein Jahr später, und Sie hätten es sich abschminken können.«

Viola blickte Signora Fondonero direkt ins Gesicht, die schamrot auf ihrem Stuhl herumrutschte. Sie klappte den Mund auf und zu wie ein nach Luft schnappender Fisch auf dem Trockenen.

»Aber das ist nicht allein Ihre Schuld! Ihr Mann hat seinen Teil dazu beigetragen. Wie ich sehe, hat er Sie gemieden, er hat für diese Dinge nichts übrig … aber Kinder kriegt man nur, wenn man miteinander schläft.«

»Ist ja gut, ich hab's verstanden, machen wir mit der Zukunft weiter«, unterbrach die Signora sie gereizt. Zwar hatte Viola den Nagel auf den Kopf getroffen, aber all das ging schließlich niemanden etwas an. Sie bereute es bereits, sie aufgesucht zu haben. Sie hatte geglaubt, sich auf Kosten des Rösters ein wenig amüsieren zu können.

›So ein Schlamassel! Was, wenn das die Runde macht?‹, dachte sie bei sich, als ein dumpfes Grummeln hörbar wurde. Mit schmerzverzerrtem Gesicht strich sich die Signora über den Bauch. Ihre Ohren fingen an zu glühen, und sie drückte sich die Hände auf den Unterleib, als wollte sie ihre Eingeweide festhalten. Das Magnesia zeigte Wirkung.

»Machen Sie schnell!«, murmelte sie und konnte es plötzlich kaum abwarten, das Treffen hinter sich zu bringen.

»Haben Sie es eilig?«

»Ja, mein Mann wartet unten im Laden auf mich.«

»Dann wollen wir ihn nicht warten lassen«, schloss Viola scheinheilig. »Nur eines noch: Der Kaffee, den er jeden Morgen trinkt, bekommt ihm nicht, eine Tasse Malzkaffee wäre besser, ab einem gewissen Alter rächen sich die Laster.«

»Genug«, sagte die Signora und stand auf. »Ich muss los.«

Viola hielt sie am Arm zurück. »Halt, Sie müssen noch zahlen.«

»Ist das etwa nicht umsonst?«

»Bloß nicht, Weissagungen, für die man nicht zahlt, bringen Unglück.«

Doch Signora Fondonero war schon auf der Treppe.

»Und kurieren Sie Ihre Kolitis aus!«, rief Viola ihr lachend nach.

11

Was die Erziehung der Kinder betraf, waren die Olivares' unterschiedlicher Meinung.

»Sie ist ein Mädchen, sie muss heiraten, also kann sie ebenso gut zu Hause bleiben.« Genau wie Genziana hielt Roberto die Schule für überflüssig.

Doch Viola blieb eisern. »Selbst Mädchen müssen was lernen.« Aber warum es ihr so wichtig war, dass die Mädchen zumindest ihren Abschluss machten, konnte sie nicht erklären.

Jeden Morgen gingen Genziana und Mimosa zusammen los. Beim Kloster blieben sie an der Luke mit dem Drehtablett stehen und nahmen sich eine Süßigkeit heraus. Für die Nonnen war die Luke der einzige Kontakt zur Außenwelt, durch sie wurden Naschereien, Geld, Neuigkeiten und Anteilnahme ausgetauscht. Genziana klopfte.

»Was wünscht ihr?«, wisperte die tonlose Stimme der diensthabenden Märtyrerin. Das Mädchen legte Geld auf den Teller, die Schwester nahm es an sich, das Drehtablett setzte sich quietschend in Bewegung und zwei süße Venusbrüstchen erschienen.

Mimosa ging klaglos zur Schule. Sie war ein verschlossenes Kind und neigte kein bisschen zu den Zornesausbrüchen ihrer Schwester, der man sie jeden Morgen anvertraute. Hand in Hand wanderten die beiden die Straße bis zur Piazza Pretoria hinauf. Die Statuen mit ihren zur Schau gestellten Schamteilen gefielen ihnen.

»Schau mal da!« Mimosa zeigte auf die Spitzbusen einer Nymphe.

»Dummkopf!«, schalt Genziana ihre Schwester und knuffte sie. Doch obwohl sie sich vollkommen gleichgültig gab, konnte sie ihren Blick kaum von einem Marmormann am Fuß der Treppe losreißen. Zwischen den gemeißelten Schenkeln hing ein kleines Ding, das aussah wie ein Cannolo. Sie hatte schon oft mit Rosabella darüber gesprochen, auch wenn beide nicht wussten, wie es hieß.

»Wir müssen einen Namen dafür finden«, hatten sie sich vorgenommen. »Denn was keinen Namen hat, existiert auch nicht.« Keine der beiden mochte glauben, dass dieses lächerliche Ding so wichtig, ja, geradezu unerlässlich für das Glück sein konnte.

Auf der obersten Stufe des Platzes blieb Mimosa störrisch stehen und dachte nicht daran, die Via Maqueda zu überqueren.

»Warte, ich bin noch nicht fertig.« Sie riss sich von Genzianas Hand los und musterte die Nymphenbrüste, die sie bis ins Detail kannte.

»Was ist, bist du neidisch?« Genziana deutete auf eine Statue mit kleinem, rundem Busen. »Du dagegen ...« Mit gestreckten Daumen und Zeigefingern ließ sie die Hände in der Luft kreisen, um zu bedeuten, dass an ihrer Schwester nichts dran war.

Getroffen stand Mimosa auf ihren krummen Beinchen da und wagte es ohne Ortensias schützende Nähe nicht, dagegenzuhalten. Manchmal rannte sie einfach davon und hoffte, nach Atem ringend, unter einem Karren zu landen: Wenn ihr etwas zugestoßen wäre, hätte die Großmutter der Schwester das Fell über die Ohren gezogen.

Wieder zu Hause, vertraute sich Mimosa ihrer Beschützerin an: »Rund wie zwei reife Pflaumen, groß und lang wie Birnen, die Brustwarze klein wie eine Kaper und die beiden Dinger drumherum groß und flach wie Schokoladentaler ...«

»Es reicht«, brummte Ortensia, »das ist wohl nur bei denen so!«

Mimosa war ganz besessen von Brüsten und tastete ihre Rippen häufig ab, um zu sehen, ob sich dort schon etwas wölbte. Doch ihre Brust war flach wie das Hafenbecken bei Flaute. Wie beneidete sie Genziana um ihre kleinen Rundungen.

Das ständige Gezänk der Töchter war Viola ein Rätsel. Kriegten sie sich wirklich wegen der Weiblichkeit in die Haare, die beiden fraglos zustand, auch wenn sie bei der einen bereits erblühte und bei der anderen noch nicht erwacht war?

Mimosa war mit einem Herzfehler zur Welt gekommen. »Alteleutekind« hatte der Vater gesagt, der für diesen späten Spross einen besonderen Vermerk bekommen und in der örtlichen Parteizentrale eine Auszeichnung erhalten hatte. Ständig litt das

Mädchen unter Atemnot. Schon der Weg zur Schule brachte sie aus der Puste. »Ich kann nicht mehr«, jammerte sie, kaum waren sie an den Quattro Canti vorbei.

»Ach Quatsch, jetzt komm, es ist nicht mehr weit«, drängelte Genziana stets.

Mimosas Anblick war herzerweichend. Den Kopf zwischen die knochigen Schultern gezogen, stand sie da und massierte sich die Knie. Auf ihrem Gesicht lag ein lachhafter Flunsch, sie sah aus wie eine störrische Ziege, die man an den Hörnern hinter sich herschleifen muss.

»Mir tun die Beine weh.«

»Mimosa, du bist eine richtige Pestbeule.«

»Guck doch, sie zittern ... ich sehe Sternchen, Sternchen! Fühl mal, wie mein Herz rattert.« Sie griff nach der Hand der Schwester, legte sie sich auf die eingefallene Brust und machte unregelmäßige Klopfgeräusche: »Tumm, tumm, tatatumm!«

Mit Unbehagen stellte Genziana fest, dass man bei ihrer Schwester jede Rippe zählen konnte. Sie versuchte sich loszumachen, doch Mimosa hielt sie fest.

»Bitte, lass uns eine Pause machen«, klagte sie und presste die dünnen lila Lippen zusammen. Hätte sie einfach gesagt, was sie wollte, statt so ein Theater zu machen, wäre Genziana ihrer Bitte womöglich sofort nachgekommen, doch Mimosas Quengelstimme ging ihr auf die Nerven. Aber am Ende tat Genziana doch, was die Schwester wollte. Auf der Piazza Bologni setzten sie sich unter das Standbild Karls V.

Mimosa war feinfühlig wie ein kleines Tier, sie nahm jede Stimmungsschwankung wahr, witterte Gewalt und Friedsamkeit und nahm die Reaktionen der anderen als Maß ihrer Kraft. Kaum lockerte sich Genzianas Griff, wusste Mimosa, dass sie gewonnen hatte, und gab Ruhe. Die beiden Schwestern drängten sich aneinander, legten die Köpfe zurück und blickten zum Palazzo Riso empor, dem schönsten Gebäude im gesamten Viertel. Die herrlichsten Ballsäle gab es darin. Deshalb hatten sie die Parteizentrale hierher verlegt: um ordentlich zu feiern und auf den Putz zu hauen.

Mimosa kam wieder zu Kräften. Ihr Körper verwand die Anstrengung, der Atem beruhigte sich, das Herz hörte auf zu rasen und der von jeglichen Gedanken befreite Sinn wanderte zwischen den Wolken und Gesimsen umher. Ihre Lippen verloren den bläulichen Schatten, der auch bei anderen Kindern des Viertels das Stigma der Krankheit war. Ein flüchtiger rosa Schimmer überhauchte die Wangen, der, kaum setzte sie sich wieder in Bewegung, einer wächsernen Blässe weichen würde.

Hinter Genzianas Nachgiebigkeit verbarg sich die Hoffnung, Medoro zu treffen. Dies war der einzige Ort, an dem sie ihm begegnen konnten, denn er ging nicht zur Schule und war bei Tagesanbruch bereits hinter der Tür des Barons verschwunden, um auf die täglichen Anweisungen zu warten. Er war anders als alle anderen. Er trug zerschlissene Hosen und rauchte die Zigarettenstummel auf, die er auf der Straße fand. Er war kräftig und muskulös und sein Haar, seine Augen und seine Haut waren pechschwarz. Ein waschechter Türke, und was für einer! Wenn er den Mund aufmachte, brach sich das Licht auf seinen strahlend weißen Zähnen wie die Sonne im Spiegel des Kleiderschranks.

Medoro gefiel Genziana sehr, sie waren wie füreinander geschaffen, dachte sie bei sich, während sie darauf wartete, dass er im Hauseingang auftauchte. Schließlich waren sie beide dunkel, er hieß im ganzen Viertel nur der Türke und sie wurde Zauditù genannt. Sobald seine Silhouette im Vorhof erschien, wurde Genziana rot und ihr Herz begann zu rasen wie das von Mimosa. Medoro hatte einen ganz eigenen Gang. Bei jedem Schritt zuckten seine Hüften sinnlich, und er blickte umher, als fürchtete er einen Hinterhalt. Dabei presste er die Kiefer so fest aufeinander, dass man meinte, es knirschen zu hören. Er wirkte zornig und besorgt zugleich.

Auch an diesem Morgen blieb er unter dem steinernen Wappen stehen, blickte umher, wandte den Kopf, spähte zwischen den Säulen im Hof hindurch und spuckte, als er sicher war, dass niemand ihn sah, auf den Boden. Genziana war hingerissen. Sie liebte seine männliche, leicht schurkische Art.

Kaum hatte er die beiden Schwestern erblickt, fing er an zu gockeln. Er zeigte seinen Bizeps, der sich aufblies wie zwei über Nacht aufgegangene Hefebrote.

»Lass uns gehen, wir kommen noch zu spät«, drängelte Mimosa plötzlich, ohne den Blick loszureißen.

»Warte.« Jetzt war Genziana diejenige, die nicht weiterwollte, sie war ganz schwach geworden und konnte sich kaum auf den Beinen halten. »Merkst du nicht, wie stark dein Herz noch schlägt?«

Doch es war nicht Mimosas Brust, in der es pochte.

»Besser, du ruhst dich noch ein bisschen aus.«

»Wieso bist du denn plötzlich so besorgt um mich?«

»Nonna hat gesagt, du darfst dich nicht überanstrengen, sonst weinst du wieder im Schlaf.«

»Ach, hör auf! Wenn ich zu spät komme, wird die Lehrerin wütend.«

»Schau doch auf die Uhr vom Palazzo Alliata, wir haben noch Zeit. Weißt du, was wir machen? Du wiederholst einfach dein Gedicht, dann kannst du vor deiner Lehrerin glänzen, wenn sie dich aufruft.«

»Stimmt, da bin ich gar nicht draufgekommen.« Mimosa war noch leicht hinters Licht zu führen. *»O Valentin, wie die Reiser der Hecken frisch bekleidet zu neuem Beginn! Bloß deine bloßen Füße …«*

Die ganze Zeit über stand Medoro gegen eine Säule gelehnt vor dem Haustor, den Mund zu einem sinnlichen Flunsch verzogen. »Küss mich, küss mich«, schienen seine fast schwarzen Lippen zu sagen. Zahllose Funken glühten in seinen Lavaaugen. Er war schon ein ganzer Mann!

12

Zà Maria stand an der Ecke der Via degli Schioppettieri und hielt nach den Olivares' Ausschau. Ein dunkler Schal bedeckte ihr verfilztes Haar, das aussah wie ein Krähennest. Die vom Wäscheschrubben schwieligen Hände waren unter dem Hinterteil eines kleinen, kaum sechsjährigen knochendürren Mädchens verschränkt, das jünger aussah, als es war. Es schlief in ihren Armen, den Lockenkopf gegen die Schulter der Mutter gelehnt, und ein Spuckefaden rann aus seinem halbgeöffneten Mündchen. Die Frau traute sich nicht, die Kleine allein zu Hause zu lassen, und deshalb zog sie sie im Schlaf an und schleppte sie wie ein Bündel mit.

Sie lebten in einer der armseligen Souterrainwohnungen im Vicolo Brugnò, einem engen, langen Schlauch gegenüber der Kathedrale, in den nie ein Sonnenstrahl hineinfiel. In dieser Gasse bestanden die Wohnungen aus einem einzigen Zimmer, in dem sich der Mann, die Frau und sämtliche Kinder, die da kamen, zusammendrängten. Der Platz war derart beengt, dass sich das Leben zu manchen Jahreszeiten im Freien abspielte.

Im Winter kauerten diese armen Menschen mit hochgezogenen Schultern vor ihren Türen, die vor Frostbeulen geschwollenen Hände in den schmutzigen Taschen vergraben. Im Sommer zogen sie ihre Betten auf die Gasse, fanden aber dennoch keinen

Schlaf. Alle hatten den gleichen starren, verstörten Gesichtsausdruck, der sie einzigartig und unverwechselbar machte. Manchmal, wenn die Hitze unerträglich war, bevölkerten sie den Kirchplatz vor der Kathedrale, wo der frühe Morgen die Zinnen und zarten Portalfriese in rosafarbenes Licht tauchte. Der Erzbischof hatte nichts dagegen: Es war eine Frage der Nächstenliebe und der öffentlichen Ordnung. Sie waren so zahlreich, dass es ein ganzes Regiment gebraucht hätte, um sie fortzujagen.

Im Vicolo Brugnò waren alle eine große Familie, und man kümmerte sich um die Kinder, ohne zu fragen, zu wem sie gehörten, wie bei den Affen, wo jeder seinen Nachbarn laust, egal, wes Kind er ist. Promiskuität lag knisternd in der Luft. Unvermittelt brach ein Streit los und schlug in eine regelrechte Schlacht um, die alle miteinbezog. Doch dann vertrug man sich wieder, setzte sich an einen Tisch und aß zusammen, denn wenn man einander nicht beistand …

Kaum war Viola allein zu Hause, schlüpfte Zà Maria ins Treppenhaus und stieg in den obersten Stock hinauf. Manchmal jammerte die Kleine im Schlaf. »Nicht weinen, Provvidenza«, flüsterte Zà Maria in den Schal und blieb stehen, um sie verstohlen zu streicheln. Solche Zärtlichkeiten erlaubte sie sich nur, wenn sie sicher war, dass niemand zusah. Bisweilen wachte das Mädchen auf und wollte selbst gehen. Dann stellte die Frau es behutsam auf den Boden, strich sein Kleidchen zurecht, zog ihm die Strümpfe hoch, die bis in die Schuhe gerutscht waren, und langsam setzten sie ihren Aufstieg fort.

»Ob die Principessa mir einen Keks gibt?«, fragte Provvidenza.

Die Mutter strich ihr über die langen Locken, die so dicht waren, dass sie bei Regen nicht nass wurden. »Bestimmt gibt sie dir einen, aber wehe, du fragst danach, das gehört sich nicht.«

Nach weiteren vier Stufen hob das Kind wieder an. »Vielleicht auch ein Bonbon, ja, Mama?«

Zà Maria zog sich das Herz zusammen: Die Kinder allein großzuziehen hatte ihre Kraft und Gesundheit erschöpft.

Die Wohnungstür war geöffnet. In ihren roten Bademantel gehüllt, erwartete Viola ihre morgendlichen Kunden. Barfüßig lief sie über den kühlen Fußboden. Sie hasste Schuhe, die sie als Hindernis zwischen sich und der Energie der Erde empfand. Die Kleine machte sich von der Mutter los und schlang die Arme um Violas Knöchel. Hastig packte Zà Maria sie bei den Haaren und zog sie so unsanft hoch, dass das Mädchen zu weinen anfing.

»Mari', wieso tust du das?«, fragte Viola vorwurfsvoll, denn sie hatte noch nie die Hand gegen jemanden erhoben.

»Um ihr Manieren beizubringen«, entgegnete die Frau und breitete die Arme aus. »Wozu sonst?«

Die Principessa hob das Mädchen hoch, es wog nichts. Das Herzchen der Kleinen flatterte, und Viola war, als hielte sie Mimosa in den Armen. Provvidenzas Atem war jedoch fließend, ohne die stickenden Aussetzer, die die Lungen blockierten. Viola wischte ihr die Augen trocken und schob sie vor die Küchenvitrine.

»Schsch, beruhige dich«, sagte sie sanft, holte eine Handvoll Zimtbonbons aus einer Dose und drückte sie der Kleinen in die Hände. »Magst du die?« Dann wandte sie sich an die Mutter. »Sie ist noch klein, Mari'!«

»Einen Baum muss man biegen, solange er jung ist. Wenn ich's jetzt nicht tu, endet sie wie ihr Bruder Medoro.«

Dieser Junge, der jeden Tag etwas Neues ausfraß, trieb Zà Maria fast in den Wahnsinn. In die Schule hatte er nicht gehen wollen, und statt einer ordentlichen Beschäftigung nachzugehen, machte er den Büttel für den Baron Riso. ›Und das soll Arbeit sein?‹, fragte sie sich besorgt.

Viola zog sich den Morgenmantel zurecht, der im ganzen

Hin und Her aufgegangen war und ihren weißen Busen freigab, schnürte sich den Gürtel um die Taille und setzte sich.

»Lesen Sie mir heute das Leben, Principessa?«, bat Zà Maria und starrte auf die Kaffeekanne.

»So schnell ändern sich die Dinge nicht, Mari'. Du warst erst gestern da, was soll es heute schon Neues geben?«

Viola ertrug es nicht, schlechte Neuigkeiten zu verkünden, manchmal nahm sie sich sogar vor, die Kaffeesatzleserei an den Nagel zu hängen. Doch dann standen die Leute wieder mit Herz und Hut in der Hand vor der Tür, und sie setzte alles daran, die richtigen Worte zu finden, um ihnen Mut zu machen. An manchen Tagen war ihre Gabe eher ein Fluch denn ein Segen.

»Na los, setz dich. Hast du was gegessen?«

»Nein«, antwortete Maria mit einer jähen Kopfbewegung. Das Eingeständnis ihrer Armut ließ ihr hartes Gesicht leicht erröten.

Viola stellte ihr Kekse und eine Tasse Milch hin.

»Das ist nicht nötig, mir reicht der Kaffee, und dann lesen Sie mir das Leben.«

»Iss«, beharrte Viola. »Und beeil dich.«

Die Frau genoss die Milch Tropfen für Tropfen, dann fiel ihr ihre Tochter wieder ein und sie hielt ihr einen Keks hin. Provvidenza bedankte sich mit einem Lächeln. Die Kleine war sanft und verständig, ganz anders als ihr rebellischer Bruder, der so stachelig war wie ein Brombeerstrauch. Sie tat Viola leid, ihre Sanftmut kam einer Kapitulation gleich, und um sie für die Ungerechtigkeit des Lebens zu entschädigen, stellte Viola die Dose mit den Biskuits auf den Tisch.

»Wie geht es Medoro?«, fragte sie. Sie wusste, woran die Familie zu leiden hatte.

»Was weiß ich?«, gab Zà Maria grollend zurück. »Jungs brauchen einen Vater, nur ein Kerl wird mit denen fertig.«

Sie hatte ihren Mann früh verloren und zog einen unberechenbaren und aufsässigen Sohn groß.

»Sie wissen ja, wie kompliziert das Leben ist. Der hat mir da gerade noch gefehlt! Eine harte Nuss war er immer, doch als er klein war, reichten ein paar Ohrfeigen und alles war wieder in Ordnung. Jetzt ist er achtzehn und alles ist mühsam. Zur Versammlung geht er nicht, das schwarze Hemd zieht er nicht an und den Katechismus kennt er nicht ...«

Viola schenkte ihr Kaffee ein. »Du musst dich damit abfinden: Er wird erwachsen und ein Mann trifft seine eigenen Entscheidungen, ob du willst oder nicht.«

»Pfff, das verstehen Sie nicht. Don Roberto bringt das Geld nach Hause und Sie ziehen die Kinder groß. Ich geh putzen, und jetzt, wo Medoro groß ist, wäre es nur recht, wenn er arbeitete. Hin und wieder gibt er mir Geld, aber das reicht hinten und vorne nicht. Zum Glück kriege ich Unterstützung vom Nationalen Hilfswerk für junge Mütter. Wenn es das nicht gäbe ... Ich muss mir alles vom Munde absparen, sonst hätten wir gar nichts zu beißen.«

»Beruhige dich, es kommt sowieso alles, wie es kommen muss.«

»Nein, Principessa, wir sind für unser Schicksal selbst verantwortlich.«

»Das Schicksal ist bereits geschrieben und wir laufen ihm entgegen.«

»Schicksal hin oder her, ich bin Medoros Mutter und er muss mir helfen. Und an allem ist dieser Dichter Peppe Schiera schuld.«

»Was hat er denn Böses getan, Mari'? Alle regen sich über ihn auf, dabei ist er ein armer Schlucker, ein Hungerleider.«

»Ja, aber Medoro hat jetzt auch angefangen, den Duce zu beleidigen und sich über die Faschisten lustig zu machen.«

»Na ja, vielleicht wird er ebenfalls Dichter.«

»Aber klar, im Knast! Jedes Mal, wenn ein Verbandsführer aus dem Norden auftaucht, nehmen sie ihn mit in die Kaserne.«

»Aber dann lassen sie ihn wieder laufen.«

»Und wenn sie ihn umbringen? Ich schlafe nachts nicht mehr, schließlich ist er immer noch mein Sohn. Also, Principessa, sehen wir nach, was ihm bevorsteht. Dann kann ich mich vielleicht endlich damit abfinden und stoße mich nicht mehr dran.«

»Na, dann trink.«

Zà Maria stürzte den Kaffee hinunter und reichte Viola die Tasse. Einen Moment lang saß sie so da, den Arm halb in der Luft, dann schlossen beide die Augen, die eine, um einen klaren Kopf zu kriegen, die andere, um im Dunkeln Schutz vor der Wirklichkeit zu suchen. Viola nahm die Tasse, stürzte sie auf den Unterteller, verschränkte ihre Finger mit Zà Marias und wartete mit ihr, bis das feuchte Pulver seine Antworten auf das weiße Porzellan schrieb.

»Schau mal: was für ein Durcheinander in dieser Tasse. Daraus werde ich nicht schlau. Halt … hier, siehst du diese Ameise? Der arme Medoro wird noch hart schuften, aber das Glück wird ihm hold sein … Hier ist ein Hufeisen. Ich meine eine Reise zu erkennen, eine lange Reise, das sehe ich an dieser gepunkteten Linie. Aber er kommt zurück, keine Sorge, da sind ein Vogel und ein Nest. Er hat eine eiserne Gesundheit, die Rose ist schön groß und voll. Sieh an, sieh an, sieh an …«

»Was ist, Principessa?«

»Das will ich dir sagen, aber du musst mir versprechen, ruhig zu bleiben und frühestens in einem Monat zurückzukommen.«

»Jaja.«

»Dein Sohn wird Großes vollbringen. Da ist eine Krone so groß wie eine Bratpfanne. Und er wird von allen geachtet, von wegen Knast. Und jetzt geh nach Hause und zerbrich dir nicht mehr den Kopf über ihn, umso eher wird er seiner Wege gehen.«

In puncto Betragen versteht die faschistische Schule keinen Spaß. In dem Jahr war ich oft getadelt worden und hatte Angst zu fliegen. Aber dann wurde ich doch noch versetzt. Ich erfuhr es wenige Tage vor Ende des Schuljahres. Der Rektor hatte meinem Vater eine vertrauliche Mitteilung gemacht, der mit Päckchen seines besten Kaffees versucht hatte, für Schönwetter zu sorgen.

Ich war gerade vierzehn geworden, mein Körper hatte sich gewandelt und ich fühlte mich erwachsen. Meine Brüste hatten sich verändert, sie waren keine weichen, saftigen Pfirsiche mehr, sondern zitternder weißer Ricotta. Der weiche Flaum auf dem Schambein war voll und lockig geworden und lugte wie dichtes Laub zwischen meinen Schenkeln hervor. Eine heiße rote Flut hatte den Übergang zum Erwachsensein gezeichnet, ein langer Streifen roten Mohns am Rand eines Kornfeldes. Ein sorgenloser Sommer erwartete mich.

»Für mich ist die Schule vorbei«, rief ich eines Tages vergnügt bei Tisch.

»Ganz und gar nicht«, erwiderte meine Mutter. »Ich hab dich an der Mittelschule angemeldet, damit du es bis aufs Gymnasium schaffst. Sonst hätte ich dich an der Fachoberschule angemeldet.«

Ich ließ meine Gabel auf den Teller fallen. Was redete sie da? Ich schaute meinen Vater an – was die Schule betraf, waren wir einer Meinung.

Er schluckte ein soßetriefendes Fleischbällchen hinunter und zwinkerte mir zu.

»Viola«, sagte er in seinem Schmeichelton, »ist es denn wirklich nötig, dass sie weiter zur Schule geht? Sie soll doch heiraten ... «

Ich sprang auf: »Papa hat recht. Und bis dahin kann ich im Laden arbeiten.«

Mein Vater verschluckte sich. »Keine Frauen im Laden!«, stieß er hustend hervor. »Ohne Widerrede!«

Meine Großmutter fand den Kompromiss. »Wir melden sie auf der Schule an, aber in den Ferien darf sie im Laden sein. Vorausgesetzt, sie nimmt Mimosa mit.«

Alle waren einverstanden. Mama freute sich, weil ich weiter zur Schule gehen würde, und Papa war beruhigt, weil er glaubte, mit meiner Schwester am Bein würde ich keinen Tag durchhalten.

Für mich war der Laden eine magische Welt. Orlando war der Drache und ich die gefangene Prinzessin. Früher oder später würde ein dunkler, geheimnisvoller Ritter kommen und mich aus seinen Fängen retten, fantasierte ich und dachte an Medoro.

Mimosa bestürmte mich mit Betteleien: »Schenkst du mir einen Bonbon?«, »Spielen wir feine Damen?«, »Nimmst du mich auf den Arm?«, »Ich bin müde, ich will nach Hause«. Ich versuchte sie zu verscheuchen wie eine lästige Fliege, doch wenn sie anfing zu quengeln, musste ich nachgeben, schließlich wartete mein Vater nur auf eine Entschuldigung, um mich nach Hause zu schicken.

»Wir spielen Ich bin Zauditù und du meine Sklavin«, schlug ich vor, um sie ruhigzustellen. Allmählich fand ich Gefallen an diesem einst verhassten Spitznamen. Immerhin handelte es sich um eine – wenn auch schwarze – Kaiserin, die Befehle erteilte.

Meine Schwester klatschte in die Hände: »Oh fein!«

Ich füllte eine Kanne mit Wasser, tat Zucker auf ein Tellerchen und schenkte ihr eine Handvoll Kaffeebohnen. Es lagen immer welche auf dem Boden herum, die beim Füllen der Säcke heruntergefallen waren oder während der Abkühlungsphase wie Gewehrkugeln aus Orlandos Bauch zischten.

»Mach der Kaiserin Zauditù einen Kaffee, Sklavin! Und wehe, er ist nicht gut, dann schlag ich dir den Kopf ab«, befahl ich mit grimmigem Gesicht.

Sie hantierte mit einem Service bunter Tässchen herum, das sie einmal geschenkt bekommen hatte, und ließ mich eine Weile in Ruhe. Neugierig wanderte ich umher und betrachtete die Destillierkolben meines Vaters. Die hauchdünnen Glasampullen waren für mich magische Seifenblasen, die nicht zerplatzten. Ich lauschte dem melodiösen Knistern der Bohnen. Die dunkle Flut heißer Bohnen glich schimmerndem Samt; sobald sie erkaltet war, vergrub ich meine Hände darin, die sich dunkel färbten. Ich ließ den Kaffee durch die Finger rieseln. Bronzefarbener Staub wirbelte auf und legte sich auf die Kleider. »Nun sieh dir dein Kleid an!«, schalt meine Großmutter abends. »Wir sollten dich in Schwarz stecken wie eine Witwe.«

Dennoch verschaffte der Kaffee mir ein sinnliches Vergnügen, dem ich nicht widerstehen konnte. Wäre ich allein gewesen, ich hätte mich nackt in den duftenden Bohnen gewälzt.

An jenem 10. Juni 1940 standen wir wie gewöhnlich zum Aufbruch bereit an der Wohnungstür. Papa hielt Mimosa an der Hand, meine Brüder trödelten noch in ihrem Zimmer herum. Ich scharrte mit den Hufen. Giovanni hatte mir versprochen, ich dürfe den Kaffee probieren.

»Aber sag das nicht deinem Vater«, hatte er lächelnd gemahnt. »Sonst schickt der mich noch zurück ins Waisenheim.«

»Ich geh schon mal«, sagte ich und versuchte hinauszuschlüpfen. Mein Vater hielt mich am Kragen fest. »Nicht so hastig«, sagte er und rief: »Raimondo, Rodolfo, Ruggero! Herrschaftszeiten ... « Endlich kamen die drei und einer nach dem anderen marschierten wir zur Tür hinaus. Papa sagte sein gewohntes »Meine Soldaten!« und drehte sich mit zärtlichem Blick nach meiner Mutter um. Er rechnete mit dem üblichen sanften Kuss auf die Lippen, doch stattdessen ertönte ein panischer Schrei: »Halt!« Wie vom Donner gerührt blieb er stehen, dann kehrte er um.

»Schließ die Tür«, sagte meine Mutter mit Tränen in den Augen. »Kommt alle her.« Sie schluchzte, ihre Hände, die die Tasse hielten, zitterten, sie war kreidebleich. »Heute ist ein gezeichneter Tag!« Dann verstummte sie.

In dichten Wolken braute sich der Sand über den grauen Bergen zusammen und regnete dröhnend auf die Stadt nieder. Der Schirokko hatte seinen zähen Schleier über das Viertel gebreitet und lähmte die Fliegen, die die Köpfe meiner Geschwister sprenkelten. Wir scharten uns um den Küchentisch, selbst meine Großmutter, die sonst nicht an den Familienversammlungen teilnahm, setzte sich dazu. Das Gesicht meiner Mutter war zu einer Schmerzensmaske entstellt. Ich saß neben ihr und nahm das angstvolle Beben ihres Körpers wahr. Sie, die so kühn und unerschütterlich war, wirkte an diesem Morgen wie ein aus dem Nest gefallenes Vögelchen. Still und stumm saßen wir da, bis mein Vater nach einem Glas Wasser griff und es ihr an die Lippen setzte.

»Seht hier«, sagte sie und zeigte auf den Grund ihrer Tasse. Wir steckten die Köpfe zusammen und ein Dutzend Augen starrten angestrengt in den dunklen Schlick. Dann blickten wir gleichzeitig fragend zu ihr auf.

13

»Viola, was hat das zu bedeuten?« In Robertos Bariton schwang ein leiser Vorwurf mit.

»Was ist los, Mama?«, fragten die Kinder beinahe im Chor, und Viola brach in Tränen aus.

Die sonst so optimistische, heitere, bisweilen zornige, allenfalls besorgte Viola führte sich auf wie ein verstörtes Kind. Ihre Tränen erschütterten das Haus wie ein Erdbeben.

»Hör endlich auf, Kind, und sag uns, was du hast«, drängte Ortensia.

»Es gibt Krieg«, sagte Viola und zeigte auf ein kleines Loch inmitten eines braun geränderten schwarzen Flecks.

»Verdammt noch eins, Viola, was sind denn das für Prophezeiungen!«, schimpfte Roberto.

»Jetzt übertreibst du«, sagte Ortensia vorwurfsvoll, »der Kleinen einen solchen Schrecken einzujagen!« Sie drückte Mimosa an sich und wechselte einen einverständigen Blick mit dem Schwiegersohn: Zum ersten Mal waren sie auf derselben Seite.

»Hier steht's, in diesem Loch«, beteuerte Viola.

Räuspernd versuchte Roberto den Ärger in seiner Stimme zu glätten und den richtigen Ton zu treffen, um seine Kinder zu beruhigen. »Du übertreibst wirklich. Es ist eine Sache, zu entscheiden, ob man vier Säcke Kaffee mehr oder weniger kauft oder ob man – was weiß ich – den Lieferanten wechselt, aber das hier ist was anderes. Einen Krieg kann nur Mussolini erklären und nicht dein Kaffeesatz. Und jetzt leg dich ins Bett, ich glaube, du hast Fieber. Wie gehen zur Arbeit.«

Viola drückte Genzianas Arm ganz fest. »Glaubst wenigstens du mir?«

Genziana wusste nicht, was sie antworten sollte. Die Aufregung hatte sie eher verärgert denn beunruhigt. Giovanni wartete auf sie, um sie endlich den heißersehnten Kaffee kosten zu lassen, und jetzt das hier!

»Bleib bei mir«, flehte Viola.

Das Mädchen sah ihr direkt in die Augen: Sie waren zerronnen wie Eis in der Sonne. Noch nie hatte ihre Mutter sie gebraucht. Sie nickte und hoffte, dass Giovanni sein Versprechen nicht zurücknehmen würde.

Ehe er ging, trug Roberto Genziana auf, sich gut um die Mutter zu kümmern. »Wenn es nicht besser wird, sag mir Bescheid, dann rufe ich den Doktor.«

Der Kaffeeduft schien sich um Violas Ängste nicht zu scheren und zog an diesem 10. Juni wie jeden Morgen durch die Gassen. Er erklomm die dunklen Treppen und füllte die modrigen Behausungen der Familien, die so arm waren, dass sie möglichst lange schliefen, um ihr Elend zu vergessen. Für einige Stunden verdrängte dieser köstliche Duft den Gestank nach Elend und Verwahrlosung, der das Viertel beherrschte, und bescherte seinen Bewohnern ein flüchtiges Gefühl von Glück.

Grußlos und mit grimmigem Gesicht betrat Roberto sein Büro. ›Was ist bloß mit Viola los?‹, überlegte er. ›Im Kaffeesatzlesen ist sie gut, aber von Liebe zu reden, Seitensprünge aufzudecken und Familien zu versöhnen ist eine Sache, einen Krieg verkünden eine andere. Damit scherzt man nicht!‹

Er betrachtete Orlando. Gerade hatte er einen Vertrag mit einem neuen Lieferanten geschlossen. Wenn es Krieg gäbe, würde er die Abmachungen nicht einhalten können. Während des Abessinienkrieges 1936 war er schon einmal in die Bredouille geraten. Damals hatte er sich von seinen Faschistenfreunden überreden lassen, dass er dort guten Kaffee zu Spottpreisen bekommen würde. Also hatte er große Mengen geordert und sich Geld geliehen. Der Kaffee der Abessinier hatte sich als Reinfall erwiesen: Die Bohnen waren klein und bitter gewesen und hatten ein galliges Gebräu abgegeben. Keiner seiner Kunden hatte ihn gekauft und es hatte viel Zeit und Mühe gekostet, die Schulden wettzumachen. »Diesmal übertreibt Viola«, grummelte er. Doch heimlich fürchtete er, seine Frau könnte recht haben.

Sein Blick spiegelte sich in den gläsernen Augen des Drachen. ›Das kann nicht sein, nicht jetzt! Bei all dem, was ich investiert habe‹, dachte er. Sein Gesicht war ein einziges Faltenmeer, das sich in ungeordneten, von Wut und Unglaube bewegten Wellen kräuselte. Stolz streichelte er den Drachen. »Basta, denken wir nicht mehr dran.«

In dem Moment tauchte Mimosa in der Bürotür auf und drehte Orlando eine Nase: »Ätschibätsch«, sang sie und tänzelte um ihn herum.

Roberto packte sie bei der Hand. »Ein bisschen Respekt, kleines Fräulein, ohne ihn sind wir Olivares' nichts.«

Das Mädchen ließ den Kopf hängen und schob weinerlich die Unterlippe vor. Er bekam Mitleid, dieses Kind war so empfindlich. Roberto wandte sich an Orlando. »Und du, mein Freund, hör mir gut zu: Siehst du die hier?« Er deutete auf Mimosa, die vor dem Riesen wie eine Ameise aussah. »Das ist meine Kleine!«

Dann kitzelte er sie durch und bedeckte sie mit Küssen.

Zu Hause war Viola reglos vor ihrer Tasse sitzen geblieben. Genziana saß neben ihr und ließ sie, wie der Vater ihr aufgetragen hatte, nicht aus den Augen.

»Sitz nicht so neben mir, setz dich mir gegenüber«, flüsterte die Mutter.

Folgsam ging das Mädchen um den Tisch herum, legte sich zwei Kissen unter und sank mit einem eigenartigen Zischen, als hätte sie sich auf einen undichten Luftballon gesetzt, auf den Stuhl.

Viola zog eine Mittellinie auf die Untertasse und stellte sie in die Mitte des Tisches. »Das nennt man Spiegel der Gerechten. Alles, was auf deiner Seite ist, hat kaum Bedeutung, es ist unwichtig, doch was auf meiner Seite ist, kann dein Leben vollkommen auf den Kopf stellen.«

Das Mädchen blickte sie gelangweilt an. Das war nicht das, was sie am Kaffee interessierte.

»Es gibt viele Arten, den Kaffeesatz zu lesen. Aber das Wichtigste ist die Fähigkeit zuzuhören, entweder man besitzt sie oder nicht, man kann sie nicht erlernen. Die Leute fragen einen immer das Gleiche: ›Wann heirate ich?‹, ›Finde ich Arbeit?‹, ›Bin ich gesund?‹. Mach nicht bei der Bedeutung der Worte halt, sondern versuch zu verstehen, was ihre Herzen wirklich bewegt.«

Genziana kratzte sich ratlos am Kopf.

»Du hast nichts verstanden, oder?«

»Nein.«

»Na schön, dann tun wir so, als wärst du hier, um deine Zukunft zu erfragen. Gibt es etwas, das du gern wissen würdest? Doch aufgepasst, es darf nichts Läppisches sein! Du darfst weder zu eindeutige noch zu ungenaue oder zu weit in der Zukunft liegende Dinge fragen.«

»Gib mir ein Beispiel, Mama.«

Viola machte ein ungläubiges Gesicht: So bereitwillig hatte sie Genziana noch nie erlebt. Sie fühlte sich auf den Arm genommen und machte Anstalten, alles wegzuräumen. »Wenn's dich nicht interessiert ...«

»Aber nein, Mama!«, beteuerte Genziana. »Erzähl mir lieber, wann dir klargeworden ist, dass du im Kaffeesatz lesen kannst.«

»Die Frage tut zwar nichts zur Sache, aber es ist richtig, dass du erfährst, wie die Dinge liegen«, antwortete Viola. »Kaffeesatzlesen ist eine Gabe, auch wenn es zuweilen ein Fluch sein kann, die Zukunft zu kennen. Es geschah am Tag meiner Verlobung. Als dein Vater sich meinen Eltern vorstellte, erfüllte ein heißer Hauch meine Brust und unser Atem fand Einklang. Ich bot ihm einen Kaffee an. ›Mutiges Mädchen‹, sagte er lächelnd zu mir. ›Bietet einem Kaffeeröster Kaffee an!‹ Und während er sprach, drängte mich ein kleines, inneres Stimmchen, in die Tasse zu schauen. Auf dem Grund waren feine, elegante Muster geblieben. ›Das sind Vorzeichen des Glücks‹, die Worte perlten mir aus der Seele. Kaum waren wir verheiratet, gewöhnte ich mir an, jeden Morgen die Reste in seiner Tasse zu untersuchen. Ich sah die Gesichter meiner Kinder, deine schwarzen Locken, Mimosas Goldsträhnen ... Was ich mache, hat nichts mit Hexerei zu tun, ich lasse mich von der Intuition leiten, doch ein bisschen Theorie muss man schon beherrschen, sonst verliert man den Überblick.« Sie machte eine Pause und blickte der Tochter in die Augen, um zu sehen, ob sie ihr folgte. »Siehst du diese Linie? Da, entlang der Kante, neben den übereinanderliegenden Körnchen, die aussehen wie ein Haufen Gerümpel?«

Das Mädchen sah genauer hin und ihre Mähnen verschmolzen zu einem Lockengewirr.

»Nicht da, hier, direkt vor meiner Fingerspitze.«

»Ja, jetzt seh ich's.«

Ihre Wangen berührten sich, Genziana war weich und warm wie eine frisch gebackene Brioche.

»Ach geh, rück mir nicht so auf die Pelle.« Viola hatte ihren nüchternen Ton wiedergefunden. Im Halbdunkel der Küche schimmerten ihre Zähne wie Glühwürmchen zwischen den roten Lippen.

»Aber wenn ich's dir doch sage, ich sehe's!«, sagte Genziana mit einer ungehaltenen Handbewegung. ›Wenn sie mich doch bloß ein bisschen Kaffee trinken ließe!‹, ging es ihr durch den Kopf.

»Und was ist neben den Körnchen?«, fragte Viola argwöhnisch.

»Eine Welle, Mama, eine kleine Welle, die sich an der Klippe bricht.«

»Siehst du, du willst mich auf den Arm nehmen! Aber ich kenne dich, meine kleine Kaffeebohne«, sagte sie voll herzerweichender Zärtlichkeit.

Genziana gab ihr einen Kuss: Liebe gebiert Liebe.

»Na komm, jetzt noch mal von vorn. Neben den Körnchen, am Rand, die gerade Linie ...«

Anhand der fransigen Linien und formlosen Gerinnsel lehrte Viola ihre Tochter die Grundbegriffe der Kaffeesatzleserei und führte sie durch Gegenwart, Zukunft und zahllose mögliche Antworten.

»Leg ein bisschen Gefühl hinein, du musst Freude an dem finden, was du tust. Im Kaffeesatz lesen ist nichts für jedermann, man braucht ein großes Herz.«

Eine ganze Weile saßen sie da, gingen Methoden und Symbole durch und entzifferten die Figuren, die sich im schwarzen Morast abzeichneten. Genziana hörte aufmerksam zu und merkte sich alles genau, bis ihre Augen vor Müdigkeit tränten und sie ihre Mutter bat, ihr die Zukunft zu sagen. »Aber direkt. Du musst eindeutig sein.«

»Du bist noch zu jung«, entgegnete Viola, doch ein entsetzlicher Zweifel nagte in ihr. ›Und wenn keine Zeit mehr wäre?‹, dachte sie mit Schrecken.

Also füllte sie die Tasse, schließlich war es ein Notfall. »Trink«, befahl sie der Tochter, »und denk an das, was dir am meisten am Herzen liegt.«

›Endlich‹, dachte Genziana. Also hatte sie an diesem Tag ihren ersten Kaffee trinken sollen. Sie griff nach der Tasse, führte sie zum Mund, um ihren Duft einzuatmen, und das durchdringende Aroma fuhr ihr so heftig in den Magen, dass sie erschauderte. Sie lächelte verblüfft, das matte Kribbeln, das vom Magen wieder zum Mund stieg, gefiel ihr. Vorsichtig benetzte sie die Lippen, die Süße des Zuckers und die Kühle des Porzellans ließen die Zunge zurückzucken. Das Getränk war kochend heiß und sie fing an zu pusten, doch die Mutter hielt sie zurück. »So wirbelt das Pulver immer weiter und ich kann deine Zukunft nicht sehen. Es ist, als würde man einen Stapel Karten endlos mischen.«

»Jetzt«, sagte Viola, als die Flüssigkeit sich aufgehellt und die Oberfläche klar geworden war, und Genziana stürzte die Tasse in einem Zug hinunter. Es ging so schnell, dass sie gar nichts schmeckte. So ist es mit den lang ersehnten Dingen: Bisweilen sind sie allzu rasch vorüber, um Spuren zu hinterlassen.

›Das ist alles?‹, fragte sie sich, während die Mutter sich daranmachte, den Grund der Tasse zu befragen. Doch im nächsten Moment durchströmte eine köstliche, entspannende Wärme ihren Körper. Die Aufregung fiel von ihr ab, sie wurde ruhig und ein körniger Film legte sich auf ihren Gaumen.

Langsam begann Viola zu sprechen, doch Genziana war so mit sich selbst beschäftigt, dass sie gar nicht zuhörte und nicht merkte, wie die Stimme ihrer Mutter immer lauter wurde und schließlich konstatierte: »Für dein Glück werden die Frauen sorgen, für deine Sicherheit der Kaffee, vergiss das nie.«

In dem Moment erschien Ortensia in der Tür, sie sah aus wie ein Gespenst. »Macht das Radio an«, stieß sie außer Atem hervor. »Sie sagen, um zwölf Uhr mittags spricht der Duce.«

Sie drehten am Senderknopf herum, ein gellendes, Ohren und Herz betäubendes Pfeifen überlagerte die Übertragung. Ein paar Satzfetzen durchdrangen das Fiepen und Rauschen:

»Kämpfer zu Lande, zu Wasser und in der Luft ... Männer und Frauen Italiens, des Imperiums und des Reiches Albanien, hört mich an: Eine schicksalhafte Stunde schlägt am Himmel unseres Vaterlandes ...«

Genziana blickte zwischen der Großmutter und der Mutter hin und her, ihre Gesichter waren bleich und angespannt, ihre Hände zu Fäusten geballt.

»Mama, was ist passiert?«

»Pssst!«, zischten beide Frauen im Chor.

Die gellende Stimme des Duce plärrte aus dem hölzernen Apparat wie aus einem magischen Schrein. Sie schien das Metallgitter aufzustemmen und sich mit aller Macht ins Zimmer zu ergießen: »Jetzt gilt nur eine Parole: Siegen!«

14

Am 23. Juni 1940 um zwölf Uhr mittags, zwei Wochen nach der Kriegserklärung, fiel die erste Bombe auf die Stadt. Es gab keine Toten. Signora Assunta und ihr kaum achtjähriger Enkel Gaetano gingen just in dem Moment die Via Maqueda entlang und wurden wie durch ein Wunder verschont.

Ein paar Tage später betrat Assunta die Rösterei, um einen Kaffee zu trinken, und erzählte, was passiert war: »Ich war in der Via Sant'Agostino, um Gaetano – mit Verlaub gesagt – Unterhosen zu kaufen. Als es Mittag schlug, waren wir beim Palazzo Comitini. ›Beeil dich, Gaetano, dein Vater will, dass du am Tisch sitzt, wenn er nach Hause kommt!‹ Mein Junge ist ein echter Plagegeist! Wenn nicht alle pünktlich bei Tisch sind, setzt's ein Donnerwetter. Plötzlich ist der Palazzo gegenüber mitten entzweigegangen wie eine aufgeschnittene Melone. Dann ist er gebröckelt und lautlos in sich zusammengefallen. Zwei Hände haben mich gepackt und ich hab den Kleinen an mich gezerrt und gleich darauf stehe ich nackt und bloß in der Via Maqueda. Und Gaetano hockt zusammengekauert unter mir und hat keine Hosen mehr an.«

»Was für ein Schreck!«, meinte Signorina Carmela.

»Von wegen Schreck, eher eine Blamage. Eine anständige Signora mitten im Zentrum ohne Kleider!«

»Ich auch«, sagte der Enkel.

Sie streichelte ihm über den Kopf. »Ja, du auch, aber bei dir ist das was anderes: Du bist ein Junge und dazu noch klein.«

Roberto zuckte bei dieser Erzählung mit den Achseln, im Grunde war doch nichts passiert, dabei hätte nicht viel gefehlt und alles wäre vorbei gewesen. Zu Hause wurde jedoch noch tagelang darüber gesprochen, bis er es kaum mehr ertrug. Jedes Mal, wenn die Unruhe ihm die Brust zusammenschnürte, suchte er Violas Blick.

Seine Frau funkelte ihn zornig an. »Du hättest mit einem unserer Kinder an ihrer Stelle sein können.«

Nach vier Monaten Krieg war Roberto von der Angst besessen, unter einem Trümmerhaufen zu sterben, und diese Angst veränderte ihn. Bis dahin hatte man ihn als zurückhaltend und umsichtig bezeichnen können, doch plötzlich war er geradezu geschwätzig und mischte sich in die kleinsten Plaudereien, um mit seinen finsteren Gedanken nicht allein sein zu müssen. Schließlich suchte er Zuspruch bei den Faschisten, die im Laden herumlungerten; bei irgendjemandem musste er sich nun mal anlehnen.

Sie redeten ihm ein, der Krieg sei eine riesige geschäftliche Chance: »Deutschland hat schon gewonnen, wir kommen zum Schluss, und ehe wir's uns versehen, sind wir reich.«

Zwischen Violas tragischem Realismus und dem tumben Optimismus der Kameraden entschied sich Roberto für Letzteres, gab sich hoffnungsfroh und kaufte zur Feier der Invasion Griechenlands einen neuen Heizkessel, der die Röstzeit verkürzen sollte.

Eines Morgens beim Frühstück blaffte Viola ihren Mann vor versammelter Familie an: »Du sollst Kaffee kaufen, du Dämlack! Nicht mehr lange und du musst mit der Lupe danach suchen.«

Er ärgerte sich über das giftig hervorgezischte Wort »Dämlack« und hörte nicht auf sie.

Schon begann der Krieg, die Rollen ins Wanken zu bringen und die Gewohnheiten auf den Kopf zu stellen.

Ständig mäkelte Viola an Roberto herum, was er mit aufgeschnappten Floskeln konterte: »Was regst du dich so auf? Der Krieg ist eine großartige Chance auch für euch Frauen, endlich könnt ihr zeigen, was in euch steckt.«

Eine ungekannte Spannung nagte an ihrer Einigkeit, jede Diskussion endete im Streit. In Ermangelung stichhaltiger Argumente wandte Roberto sich hilfesuchend an die Schwiegermutter: »Sag du es ihr, dass selbst die Frauen, auch wenn sie am Herd stehen – denn schließlich ist das euer Platz –«, er deutete zur Kochstelle, »ihren Teil zum Kampf beizutragen haben, damit wir den Krieg gewinnen.«

Für Ortensia war der Optimismus des Schwiegersohns eine Art Blindheit, und gegen Viola mochte sie sich nicht stellen, um ihre schwelende Wut nicht zu entfachen. Sie kannte dieses zornige Ungeheuer, das im Herzen ihrer Tochter schlummerte, und sie hütete sich davor, es zu wecken. »Was soll ich dir sagen, Roberto, du weißt, wie schwer sie zur Vernunft zu bringen ist.«

»Ja, aber du könntest es ihr erklären.«

Es war ein Teufelskreis: Je weniger er den Zuspruch seiner Frau erhielt, desto einsamer fühlte sich Roberto und wandte sich den Faschisten zu, was Viola wiederum von ihm wegtrieb. Obgleich es weniger zu tun gab, verbrachte Roberto all seine Zeit im Laden. Abends empfing Viola ihn mit eisigem Schweigen und vorwurfsvoller Miene und mit jedem Tag wurde ihre Ehe unglücklicher.

Die Liebe zwischen Viola und Roberto war ein schönes Märchen gewesen. Die Widrigkeiten des Krieges stellten sie auf die Probe und brachten ihre Wesensunterschiede und Schwächen an den Tag. In dieser misstrauischen, gedrückten Atmosphäre erwies sich Ortensia als wahre Überraschung.

Da sie ahnte, dass die Familie kurz vor dem Zusammenbruch stand, und fest entschlossen war, es zu verhindern, übernahm sie im Haushalt eine entscheidende Rolle: Jeden Morgen bei Tagesanbruch ging sie zu Sant'Agata alla Guilla, dem Zentrum des Schwarzmarktes, und tauschte Kaffee und Bonbons, die sie im Laden klaute, gegen Fleisch, Mehl und Zucker. Während das Essen überall knapp war und die Lebensmittelkarten nur das Minimum sicherten, konnte sie den Appetit der keinerlei Einschränkungen gewohnten Olivares-Sprösslinge stillen. Während die Not Viola und Roberto Galle spucken ließ, schwang sich Ortensia zu ungeahnten Fähigkeiten auf und entpuppte sich als Zauberin am Herd.

»Aber wie machen Sie das mit dem Öl?«, fragte Signorina Carmela.

»Leinsamen und Wasser. Ich mache sie heiß und gieße sie durch den Filter. Dann tue ich das restliche Öl dazu. Man muss nur darauf achten, dass die Flasche nicht weniger als halbvoll ist.«

»Und was kochen Sie heute?«

»Bouillon«, antwortete Ortensia begeistert.

»In diesen Zeiten? Und wo kriegen Sie das Fleisch her?« Carmela argwöhnte heimliche Machenschaften mit den Faschisten, die im Laden ein und aus gingen, sie war sich sicher, dass die Olivares' irgendwelche Vorteile genossen.

»Ich mache sie mit Kichererbsen, das schmeckt delikater«, antwortete Ortensia verschmitzt. »Die Kichererbsen gibt's dann noch mal extra, so habe ich sogar einen zweiten Gang.«

»Aber können diese jungen Kerle, die jeden Morgen im Laden stehen, nicht auch Fleisch beschaffen?«, fragte Carmela, der die köstlichen Düfte aus der Küche der Olivares' das Wasser im Munde zusammenlaufen ließen.

»Wenn ich ein Stück Fleisch auftreibe, ist das für Mimosa«, antwortete Ortensia und ging über die Anspielung hinweg. »Ohne Wenn und Aber. Sie ist krank.« Entschuldigend zuckte sie mit den Schultern.

Im Laufe der Monate änderte sich ihr Verhalten von Grund auf. Ihr Blick wurde weicher, sie lernte, weniger zu schweigen und mehr zu lächeln. Die Enkel wurden nicht mehr angeblafft und herumgestoßen, die kranke Enkeltochter bekam doppelt so viel Zärtlichkeit wie sonst und die vor der Tür wartenden Kunden wurden umhegt und beschwichtigt, derweil Viola sich weigerte, sie zu empfangen. Nur Genziana gegenüber blieb Ortensia abweisend wie immer; sosehr sie sich auch bemühte, sie vergriff sich immer im Ton.

Es heißt, Soldaten, die sich in waghalsige Kriegsmanöver stürzen, seien Helden, doch das stimmt nicht. Helden sind die, die sich in Extremsituationen treu bleiben, in der Angst nicht den

Kopf verlieren, bei Schwierigkeiten verlässlich sind und sich nicht beirren lassen.

Genziana hatte die Freude jenes 10. Juni, an dem sie endlich Kaffee hatte kosten dürfen, verdrängt. Glücksmomente sind schnell vergessen. Jetzt war sie ganz besessen von dem Gedanken an Essen, und der Hunger war eine einzige Qual. Ihr rundes Gesicht war spitz geworden und ihre Augen wirkten noch größer. Dafür konnte sie, da niemand sie mehr kontrollierte und Mimosa inzwischen fast nur noch im Bett lag, jeden Morgen beim Palazzo Riso haltmachen und mit Medoro plaudern. Er schien auf sie zu warten und das allein machte sie froh.

Mit Robertos Einverständnis machten sich die Faschisten im Laden über die Kaffeevorräte her. Die Kunden verschwanden, denn mit Kaffeeersatz und Muckefuck konnten sie nichts anfangen.

Jener unglückselige 10. Juni 1940 bedeutete das Ende einer glücklichen Zeit. Eine Weile noch glomm ein Rest Hoffnung in den Herzen der Menschen, da keine Bomben fielen, um der Stadt die Eingeweide herauszureißen. Ich kochte vor Wut und hasste diesen widerlichen Kaffeeersatz, von dem ich jeden Morgen eine Tasse hingestellt bekam. Kaum hatte ich es endlich geschafft, richtigen Kaffee zu kosten, wurde er auch schon rationiert. In der Rösterei achtete man peinlich darauf, ihn nicht zu vergeuden, die Bohnen, die zu Boden fielen, wurden Stück für Stück aufgelesen und in die Säcke zurückgesteckt.

Das köstliche Aroma meiner Kindheit wurde vom stechenden Duft der Mandarinen verdrängt. Raimondo und Rodolfo brachten von ihren Streifzügen säckeweise davon mit. Sie wurden in der Kammer aufbewahrt und Mimosa machte es Spaß, in den goldfarbenen Haufen zu spielen. Der Geruch der Zitrusfrüchte drang durch die durchlässigen Wände und zog in die Tünche, die sich gelb verfärbte. In den harten Jahren waren sie meine Lebensgrundlage, ihre saftigen Stücke gaukelten mir Sättigung vor. Raimondo und Rodolfo arbeiteten nicht mehr in der Rösterei, sie konnten Papa seine Nähe zu den Faschisten nicht verzeihen, auch wenn es ihnen zu verdanken war, dass Ruggero, der Älteste, nicht in den Krieg musste. Von Politik hatten Raimondo und Rodolfo keinen blassen Schimmer, im Grunde waren sie zwei lebenshungrige Nichtsnutze, und dies war eine willkommene Gelegenheit, ihren Horizont zu erweitern. Eines Nachts kehrten sie nicht heim und verschwanden ohne jede Erklärung.

Ruggero zog sich in sich selbst zurück. Die wenigen Freunde, die nicht eingezogen worden waren, kamen ihn abends besuchen und man hörte sie in seinem Zimmer hitzig diskutieren. Ab und zu klopfte meine Großmutter besorgt an die Tür und mahnte sie, nicht so laut zu sein: »Wollt ihr uns alle ins Verderben stürzen?«

Am 1. Januar 1941 brachte die Neujahrshexe zum letzten Mal ihre Geschenke und vergaß niemanden. Als ich aufwachte, fand ich ein kleines, nach Eau de Cologne duftendes Spitzentaschentuch und eine zierliche, schleifenförmige Brosche mit einer winzigen Uhr in der Mitte. Das schönste Geschenk hatte meine Mutter bekommen: einen neuen Morgenmantel aus weißem Atlas, auf dessen Rücken eine bunte Chinesin gestickt war. Sie steckte ihn, ohne ihn anzuprobieren, in den Schrank. Mein Vater machte ein schmerzvolles Gesicht und sah aus, als sei er um zehn Jahre gealtert. Das Blau seiner Augen verwässerte zu einem trüben Weiß.

Meine Großmutter hatte die Taschen des Morgenmantels mit Lavendelsamen gefüllt, deren Duft sich in den Ritzen des Schrankes einnistete und mich fortan für immer an jenes Neujahrsfest erinnern sollte.

In diesem Winter gab es den letzten süßen Weihnachtskranz, dann leerte sich die Speisekammer bis auf ein paar Gläser ranziges Quittenmus.

Im zweiten Kriegsjahr wurde das Holz knapp. Wir hielten die Fenster stets geschlossen, damit die wohlfeile Wärme der Küche nicht verlorenging. Die Gerüche überlagerten sich, übertönt von muffigem Kohlgestank. Mir war, als wäre meine Haut davon durchdrungen, so gelblich hatte der Mangel an Essen und Seife sie gemacht. Manchmal leckte ich mir über den Arm oder die Hand, aus Angst, ich könnte selbst schmecken wie labberiger Kohl. Sich waschen war ein Luxus geworden. Meine Mutter hielt sich von meinem Vater fern, rümpfte die Nase und wich seinen immer selteneren Umarmungen aus. Abends saß jeder weit weg vom anderen in seinem Sessel, er warf ihr vorwurfsvol-

le Blicke zu, sie sah noch nicht einmal auf. Die unnatürlich geröteten Wangen meiner Mutter verrieten die Wut, die in ihrem Herzen tobte. Sie suchte nach jemandem, dem sie die Schuld am Krieg geben konnte, und feindete ihren Mann an, als wäre er dafür verantwortlich. Mein langmütiger, nachgiebiger Vater war der ideale Sündenbock. Klaglos ließ er sich alles an den Kopf werfen, wurde schwermütig und stumm.

Tag für Tag nahmen uns die Trübsal und der Schmutz die Lust am Leben. Wir waren ohnmächtig und resigniert. Ein scheinbar grundloses Schweigen lastete auf uns, das jedoch vor Groll strotzte.

Allmählich änderten sich die Gewohnheiten. Meine Mutter fing an, erst spät aufzustehen, und hörte mit dem Kaffeesatzlesen auf. Sie mochte den Tag nicht mit schlechten Neuigkeiten beginnen. Außerdem war der Kaffee knapp, und selbst Giovanni ließ sich nicht mehr blicken: Da der Rohstoff fehlte, gab es keinen Grund zu kommen. Ich weinte dem erdigen Gebräu nach, das ich gar nicht recht hatte würdigen können.

Ausgerechnet auf der Schwelle zur jungen Frau verwandelte ich mich in ein Kind zurück. Meine Hüften hatten jede Rundung verloren und waren so schmal, dass mir die Röcke fast auf die Knöchel rutschten. Meine Brüste waren flach geworden und lagen wie zwei geschälte Mandeln auf den knochigen Rippen. Das dichte Laubwerk, das meinen Unterleib beschattete, wurde schütter. An seiner Stelle wuchs krauser, zottiger Flaum wie auf dem Kopf eines Neugeborenen. Die warme rote Flut, die jeden Monat meinem Körper entströmte, hatte sich in die hintersten Eingeweide zurückgezogen, und ich verfluchte mich für diese Weiblichkeit, die nur hatte knospen und nicht erblühen dürfen.

Für meinen Vater war ich noch immer ein blauer Schmetterling, doch von meinen eingeklappten Flügeln war nur die rauchschwarze Unterseite zu sehen. Ich tarnte mich mit dem Grau des Krieges.

Tagsüber war ich schwermütig, der Hunger drang mir bis in die Seele. Doch gegen Abend ergriff mich freudige Erwartung. Bald würden Ruggeros Freunde kommen, zu denen auch Medoro zählte. Ich wollte schön für ihn sein, also stellte ich mich vor den Spiegel und versuchte die Zeichen der Entbehrung zu kaschieren. Ich stopfte zusammengeknüllte Taschentücher in den Büstenhalter, kniff mich in die Wangen, um sie zu röten, und zog mehrere Unterröcke übereinander, um meine Kurven aufzupolstern. Ich löste meine Haare, die ich aufgedreht hatte, um ihnen einen anmutigen Schwung zu verleihen. Ich hob die Pappspulen der aufgebrauchten Garnrollen auf, benutzte sie als Lockenwickler und striegelte meine üppigen Locken, die mir bis auf die Schultern reichten und sich mit jedem Atemzug bewegten. Mamas Puder war alle, deshalb benutzte ich Babypuder, mit dem ich wie ein Neugeborenes roch, oder Reispulver, das meinen olivenfarbenen Teint jedoch matt und wächsern machte, statt ihn zum Leuchten zu bringen. Ich hatte einen Rest Lippenstift gefunden, den ich mir krumenweise auf die Lippen rieb. Damit er länger hielt, mischte ich ihn mit einem Pastellstift aus der Schule. Kaum hörte ich Schritte auf der Treppe, fuhr ich mir mit der Zunge über die Lippen, doch vor Aufregung war mein Mund ganz trocken. Mit leuchtenden Augen öffnete ich die Tür und Medoro streckte mir lächelnd die Hand entgegen. Über diese Begrüßung ging es nicht hinaus, doch ich war mir sicher, dass ich ihm gefiel, so etwas spürt ein Mädchen auch ohne Worte. Auch er war abgemagert, aber seine Muskeln waren kerniger, sein Körper kompakter geworden. Mit ineinander verschlungenen Fingern – seine warm, meine bebend – gingen wir den engen, dunklen Flur entlang, an dessen Ende das Zimmer meines Bruders lag. Wir waren einander so nah, dass unsere Arme sich streiften. Ein dumpfer Schlag fuhr mir durch die Brust, mein Herz blieb stehen und rutschte mir bis in den flimmernden Magen. Dort blieb es, bis er und Ruggero anfingen zu reden. Wenn sie mich ließen, setzte ich mich auf Raimondos Bett und hörte ihnen zu. Sie plauderten über Belanglosigkeiten, dann nickten sie sich zu und schickten mich hinaus.

»Männersachen«, meinten sie ernst. Ich suchte den Blick dieses merkwürdigen Jungen und hoffte, er würde mich zum Bleiben auffor-

dern. Doch aus unerfindlichen Gründen schien er mir auszuweichen. Also stellte ich mich hinter die Tür und belauschte sie. Meist flüsterten sie, nur manchmal wurde Medoros Stimme lauter. Ich schnappte seine Worte auf und prägte sie mir ein: »Kameraden … Untergrund … Demokratie … «

Er redete sich in Rage und Ruggero versuchte ihn zu beschwichtigen: »Pssst, red leiser!«

Einmal schlief ich auf dem Fußboden ein und beim Hinausgehen wäre Medoro beinahe über meine Beine gestolpert. Er hockte sich hin und legte mir die Hand auf die Wange. Sofort erwachte ich, doch ich hielt die Augen geschlossen und tat so, als würde ich schlafen, denn hätte er mich etwas gefragt, ich hätte nicht gewusst, was ich antworten soll. Seine Finger wanderten über meinen Arm und verharrten auf meinen Hüften. Ich spürte, wie meine Haut unterm Rock brannte und ein heftiger Geruch mir den Atem nahm. Dann sprang er auf und rannte davon.

Am nächsten Tag verlor keiner der beiden ein Wort darüber, doch ich hoffte, der Zauber würde sich wiederholen. Ich gewöhnte mir an, mich vor die Tür zu kauern, so zu tun, als ob ich schliefe, und mich bang nach seiner Liebkosung zu sehnen. Er stieg über mich hinweg und verschwand im dunklen Flur Richtung Eingangstür, ohne meinen Wunsch zu erfüllen.

Hin und wieder fand mich meine Mutter auf dem Fußboden. Sie sagte kein Wort, doch ich glaube, sie durchschaute alles. Sie gab mir lediglich einen liebevollen Klaps auf den Rücken und schickte mich zu Bett. Ich legte den Kopf auf das Kissen, rief mir seine brennende Berührung ins Gedächtnis und glitt, von einer unerfüllten körperlichen Regung ergriffen, in den Schlaf.

Die Krankheit hatte Mimosa fest im Griff und ihr Zustand verschlechterte sich. Sie hustete in einem fort und klagte viel. Meine Großmutter lag singend neben ihr und überschüttete sie mit zärtlichen Worten: »Blut, Herz, Leben.« Ihre Duette gingen mir auf die Nerven und außerdem konnte ich Medoros Stimme nicht richtig hören und verstand nicht, was er sagte. In der Nacht des Totenfestes schnaufte und röchelte meine Schwester unentwegt und plapperte in einem fort davon, welche Geschenke sie am liebsten in ihrem Körbchen hätte. Ich war schrecklich nervös. Ich war meiner Großmutter bei der Zubereitung der Süßigkeiten zur Hand gegangen, deren Duft mir noch immer in der Nase hing und mir auf die Seele drückte. Den Zucker zu verkneten und nicht davon probieren zu dürfen war eine Qual gewesen. Die Zuckerfigur war so verlockend und wie gern hätte ich ein Stück davon gekostet. Meine Mutter verbat es mir, die Figur war für Mimosa, und mein Magen hatte sich vor Hunger und Eifersucht zusammengezogen.

»Geh nicht weg, Nonnina, ich will nicht ohne dich sein«, jammerte meine Schwester.

Entnervt stürzte ich zu den beiden. »Könnt ihr nicht endlich aufhören?«

»Versteck lieber die Reibe, statt dummes Zeug zu reden«, erwiderte meine Großmutter. »Sonst raspeln dir die Toten noch die Füße.«

Mit mir hatte meine Großmutter stets einen barschen Ton, ich glaube, weil sie mir meine gute Gesundheit nicht verzeihen konnte.

»Wieso ausgerechnet ich?«, maulte ich.

»Weil du dich schlecht benommen hast. Du bist pampig und empfindlich obendrein.«

»Wenn die Toten noch ein bisschen Grips in der Birne haben, dann kommen sie zu dir, denn du bist alt, und vielleicht nehmen sie dich gleich mit, dann geht's uns allen besser.«

»Bewahre!« Meine Großmutter reckte die knochigen Hände, sie dachte gar nicht daran zu sterben. Dann versteckte sie die Reibe im Schrank und scheuchte mich aus dem Zimmer.

Wütend stapfte ich in den Flur zurück, meine Schwester schlief ein und endlich wurde es still. In dem Moment schwoll Medoros Stimme an und ich konnte ihn ganz deutlich verstehen: »Wir müssen von hier verschwinden. Ich kann nicht länger warten.«

›Er will abhauen‹, dachte ich und ein schmerzhafter Stich durchfuhr mich, ›wie Raimondo und Rodolfo.‹ Die jähe Angst überfiel mich, ihn niemals wiederzusehen. Unterdessen war seine Stimme wieder zu einem Flüstern verebbt, und während ich überlegte, wie ich ihn zurückhalten könnte, sprach er ein geheimnisvolles Wort: »Utopie.«

Feierlich skandierte er jede Silbe.

›Bestimmt hat es was mit seinem Aufbruch zu tun‹, dachte ich bei mir und nahm mir vor, das Wort im Wörterbuch nachzuschlagen.

15

Im Herbst 1942 war es in der Rösterei leer geworden. Da es nichts mehr zu schmarotzen gab, ließen sich die Faschistenschaben nicht länger blicken. Raimondo und Rodolfo waren abgetaucht, um der Einberufung zu entgehen, Giovanni war wegen seiner Kurzsichtigkeit untauglich und tigerte ratlos durch die Rösterei. Orlando hatte den Dienst quittiert. Reglos und mit leerem Magen stand er da wie ein finsterer Schatten, der sich schwarz auf die Enttäuschungen der Familie Olivares legte.

Giovanni umsorgte ihn wie ein Arzt einen Kranken. Er staubte ihn sorgfältig ab und befreite ihn von der dunklen Patina, die ihn aussehen ließ wie ein altes Möbelstück. Der Fülltrichter war abmontiert worden. Ohne seinen eleganten Hut wippte das Drachenhaupt wie der Kopf einer Nachtigall und die Glut seiner Glasaugen war erloschen. Der Riese hatte sich in einen Greis verwandelt und die Rösterei in ein Altenheim. Hin und wieder züngelten die Flammen noch einmal auf und es wurden Eicheln, Kichererbsen, Malz und sogar Zichorie geröstet. Der köstliche Kaffeeduft wurde von einem bitteren Geruch ersetzt, der, statt die Sinne zu wecken, den Verstand trübte und den Speichelfluss anregte.

Seit der Kaffee verbraucht war, hatte Giovanni keine Gelegenheit mehr, Viola zu begegnen, und er zerbrach sich den Kopf nach einer Entschuldigung, die es ihm erlaubte, bis in den obersten Stock des Palazzos hinaufzusteigen. Dieser flüchtige, vertrauliche Austausch am Morgen war das einzige Glück seines Lebens.

›Das muss aufhören‹, sagte er sich immer wieder und meinte den Krieg. Der Krieg würde aufhören, er würde wieder rösten, was das Zeug hielt, und mit klopfendem Herzen die Stufen hinaufsteigen. Er starrte auf die leeren Säcke, die schlaff auf dem Boden lagen, und zählte die Tage, fest entschlossen, sich von der Einsamkeit nicht unterkriegen zu lassen.

Die Leute strichen durch die Straßen des Viertels, die Männer lehnten an den Straßenecken und gähnten unter ihren struppigen Bärten, die Frauen rissen ungeniert die Münder auf und zeigten ihre kaputten Zähne und kleisterigen Zungen. Der Hunger war schuld an dieser seltsamen schläfrigen Übelkeit, die allen das Gefühl gab, betrunken zu sein.

Trotz Ortensias Umtriebigkeit waren auch die Olivares' irgendwann dünn geworden und in den Falten ihrer Kleider verschwunden.

Verzweifelt lehnte sich Roberto gegen Orlando, der stumm dastand und mit leeren Augen ins Nichts stierte: Auch er hatte Hunger. An manchen Tagen schien das Warten endlos, dann jaulten die Sirenen und die Menschen schreckten aus ihrer Benommenheit und rannten in die Schutzräume. Eng zusammengedrängt, mit vor Angst geweiteten Pupillen und wächsernen Gesichtern, hockten sie da wie Sardinen in der Büchse.

Roberto hatte sich angewöhnt, nur spätnachts hinauszugehen. Ehe er aus dem Bett schlüpfte, streckte er die Hand zärtlich tastend nach Viola aus, die in ihren roten Morgenmantel gewickelt dalag und schlief. In einen weiten Mantel gehüllt trat er, umschattet von einer Wolke aus Sorgen und düsteren Ahnungen, auf die Straße hinaus.

Der Laden lief seit langem nicht mehr, das Lager war leer und die Rösterei lag danieder. Am helllichten Tag Geschäfte zu machen war gefährlich. In der Dunkelheit vor Sonnenaufgang trottete Roberto niedergeschlagen durch die Gassen der Vucciria und die Schluchten des Cassaro-Viertels, über Kreuzungen und an Straßenecken vorbei bis zum Hafen. Er riss endlose Kilometer ab, um der Fata Morgana von ein bisschen Mehl, Zucker, Käse oder einer Handvoll Kaffee nachzujagen. Roberto war den Ersatzkaffee mit seinem unerträglich süßlichen Beigeschmack leid und hätte alles für einen Sack erstklassigen Arabica getan, nicht nur aus kulinarischem Gelüst, sondern aus Notwendigkeit. Tief in seinem Inneren nährte er die Hoffnung, dass, könnte er ihr gute Kaffeebohnen beschaffen, seine Frau wieder anfangen würde, im Kaffeesatz zu lesen, aber vor allem, ihm wieder ihr Lächeln zu schenken.

Es war kalt, das Steinpflaster der Piazza Bellini glitzerte, als wäre es nass. Roberto sah zum Himmel auf und erblickte die kleinen roten Kuppeln von San Cataldo: drei rüstige, muntere Gesichter. Er ließ den Blick über die mit goldenen Gittern verblendeten Fensterchen wandern: metallene Lider, auf die der Mond einen pudrigen Schimmer legte. Es war eine zauberhafte Nacht: Der Himmel war klar und die geraden Linien der Dächer verwoben sich zu einem wirren Gespinst. Die Harmonie des Augenblicks rührte ihn zu Tränen.

»Wir könnten uns gegenseitig Mut machen, aber stattdessen …« Er hatte laut gesprochen. Die Worte waren ihm herausgerutscht und hallten auf dem menschenleeren Platz wider, sodass er vor Schreck zusammenfuhr. Diese elende Angewohnheit, seinen Gedanken Gehör zu verschaffen, würde ihn früher oder später noch in Schwierigkeiten bringen. Er spähte um die Ecke der Via Maqueda und stellte erleichtert fest, dass er allein war.

Seit einer Weile taten sich im Viertel seltsame Dinge. Die Deutschen, die in der Stadt unterwegs waren, schienen immer weniger zu werden. Diese neuen Normannen, die sich blass und blond, wohlerzogen und diskret unter ihnen bewegten, gefielen ihm. Vor allem schätzte er ihre Zurückhaltung, die Ehre der Frauen war vor ihnen sicher. Doch die Leute im Viertel hassten sie. Das hatte nichts mit Ideologie zu tun, die Sizilianer waren Fremde gewohnt, vielmehr fanden sie sie arrogant: »Für wen halten die sich?«, »Was meinen die eigentlich, wer sie sind?«, »Pah, solche Torfköpfe!«

Es hieß, der Krieg sei kurz vor dem Ende, und die Insulaner warteten mit stoischer Langmut, dass die Dinge ihren Lauf nahmen, denn mit dem Schicksal legte man sich nicht an. Roberto zündete sich eine Zigarette an, kein Mensch war zu sehen.

»Gott sei Dank«, brummte er und nahm sich abermals vor, nicht mehr laut zu denken. »Das tun doch nur alte Leute.« Er lachte: Schon wieder! Roberto stülpte sich den Hut auf den Kopf und beschleunigte den Schritt.

Sämtliche Lichter einschließlich der Madonnenlichtchen und der Grablampen waren gelöscht worden. Die Streife kontrollierte, ob die Verdunkelung eingehalten wurde. Die Milizsoldaten hatten die Taschen voller Kiesel und zögerten nicht, sie an die erleuchteten Fenster zu werfen. Ihr ungeordnetes Getrappel hallte durch die Nacht, nach zwanzig Jahren Praxis hatten sie noch immer nicht gelernt, im Gleichschritt zu gehen. Roberto musste grinsen, eigentlich waren sie eher lächerlich denn respekteinflößend, und trotzdem konnten sie einem das Leben schwermachen.

In der Nacht zuvor hatte Mimosa einen so heftigen Hustenanfall gehabt, dass man meinte, sie würde gleich ersticken. Nachdem die Großmutter sie vergeblich gewiegt, an sich gedrückt und geschüttelt hatte, hatte sie, ohne nachzudenken, eine Lampe angemacht. Mimosas unaufhörliches, von kehligem Röcheln unterbrochenes Pfeifen hatte die Olivares' aus den Betten geholt. Wie Vögel, die dem Ruf des Vogelfängers folgen, waren sie in dem erhellten Zimmer zusammengelaufen und hatten gewartet, dass Mimosa sich wieder beruhigte. Die Liebe seiner Angehörigen hatte das Mädchen beschwichtigt, und nachdem das letzte rasselnde Keuchen verklungen war, hatte es wieder normal geatmet.

Sie wollten gerade wieder in die Betten zurückkehren, als eine Steinsalve gegen die Fensterläden prasselte und ein Kiesel das Fenster durchschlug. Wie plötzlicher Hagel waren die Scherben auf den Boden geregnet. Draußen war der Himmel wolkenlos, strahlend blau wie der Mantel der Madonna, einzig ein paar duftige, feine Zirruswolken umspielten den Mond. Die Scherben glitzerten auf den Laken, harte, spitze Tautropfen.

Tags darauf hatten sie das Fenster mit Pappe abdichten müssen.

Die schwachen Mondstrahlen drangen nicht bis in die schmalen Gassen und den richtigen Weg zu finden war ein Glücksspiel. Roberto streifte sich die Handschuhe über und bewegte die tauben Finger. Dann tastete er sich an der rauen Mauer von Santa Caterina entlang und bog entschlossen in die Via degli Schioppettieri ein. Er schnäuzte sich, sog schnuppernd die Luft ein und ließ sich von dem durchdringenden Geruch nach Katzenpisse zum Corso Vittorio leiten. Verstohlen schlich er hinter der Vucciria entlang und folgte dem Metallgestank in der Via degli Argentieri, dem Mief der gekardeten Wolle in der Via dei Materassai und dem Duft des Meeres in der Via Francesco Crispi. Eingehüllt von fauligem Algenmuff, erreichte er den Hafen. Verstohlen betrat er die Santa-Lucia-Mole, strebte dem Hauptanleger zu und blieb stehen, um die ankernden Schiffe in Augenschein zu nehmen. Während des Wartens gestattete er sich eine vorsichtige Lebensbilanz. Am meisten trieb ihn Viola um. Ihr Herz hatte sich zusammengezogen wie ein Stück verkochtes Fleisch. Nur für sie war darin noch Platz. Doch so unleidlich sie auch sein mochte, er liebte sie nur noch mehr.

»Der Krieg ist schuld«, seufzte er. »Ich bin schließlich auch nicht mehr derselbe.« Schon wieder hatte er mit sich selbst geredet. Die größte Qual war es, abends neben seiner Frau im Bett zu liegen. Sie wies seine Umarmungen ab, rollte sich auf der Seite zusammen und zog sich an den äußersten Matratzenrand zurück. Roberto wurde fast verrückt vor Verlangen. Die Lust, mit ihr zu schlafen, zerriss ihm die Brust. Erst wenn die Sirenen aufjaulten, kroch sie schutzsuchend in seine Arme, was er sofort ausnutzte. Er zog ihr das Hemd hoch, legte ihren weichen Bauch und die weißen, runden Schenkel frei, war im nächsten Moment auf ihr und drang ohne Vorwarnung in sie ein. Viola wehrte sich nicht, sie wirkte sogar erregt und willig. Er musste auf die Bomben hoffen, um ihren betörenden Duft zu riechen, was für ein Wahnsinn!

Die Nachtluft strich ihm übers Gesicht, sie war jetzt frisch und sauber. Er wickelte sich fester in seinen Mantel und tastete nach den Geheimtaschen, die prall vor Schwarzgeld waren. Wenn er doch nur ein bisschen Mehl und Zucker finden würde, dann könnte Ortensia Kekse backen, um Mimosas lange Tage zu versüßen. Er warf den Zigarettenstummel fort, der eine feine rote Flugbahn in die Luft malte und im Wasser verschwand. Dann bohrte er den Blick in die vor ihm liegende Dunkelheit, die vielleicht Himmel war und vielleicht Meer. Seine Augen tränten vor Anstrengung. Endlich wurden, zitternd durch den Tränenschleier, Schatten sichtbar. Mit weiten Hosen und wehenden Jacken huschten sie die Gangway hinunter und schienen von innen zu leuchten. Sie liefen zu den Frauen, zur Freiheit, zur Stadt. Nur einer bewegte sich langsam auf ihn zu. Das war sein Mann.

Roberto suchte seinen Blick und als er nahe genug heran war, winkte er ihn zu sich. Der Mann hob den Kopf und nickte in Richtung Hafenausgang. In einigen Metern Abstand liefen sie hintereinander her. Der Matrose ging mit steifen Knien und zuckelnden Hüften, als könnte er die Gelenke nicht bewegen. Die unebenen Pflasterplatten machten ihm Mühe und er spreizte die Beine noch mehr, um nicht zu stolpern. Roberto bewegte sich allzu flink. Hin und wieder musste er verlangsamen, um ihn nicht zu überholen. Sie schlichen zwischen elenden Baracken hindurch, gingen an der verlassenen Kaserne vorbei, auf der jetzt die deutsche Flagge wehte, und blieben im Schutz eines verfallenen Torbogens stehen. Der Wind verfing sich in ihren Kleidern und sie verständigten sich mit Zeichen. Behände faltete Roberto einen Lumpen auseinander und legte ihn auf den nachtfeuchten Boden. Der Matrose bückte sich, zog die Gummis aus dem Hosensaum und fing an, die Beine zu schütteln. Ein leichter Duft nach frischem Salat erfüllte die Luft.

Viola verspürte ein leises Zittern und öffnete die Augen. Roberto saß am Fußende des Bettes und sah ungewohnt fröhlich aus.

»Wie dämlich der guckt«, knurrte sie streitlustig.

»Guten Morgen«, begrüßte sie ihr Mann, als wäre er gerade von einem Fest heimgekehrt.

Entnervt versuchte sich Viola in den Schlaf zurückzuflüchten. Roberto zog seinen Mantel aus und der Geruch nach grünem Salat verbreitete sich im Zimmer und vertrieb den Schneidbrennergestank, der seit geraumer Zeit das Viertel verpestete, als würden in Palermo nur Schweißer leben. Viola setzte sich auf und schnupperte fragend in die Luft. Roberto konnte nicht anders, er musste sie einfach umarmen.

»Du bist wohl verrückt geworden!« Viola stieß ihn zurück, so viel Zudringlichkeit gehörte sich nicht. Sie schnaubte durch die Nase wie eine Katze, jetzt war sie wach, die Sinne waren geschärft, es hatte keinen Zweck, wieder einschlafen zu wollen. »Was ist los, Dämlack?«, fauchte sie ihn an, als er nicht antwortete.

»Wieso bist du so streitsüchtig?«

»Wir sind, was wir essen«, blaffte sie. »Und da ich seit Jahren Galle schlucke …«

»Ich habe eine Überraschung«, sagte er, um sie zu besänftigen. Er griff nach ihrer Hand und versuchte sie aus dem Bett zu ziehen. Sie machte sich los, verkroch sich unter die Laken, trat nach ihm. Mit Gewalt zerrte er sie hervor. Seine Resolutheit gefiel ihr, fast hätte sie ihm einen liebevollen Klaps auf die Wange gegeben, doch inzwischen kam sie aus ihrer giftigen Rolle nicht mehr heraus. Hätte Roberto ihr in diesem Moment tief in die Augen geblickt, hätte er das liebevolle Mädchen gesehen, um dessen Hand er angehalten hatte.

Er zog sie in die Küche und dann standen sie da, Seite an Seite, wie seit Ausbruch des Krieges nicht mehr. Er umfasste ihre Taille und der Blick in den Ausschnitt ihres Nachthemdes ließ ihn auf einen Luftalarm hoffen.

»Komm ja nicht auf dumme Ideen«, sagte sie, als hätte sie seine Gedanken gelesen. »Wir sind alt, du noch mehr als ich. Alles zu seiner Zeit.«

Er überging die Beleidigung und drückte ihr einen Kuss auf die Wange, den sie mit dem Handrücken wegwischte. Der Krieg war eine lange Reihe von Entbehrungen gewesen, auf die ihr Körper mit der Unterdrückung jeglichen Begehrens reagiert hatte. Dort, wo die vors Fenster gestopfte Pappe kaputtgegangen war, sickerte ein fahler, dünner Lichtstrahl ins Zimmer.

»Schau«, sagte Roberto und zeigte auf den Tisch. »Ein Geschenk für dich.«

Viola verzog den Mund. »Der ist nicht gut.«

»Was Besseres gibt's nicht«, sagte er brüsk. »Dir ist auch nichts mehr gut genug!«

»Aber mit solchem Kaffee kann ich nicht lesen.«

Sie war große Bohnen gewohnt, deren körniges schwarzes Pulver sich in kompakten, klar umrissenen und einfach zu deutenden Formen auf dem Grund und den Wänden der Tasse absetze.

»Hol die Kaffeemühle«, befahl er. »Ich will nur in Ruhe einen Kaffee trinken.«

Viola gehorchte, sie hatte keine Lust zu streiten. Sie röstete einige Bohnen in der Pfanne und ein feines, flüchtiges Aroma erfüllte die Küche.

»Das Kaffee zu nennen ist schon mutig«, grummelte sie, füllte die Bohnen in die Kaffeemühle und begann daran zu drehen.

Wruimmmmm, wruimmm.

Genziana schreckte hoch. Seit Ewigkeiten hatte sie dieses Geräusch nicht mehr gehört. Leise schlüpfte sie aus dem Bett und huschte hoffnungsfroh in die Küche. Die Eltern standen nebeneinander am Herd. Der Duft war sanft wie eine Liebkosung, wurde kräftiger und fester wie eine Umarmung und gerann dann zu einem Klümpchen Wehmut in ihren Herzen. Gerührt wünschte sich Genziana ihre liebevollen, herzlichen Eltern von vor dem Krieg zurück.

Roberto schob seine Hand in Violas und sie warf ihm einen schiefen Blick zu.

»Kein Kaffee ohne Liebe«, flüsterte er.

16

Auch in dieser Nacht war Mimosa aufgewacht, weil sie keine Luft bekam, und die Großmutter eilte alarmiert an ihr Bett. Das Mädchen war so weiß, dass es aussah wie tot, und sein Atem war ein gepresstes Röcheln.

»Schnell, schnell, ogottogottogott, schnell!«, schrie Ortensia.

Das arme Ding war dabei zu vergehen wie eine Pusteblume, die beim leisesten Windhauch auseinanderweht.

Viola packte sie bei den Schultern und blies ihr ins Gesicht. Mimosa rührte sich nicht. Ihr Hals war steif, zwei Sehnenstränge traten hervor, nur hin und wieder verriet ein leiser Atemzug, dass sie noch am Leben war. Viola drückte sie an die Brust und spürte, wie kalt und schlaff sie war.

»Verabschiedet euch von ihr«, befahl sie.

Wie eine Furie stürzte sich Ortensia auf ihre Enkeltochter. »Weg da, lass mich das machen!«

»Lass sie gehen, halt sie nicht auf. So tust du ihr nur weh.«

Genziana sah ihre Schwester an und wagte sich nicht zu nähern. Sie fühlte sich schuldig, wie oft hatte sie sich gewünscht, Mimosa möge verschwinden, und jetzt, da es so weit war, hätte sie am liebsten all ihre schlechten Gedanken zurückgenommen.

Von Ortensias Schreien geweckt, war Medoro mit Ruggero herbeigeeilt, blieb aber ein wenig abseits von der Familie, zu der er nicht gehörte, auf der Türschwelle stehen. Er hatte so viele Kinder gesehen, die an Entbehrung und Krankheit gestorben waren, dass er sich an den Geruch des Todes fast gewöhnt hatte. Er trat zu Genziana, die wie ein verschrecktes, zitterndes Küken dastand, griff nach ihrer Hand und drückte sie fest. Das Mädchen erwiderte den Druck.

Ohne von ihrem Kind abzulassen, sagte Viola bestimmt: »Wir wussten, dass es nicht lange währen würde.«

Ortensia hatte aufgehört zu weinen, der Schmerz hatte sich in den dichten Furchen ihres Gesichtes gesammelt und schwellte ihre grotesk verzerrten Lippen.

»Erinnert ihr euch noch an den Tag ihrer Geburt? Das Rauschen des Regens war so stark, dass wir kaum ihre Stimme hören konnten. Plötzlich war da ein unterdrücktes Maunzen.«

»Wie ein Kätzchen«, fügte die Großmutter hinzu.

»Für mich war es ein Vorzeichen. ›Dieses kleine Ding hat keine Kraft‹, habe ich gedacht. Roberto hat's sofort gesagt: ›Alteleutekind‹. Recht hatte er, man muss jung sein, um den Kindern die Kraft zum Überleben in die Wiege zu legen.«

Vom ersten Wimmern an hatte sie gewusst, dass Mimosa nicht lange leben würde, und auch wenn sie sie liebte – immerhin war sie ihre Tochter –, hatte sie versucht, sich nicht zu sehr an sie zu hängen. Diese Kleine gehörte ihr nicht, also hatte sie sie Ortensia überlassen und sich rausgehalten. Doch am Tag des Abschieds konnte sie sich ihrer Mutterschaft nicht entziehen.

»Das ist nicht recht, eine Mutter im Totenzimmer der Tochter, eine Großmutter in dem ihrer Enkelin, das darf nicht sein!«, schluchzte Ortensia.

»So ist es nun mal, wir können's nicht ändern. Und nun lasst uns zusammen atmen«, sagte Viola. »Und du, Mama, sing etwas … irgendetwas, egal, was dir in den Sinn kommt.«

»*Ich liebe dich, mein Schatz. Die Augen meiner Tochter strahlen froh. Mein Töchterchen, das immer weint, will zwischen Orangen gewiegt werden …* «

Im Februar 1943 schrumpfte das letzte Komma auf den Seiten von Mimosas kurzem Leben zu einem Punkt zusammen.

In jener Nacht prasselte der Regen auf die zerborstenen Dachziegel über uns, ein feines, anhaltendes Rauschen wie raschelndes Laub in einer Frühlingsnacht. Ein träges Rinnsal kroch von der Decke über die feuchten Mauern und formte zu den Füßen meiner Großmutter eine Pfütze. Es sah aus, als hätte sie in die Hosen gemacht und ich musste kichern. Medoro blickte mich fragend an.

»Mit einem Atemzug kommt man zur Welt, mit einem Seufzer verlässt man sie.«

Meine Mutter redete leise, sie wollte meine Schwester nicht stören, die gerade in ihren ersten ruhigen Schlaf gefallen war. Der Tod hatte ihr Ruhe geschenkt: Auf ihrem angespannten, ausgezehrten Gesichtchen lag ein sanftes Lächeln.

Mein Vater war erdfahl, es schien, als würde er nicht mehr atmen. Mit zusammengekniffenen Lippen, die Augen voller Verzweiflung, hielt er den Atem an. Meine Mutter trat zu ihm und streichelte ihm übers Gesicht: »Jetzt hör mir gut zu«, flüsterte sie. »Mimosa ist tot, doch solange ich lebe, bleiben wir alle zusammen, denn es ist der Atem der Frauen, der die Familie am Leben hält. Wenn mir der Atem ausgeht, dann darfst auch du aufhören zu atmen. Aber noch erlaube ich dir nicht zu sterben.«

Weinend schlang Papa die Arme um sie, der Tod ließ ihn schwach werden, und ihre Worte, die für mich wie eine Liebeserklärung klangen, rührten ihn.

»Der Tod ist Frauensache«, redete Mama weiter und blickte Rug-

gero und Medoro an, die hastig aus dem Zimmer stolperten, »genau wie das Leben.«

Meine Großmutter sang und trat schlurfend von einem Fuß auf den anderen. Dazu strich sie das zerzauste Haar ihrer Lieblingsenkelin zurecht. Als sie ihr die Seidenschleife ins Haar band, die sie aus einem alten Kleid genäht hatte, brach sie in lautes Schluchzen aus, denn sie wusste, dies würde der letzte hegende Handgriff sein.

Ich war wie versteinert, mir war, als hätte ich meine Schwester umgebracht.

»Es ist nicht deine Schuld«, sagte meine Mutter. Ihr durchdringender Blick machte mir Angst, und zum ersten Mal wünschte ich, sie käme mir nicht zu nahe. Der Tod hatte in unserem Haus Einzug gehalten, und ich fürchtete, mir könnte das Gleiche widerfahren. Meine Mutter streichelte meine Hand und versuchte, ihre Finger mit meinen zu verschränken, doch ich machte eine Faust, leistete Widerstand. Sie gab sich nicht geschlagen, öffnete meine Hand Finger für Finger und schloss mich in die Arme. Die Angst löste sich auf und hob sich von meiner Seele.

»Mit einem Atemzug kommt man zur Welt«, flüsterte sie mir ins Ohr und führte unsere vereinten Hände an ihre Brust.

Ihre Brust hob und senkte sich in beständigem Takt. Mit angehaltenem Atem legte ich meine Stirn an ihre, sie war kühl und glatt. Ich schloss die Augen, lehnte mich an sie und versuchte mich zu entspannen. Der Atem floss lautlos aus ihrem Mund, ein leichter, duftender Hauch, der mich umfing. Ich tat es ihr gleich und nach und nach stimmten unsere Herzen sich aufeinander ein.

»Vom ersten Moment deines Lebens hast du mit mir geatmet«, murmelte sie mir ins Ohr. »In meinem Bauch, ohne es zu begreifen, draußen, ohne es zu spüren.«

Eine sanfte Kühle legte sich auf meine Lippen, wärmte sich in meiner Kehle und drang in mich ein.

»Atme aus«, sagte sie.

Langsam entströmte die Luft. Mit einem leichten Zucken der Rippen entwich auch der letzte Rest tief aus den Lungen. Unsere lauen Atem vermengten sich.

»Atme, Genziana, spür es, das Leben.«

Meine Brust hob und senkte sich mit der ihren, angefüllt mit Liebe.

»Ein und aus«, wiederholte sie und machte eine geschmeidige Handbewegung, »es ist eine fließende Bewegung. Halt den Atem nicht an, stell dich nicht gegen das Leben.«

Der Abschied von Mimosa war der erste große Schmerz, der mir widerfuhr. Zum Glück war meine Mutter da und machte das Leid erträglich. Ihre sanften, wissenden Worte erklärten mir den Tod und öffneten mir das Leben. ›Wie viel Kraft es kostet, eine Frau zu werden‹, dachte ich in den folgenden Tagen häufig, und der Gedanke, noch Tochter zu sein, beruhigte mich.

17

Vom 23. Januar bis zum 18. April 1943 riss ein Stahlregen die Architektur der glücklichen Stadt aus den Angeln.

Unter den ersten Gebäuden, die dem Erdboden gleichgemacht wurden, war der Palazzo Riso mitsamt der Parteizentrale, ein Vorgriff auf den unaufhaltsamen Niedergang, der noch bevorstand. Die Sirenen heulten ununterbrochen, die Menschen hasteten mit bis zum Hals schlagenden Herzen in die Schutzräume: notdürftig mit Sandsäcken und Holzbalken verstärkte Keller und Treppenkammern, die keinen angemessenen Schutz boten, doch hatten sich die für den Bau von Schutzbunkern vorgesehenen Gelder in Luft aufgelöst.

Viola blieb mit ihrem Mann zu Hause, denn sie fürchtete, in den feuchten, muffigen Kellern zu krepieren wie eine Ratte. Genziana und Ruggero hingegen stand es frei, sich in den Schutzkeller an der Piazza Pretoria oder noch besser in den der Piazzetta Sett'Angeli zu flüchten, der als einer der sichersten galt.

Die Angst ließ Viola die Beherrschung verlieren und in dem von den Blitzen taghell erleuchteten Zimmer suchte sie an Robertos Körper Schutz. Die Angst löste die Hemmungen und sie liebten sich mit nie gekannter Leidenschaft. Ihr für ihre Reize noch immer empfänglicher Mann war dankbar für das Mörserfeuer, das neues Leben in seine Ehe brachte. Im Höllenlärm des Krieges fanden ihre Lust- oder Schmerzensschreie ihre Berechtigung. Das Heulen der Sirenen mischte sich mit ihrem keuchenden Atem, das Dröhnen der Flugzeuge begleitete ihr Stöhnen. Der Winter verging, der Frühling kam, niemand achtete auf die Jahreszeiten.

Im März 1943, während sich die meisten Palermer aufs Land und in die Vororte flüchteten, blieben die Olivares', wo sie waren. Schließlich konnte es nur noch wenige Tage dauern, bis der Krieg vorbei war, meinte Roberto.

Medoro hatte nicht gewartet, bis die Ereignisse sich überschlugen, und sich nach Mimosas Tod ohne ein Wort der Erklärung oder des Abschieds aus dem Staub gemacht. Es war nicht anders zu erwarten gewesen, er war ein tosender Wind, ein reißender Fluss, weites Meer und grenzenloses Land. Das beruhigende Murmeln aus Ruggeros Zimmer war jäh verstummt, und Genziana musste mit einer weiteren Trennung zurechtkommen.

Im Gegenzug tauchte seine Mutter Zà Maria wieder auf. Eines Aprilmorgens stürmte sie, ohne anzuklopfen, wie eine Furie in die Wohnung der Olivares'. »Principessa, Ihr müsst es mir sagen, ohne Wenn und Aber!«

»Beruhige dich und sag mir, was los ist«, antwortete Viola. Sie ließ sich von niemandem etwas vorschreiben, doch für diese Frau hatte sie stets eine Schwäche gehabt.

»Medoro, dieser Hurensohn! Bei allem Respekt für seine Mutter, nämlich mich, schaut, was ich gefunden habe!«

Viola griff nach einem zerknitterten Zettel und las laut: »*Ein Panzerkreuzer / unserer Flotte / geriet mit einem Topf aneinander / und trug eine Beule davon. / Wer? / Der Panzerkreuzer!* Aber das ist doch ein Gedicht von Peppe Schiera«, sagte sie lachend. Sie mochte diesen gegen den Duce wetternden Hungerleider nun einmal. »Ich hab auch eines, Peppe hat's mir geschenkt, im Tausch für eine Tasse Kaffee. Hör zu: *Als der König König war / gab es keinen Kaffee mehr. / Jetzt ist er Kaiser und die Röstmaschine gibt's nicht mehr. / Und schnappen wir uns ein anderes Land / ist der Ersatzkaffee auch noch futsch.* Ist das nicht witzig?«

»Aber Principessa, sind Sie noch bei Trost? Wissen Sie denn nicht, was passiert, wenn sie Medoro mit diesen Zettelchen erwischen? Und wir werden auch noch mit hineingezogen. Ich hab alle zusammengesammelt, die ich finden konnte, und sie verbrannt. Da ist er abgehauen und nicht wiedergekommen. Seit zwei Monaten ist er jetzt verschwunden …«

Viola blickte aus dem Fenster, sie hatte gar nicht gemerkt, dass es Frühling geworden war. Seit ein paar Tagen hatten die Bombenangriffe nachgelassen. Die Pause nährte die allgemeine Hoffnung auf ein baldiges Kriegsende. Die Stadt hatte so sehr gelitten, dass die Regierung sie zur »Kriegsversehrten« erklärt und ihr einen Orden verliehen hatte. In wenigen Tagen, am 9. Mai, würde sie die Auszeichnung in einer offiziellen Zeremonie auf der Piazza Bologni verliehen bekommen.

»Ich kann nicht aus dem Kaffeesatz lesen, Zà Maria, weil ich keinen Kaffee habe«, sagte Viola obenhin.

»Deshalb habe ich Ihnen welchen mitgebracht!«, antwortete Maria und holte ein dunkles Häufchen aus ihrem Schal. »Ich bin den ganzen Tag durch die Stadt gerannt, um welchen zu finden.«

Viola erhob sich langsam und setzte die Wasserkanne auf. Dann blickte sie sich suchend um. »Wo ist Provvidenza?«

»Zu Hause.«

»Allein?«

»Ja doch, meine Tochter ist kein Kleinkind mehr, sie ist neun Jahre alt.«

»Und wieso hast du sie nicht mitgebracht?«

»So kann sie den Haushalt machen.«

»Du bist verbohrt und krude. Hier, bring ihr zwei Stückchen Zucker mit. Du solltest sie in Watte packen und stattdessen lässt du sie schuften wie eine Große.«

Viola biss sich auf die Zunge, um der verantwortungslosen Zà Maria nicht noch mehr Vorwürfe zu machen. Sie dachte an Mimosa: ›Wenn sie noch am Leben wäre, wären die beiden fast gleich alt.‹ Sie seufzte. »Die Kaffeebohnen sind nicht gut, ich kann also für nichts garantieren«, sagte sie. Dennoch mahlte sie sie, bereitete den Kaffee zu und machte sich lustlos an das Ritual.

Viola wollte gerade mit dem Kaffeesatzlesen beginnen, als Genziana die Küche betrat und sich mit an den Tisch setzte. Ihre Mutter musterte sie: Ein leidvoller Ausdruck glitt über ihr Gesicht.

»Was ist los?«, fragte Viola.

Das Mädchen schwieg.

»Was ist das für eine neue Masche, hier aufzutauchen, wenn ich Kunden habe?«

Genziana senkte den Blick, atmete tief durch und fasste sich ein Herz. »Ich will auch wissen, wo Medoro ist, Mama«, haspelte sie hervor.

Auch Ruggero hatte sich horchend in den Flur gekauert. Fast jeden Abend hatten sie davon gesprochen, abzuhauen, doch hatte er nicht geglaubt, dass sein Freund ernst machen würde. Es erforderte Mut, um die Brücken mit der Familie und der Stadt abzubrechen, und der Krieg im Norden war säuisch.

»Medoro erwartet ein großes Schicksal«, hob Viola an.

»Das sagten Sie mir bereits.«

»Ja, aber du musst es dir immer wieder vor Augen führen, du darfst den Jungen nicht behandeln wie irgendjemanden, er strotzt vor Leidenschaft und Kraft. Sieh dir an, wie groß dieses Feuer ist. Du auch, Genziana, schau. Wenn man die Tasse dreht, sieht es so aus, als würde es sich bewegen, und diese beiden ineinander verschlungenen Kreise … Glaubt ihr, und ich meine auch dich«, sie zeigte auf ihre Tochter, »so einer bleibt am Quattro Canti hängen?«

Das Unendlichkeitssymbol berührte eine große Flamme, die sich über die Innenseite der Tasse zog.

»Und wer denkt an uns?«, jammerte Zà Maria.

»Ihr müsst euch dreinfügen.«

»Aber ich habe Familie ...«

»Er ist kein Kriegsgefangener«, fiel Viola ihr barsch ins Wort.

Der harte, bei der Ausübung ihrer Gabe so unübliche Ton war für Genziana bestimmt. Seit Tagen hatte Viola das in ihrem Augenwinkel zitternde Tränchen bemerkt: Besser, ihre Tochter schlug sich diesen Jungen sofort aus dem Kopf.

»Was habe ich Ihnen denn getan, Principessa?«, fragte Zà Maria verunsichert.

Viola runzelte die Stirn. Irgendetwas in dieser Tasse machte ihr zu schaffen, es war ihr unmöglich, ihrer Kundin ins Gesicht zu sehen.

»Finde dich damit ab, Zà Maria: Medoro ist weit fort und wird nicht wiederkommen, zumindest nicht, ehe der Krieg vorbei ist.«

Verbittert machte die Frau sich auf den Heimweg. Den Blick stier auf die Pflasterplatten gerichtet, durchquerte sie die Staubwolken, die die Sonne nicht zu durchdringen vermochte.

Am nächsten Sonntag, dem 9. Mai 1943, sollten wir anlässlich der Ordensverleihung an die Stadt Palermo zum Festakt auf die Piazza Bologni gehen. Mama wollte nicht hin, nur im Haus fühlte sie sich sicher.

»Wir waren so lange nicht mehr zusammen draußen. Es wird dir guttun, du wirst sehen.« Papa redete so lange auf sie ein, bis sie endlich nachgab.

»Mama, ich geh zur Messe in die Kathedrale und treffe euch später«, sagte ich und streichelte über ihr Sonntagskleid.

»In Ordnung, Genziana, aber nimm bitte noch die Wäsche ab, bevor du dich auf den Weg machst.«

Ich ging gern auf die Terrasse, ich mochte es, die Straße von oben zu sehen. Zwischen den blühenden Pflanzen und den wehenden Laken hatte ich mir ein Fleckchen Normalität geschaffen. Die Brüstung war ein steinerner Vorhang, hinter dem sich das Viertel wie eine Bühne auftat. Die Ellenbogen auf den verdreckten Marmor gestützt, ließ ich den Blick stundenlang über Dächer und Straßen wandern. Auf der einen Seite Piazza Bellini, auf der anderen Via Roma: Das war meine Lieblingsaussicht. Ich versuchte, die Namen der Passanten anhand ihrer Silhouetten zu erraten. Ab und zu erfüllten zerrissene Hosen und ein Paar muskulöse Waden mich mit Hoffnung, meine Gedanken flogen zu Medoro und mein Herz tat einen Sprung.

An jenem Morgen war die Sonne lau, ihr Licht getrübt vom Staub, der aus den bombardierten Palazzi aufstieg. Die Feuerwehrleute schafften es nicht, die Brände vollständig zu löschen, die nach einer Weile wie durch Zauberei wieder aufflammten.

Ich schlüpfte zwischen die Laken, die wie lustige Gespenster im Wind tanzten, und fing an, die Klammern zu lösen, die Wäschestücke abzunehmen und in den Korb zu legen. Meine Bewegungen waren träge, meine Arme bleiern, die Schwermut drückte mich nieder. Ich war spät dran, es fehlte nicht viel und ich würde die Messe verpassen. Zwischen der duftenden Wäsche überkam mich ein herrlich friedliches Gefühl. Ich ließ mich in meinen Lieblingstraum fallen: Der Laden glänzend sauber, das Lager voller Kaffeesäcke, die funkelnden Gläser voller Bonbons, Orlando, der schnaufte und zischte und duftende Kaffeebohnen aus seinem aufgesperrten Maul spuckte, die fröhlichen Stimmen der Angestellten, Giovannis Flüche, die ein und aus gehenden Kunden, der würzige Rauch, der während des Röstens entstand. Und dazu ich, ordentlich angetan, mit einer dampfenden Tasse Kaffee in den Händen auf dem Tresen lehnend.

Plötzlich verdunkelte sich die Sonne, der Himmel schien sich herabzusenken, mir war, als könnte ich ihn berühren. Eine wilde Angst packte mich, meine Beine begannen zu zittern wie gespannte Seile und ich brach zusammen. Ich versuchte mich hochzurappeln, doch mir fehlte die Kraft, meine Knie waren wachsweich und leblos. Ich schleppte mich bis zum Wäschekorb und kauerte mich zusammen. Zwischen der frischen Wäsche bildete ich mir ein, in Sicherheit zu sein, und ich schloss die Augen. Das Dröhnen der Flugzeuge, die man fliegende Festungen nannte, wurde immer lauter, sie kamen näher.

»Mama!«, versuchte ich zu schreien, doch die Stimme blieb mir tief im Halse stecken. Ich bekam den Zipfel eines Lakens zu fassen und zog es mir über den Kopf wie nachts, wenn ich schlechte Träume habe.

Um zwölf Uhr mittags brach die Hölle los.

18

Im Haus erhob sich vielstimmiges Geschrei. Die Menschen stürzten aus den Wohnungen, wie Vorboten des Unglücks hallten ihre Schritte dumpf durch das Treppenhaus. Ein trauriger Appell erscholl, die Frauen riefen ihre Kinder zusammen und ihre Männer zur Vernunft: »Fifi, Totò, Tetella, Salvuzzu, Uccio, Maruzza ...«, ein buntes Durcheinander an Kosenamen schallte von einem Haus zum nächsten.

Im ersten Stock geriet die Tragödie zur Komödie: »Mama, soll das 'ne Anwesenheitskontrolle sein? Wir sind doch nicht in der Schule!«

Im zweiten Stock hüllte sich die Angst in Eleganz: »Wo hast du mein grünes Hemd hingetan?«

»Was kümmert dich das jetzt?«

»Nein, ohne mein grünes Hemd rühre ich mich nicht vom Fleck!«

Im dritten Stock war die Liebe ein Schal zur falschen Jahreszeit. »Jetzt schau dir den an! Du willst wohl erfrieren. Bind dir den Schal um, sonst kriegst du gleich wieder einen Schnupfen!«

Hals über Kopf stürzten alle aus dem Haustor, hasteten Richtung Piazza Bellini und zerstreuten sich auf dem Weg zum nächstgelegenen Schutzraum in der Via Maqueda.

Genziana vergrub sich im Wäschekorb: Diesmal würde sie nicht irgendwo unterkriechen, ihre Mutter zog schließlich auch die heimischen vier Wände den nach Pisse stinkenden Kellern vor.

Das Jaulen der Sirenen war kein behexender Gesang, sondern ein Brüllen, das sich vom Meer erhob und von den Bergen rings um die Stadt widerhallte. Wie ein Wespenschwarm nahmen die von Kampfflugzeugen eskortierten Bomber von Termini Imerese aus Kurs auf die Stadt, und die Mauern des Hauses begannen zu zittern. Das trockene Knattern der Flakartillerie ertönte, konnte aber gegen den allzu hoch fliegenden Schwarm nichts ausrichten.

Salvuzzos dürre, krumme Beine staken aus den zu großen kurzen Hosen, aus denen ein Rinnsal Urin troff. Caterinedda rieb sich mit der einen Hand die tränenverschleierten Augen, mit der anderen hielt sie eine Decke fest, die um ihre Schultern lag, und sprenkelte die staubigen Pflasterplatten mit bunten Stoffstücken, den Kleidern ihrer Puppe. Fifi versteckte ein Stück geklautes Brot in seinen Taschen. Ezio gefiel sich in seinem grünen Hemd. Carmeluzza hielt ihren Sohn an der Hand, der noch nicht sprechen konnte und niemals sprechen würde.

»Genzianaaaaa!« Mit angstersticker Stimme suchte Viola ihre Tochter. Ihre Rufe gingen im Geschrei der Nachbarn unter. »Mein Kind, wo bist du?«

»Sie wollte zur Messe in die Kathedrale gehen und von dort ist sie bestimmt in den Schutzkeller gerannt«, beschwichtigte Roberto sie. »Komm schon, das sollten wir auch tun.«

»Nein, geh du, ohne sie bewege ich mich hier nicht weg.«

»Ganz bestimmt ist sie dort. Komm jetzt!«, beharrte Roberto und zog sie am Arm.

»Wenn ich sterben muss, dann hier, in meinem Haus, zwischen meinen Sachen.«

»Wir müssen uns beeilen, komm!«, drängte ihr Mann.

»Genziana, mein Kaffeeböhnchen, wo bist du bloß?«, schluchzte Viola unter Tränen.

»Sie ist ganz sicher dort, im Schutzraum an der Piazzetta Sett'Angeli, direkt um die Ecke von der Kathedrale. Weißt du, was wir machen? Wir gehen dorthin statt zu dem in der Piazza Pretoria. Aber du musst dich beeilen, bis dahin müssen wir ein Stück laufen und deine Mutter ist nicht die Schnellste ...«

»Genzianaaaaa!«, rief Viola abermals.

»Los, Viola, lass uns gehen.«

Sie hasteten zum Tor und zerrten Ortensia hinter sich her, die mit weit aufgesperrtem Mund sang: »*Und er sagte, mein Herz, mein Herz! / Mein Herz, du gehst weit fort, / lässt mich allein und ich zähle die Stunden ... / wer weiß, wann du wiederkehrst ...*«

Am Haustor stand Giovanni und erwartete die Anweisungen seines Chefs.

»Tu mir einen Gefallen, Giovanni, geh in die Wohnung hinauf und sieh nach, ob alle Fenster zu sind, und dann bring dich auch in Sicherheit«, wies Roberto ihn an. »Wenn du Ruggero siehst, sag ihm, wir sind im Schutzkeller an der Piazzetta Sett'Angeli, vielleicht ist Genziana dort. Ich muss mich beeilen, die Alte ist so langsam!«

Schluchzend hing Viola am Arm ihres Mannes. »Ich finde meine Tochter nicht!«

Giovanni war bestürzt, es war das erste Mal, dass er sie derart hilflos sah. »Machen Sie sich keine Sorgen, Principessa, bestimmt ist sie im Schutzkeller ... Gehen Sie nur! Wenn sie sich im Haus versteckt hat, finde ich sie.«

Mit ungewohnter Inbrunst drückte er ihre Hand, unter normalen Umständen hätte er das niemals gewagt. Einen Moment lang hielt Viola Giovannis raue Arbeiterfinger in ihrer Hand und blickte ihm in die Augen. Ein Funke des Einverständnisses blitzte zwischen ihnen auf. Mit einem gutmütigen Lächeln auf dem vor Einsamkeit weichen Gesicht schüttelte Giovanni den Kopf: »Vertrauen Sie mir«, flüsterte er. »Ich kümmere mich um Ihre Habseligkeiten.«

Er sah ihnen nach, als sie davongingen. Viola hatte den Kopf zwischen die Schultern gezogen und ihre kleinen Füße huschten über den gepflasterten Platz. Sie war so leicht, dass es aussah, als berührte sie den Boden nicht. ›Sie ist aus Luft, wie die Engel‹, dachte Giovanni.

Als der letzte Zipfel ihres Rockes verschwunden war, gab er sich einen Ruck und trat durch das Haustor. Es waren noch immer Geräusche zu hören. ›Vielleicht ist Genziana noch hier‹, sagte er sich. Im ersten Stock traf er auf Signorina Carmela, die gelähmt vor Angst am Geländer hing. Sie murmelte Stoßgebete an die heilige Rosalia und flehte um die Erlösung der heiligen Seelen im Fegefeuer.

»Signorina, gehen Sie in den Schutzraum! Die hier trage ich Ihnen«, flüsterte Giovanni und hob die Tasche auf, die Carmela fallen gelassen hatte. Sanft löste er ihre Finger von der Brüstung und gab sie dem Klempner aus dem Zwischengeschoss an die Hand.

»Passen Sie gut darauf auf, da ist mein ganzes Leben drin«, sagte sie zu Giovanni, ehe sie sich dem Arm des anderen anvertraute: Es war das erste Mal, dass sie sich einem Mann überließ.

»Wie schwer ein ganzes Leben doch sein kann«, bemerkte Giovanni und wog prüfend die Tasche. Dann stieg er in den obersten Stock hinauf. Wie gewohnt blieb er auf der Schwelle der Eingangstür stehen; Viola in ihrem roten Morgenmantel und mit zerzaustem Haar tauchte vor seinem inneren Auge auf. Dem Lärm nach zu urteilen, mussten die Flugzeuge bereits am Hafen sein, doch kaum trat Giovanni über die Schwelle, empfing ihn eine unwirkliche Stille. Auf dem Weg durch den Flur nahm ihm der Duft von Puder fast den Atem. Ihm ging auf, dass er eine verbotene Grenze überschritten hatte, und sein Puls begann zu rasen. Von einem jähen Instinkt übermannt, griff er sich in der Küche die Kaffeekanne und die Tasse und schob sie sich in die Taschen, dann ging er zum Schlafzimmer. Der Anblick der ordentlich auf einer Bettseite gestapelten Kissen trieb ihm die Röte ins Gesicht und ein geheimes Verlangen glomm in ihm auf. Er hatte sich redlich bemüht, es zu verdrängen, doch an diesem Maimorgen konnte er es nicht mehr übergehen. Ein heftiger Schauder durchzuckte ihn und mit puddingweichen Knien brach er über der Matratze zusammen und vergrub den Kopf in den weichen Kissen. Er atmete tief ein und ein sinnlicher Duft schnürte ihm die Kehle zu und wärmte seine Brust. Der rote Morgenmantel mit den feinen Stickereien lag über dem eisernen Kopfende. Giovanni streckte die Hand danach aus, ließ seinen plumpen Finger mit dem abgerissenen Nagel über den Kragensaum gleiten und hielt am Gürtel inne.

»Nein, ich kann nicht«, wisperte er. Dann vergrub er alle fünf Finger in dem roten Morgenmantel. Sein Atem ging schneller, er drückte den glänzenden, rutschigen Stoff an sich und eine Welle der Lust erfasste ihn.

Er ließ jede Zurückhaltung fahren, seine Fantasie verlor sich in den weichen Falten, seine Hand glitt in die Taschen, knetete den Gürtel. Er spürte Violas zarte Wange an seiner, ihr welliges Haar kitzelte seine Nase, ihr anmutiger Hals näherte sich seinen Lippen.

Noch nie hatte er sich so weit vorgewagt, stets hatte er sich auf das morgendliche Überreichen der Kaffeebohnen beschränkt. Von wegen Verehrung, er liebte Viola leidenschaftlich! Die allgemeine Verunsicherung des Moments machte ihn wagemutig. Er riss die Dämme des Anstands nieder und tränkte seine Sinne in lustvollen Farben. Dann begann der Fußboden wie von Schluchzern geschüttelt zu erbeben und riss Giovanni aus seinem Schwelgen. Er knüllte den Morgenmantel zusammen, stopfte ihn unter sein Hemd und rannte, vom Schreck über seine Tat getrieben, zur Tür.

Der Vogeldreck eines stählernen Krähenschwarms fiel auf die Stadt, begleitet von Explosionen und gelben Flammenblitzen. Rings um ihn sackten die Mauern lautlos in sich zusammen, die zerborstenen Ziegel wirbelten wie mehlige Schneeflocken durch die Luft. Eine dichte Wolke hatte sich über das Viertel gesenkt und nahm jede Sicht. Giovanni begriff, dass es zu spät war, um es in den Schutzkeller zu schaffen. Er stürzte in die Rösterei, in dessen Mitte sich Orlandos beruhigende Silhouette erhob.

»Nur du kannst mir noch helfen«, sagte er zu dem Drachen und schlüpfte in seinen eisernen Bauch. Wenn das ganze Haus zusammenstürzte, konnte ihn das Ungeheuer bestimmt nicht retten, doch wenigstens fühlte er sich in seinem Leib, umgeben von schalem Kaffeegeruch, geborgen. Das Gesicht in Violas Morgenmantel vergraben, vergaß er die Angst und empfand das Glück der Zärtlichkeit und der Liebe.

›Wenn ich sterben muss‹, dachte er, ›dann ist das der richtige Moment.‹ Die Anspannung, die ihn wach gehalten hatte, fiel von ihm ab und eine tiefe Müdigkeit überkam ihn, wie einen Liebenden nach dem Liebesakt. An Violas Trugbild geschmiegt, schlief er ein.

19

Man kann sich nicht aussuchen, wann und wo man sein Ende findet: Das bekamen die Palermer zu spüren, die am 9. Mai 1943, als der Krieg fast vorbei schien, im Schutzkeller der Piazzetta Sett'Angeli starben. Niemand überlebte den Einsturz jener lausigen Mauern, die in aller Eile und zur Rechtfertigung der von der Zentralregierung erhaltenen Gelder aus Sand- und Sägespänesäcken hochgezogen worden waren.

Giovanni schlief in Orlandos Bauch wie ein Baby. Er war ein schlichtes Gemüt und besaß die Seelenruhe, die einem reinen Gewissen entspringt. Abgesehen von der Eskapade in Violas Schlafzimmer hatte er keinerlei Sünden zu beichten. Die Principessa hatte leibhaftig in seinen Armen gelegen, so intensiv war der Traum gewesen. In seiner metallenen Wiege liebte Giovanni sie mit Leib und Seele, seine Hände bedeckten sie mit Zärtlichkeiten, er sah sogar vor sich, wie sein schütteres graues Haar mit ihren silbrigen Locken verschmolz, wie sich seine krummen Beine wie Äste um ihre weißen Schenkel, die runden Knie und schlanken Fesseln wanden. Als er satt war, öffnete er die Augen. Die Sirenen waren verstummt, das Dröhnen der Flugzeuge verhallt. Er war gerettet. Aus seinem Versteck heraus nahm er neue, ungewohnte Töne wahr. Es war das dumpfe Krachen einstürzender Dächer, das Knirschen nachgebender Mauern, das unheimliche Pfeifen des Windes, der durch gebrochene Balken, geborstene Fenster und löcherige Wände pfiff.

Die Gelenke taten ihm weh, seine Arme kribbelten, er versuchte hinauszukriechen. Wie hatte er es bloß hereingeschafft? Das Loch, durch das er mühelos geschlüpft war, war winzig. Er reckte sich, konnte sich jedoch nirgendwo festhalten, um sich herauszuziehen.

›Jetzt muss ich doch noch hier drin sterben!‹

Er krümmte sich zusammen und änderte, sich windend wie eine Schlange, die Position. Er stemmte den Kopf gegen die Klappe und die Ellenbogen gegen die rauchgeschwärzten Wände, tausend Nadelstiche durchbohrten ihm die Haut und er schrie vor Schmerz. Mit der Hand tastete er nach einem Halt. Er bekam den Griff der kleinen Schaufel zu fassen und konnte sich bis zum Bauchnabel herausziehen. Die Hälfte war geschafft. Er presste das letzte Quäntchen Luft aus seinen brennenden Lungen, zog, drückte und zwängte sich wie ein aus dem Mutterleib getriebener Fötus mit einem durchdringenden Schrei ins Freie. Er dankte Gott, noch am Leben zu sein, und stürzte auf die Straße. Dichte Staubschwaden lagen wie ein schwarzer Sandsturm über dem Viertel. Er hustete, nieste, der steinerne Nieselregen schnürte ihm die Kehle zu.

›Vielleicht bin ich tot und weiß es nicht‹, dachte er. Die Druckwellen hatten die Kirchenglocken ringsum zum Schwingen gebracht und ein schauriges Klingen erfüllte die Luft. Die Kirche von Santa Caterina stand noch, das Refektorium des Klosters war wie ein Kartenhaus in sich zusammengestürzt. Giovannis Instinkt befahl ihm, auf die Terrasse des Wohnhauses der Olivares' hinaufzusteigen. Von dort wäre die Aussicht besser.

Die schuttbedeckten Treppen schienen intakt zu sein. Tastenden Schrittes erklomm er Stufe um Stufe, aus Angst, sie könnten doch noch nachgeben. Die Scherben der Fenster knirschten unter seinen Sohlen. Er stieg über die aus den Angeln gehobenen Türen und spähte in die verödeten Wohnungen. Die Gittertür zur Waschküche hatte sich in der Halterung verhakt, er warf sich mit der Schulter dagegen und sie krachte zu Boden. Zaghaft tappte er über den Fliesenboden und stieg auf die Terrasse. Unter ihm das zerstörte Viertel. Die aus den Angeln gerissenen Gitter hingen wie die Zähne eines Greises von den Fenstern herab, die zerborstenen

Balken baumelten in der Luft, die verstümmelten Wände boten keinen Schutz mehr.

Doch auf der Terrasse hingen die Laken noch an den Leinen, als wäre nichts geschehen. Ein wehmütiger Stich durchfuhr Giovannis Herz. Der Krieg hatte die kleinen alltäglichen Gesten hinweggefegt: die Wäsche, die zum Einweichen in den Brunnen lag, der Duft nach Ragout, das auf dem Herd vor sich hin köchelte, die mit glühenden Holzscheiten gefüllten Kohlebecken, die getrockneten Mandarinenschalen, die Stimmen der Mütter, die ihre Kinder zum Abendessen riefen, das Zanken der Mütterchen, das Flüstern der Verliebten, das Schnalzen der Küsse auf den Fingerspitzen ...

Der Korb am Boden war voll staubiger Wäsche. Giovanni erkannte Genzianas hellblaue Schürze, Ortensias Schal. Zwischen den zerwühlten Falten lugte ein Paar kleiner roter Schuhe hervor, die hin und wieder zuckten. Vorsichtig hob er einen Zipfel und sah, dass zwei Füße in den Schuhen steckten.

»Genziana!«, rief er und war so froh, sie gefunden zu haben, dass er beinahe in Tränen ausbrach.

Er hob sie hoch und trug sie auf seinen Armen in die Wohnung. Sacht setzte er sie auf einem Küchenstuhl ab. Er wollte ihr Wasser geben, doch aus den Hähnen kam nur Schlamm. In der Anrichte entdeckte er eine Flasche Rosolio und goss ihr ein Gläschen voll ein. Stumm saß sie da, die Augen und Fäuste fest zusammengepresst, das Haar stand ihr wirr um das verstörte Gesicht. Ein dunkler Schatten hatte sich in ihrem Blick abgesetzt und ließ sie gealtert aussehen. Aus dem jungen Mädchen war eine Erwachsene geworden, doch nicht, weil sie dazu herangereift, sondern weil sie ihrer Jugend beraubt worden war.

›Wie sie ihrer Mutter gleicht‹, dachte Giovanni. ›Viola wird zufrieden mit mir sein, ich habe mein Versprechen gehalten, ich habe ihre Tochter gefunden.‹

Seine Brust schwoll vor Stolz, doch im selben Moment fragte er sich, wieso die Olivares' noch nicht wieder zurück waren, der Alarm war seit geraumer Zeit vorüber. Eine Vorahnung befiel ihn, die er wie eine lästige Fliege verscheuchte.

»Genziana, bleib hier und rühr dich nicht fort, ich gehe deine Mutter suchen.«

Er kämpfte sich durch den Schutt, kletterte über Geröll, aufgeworfene Pflasterplatten, Gesimsbrocken und verschmorte Nachttöpfe und erreichte schließlich den Corso Vittorio. Er zwang sich, den Trümmern keinen weiteren Blick zu schenken, und stellte sich Violas von Glück überglänzte Augen und den vor Dankbarkeit glühenden Blick seines Herrn vor.

›Ich kann's gar nicht abwarten, es ihnen zu sagen‹, dachte er immer wieder, um die Angst zu unterdrücken, die in ihm anschwoll wie eine Lawine. ›Sie war so verzweifelt, als sie fortmusste! Dabei sind sogar ihre Sachen sicher in Orlandos Bauch, das Haus steht noch, nur der Staub ... verdammt, der Morgenmantel! Ich muss ihn wieder zurücklegen ...‹

Er zögerte noch, ob er weitergehen oder nach Hause zurückkehren sollte, als ihn plötzlich eine rennende, schreiende Menge umgab. Umspült von diesem Menschenfluss kämpfte er sich die wenigen letzten Meter zur Kathedrale durch. Giovanni wurde in die Gasse gedrückt, die zum Schutzraum führte. Er konnte den hinteren Teil der Apsis sehen, das elegante Muster aus grauschwarzem Mosaik war unversehrt. In der Mitte des Platzes hingegen erhob sich ein Berg aus Trümmern, Steinen, Leichen, Gliedmaßen, Scherben: Epilog eines Krieges, in dem es weder Sieger noch Verlierer geben würde.

Es dauerte einige Zeit, ehe sich Giovanni der Wahrheit ergab. Stundenlang wühlte er brüllend, heulend und kotzend mit bloßen Händen im Schutt herum.

DIE FLUCHT
(1943–1950)

Von einer Kaffeepflanze
hüpfte ein kleines Etwas hinab,
ich lief ihm nach, nahm es und sprach zu ihm:
»Lauf nicht fort, bleib bei mir ...

Kaffeeböhnchen, kleines Kaffeböhnchen,
geh nicht nach Brasilien, weißt du, warum?
Erwischt dich ein Kaffeebauer in Santa Fé,
sät er dich aus wie eine x-beliebige Kaffeebohne ...«

T. Martucci, *Chiccolino di caffè*
(Beim Kindergesangsfestival *Zecchino d'oro*
1962 vorgetragenes Lied)

Ich spüre, wie mich jemand behutsam hochhebt, ich traue mich nicht, meinen Retter anzusehen, doch ich merke, dass er starke Arme und einen lauen Atem hat. Ich habe noch den Seifengeruch in der Nase und spüre das raue Gefühl der sonnengetrockneten Laken auf der Haut, als ich in unserer Küche die Augen öffne. Giovanni redet auf mich ein, seine Lippen bewegen sich, die Zunge blitzt zwischen den Zähnen hervor, doch ich verstehe nichts: Das Dröhnen der Flugzeuge, das Donnern der Bomben haben mich in eine seltsame Stille katapultiert. Schlaff sitze ich auf dem Stuhl meiner Mutter, meine Arme hängen kraftlos im Schoß, mein Kinn liegt auf der Brust.

Ich weiß nicht, wieso, doch im wahren Schmerz lassen die Menschen jeglichen Anstand fahren. Es ist, als gehörte mein Körper mir nicht mehr, alles ist mir egal. Die zitternden Muskeln widersetzen sich meinen Befehlen, fast ist mir, als wäre ich schon tot. Um mich herum bestürzte Wesen. Wie Geister schleichen sie umher, gespenstischer dunkler Staub senkt sich auf uns alle herab.

»Ich existiere nicht mehr«, sage ich.

Rau und kratzig klingt die Stimme in mir nach. Ich erkenne mich in diesem Missklang kaum wieder, der dennoch den Verdacht in mir weckt, nicht tot zu sein. Ein mageres, bleiches Mädchen sitzt mir gegenüber, ebenfalls mit gespreizten Beinen und hängenden Armen. Unsere Haltung ist vollkommen symmetrisch, der Kopf gleich zur Seite geneigt, die Hände über dem Bauch gefaltet, die Schultern schlaff, die Schenkel weit. Ich wundere mich, dass es in der Küche einen Spiegel gibt. ›Wie hässlich ich bin‹, denke ich und mustere mein vermeintliches Spiegelbild. Meine Locken fallen nicht mehr weich über die Schultern, sondern stehen in einem krausen, struppigen Wust in die Höhe. Ob das die Angst war?

Die Wohnungstür steht offen, als würde meine Mutter Kunden empfangen. Zù Minico kommt, ohne zu klopfen, herein, er hält den Meißel in den Händen und starrt mich an. Was gibt's zu glotzen, alter Sabbergreis? Ich spüre, wie meine Wangen heiß werden vor Scham. Hastig ziehe ich den Rocksaum herunter und vergewissere mich, dass auch die Bluse ordentlich sitzt. Das Bild im Spiegel rührt sich nicht. ›Was ist denn das?‹, frage ich mich bang. Doch dann begreife ich, dass mir ein anderes Mädchen gegenübersitzt, in Fleisch und Blut. Also strecke ich die Hand aus und ziehe ihr ebenfalls den Rock hinunter.

1

Nach dem Stahlhagel erschien über dem Süden Siziliens ein Regenbogen. Eine Wolke von Fallschirmspringern mit Waffen in der Hand, als wären es Olivenzweige, senkte sich vom Himmel herab.

Am 22. Juli 1943 wurde Palermo abermals besetzt. Die Parole lautete: »Bieg dich, Binse, bis die Flut vorüber ist«, und die Palermer gaben freimütig nach. Es waren nicht die ersten Invasoren und es würden womöglich nicht die letzten sein.

Die Amerikaner schienen ganz anders zu sein als die Deutschen: sympathisch, redselig, freigiebig. Sie leisteten sich Späße, waren gutgläubig, machten die jungen Mädchen nervös, verschenkten Zigaretten, Chewinggum und Dosenmilch. Die Soldaten blieben nicht lang, sie ernannten die neuen Verwalter und zogen weiter Richtung Ostsizilien, von wo sie sich nach Unterzeichnung des Waffenstillstands am 3. September die italienische Halbinsel hinaufarbeiteten. Gleich darauf begann ein günstiger Wind zu wehen, der die Wolken nach Norden blies, wo die Bomben noch den ganzen Winter fielen. Während man auf der Insel den Frieden feierte, dauerte der Krieg im Rest Italiens fort.

In der ganzen Stadt fing das Leben wieder an, auch im Viertel Quattro Mandamenti. Zuallererst nahm man sich der Kirchen an, denn ohne Gottes Hilfe kam man nicht weit. Danach waren die Familien an der Reihe, die sich so weit wie möglich wieder zusammenfanden: Viele unersetzliche Bestandteile fehlten. Man stopfte die Löcher, so gut es ging. Jeder versuchte, sich einen Platz und eine Beschäftigung zu suchen in der Hoffnung, irgendwie an die Vergangenheit anknüpfen zu können.

Giovanni kehrte zu Orlando zurück: Er hatte sein ganzes Leben in der Rösterei verbracht, und so erschien es ihm selbstverständlich, die beiden kleinen Räume wieder instand zu setzen.

Von Raimondo und Rodolfo fehlte jede Spur, doch Giovanni war überzeugt, dass sie noch lebten. »Sie werden zurückkommen«, sagte er immer wieder zu Genziana. »Die beiden haben alles durchschaut. Abzuhauen war genau das Richtige.«

Ruggero war verwirrt und geistig umnachtet in der Kapelle San Giuseppe Falegname der juristischen Fakultät gefunden worden. Am Morgen des 9. Mai hatte er die Messe besucht, als die Sirenen losjaulten. Nur er und der Studentenkaplan Pater Riccardo waren anwesend, denn die Studenten interessierten sich mehr für die Vorlesungen als fürs Beten. Die Eingangstür hatte sich verkeilt und sie waren eingesperrt. Also hatten sie sich dem hölzernen Christus auf dem Altar anvertraut, der, als die Bomben vorüber waren, dafür gesorgt hatte, dass das Schloss durch einen einfachen Windstoß aufsprang. Ruggero war mit dem Leben davongekommen, doch hatte er zwischen dem roten Marmor und den geflammten Holzpaneelen den Verstand gelassen. Man musste ihn mit Gewalt nach Hause zerren, denn er weigerte sich, die Straße zu überqueren. Schließlich war seine Erregung in einen prophetischen Wahn umgeschlagen, der auf den ersten Blick beängstigend wirkte, jedoch harmlos war. Er war zu Giovannis Schatten geworden, folgte ihm auf Schritt und Tritt und überschüttete ihn mit Fragen.

»Wie heißt du?«

»Giovanni«, antwortete Giovanni, ohne jemals die Geduld zu verlieren.

»Bist du ein Heiliger?«

»Nein, aber ich glaube fest an Gott und bin mir sicher, dass wir die Rösterei wieder zum Laufen kriegen wie früher.«

»Mein Vater ist im Himmel.«

»Das stimmt, und von dort oben schaut er auf dich herab.« Ruggero sprach von Gott, Giovanni von Roberto Olivares.

Am nächsten Tag begann Ruggero von vorn: »Wie heißt du?«

»Giovanni.«

»Bist du ein Heiliger?«

»Nein, aber Gott ist mit mir.«

»Woher weißt du das?«

»Er ist mir im Traum begegnet.«

»Und hast du die ersten vier Siegel geöffnet?«

Die Apokalypse des heiligen Johannes war für Ruggero zur fixen Idee geworden.

»Aber natürlich, auch das fünfte, sechste und siebte ... Hör mal, Ruggero, wenn du dich noch einen Moment geduldest, bis ich hier fertig bin, dann beten wir zusammen.«

Folgsam setzte sich Ruggero in eine Ecke, um gleich darauf wieder loszulegen: »Wie heißt du?«

»Giovanni.«

»Bist du ein Heiliger?«

»Nein, aber wenn du so weitermachst, bin ich es bald!«

Das staubbedeckte Mädchen, das Genziana für ihr Spiegelbild gehalten hatte, war Zà Marias Tochter aus dem Vicolo Brugnò. Giovanni hatte Provvidenza auf dem Vorplatz der Kathedrale gefunden, sie kauerte im Schutt und klammerte sich an eine Stoffpuppe. Er hatte sie an ihrem krausen Haar und ihren schiefen, spitzen Zähnen erkannt. Da er sicher war, dass die Mutter im Schutzkeller umgekommen war, hatte er sie in die Wohnung der Olivares' mitgenommen und den Gott verflucht, der Eltern und Kinder voneinander trennte.

Mit jedem Tag widmete sich Provvidenza mehr dem Haushalt und machte sich unentbehrlich. Sie wirkte jünger als ihre neun Jahre, doch vielleicht war sie einfach nur unterernährt. Geschickt und umsichtig hantierte sie zwischen Herd und Spülstein: Dank ihr wurde die Wohnung geputzt, die Schränke wurden aufgeräumt, das Geschirr in der Küche kehrte an seinen Platz zurück und die Wäsche roch wieder nach Orangenblüten. Sie hatte gänzlich das Gedächtnis verloren und hielt verbissen an dieser Amnesie fest, die sie fraglos vor einem für ein Kind ihres Alters unerträglichen Schmerz bewahrte.

Genziana hingegen war überzeugt, dass sie vielleicht Neuigkeiten von Medoro bekäme, wenn sich Provvidenza an irgendetwas erinnerte, und gab keine Ruhe. »Provvidenza, wo kommst du her?«, fragte sie ganz unvermittelt.

Das Mädchen blickte suchend in die Luft, ihre Lippen öffneten sich, sie schien das Wort auf der Zunge zu haben, die Silben trieben im Speichel, rollten zwischen Zähnen und Kehle vor und zurück. Manchmal kam ihr fast ein Name über die Lippen, doch noch ehe sie ihn aussprechen konnte, war er schon wieder fort, als hätte er es sich anders überlegt. Provvidenza runzelte die Stirn, öffnete halb den Mund, sodass die übereinanderstehenden Schneidezähne und die spitzen Eckzähne hervorlugten, riss unwirsch die Augen auf und sagte schließlich: »Was weiß ich? Giovanni hat mich gefunden.«

»Aber willst du denn nicht wissen, wer deine Mutter ist?«, bohrte Genziana weiter.

»Nein, ich bin zufrieden, solange ich mich um den Haushalt kümmern kann.«

»Glücklich der, der sich bescheidet«, schloss Genziana, denn sie beschied sich nicht damit, dass sie am Leben war. Sie musste Medoro wiedersehen.

2

Giovanni wünschte sich sehnlichst, die Heiterkeit würde ins Haus Olivares zurückkehren. Er befreite den Laden von Scherben und Schutt, brachte Robertos Büro in einen leidlichen Zustand, packte sämtliche Hefte, Brennkolben und sonstigen Habseligkeiten, die ihm gehört hatten, in einen Koffer und nahm sich fest vor, sie an ihren Platz zurückzuräumen, sobald die Rösterei wieder in Betrieb war. Arbeit war die einzige Normalität, die er kannte.

»Das Wichtigste ist, loszulegen«, sagte er zu Ruggero. »An alles andere denken wir später.«

Sein Gesicht war vom Krieg gezeichnet: Zwei Furchen, tief wie Schnittwunden, hatten sich in seine Wangen gegraben. Doch trotz seiner gealterten Züge war sein Körper wie neu: Die Arme waren muskulös, der Blick hatte eine neue Lebendigkeit und seine Augen bewegten sich flink.

Jetzt, da er Robertos Nachfolge angetreten hatte, hatte Unternehmergeist die einstige Zögerlichkeit verdrängt, seine Stimme zitterte nicht mehr und selbst seine Haltung war eine andere, die Schultern plötzlich aufrecht. Die neue Rolle gefiel ihm, auch wenn ihm die Verantwortung bisweilen Angst machte, aber niemand ist unfehlbar. Und als er den Heizkessel anfeuerte, klopfte sein Herz, als täte er es zum ersten Mal. Trotz des langen Stillstands ließ Orlando ihn nicht im Stich: Heftig schnaubend legte er los und mit banger Freude in den Gliedern röstete Giovanni seinen ersten Kaffee. Der Duft breitete sich im Viertel aus und schenkte allen die verheißungsvolle Hoffnung auf ein neues Leben.

Die Tage vergingen wie im Flug und allmählich nahmen die Dinge wieder ihren gewohnten Lauf. Die irdenen Kaffeebehälter waren allesamt zu Bruch gegangen und Giovanni musste sie durch Metalldosen ersetzen. Das Viertel hatte weder Wasser noch Strom, den Boden zu wischen war deshalb eine mühselige Angelegenheit. Die alten Mitarbeiter waren wieder aufgetaucht und Giovanni stellte sie als Lehrlinge wieder ein, mehr war nicht möglich. Gemeinsam schufteten sie Tag und Nacht und schließlich konnten sie die Türen der Rösterei wieder aufsperren.

Die ersten Kunden, die von Muckefuck und Zichorienkaffee genug hatten, fanden sich ein. Kaffee war nicht leicht aufzutreiben, noch waren die Verbindungswege unterbrochen, und so verbrachte Giovanni viel Zeit auf dem Schwarzmarkt. Meistens musste er sich mit mickerigen, minderwertigen Bohnen begnügen. Trotzdem gab er sich beim Rösten alle Mühe, als wäre es Jamaica Blue Mountain.

Die Ergebnisse waren nicht im Entferntesten vergleichbar mit dem berühmten Genziana-Kaffee, mit dem Roberto sein Glück gemacht hatte. Die Leute kosteten und verzogen das Gesicht. »Spülwasser« und »Krakentinte« waren noch die freundlichsten Kommentare. Giovanni änderte das Röstverfahren und drosselte die Temperatur des Heizkessels.

»Wie ist er? Was meint ihr?«, fragte er seine Mitarbeiter, die als Versuchskaninchen herhalten mussten.

Sie schnalzten mit der Zunge und wischten sich mit dem Handrücken über den Mund. »Die Wahrheit?«

»Na klar doch! Die Wahrheit.«

»Na ja ... gut ist er nicht, aber immer noch besser als Zichorie.«

Giovanni verfügte nicht über das feine Näschen seines Meisters, der seine sämtlichen Geheimnisse mit ins Grab genommen hatte. Am Ende gewöhnten sich die Leute jedoch an den bitteren, laschen Kaffee, und da die Rösterei Olivares die einzige war, die funktionierte, verdiente Giovanni auch daran.

Der Herbst 1943 ließ auf sich warten und der November war mild. Vielleicht war es den unversehens immer wieder auflodernden Bränden oder dem heiligen Martin zu verdanken, der so die Armen wärmte. Die Leute arbeiteten hart, angetrieben von dem Bedürfnis, alles instand zu setzen und wiederaufzubauen. Das ganze Tribunali-Viertel dröhnte vor Hämmern, Sägen und Meißeln.

Im Hause Olivares schien die Sonne. Die unter ihrem dunklen Teint blasse Genziana war in Gedanken versunken, sie zog sich häufig aus der Wirklichkeit zurück. In ihrem Kopf herrschte Chaos, und ein tiefer Schmerz hatte sich in ihrem Körper eingenistet.

Mit freudestrahlendem Blick platzte Giovanni in die Küche. Er hatte gute Bohnen aufgetrieben, die er wie wertvolle Edelsteine in den Händen hielt. Beim Anblick des kaum siebzehnjährigen Mädchens, das mit zitternden Lippen und leerem Blick dahockte, ergriff ihn Mitleid. Er legte den Kaffee auf den Tisch. »Jetzt steht dir der Titel Principessa zu«, sagte er überschwänglich, um sie aufzurichten.

Sie rührte sich nicht.

»Schau, ich hab dir sogar Kunden mitgebracht.« Er wies zur Tür.

Auf den Stufen herrschte unruhiges Gemurmel. Einige Stimmen übertönten die anderen.

»Hilf uns!«

»Wir müssen Klarheit haben.«

»Seit dem Bombenangriff ist mein Sohn unauffindbar …«

»Meine Kleine will seit vier Tagen nichts essen!«

»Mein Mann ist verschwunden …«

»Mach die Tür zu!«, schrie Genziana. Die Angst drückte ihr die Eingeweide zusammen, und sie rang nach Atem, als läge Blei auf ihrer Brust.

»Du darfst sie nicht enttäuschen, sie wissen nicht, wo hinten und vorne ist, hilf ihnen«, sagte Giovanni und hielt ihr die Bohnen unter die Nase.

Genziana schnupperte daran und der Duft weckte Erinnerungen an ihre Familie. Sie hörte Mimosas gequälten Atem, die Lieder der Großmutter, die Witzeleien der Brüder, sah den strengen Blick ihres Vaters ... Sie fehlten ihr alle so sehr! Genziana seufzte, sie würde noch an Sehnsucht sterben.

»Wir müssen alle unseren Beitrag leisten, auch du«, drängte Giovanni und versuchte sie aus ihrer Traurigkeit zu reißen. Sie antwortete nicht, mutlos und mit trockenem Mund saß sie da, überladen mit sinnlosen Vorwürfen. Giovanni ließ die Bohnen durch die Finger gleiten und suchte in Genzianas Augen Violas sanften Blick. »Schön, nicht wahr?«, rief er aus.

Sie antwortete nicht. ›Wenn dies das Leben ist, was meine Mutter für mich vorhergesehen hat‹, dachte sie, ›dann weiß ich nicht, wie ich ihren Wünschen gerecht werden soll.‹

Genziana dachte an das Lächeln der Mutter, an ihren Blick, der forschend am Tassenrand entlangwanderte. Wenn sie ihren Platz einnahm, war das vielleicht eine Antwort auf die Traurigkeit, die sich in ihrem Herzen eingenistet hatte. Unvermittelt stand sie auf und verließ die Küche. Kurz darauf kehrte sie im Morgenmantel der Mutter zurück. Die goldenen Stickereien blitzten im Morgenlicht.

»Also, fangen wir an?«, sagte sie zur Verblüffung aller.

Provvidenza war schon lange bereit. Die Kanne stand auf dem Tisch, die Tassen waren zu einem Turm gestapelt. Sie war Genziana dankbar, dass sie sie bei sich aufgenommen hatte und ihr Schutz bot, und aus Furcht, sie zu verärgern, war sie stets auf alles vorbereitet.

»Provvidenza, gib mir den Kaffee.«

Wruimmmmm, wruimmm, die Mühle knarzte wie eine duftende Zeitmaschine. Als Giovanni den Ersten in der Reihe hereinrief, brach freudiger Jubel los.

»Endlich!«, riefen alle.

»Jetzt geht's wieder los!«, sagte er lächelnd. Es war keine Feststellung, sondern ein Appell.

Das Viertel ist nicht wiederzuerkennen, ein Labyrinth aus Trümmern, in dem ich Angst habe, mich zu verlieren. Ich bleibe lieber zu Hause, wo es so ist, als wäre nichts geschehen. Die Möbel, deren Maserungen ich in- und auswendig kenne, stehen an ihrem Platz, und in den Schubladen hängt noch immer Mamas Duft. Eingeschlossen zwischen den dicken Wänden, bleibt mir der Atem oft in der Kehle stecken. Dann steige ich auf die Terrasse hinauf, um ein wenig Luft zu schnappen. Mein Blick irrt verloren umher: Ohne die Kuppeln und Glockentürme ist die Dächersilhouette nicht wiederzuerkennen. Ich sehe keine Fassaden mehr, sondern lange Tunnels, die sich zwischen den eingestürzten Mauern bis zum Meer ziehen. Starr blicke ich auf den sich ständig verändernden Horizont. Unter dem freien Himmel befällt mich ein Drang, der nach Eisen schmeckt.

Jetzt, da mein Vater nicht mehr da ist, habe ich im Laden das Sagen. Nichts hält mich davon ab, meinen Traum wahr zu machen. Ich kann die Herrscherin des Kaffees werden, ich bin Zauditù! Doch sofort unterdrücke ich diesen Gedanken, man darf sich den Toten nicht widersetzen. Mein Herz will weiterträumen und streitet mit meinem Verstand, der um jeden Preis die Kontrolle behalten will.

Der Kampf wütet den ganzen Tag, und abends bin ich völlig erschöpft und will einfach nur schlafen. Das große Bett meiner Eltern gehört jetzt mir. Ich versinke in den weichen Matratzen und denke bitter, dass nun niemand mehr kommt, um mich zurück in mein Bett zu schicken.

Der Schlaf überkommt mich plötzlich und bruchstückhaft und wimmelt von quälenden Albträumen und den herrlichsten Fantasien. Zerschlagen durchwandert mein Bewusstsein die Nacht, doch wenn es im Morgengrauen wieder eins wird, wartet dort meine Mutter mit einer Tasse Kaffee auf mich und lächelt mir durch den duftenden Dampf entgegen. Ich übernehme ihre Rolle, es ist leichter, die abstrakten Formen zu deuten, die sich in der Tasse absetzen, als das Stück Freiheit zu durchqueren, das mich von der Rösterei trennt. Also verstecke ich mich im bestickten Morgenrock. Die Seide schmiegt sich an meinen Körper und legt sich in großen Falten um meine dünnen Beine. Die Handgelenke und Knie schauen hervor, denn ich und meine Mutter sind ganz unterschiedlich gebaut, sie klein und rund, ich groß und knochig. Mein Spiegelbild sieht lächerlich aus, mit diesen dürren Armen, die aus den zu kurzen Ärmeln ragen, und den spitzen Brüsten, die zwischen den goldenen Kragensäumen hervorblitzen. Das Rot, das auf dem weißen Teint meiner Mutter lohte, verlischt auf meiner kaffeebraunen Haut zu mattem Glühen. Es ist so offensichtlich, dass ich nicht zur Kaffeesatzleserin geboren bin, ich sehe nicht einmal so aus. Dennoch umfängt mich dieser weiche Stoff wie alle vertrauten Dinge mit tröstlicher Sicherheit. Und statt der Realität endlich ins Auge zu blicken, lasse ich mich in eine Geisterwelt fallen.

Der Kaffee steht morgens bereits auf dem Tisch, jetzt kann ich so viel davon trinken, wie ich will, doch wer hätte gedacht, dass er so grässlich schmecken würde, bitter und tränenreich. Aber auch das hält mich nicht davon ab, Kunden zu empfangen. Jeden Tag sitze ich in der Küche, spiele jedem das gleiche Theaterstück vor und vergesse darüber, dass ich ein eigenes Leben haben könnte. Die Bangnisse der anderen nehmen den Platz meiner eigenen ein, Hauptsache, ich entkomme dem Schmerz. Das scheint mir der sicherste Weg zu sein, auf dem keine bösen Überraschungen lauern. Die Menschen gehen ein und aus und hoffen, die Zukunft zu sehen. Ich forsche im Kaffeesatz und bleibe in der Vergangenheit hängen.

3

Alivuzza, die Näherin aus der Via Rua Formaggi, stieß Totò den Fuhrmann und seine Frau Franchina zur Seite, die sich vordrängeln wollten.

»Ksssss, ksssss«, zischte sie und fuchtelte mit den Händen. »Weg mit euch, ich bin dran! ... Hören Sie wohl auf?« Im Durcheinander hatte jemand ihren mageren Hintern gestreift. Hochrot hob Alivuzza den Arm, um in die Menge zu schlagen. »Hat man Ihnen denn keine Manieren beigebracht?«

»Genziana«, sagte sie, kaum hatte sie Platz genommen.

»Principessa, wenn ich bitten darf«, fiel Provvidenza ihr mit der gewichtigen Miene eines Dirigenten ins Wort.

»Genzià«, redete Alivuzza ungerührt weiter.

»Keine Vertraulichkeiten bitte: *Principessa,* das gilt für alle«, beharrte Provvidenza.

»Principessa, können Sie Ihrer Dienerin bitte sagen, sie soll sich um ihren eigenen Kram kümmern?«, keifte die Näherin.

Provvidenza schwieg zufrieden: Dass man sie gerade als Dienerin bezeichnet hatte, war ihr gleich, Hauptsache, man hatte ihrer Herrin endlich den richtigen Titel gezollt.

»Ich hab die Hölle gesehen«, hob die Näherin an, »und nun bin ich ganz allein. Am liebsten möchte ich sterben ...«

»Wir haben es alle schwer, der Krieg hat niemanden verschont«, versetzte Genziana. Sie besaß nicht Violas Einfühlungsvermögen und konnte sich nur schwer in die Lage der Menschen versetzen. »Wer sich erinnert, versucht zu vergessen, und wer vergessen hat, bemüht sich, Licht ins Dunkel der Erinnerung zu bringen, also, Alivu', sag mir, was du wissen willst, und beeil dich.«

Die Näherin schwieg, die Farbe ihrer Wangen wechselte zu einem dunklen, waldigen Grün, ihre Züge waren angespannt.

»Na gut, trink den Kaffee und dann sehen wir, was los ist. Die Schlange vor der Tür ist lang.«

Der Rückstand in der Tasse war fest, ein einzelnes Klümpchen hatte sich an der Tassenwand unterhalb des Henkels abgesetzt. Der schwarze Ring zog sich weit bis zum rechten Rand hinauf.

»Ts, ts, ts, was sehe ich denn da?«

Alivuzzas Gesichtsfarbe wurde noch erdiger, fast lila, wie die einer Wasserleiche. Sie rutschte auf ihrem Stuhl herum, streckte die Füße, hob den flachen Hintern und reckte den Kopf noch mehr Richtung Tasse. Ihre Wangen zitterten bang. Sie zog die Schultern hoch und umklammerte ihre Oberarme.

»Ts, ts, ts, es gibt also doch Gerechtigkeit auf dieser Welt ...«, fuhr Genziana geheimnisvoll fort.

Mit knirschenden Knochen sackte Alivuzza auf ihren Stuhl zurück.

»Ts, ts, ts, schau mal, Provvidenza, wie schön ...«

Provvidenza kam näher und lugte in die Tasse, ohne etwas zu erkennen.

»Alivu', triffst du dich noch mit diesem Amerikaner?«

»Nein.« Sie schüttelte den Kopf.

Die Menschen im Flur wurden unruhig. »Na los, es ist schon spät!«, »Wie lange dauert das denn noch?«, »Sie ist nur eine popelige Olive, kein ganzer Olivenbaum!«

»Aber hier steht, dass er zurückkommt und dir sogar ein Kind macht.«

Die Ärmste wurde kreidebleich. »Und heiratet er mich?«

»Warte. Provvidenza, mach das Fenster auf, ich brauche mehr Licht«, rief Genziana und stellte die Tasse zur Seite, um sich dem Unterteller zu widmen, der die ferne Zukunft verriet. »Ehrlich gesagt, ist das nicht ganz klar. Es gibt ein Kind, siehst du? Genauer gesagt, ein Mädchen: Es hat sich auf dem Löffel abgesetzt. Aber ich weiß nicht ... Da ist ein Rauchwölkchen, und ich weiß nicht, was ich davon halten soll. Aber er kommt zurück ... Und jetzt hoch mit dir, dass die anderen auch noch drankommen!«

Die Näherin hätte gern noch mehr gefragt, sie hoffte schon so lange, einen Mann zu finden, doch Provvidenza zog ihr den Stuhl unterm Hintern weg.

Franchina und Totò kamen gemeinsam herein.

»Einer nach dem anderen«, sagte Genziana.

»Die Frage ist dieselbe: Wir wollen etwas von unserem Sohn erfahren.«

»Na schön, aber wer von euch trinkt den Kaffee?«

»Er«, sagte Franchina.

»Sie«, rief Totò, denn keiner der beiden wollte die Verantwortung für eine Hiobsbotschaft übernehmen. Also wechselten sie sich Schluck für Schluck ab und drückten einander die Tasse in die Hand, als würde sie glühen.

Genziana warf einen raschen Blick auf das dunkle Kreuz, das sich unweit des Henkels abgesetzt hatte. »Er kommt nicht zurück«, sagte sie eilig und entließ sie mit einer schroffen Geste.

Viola hätte sich niemals so hart ausgedrückt, sie hatte ein zu großes Herz. Genziana hingegen hatte das Gefühl, als hätte man es ihr aus der Brust gerissen. Kaffeesatzlesen war eine Mission, wie der Arztberuf oder das Priesteramt, doch für Genziana war es eine leidige Pflicht. Sie hatte kein schlechtes Herz, aber ohne die elterliche Aufsicht ging ihr Wesen mit ihr durch: Sie war nicht fürs Zuhören, sondern fürs Zupacken gemacht.

Franchina fing an zu weinen. »Sehen Sie genauer hin«, flehte sie. Totò war starr wie ein Basilisk.

»Ich sehe sehr gut. Ihr müsst euch damit abfinden, so leid es mir tut«, sagte Genziana. »Der Nächste!«, rief sie, um diese sinnlose Unterhaltung zu beenden.

»Ich bin dran.«

»Nein, ich war zuerst da!«

Die Schlange löste sich auf und bildete sich neu, schwelender Unmut machte sich breit. Kleine Streitereien flammten auf und vergifteten alte Freundschaften. Das Viertel brauchte Zusammenhalt, und Genzianas Schroffheit war der Eintracht nicht gerade förderlich.

Das Stimmengewirr schwoll zu lautstarkem Protest an. »Ab nach hinten!«, »Schaue sich einer diesen Flegel an!«, »Du bist der Letzte, ich stehe schon seit heute früh hier!«

Ein Unbekannter schob sich durch die Menge.

»Du glaubst wohl, du kannst dir alles erlauben, was?«, »Los, los, zurück mit dir!«

Jemand versetzte dem Fremden einen Stoß, doch der betrat unbeirrt die Küche. Er war groß und kräftig und füllte das ganze Zimmer aus. Ein Wust schwarzer Locken fiel ihm in die Stirn. Genziana, die aufgestanden war, um das Gezeter zu bändigen, erkannte ihn sofort. Sie hatte seine Augen nicht vergessen, zwei Tropfen flüssiger Glut, die vor Leidenschaft brannten und seine klaren Gesichtszüge überstrahlten. Er breitete die Arme aus und sie reichte ihm befangen die Hand. Ihre Finger berührten sich und sofort spürte Genziana die Wärme, die sie in der Nacht von Mimosas Tod getröstet hatte. Doch diesmal erfasste sie ihren Körper wie eine hungrige Flamme und wanderte vom Arm über die Brust und den Bauch bis in den Unterleib, der sich begehrlich zusammenzog. Sie standen einander gegenüber, zwei junge, schöne Erwachsene, bereit für die Liebe.

Medoro roch nach Moos und jungem Holz, nach Wald und Frühling. Genziana atmete seinen Duft ein, der sie wie eine Woge überrollte und ihr Herz im Sturm eroberte. Ihr war, als bräche in ihr ein Damm und ließe die tosende Flut herein. Sie wollte ihn berühren, umarmen, seine Lippen küssen. Mit glühenden Wangen riss sie ihre Hand fort. Sein ausgestreckter Arm zuckte kein bisschen. Unter seinem Hemd wölbte sich die muskulöse Brust.

Wieder keiften die Leute los: »Was soll das? Tanzen wir heute Tarantella, oder was?«

»Wo kommt der denn her?«

»Hat man so was schon gesehen?«

»Ein Türke hat uns gerade noch gefehlt!«

»Los, zieh Leine, unsereins hat noch zu tun!«

Um sie zum Schweigen zu bringen, fuchtelte Provvidenza mit einem Lappen in der Luft herum, als wollte sie einen Fliegenschwarm verscheuchen.

»Ich bin Medoro«, sagte er mit tiefer Stimme, die rau und sanft zugleich klang.

Doch der Groll der Wartenden ließ sich nicht mehr beschwichtigen. Eine Frau mit flammend roten Haaren löste sich aus der Schlange und drängte sich zwischen den Unbekannten und Genziana. »Na los, verzieh dich!«

Provvidenza schubste sie zurück zur Treppe. »Nicht so hastig, die Zukunft gibt's nicht hopplahopp. Setz dich und warte!«

»Ganz schön überheblich, die kleine Magd!«, blaffte die Rothaarige und ihre Augen sprühten Funken. Dann ging sie auf Provvidenza zu, riss ihr den Lappen aus der Hand und ließ ihn wie eine Peitsche durch die Luft schnalzen.

Medoro packte ihren Arm und sah sie eindringlich an: »Was sind denn das für Manieren?« Er nahm ihr den Lappen aus der Hand und gab ihn mit einem Lächeln dem Mädchen zurück. Er hatte etwas Unwiderstehliches: Charisma ist angeboren, und Medoro war schon damit gesegnet gewesen, als er dreckig und zerlumpt am Eingang des Palazzo Riso herumlungerte.

»Wenn's dir nicht passt, kannst du ja gehen«, fauchte Provvidenza die Rothaarige an. »Und übrigens, weißt du was? Für heute ist geschlossen.« Sie faltete den Lappen zusammen und steckte ihn in die Tasche.

Medoro nutzte die kurze Kampfpause und wandte sich an die Leute, die sich in der Küchentür drängten. »So ist es. Und keine Angst, ich nehme niemandem den Platz weg. Ich bin Zà Marias Sohn aus dem Vicolo Brugnò und gerade vom Festland zurück.«

Das Gemurmel schlug in einen Freudenschrei um. Der Türke war wieder zu Hause, und der Himmel wusste, wie viel Hoffnung eine unerwartete Heimkehr diesen armen Menschen bescherte.

Die Neuigkeit von Medoros Heimkehr machte sofort die Runde. Giovanni eilte keuchend herbei, mit Ruggero auf den Fersen, der sein übliches Lamento von sich gab: »Ich war dort oben und habe gesehen, was geschehen wird ...«, doch kaum erblickte er Medoro, verstummte er. Sein Blick huschte ruhelos hin und her, als durchsuchte er seinen wirren Verstand nach einem Namen, einem Begebnis. Er vergrub die Finger im Haar des Freundes und verzog die Lippen zu einem zärtlichen Lächeln.

»Ruggero, mein Freund.«

Sie fielen sich in die Arme und Ruggero wurde ruhig. An die starke Brust des Freundes geschmiegt, fühlte er sich sicher. Sein Blick wurde weich und die Verletzlichkeit von einst glomm in seinen Augen auf. Plötzlich trug Ruggero wieder die feinen Züge und den besonnenen Ausdruck, die der Wahnsinn zu einer grimmigen Maske hatte gefrieren lassen. Auch Genziana schien in die kindliche Heiterkeit von vor dem Krieg zurückzuverfallen und die einstige Unversehrtheit brach sich in ihnen Bahn.

Medoro schloss seine Schwester in die Arme, die steif wie ein

Stock blieb und ihr Gedächtnis nach einem Hinweis durchwühlte, der sie an der allgemeinen Rührung teilhaben ließ. Provvidenzas Erinnerungen waren rutschig wie Flusskiesel, und ihr Herz konnte sich nur an die Stimme dieses Mannes klammern, die das gleiche Timbre hatte wie die ihre.

Ein Windhauch wehte ins Zimmer, die Fensterläden klapperten, der Kaffeegeruch löste sich in der Meeresbrise auf. Der Frühling 1946 würde sanft und staubig werden.

Wo wirst du schlafen? Euer Haus steht nicht mehr«, frage ich ihn mit hoffnungsvollem Blick.

Ratlos breitet er seine starken Arme aus, in die ich mich am liebsten hineinwerfen würde.

»Bleib doch bei uns«, schlage ich ihm vor und versuche möglichst ungerührt zu wirken. »Du kannst in Raimondos oder Rodolfos Bett schlafen ... Meine Brüder sind nicht zurückgekehrt.«

Er macht ein betrübtes Gesicht und ich möchte ihn in Küssen ersticken. Als er seine Sachen ins Zimmer bringt, folge ich ihm und muss mich beherrschen, um keine Luftsprünge zu machen. ›Wie seltsam das Leben doch ist‹, denke ich, ›noch vor wenigen Minuten habe ich herumgejammert und mir die wintersteifen Schultern geknetet, und jetzt ist plötzlich Frühling.‹

Ich lasse Medoro allein, um gleich darauf mit einem heißen Kaffee zurückzukehren. Er bedankt sich und lächelt. Der Flur ist mit seinem herben, männlichen Geruch erfüllt, der alles andere überdeckt. Ich kann ihm nicht fernbleiben, immer wieder gehe ich zu ihm, um ihm saubere Handtücher zu bringen oder etwas zu essen anzubieten.

Ich bin erregt, eine neue Energie erfüllt mich. Mein Herz pocht, meine Beine zittern vor Begehren und tragen mich dennoch. Am liebsten würde ich singen, tanzen. Sogar der alberne Morgenrock fühlt sich an wie ein elegantes Seidenkleid. In Medoros Gegenwart lasse ich die Säume flattern und meine kleinen Brüste im Ausschnitt hervorblitzen. Ich bin wieder ich selbst, Genziana Olivares.

Mein Zimmer liegt direkt neben seinem, nur eine Mauer trennt uns. Die Kopfenden unserer Betten stehen an einer Wand, und ich stelle mir vor, wir lägen zusammen. Nachts bin ich wach und meine Sinne sind so geschärft, dass ich meine, ihn atmen zu hören: eine laue Brise, gleichmäßig und stetig. Manchmal steht er auf, ich höre seine Schritte auf dem Fußboden, das Quietschen der Fensterläden. Dann husche ich zum Fenster, drücke sacht die Läden auf und spähe hinaus. Sein Profil in der Dunkelheit ist eine schwarze, gezackte Linie, seine Lippen sind ein heller Spalt, in dem eine Zigarette klemmt. Der Rauch steigt in Ringen auf, die sich dehnen und in krausen Kringeln vergehen. Ich versuche ihn einzuatmen, und tatsächlich weht ein Wölkchen zurück und stiehlt sich durchs Fenster herein. Ich sauge es ein, es schmeckt süßlich, wie Schokolade. Als ich versuche, es zu inhalieren, muss ich husten. Wie ertappt schlüpfe ich unter meine Laken und muss über mich selbst lachen.

Am Morgen wache ich voller Sehnsucht auf und bin sofort hellwach. Die Geister, die meine morgendlichen Träume bevölkerten, sind verschwunden. Ich schlafe wenig, aber ruhig. Weder schrecken mich die Stöße hoch, die früher das Bett erzittern ließen, noch bleibe ich träge unter der Decke liegen, denn ich habe es eilig, ihn zu sehen. Außerdem ist die Luft lau und das Aufstehen ein Vergnügen, anders als im Winter, wenn die Glieder steif vor Kälte sind. Mein Atem geht nun wieder leicht, und das ist neu. Mühelos recke ich die Brust, genau wie meine Mutter, deren Nähe ich jetzt stärker spüre, wie eine liebevolle Energie, die meinen Körper durchströmt und von außen nach innen, von einer Welt in die andere fließt. In der Küche warte ich bang, dass sich Medoro endlich blicken lässt. Kaum tauchen seine Locken in der Tür auf, befällt mich der Wunsch, ihn zu küssen, zu berühren. Er ist freundlich, aber wortkarg, ständig hat er zu tun, stürmt gleich nach dem Kaffee aus dem Haus und lässt sich den ganzen Tag nicht blicken. Ich bleibe allein zurück und mir kommt der Verdacht, irgendetwas stimmt nicht und ich mache alles falsch.

›Vielleicht sollte ich zurückhaltender sein‹, sage ich mir, ›oder dreister, gesprächiger. Oder stiller.‹ Mein Benehmen schwankt zwischen den Extremen. Mal rede ich zu laut, dann flüstere ich so leise, dass mich keiner versteht. Mal blicke ich zu Boden und weiche ihm aus, dann wieder starre ich ihn herausfordernd an. Ich fuchtele herum, spiele mich auf, kaue unruhig auf den Fingernägeln. Manchmal empfange ich ihn herzlich und bestürme ihn mit Fragen, dann wieder grüße ich kaum und bin abweisend. Ich lasse Hoffnung auf Enttäuschung folgen.

Wenn doch bloß meine Mutter hier wäre, um mir zu zeigen, wie man es anstellt, geliebt zu werden.

4

Medoro blieb bei den Olivares' und belegte eines der leeren Betten in Ruggeros Zimmer. Seine Gegenwart veränderte die mühsam wiederhergestellten Gewohnheiten.

Genziana schien ein vages Glück wiedergefunden zu haben. Ihre Gedanken drehten sich unaufhörlich um ihre Liebe. Jetzt, da Medoro greifbar war, begann sie mit offenen Augen zu träumen und suchte nach Ausreden, um ihm nahe zu sein. Sie hängte den roten Morgenmantel in den Schrank und suchte sich etwas anderes heraus, das sie in den Augen des Geliebten schöner machen sollte. In den Tiefen des Schrankes fand sie ein paar alte Kleider, die ihr jedoch zu eng und kurz geworden waren. Die karierten Schürzen reichten ihr kaum bis über die Knie. Die geblümten Musselinröcke spannten über den Hüften, die weißen Baumwollblusen sprangen über dem Busen auf. Sie durchwühlte die Sachen ihrer Mutter, doch Viola war kleiner und fülliger gewesen.

Ständig taxierte Genziana ihr Spiegelbild, und ihr nachlässiges Äußeres verunsicherte sie. Wie gern wäre sie so attraktiv wie diese jungen Damen, die sie einmal im Kino gesehen hatte. Sie fing an, die Bewegungen der Schauspielerinnen nachzuahmen und sich die Handgelenke mit Orangenblütenwasser zu parfümieren, das Provvidenza für die Wäsche benutzte. Sie bat Giovanni, ihr auf dem Schwarzmarkt Nylonstrümpfe mit Naht zu besorgen, die sich an den Waden hochzog und unter dem Rocksaum verschwand. Sie türmte ihr Haar zu einem fülligen Dutt und steckte sich eine Blume hinters Ohr. Doch nicht diese kleinen Schönheitstricks machten sie interessant, sondern die unter ihrer dunklen Haut pulsierende Herzenswärme.

Mit der Weiblichkeit ist es so eine Sache: Jede Frau besitzt sie, doch nur der Blick eines Mannes bringt sie zur Geltung.

Unruhig wartete Genziana darauf, dass Medoro erwachte. Kaum hörte sie seine Schritte, goss sie ihm hastig eine Tasse Kaffee ein und streckte sie ihm mit einem bezaubernden Lächeln entgegen.

Er war kein redseliger Typ und sagte oft kein Wort, ehe er das Haus verließ und sich auf den Weg zu den Parteiversammlungen machte.

Genziana verging vor Neugier, doch Medoro erwähnte nur Dinge, die sie meist schon wusste.

»Erinnerst du dich noch an Peppe Schiera? Mit seinen Zettelchen hat er mein Leben verändert. Außerdem war ich es eh leid. Alle wollten mich herumkommandieren: der Baron, die Faschisten, meine Mutter. Eine Marionette wollten sie aus mir machen. Deshalb bin ich abgehauen, niemand sollte mir auf dem Kopf herumtanzen. Ich bin in die Schweiz und habe mich einer Gruppe Antifaschisten angeschlossen. Gleich nach dem 8. September bin ich zurück nach Italien und habe in Mailand mit den Partisanen gekämpft. Dort hat der Krieg länger gedauert als hier. In Palermo waren schon die Amerikaner, da waren bei uns noch die Deutschen. Aber vergessen wir das … es war grauenhaft.«

Dann streifte er ihre Wange mit einem Kuss und hastete davon. Genziana zog einen enttäuschten Flunsch. Die Trennung tat jedes Mal aufs Neue weh, und mit angehaltenem Atem harrte sie auf den Abend. Bei Sonnenuntergang kehrte Medoro mit energischen Schritten, müdem Gesicht und von den unermüdlichen Diskussionen und endlosen Versammlungen heiserer Stimme heim, und endlich konnte sie wieder durchatmen.

Auch Ruggero fieberte der Heimkehr des Freundes entgegen. Mit ihm fühlte er sich sicher. Sein Verstand war ein wirres Knäuel ohne Anfang und Ende, sein Hirn ein Kristall, der beim kleinsten Stoß zerbarst. Auf diesen nervösen, aus den Fugen gegangenen Geist wirkte Medoro wie ein Bindemittel.

Vergeblich hatte Provvidenza ihr Gedächtnis nach Hinweisen auf diesen Bruder durchwühlt, der ihr Tag für Tag mit neuen Einzelheiten auf die Sprünge zu helfen versuchte: »Wenn die Sonne schien, hat Mama deine Locken in der Haustür gekämmt und du hast geweint. ›Das tut weh!‹, hast du gekreischt und versucht wegzulaufen. Aber sie klemmte dich zwischen die Knie, und wenn sie einen Knoten fand, hielt sie ihn mit zwei Fingern hoch und sagte: ›Schau, *der* hier ziept, nicht ich.‹«

Provvidenza hätte das alles lieber nicht gehört. Ihr Herz fing an zu rasen und ihr Kopf drohte zu zerspringen. Dann schrubbte sie noch vehementer auf den Töpfen herum oder hielt sich die Ohren zu und fing an zu singen.

Ausgerechnet Ruggero gebot Medoro Einhalt: »Lass sie in Ruhe«, sagte er ihm eines Nachts.

Sie lagen im Bett, der Vollmond tauchte das Zimmer in helles Silberlicht und ließ die weißen Laken wie Leichentücher leuchten. Herber Meeresduft erfüllte die Luft.

»Aber es ist zu ihrem Besten«, antwortete Medoro lakonisch.

Ruggero atmete tief durch, um seine Erregung im Zaum zu halten, die das Gespräch in ihm auslöste. Er ergriff nicht gern die Initiative, für ihn gab es nur innere Gewissheiten, außerhalb seiner Seele gähnte das Unbekannte und machte ihm Angst. Doch er liebte Provvidenza und wollte etwas für sie tun.

»Ich sag's dir noch mal, lass sie in Frieden. Wir tun, was wir können, nicht das, was wir wollen oder müssen.«

Medoro fügte sich und verlor kein Wort mehr, und Provvidenza fand ihr krummzahniges Lächeln wieder.

5

Der 9. Mai war für Genziana ein besonders schwieriger Tag. Die ganze Nacht hatte sie die Erinnerung an den Bombenangriff gequält und um den Schlaf gebracht. Mit kleinen Augen und blassen Wangen war sie aufgestanden. Medoro war in der Küche, sie hörte seinen tiefen Bass, der sich mit Provvidenzas heller Stimme mischte. Sie hatten das gleiche nasale *N* und zischelnde *S*: Man merkte sogleich, dass sie Geschwister waren. Um die Traurigkeit abzuschütteln, ging Genziana in die Küche und zwang sich zu einem Lächeln.

»Guten Morgen«, zwitscherte sie, und die beiden verstummten wie bei einer geheimen Unterredung ertappt. Genziana durchfuhr ein eifersüchtiger Stich.

»Hast du schon Kaffee gehabt?«, fragte sie Medoro gezwungen freundlich.

»Provvidenza hat ihn mir gemacht«, entgegnete er kühl.

Immer dieses Mädchen! Genziana zerbrach sich den Kopf, mit welchen Gesten und Worten sie Medoro für sich gewinnen könnte. Sie wusste nicht, wie man einen Mann verführte, mütterliche Zuwendung war die einzige Liebe, die sie kannte, und sie hoffte, ihn damit erobern zu können.

»Ich glaube, dein Hemd ist schmutzig. Gib es mir, ich wasche es dir.«

Medoro wiederum war Mütterlichkeit fremd: Genzianas Fürsorge erschien ihm aufgesetzt und ging ihm gegen den Strich. Zà Maria war streng gewesen und hatte ihn mit Drohungen und Backpfeifen großgezogen.

»Nein danke, ich habe noch ein frisches«, entgegnete er, ohne sie anzusehen.

»Was willst du essen?«

»Keine Ahnung.«

»Diese Hosen sind so zerknittert, als hättest du in ihnen geschlafen. Soll ich sie bügeln?«

Er stand auf und ging langsam und ohne ein Wort zu sagen die Treppe hinunter.

»Ich warte mit dem Essen auf dich.«

»Hör auf, mich zu bemuttern!«, blaffte er. »Ich hab was ganz anderes nötig.« Grußlos verschwand er.

Genziana blickte sich um: Provvidenza hatte sich in Luft aufgelöst, sie war allein. Also gönnte sie sich den Luxus zu weinen.

Kurz darauf kehrte Medoro schuldbewusst zurück. Er hätte sie nicht so behandeln dürfen, schließlich wollte sie nur nett zu ihm sein, und er war unfähig, es anzunehmen. Nervös drehte er ein Päckchen in den Händen.

»Ich hab dir ein Geschenk mitgebracht.«

Genziana tat eingeschnappt, doch ihre Augen lächelten zufrieden.

»Komm schon, nimm es und wir vertragen uns wieder.«

»Das kann ich nicht annehmen«, erwiderte sie bemüht unterkühlt.

»Komm schon, Genziana. Wer nichts annimmt, hat auch nichts verdient.«

Sie griff nach dem zerknautschten Päckchen. Ihre Finger berührten Medoros, abermals stieg eine heiße Woge in ihr auf, und sie war sofort bereit, den kleinen Zwist ad acta zu legen ... Verliebte Frauen vergessen so schnell! Hastig riss sie das Papier auf und hielt eine Glaskugel mit dem Kolosseum darin in den Händen. Sie schüttelte sie und silbriger Schnee stob auf. Sie hielt sich die Kugel so nah vors Gesicht, dass sie schielen musste.

Medoro prustete los. »Du siehst aus wie das Baby aus der Joghurtreklame, fehlt nur noch die Flasche.«

Genziana verzog das Gesicht, unsicher, ob sie beleidigt sein sollte oder nicht, sie hatte das Plakat noch nie gesehen.

Er strich ihr eine Haarsträhne aus der Stirn. »Frieden?«, fragte er mit ergebenem Blick.

»Frieden«, antwortete sie und drückte die Glaskugel an ihre Brust.

6

»Ich muss mit dir reden«, sagte Medoro und sah Genziana ernst an. »Aber hier sind zu viele Leute, lass uns rausgehen.«

»Wir können die Tür zumachen. Wer soll uns schon hören?« Genziana wollte das Haus auf keinen Fall verlassen.

»Aber es ist so schön draußen ... Los, lass uns ans Meer fahren!«

Sie zögerte, die Wirklichkeit machte ihr Angst und nur zu Hause fühlte sie sich sicher. Doch Medoro nahm sie bei der Hand und sie gab mit klopfendem Herzen nach.

Wieder geschockt von dem Anblick, der sich ihr bot, blieb Genziana wie angewurzelt im Hauseingang stehen. Die Häuser an der Ecke Via degli Schioppettieri waren eingestürzt, ebenso das Refektorium des Klosters Santa Caterina; es von oben zu sehen war etwas ganz anderes, als den sich an den Straßenrändern türmenden Schutthaufen gegenüberzustehen.

Medoro zerrte sie wie ein störrisches Maultier hinter sich her und sie betraten eine Art versteinerten Urwald. Die Häuser, die noch standen, hatten etwas Fossiles, wie von einem Erdrutsch verschüttete Pinien oder Birken. Überall lagen hohe Trümmerberge, Dünen einer absurden Wüste. Ein vom unermüdlichen Hin und Her der Menschen getretenes holpriges Gässchen schlängelte sich hindurch.

Medoro griff sich ein rostiges Fahrrad, wischte energisch den Staub von der Stange und forderte sie mit charmantem Lächeln auf, Platz zu nehmen. Genziana stieg auf, drückte die Knie zusammen und hielt sich instinktiv am Lenkrad fest. Ihrer beider Finger umklammerten das gebogene Rohr zwischen Klingel und Handbremse. Die Berührung mit dem kühlen Metall beruhigte Genziana. Sie hatte sich wieder gefangen, ihr Atem wurde still, nur ihr Herz hörte nicht auf zu pochen. Das Fahrrad rumpelte über den holperigen Grund, bei jedem Pedaltritt streiften sich ihre Beine und bescherten ihr einen süßen Schauder, der das Entsetzen über den Anblick ringsum milderte. Sie fuhren durch eine enge Gasse und erreichten die Via Roma. An der Kreuzung Corso Vittorio blieben sie stehen und betrachteten die grotesken Gebilde, die die Willkür der Bomben geschaffen hatte. Auch die Kirche von Sant'Antonio war beschädigt worden, und die Gemeindeglocke, die einst das Volk zusammengerufen hatte, würde nicht mehr läuten. Überall hatte der Krieg blindwütige Spuren hinterlassen: Palermo war keine adelige Dame mit porzellanenen Wangen mehr, sondern eine sieche, virulente Dirne. Den Ärzten, die sich ihrer angenommen hatten, hatte der Mut zu drastischen Maßnahmen gefehlt. Die Krankheit war rasch fortgeschritten, hatte die wichtigsten Organe allerdings verschont: Das Herz, in dem das Leben schlägt, und das Hirn, das alles steuert, waren im Jahr 1946 zwar angegriffen, aber lebendig. Es steckte noch Energie in diesem hinfälligen Körper, doch sein Atem in den mit giftigen Gasen gesättigten Lungen ging röchelnd. Wie Abszesse sammelten sich die Trümmer im empfindlichen Organismus der daniederliegenden Stadt; in einigen Straßen sind sie bis heute zu sehen: stumme Zeugen einer vergessenen Zeit.

Sprachlos betrachtete Genziana die aus den Angeln gerissenen Türen, die geborstenen Fenster, die durchlöcherten Außenmauern. Sie war geschockt von den Kindern, die auf den Schuttbergen spielten und zwischen Sprengstoffresten auf schwindelerregend aufragenden Balken herumrutschten.

Das Rad rollte bergab, geschickt wich Medoro Löchern und Steinen aus. Einer der beiden Pfeiler der Porta Felice war eingestürzt, zusammen mit dem Spital San Bartolomeo, das den Abschluss des Corso Vittorio Emanuele gebildet hatte. Die Sandsteinbalustrade, die die Seepromenade am Foro Italico säumte, war dem Erdboden gleichgemacht, das Meer hatte sich meterweit zurückgezogen und die bemoosten Klippen lagen unter dicken Schichten Geröll begraben.

Die natürliche Entropie der Stadt wurde durch die Planlosigkeit der Politik noch gefördert. Die designierten Verwalter des AMGOT beschlossen, die alte Architektur nicht wiederaufzubauen, und ließen ganze Häuserblocks hinter Bretterzäunen und Drahtgittern verschwinden, wie eine faule Dienstmagd, die den Staub einfach unter den Teppich kehrt. Eine in Jahrhunderten gewachsene Identität wurde ausgelöscht.

Bei den Kirchen hingegen hatten sie es mit dem Wiederaufbau eilig, sie wagten nicht, den himmlischen Herrgott und seine Vertreter auf Erden vor den Kopf zu stoßen. Die schlichten bronzefarbenen Ziegel wurden durch blaue und gelbe Dachpfannen ersetzt, ein halbherziger Pfusch, wie derbe Flicken auf einem eleganten Atlaskleid. Ihrer göttlichen Vermittlermission zwischen Himmel und Erde beraubt, weckten die bunten Kuppeln nun eher irdische Gelüste.

Hinter der Porta Felice bogen Medoro und Genziana nach rechts auf einen Schotterweg, der parallel zu einem gewundenen Gleis verlief. Ein seltsames Schienengefährt, das einer langen Lore glich, machte die Runde durch die Viertel, sammelte die Trümmer ein und kippte sie ohne viel Federlesens ins Meer. Behauene Säulen, wertvolle Mosaike, Carraramarmor, Fresken, Dübel, Intarsien, zerstörte Kunst, fein gearbeiteter Stuck, hölzerne Statuen – alles lag zusammen mit kaputten Kloschüsseln, zerborstenen Schubladen und gebrochenen Ziegeln auf dem Grund des Wassers.

Schwatzend und hustend wegen der staubgesättigten Luft erreichten sie das Lokomotivdepot, eine graue, langgestreckte Halle zwischen Porto Sant'Erasmo und der Oretomündung. Dort, wo einst die Gemüsegärten gewesen waren, war eine Durchgangsstraße für die Alliierten-Laster entstanden, die die Blindgänger nach Mongerbino brachten und unter dem Bogen der Verliebten, einem sich zwischen Himmel und Meer spannenden Felsenbogen, abluden. Ein halbes Jahrhundert später sollte der gigantische, röchelnde Meereswal das TNT wieder ausspucken, das nun zwar feucht, aber noch immer in der Lage war, Tod über eine Stadt zu bringen, die sich nach Rettung sehnte.

Die beiden setzten sich auf einen Ziegelhaufen und schwiegen eine Weile. Nach der langen Fahrradfahrt musste Medoro wieder zu Atem kommen, und Genziana war wie benommen von dem Gestank nach Tod, den sie die Fahrt über geatmet hatte.

»Ich brauche dich«, sagte Medoro und legte ihr die Hand auf die Schulter.

Genziana missdeutete die kameradschaftliche Geste und schmolz dahin wie Meloneneis in der Sonne. »Von Herzen gern«, stammelte sie. Dies musste der Auftakt zu einer Liebeserklärung sein, dachte sie voll fieberhafter Erwartung.

»Die Diktatur ist am Ende. Endlich haben wir die Wahl!«, fuhr er mit gewichtiger Stimme fort, die nichts Romantisches erhoffen ließ.

Genziana kniff verwirrt die Lider zusammen: Sie begriff nicht, was los war.

Der für die Stimme des Herzens völlig unempfängliche Medoro fuhr mit wachsender Inbrunst fort, über den Krieg, die Partisanen, die Freiheit, die Demokratie, den Wiederaufbau des Landes und das Wahlrecht zu fabulieren.

»Das Wahlrecht für die Frauen!«, rief er und sprang mit rudernden Armen auf die Füße.

Im blendenden Morgenlicht war Medoro wie ein fremder Schatten. Widerwillig folge Genziana seinen hochtrabenden rhetorischen Schleifen, die klangen wie auswendig gelernt. ›Wo ist bloß der Junge mit den wilden Locken und den mandelweißen Zähnen geblieben?‹, dachte sie bitter.

Er blickte sie erwartungsvoll an.

»Bist du noch immer so versessen auf komplizierte Wörter! Man braucht ja ein Lexikon, um dich zu verstehen«, sagte Genziana gereizt. Sie dachte an die verschmitzten Blicke, die er ihr vor dem Palazzo Riso zugeworfen hatte, an den zärtlichen Händedruck in Mimosas Zimmer. ›Hat er wirklich vergessen, was zwischen uns war?‹

»Weißt du, was ein Referendum ist?«, fragte er unvermittelt.

»Hat das was mit der Utopie zu tun?«

»Du hast gelauscht, als ich mit Ruggero geredet habe, stimmt's?« Gerührt strich Medoro ihr übers Haar, seine Finger spielten mit ihren windbewegten Locken. »Offenbar bist du wirklich nicht so töricht, wie du aussiehst.«

Genziana richtete sich abrupt auf. ›Wie kommt er dazu, mich töricht zu nennen?‹, dachte sie zornig.

Mit einer aufrichtig zärtlichen Geste strich ihr Medoro eine Strähne aus der Stirn. »Was willst du machen, wenn du groß bist?«, fragte er in völlig verändertem, väterlichem Ton.

»Ich bin schon groß, bist du blind, oder was?« Genziana wedelte ihm mit der Hand vor dem Gesicht herum. Sie blickte an sich herunter und versicherte sich, dass ihre Knie bedeckt waren. Der

Rock flatterte beim kleinsten Windstoß hoch, und mit einer eher koketten denn schamhaften Geste klemmte Genziana den Saum unter ihre Schenkel. Obwohl sie naiver war als ihre Altersgenossinnen, ließ ihre natürliche Sinnlichkeit sie sehr fraulich wirken.

Sie nahm eine gelöste, einladende Haltung ein und blickte ihn erwartungsvoll an. Heiraten und Kinder kriegen, wie ihre Mutter es getan und ihr Vater es vorgesehen hatte: Daran dachte sie, während sie die Beine übereinanderschlug, sich das Haar zurechtstrich, mit den Lidern flatterte und in verführerischer Arglosigkeit die Lippen öffnete.

Medoro hingegen hatte sich so sehr auf die Idee des gesellschaftlichen Aufstands versteift, dass er für solcherlei Betörung gänzlich unempfänglich war. Zwar hatte es im Untergrund das eine oder andere Abenteuer gegeben, doch kannten seine gefahrerprobten Kampfgenossinnen weder Herzklopfen noch Seufzer oder Tränen. Sie holten sich ein bisschen Wärme, um die Angst vor dem Tod zu vertreiben, und standen den Männern in nichts nach: Gegen Tiefschläge gewappnet und gegen Zärtlichkeit immun, ergriffen sie die Gelegenheiten ohne viel Aufhebens beim Schopf.

Ihre rüden Umarmungen und leeren Küsse hatten Medoro bisweilen das Gefühl gegeben, einen Freund an sich zu drücken. Verwirrt hatte er sie mit offenen Augen geküsst und ihre Brüste geknetet, doch jetzt, in Friedenszeiten, war seine verkümmerte Sinnlichkeit unfähig, die Verlockungen einer Frau zu begreifen.

Deshalb ignorierte er Genzianas Liebäugelei und setzte seinen Gedankengang fort. »Mal angenommen, du bist wirklich schon ›groß‹, dann erzähl mir mal, was du machst.«

»Wie meinst du das?«

»Was weiß ich, arbeitest du? Studierst du? Hilfst du im Haus?«

Genziana durchwühlte ihr Hirn nach einer klugen Antwort und strich sich mit unbewusster Anmut das Haar hinters Ohr.

»Siehst du, du weißt es nicht.«

»Wohl weiß ich es! Ich werde eine Familie haben, einen Mann finden ...«

»Und wie soll dieser Mann sein?« Er streichelte ihr mitleidig über die Wange.

Blind vor kindlicher Liebe, missdeutete Genziana Medoros Geste abermals. »Dunkel, mit schwarzen Augen und weißen Zähnen ...«, rief sie unwirsch, »und er heißt Medoro.« Die letzten Worte waren geflüstert und blieben ungehört.

»Du willst wirklich heiraten?«

»Ich bin eine Frau. Alle Frauen wollen einen Mann.«

Sein Blick glitt über das Meer, eine türkisfarbene Weite, die sich in immer tieferem Nachtblau bis zum Horizont dehnte. Zum Ufer hin schimmerten die Trümmer als monströse gelbrote Flecken.

»Genau das ist der Punkt: Du, Genziana Olivares, was erwartest *du*, nicht die Frau in dir, vom Leben?«

»Weißt *du* etwa, was du vom Leben willst?« Seine bohrenden Fragen gaben ihr das Gefühl, dumm zu sein.

Medoro breitete die Arme aus und schlug mit der Hand an seine Stirn. ›Rede ich hier mit einer Tauben?‹, dachte er, doch er zügelte seine Ungeduld und versuchte sich verständlicher auszudrücken.

»Ja, klar weiß ich das, ich bin schließlich ein Mann. Und das nicht nur, weil ich was zwischen den Beinen habe ...«

Das Cannolo! Seit der Schule hatte Genziana nicht mehr daran gedacht. Sie musste lachen und wurde rot. »Ach nein? Dann bin ich eine Frau. Und das nicht nur, weil ich Brüste habe.« Diesmal war sie schlagfertig gewesen.

»Jetzt lass uns doch ernst bleiben«, sagte er tadelnd, denn er war kein bisschen zu Scherzen aufgelegt. »Ich bin ein Mann, weil ich tue, was ich will und was mir gefällt.«

»Und was hat dieses Refe … dieses Dings damit zu tun?« Sie hatte sich kaum als Frau gefühlt, da ließ er sie wieder als unreifes Kind dastehen. Der sprunghafte Wechsel der Emotionen, die sich überlagerten und ineinanderschoben wie Wolken im Wind, verstärkte ihre Unsicherheit.

»Referendum. Damit wählt man die Regierung, die man haben will … Am 2. Juni ist es so weit: In den Schulen werden Kabinen aufgestellt, das ist so eine Art Holzparavent, dahinter kann einen keiner sehen. Das Wichtigste ist, dass die Wahl geheim ist. Du gehst ins Wahllokal und bekommst einen Wahlzettel mit zwei Figuren drauf. Eine steht für das Haus Savoyen, diesen stinkenden Jauchekübel …«

»Aber waren das nicht die Bourbonen?«

Er funkelte sie vernichtend an. »Die andere, schöne, steht für die Republik, und da musst du dein Kreuz machen. Denn du willst doch die Republik, oder nicht?«

Sie senkte betreten den Kopf.

»Entscheidest du dich für die Republik, bist du frei …«

»Und die Utopie?«

»Wenn du nicht dazwischenquatschst, komme ich gleich dazu. Erinnerst du dich noch an den Baron, der im Palazzo Riso lebte? Der, von dem ich mich für Geld in den Hintern treten ließ? Ich hab ihm den Hosenboden hingehalten, weil ich Geld nach Hause bringen musste. Aber jetzt lasse ich mich nicht mehr treten, weder gegen Geld noch gratis, und herumkommandieren auch nicht. Jetzt müssen die Barone arbeiten wie wir, das ist Demokratie. Und wenn wir alle gleich sind, das ist dann die Utopie. Hast du's nun begriffen?«

Genziana nickte verwirrt.

»Du musst mir helfen, die Leute im Viertel zu überzeugen, für die Republik zu stimmen.«

»Und wie?«

»Wenn sie kommen, um sich im Kaffeesatz lesen zu lassen, musst du ihnen sagen, dass es keine Arbeit mehr gibt, wenn der König zurückkommt. Dass auch die Deutschen zurückkehren und es dann heißt: Adieu, Zigaretten und Kaugummis, und dass die Männer in die Verbannung geschickt werden ... irgend so was, bei all dem Schwachsinn, den du verzapfst ...«

»Schwachsinn? Was fällt dir ein?« Seine Herablassung konnte sie ertragen, doch die Kaffeesatzleserei hatte sie von ihrer Mutter gelernt, daran durfte er nicht rühren. Sie sprang auf und stieß ihn von sich. »Die Principessa der Quattro Mandamenti hat das ganze Viertel zusammengehalten, sie hat Hoffnung, Trost und Zuspruch geschenkt. Du solltest mal deine Mutter fragen, die jeden Morgen bei uns vor der Tür stand und um Hilfe bat. Sie kam herein wie die Schmerzensmadonna und ging hoffnungsfroh wie die reuige Maria Magdalena. Und weißt du, warum? Wegen dem, was du *Schwachsinn* nennst. Wenn sie hier wäre, würde sie dir das Gleiche sagen.«

Genziana verstummte, verdattert über ihren Ausbruch. Sie hatte Violas rasendes Blut in den Adern, das wie ein Stoppelbrand loderte und erst verglomm, wenn der letzte Halm zu Asche geworden war.

»Das Wort ›Mutter‹ hat für mich keine Bedeutung«, murmelte Medoro. »In meiner Kindheit gab es nur Geschrei und Schläge. Meine Familie ist die Partei.«

Genzianas Wut verflog, Medoro tat ihr leid. Sie blickte ihm in die Augen, aus denen Verlorenheit sprach, und dachte an den zerlumpten Jungen zurück, der sich mit zornig zusammengebissenen Zähnen und geballten Fäusten im Eingang des Palazzo Riso herumgedrückt hatte. Niemand hatte ihm Liebe gegeben, nie hatte er eine zärtliche Geste erfahren. Genziana drückte ihn an sich wie ein verschrecktes Kind. Ihre Herzen klopften unstet, seines aus Verbitterung, ihres aus Hoffnung.

»Das waren andere Zeiten«, flüsterte sie ihm ins Ohr.

Medoro ließ sich gegen ihre weiche Brust sinken, die ihm Geborgenheit gab. In diesen schlanken Armen fühlte er sich sicher, und zum ersten Mal hätte er sich gern schwach gezeigt. Doch als erprobter Kämpfer verbannte er seine Gefühle in den hintersten Winkel seiner Seele.

»Du hast recht, es war eine andere Zeit«, stimmte Medoro mit rauer Stimme zu, »und deshalb sind wir aufgefordert, uns zu entscheiden und unseren Leben eine neue Richtung zu geben.« Er fand seine Entschlossenheit wieder. »Ich weiß, dass du mich magst, und ich mag dich. Hilf mir, selbst wenn es dir nichts bedeutet, tu es für mich!«

Das war waschechte Erpressung, doch erneut saß Genziana dem Irrtum auf, es ginge um Liebe. Sie zog die Nase hoch und hauchte mit geschlossenen Augen – sie konnte ihn jetzt einfach nicht anschauen – ein so süßes Ja, dass jeder andere Mann sie geküsst hätte. Jeder andere Mann, aber nicht Medoro.

Jetzt, da wir uns durch das riesige Scherbenfeld bewegen, das sich vom Foro Italico bis nach Romagnolo erstreckt, bringe ich ihm meine roten, duftendsten Blütenblätter dar.

Die neue Stadt ist ein Dschungel aus tückisch aufragendem Eisenschrott, Dachbalken sind zu spitzen Stümpfen zerborsten, Verzierungen zu einer grauen Masse zermahlen, Marmor in messerscharfe Splitter zersprungen. Metallgestrüpp wuchert aus der arabischen Architektur, trübt die klaren Quellen des Monte Grifone und den See von Maredolce. Die neuen Viertel gründen ihre Fundamente auf den Windungen der giftigen Schlange, die der Krieg gebar. In den unterirdischen Kanälen wächst ein Monster mit fauligem Atem heran, das die Luft verseucht, die Liebe verschlingt, die Palermo einst zu einer glücklichen Stadt machte und sie zu Verzweiflung und Hass verdammt. Wir könnten es töten, ehe es groß ist. Es reichte, wenn wir Davongekommenen, die zwar geschunden, aber am Leben sind, zur alten Schönheit zurückkehrten, in der wir aufgewachsen sind. Noch ist es nicht zu spät, aufzustehen und das Leben erhobenen Hauptes zu leben. Doch stattdessen: ›Bieg dich, Binse … ‹.

Auch ich rühre mich nicht, obwohl ich das Beispiel meiner Mutter vor Augen habe, und lasse mich auf Medoros Irrglauben ein. Ich weiß, ich werde es bereuen, doch ich kann seinem verschmitzten Blick nicht widerstehen.

»Schau«, sagt er und berührt mit der Schuhspitze ein paar bunte Scherben, »sieht aus wie ein Bild von der heiligen Rosalia.«

Zwischen den Steinen liegt eine zerborstene Glasmalerei der Heiligen. Man kann die Rosengirlande und den Schädel erkennen: Noch immer schickt er schaurig grinsend seine stumme Mahnung in die Welt.

Medoro zertritt ihn, befördert ihn mit einem kräftigen Stoß Richtung Meer und lacht über mein verängstigtes Gesicht. Die Gewissheit, geliebt zu werden, macht Männer zu Aufschneidern. Er zündet sich eine Zigarette an und hustet.

Ich weiß, dass es nicht am Rauch liegt, wenn ihm die Luft wegbleibt; es liegt an mir, weil ich die Luft anhalte. Und mir geht auf, dass ich nicht das naive Ding bin, für das er mich hält, sondern dass etwas Großes in mir steckt, genau wie meine Mutter sagte: »Du bist eine Frau und besitzt große Macht, und das nicht nur, weil du Kinder gebären kannst – das kann jede Katze –, sondern weil dein Atem sie alle am Leben hält: Männer, Kinder, Geschwister.«

Ich halte noch einmal den Atem an und wieder ringt er hustend nach Luft. Meine Mutter hatte recht!

Auf dem Rückweg versuche ich Abstand zu halten, sein Körper verwirrt mich. Das Hüpfen der Räder über die Steine wirft mich gegen seine Brust und mein Herz zerschmilzt wie Zucker in heißem Kaffee. Unser Atem folgt dem gleichen Rhythmus: Er atmet tief ein und sanft tue ich es ihm gleich. Sein warmer Atem verfängt sich in meinem Haar, streicht mir über den Nacken und rieselt den Rücken hinab. Schaudernd drücke ich die Schenkel aneinander. Immer wieder übertritt meine Sehnsucht eine unsichtbare Grenze, eine Art selbst errichteten Schutzwall: Jenseits dieses Walls wird das bloße Risiko, mir weh zu tun, zur echten Gewissheit. Zaghaft und wie von ungefähr schiebt sich mein Handgelenk unter der Achsel hindurch, meine Finger berühren seinen vom Halten des Lenkers angespannten Unterarm.

»Schau mal«, sagt er und zwingt mich, den Kopf seitwärts zu drehen.

Der Gitterzaun der Villa Giulia ist aus dem Boden gerissen. Ver-

lassen, mit baumelnden Fensterläden, die Mauern von dunklen Flecken besudelt, die wie geronnenes Blut aussehen, steht das Haus da. Dort war die deutsche Kommandozentrale.

»Sieh dir dieses Grauen an«, sagt er und zeigt auf die von Panzern zerstörten Bäume.

Die schönen, fein gewebtem Stoff gleichenden Bananenblätter sind zerfetzt, die kleinen grünen Früchte vorzeitig verdorrt. In den stattlichen Palmenstämmen klaffen von feindlichen Bombensplittern gerissene Wunden, in denen es von grünen Spinnen und rötlichen Flöhen wimmelt.

Das Meer ist hinter uns, mein Rock bauscht sich und entblößt meine seidig schimmernden Beine. Aus der Via Roma schlägt uns jähe Hitze entgegen. Wie bei einem Leichnam, in dem das Blut nicht mehr zirkuliert, kommt der Wind zwischen den hohen Schuttbergen und leeren Häusern zum Erliegen. Der Staub hängt wie eine Nebelbank in den Straßen. Seit neuestem wird der öffentliche Verkehr mit Pferden bestritten, es wimmelt nur so von ihnen, einige laufen frei herum. Der Gestank nach Pferdemist hat sich über den Verwesungsgeruch gelegt und Schwärme von Fliegen herbeigelockt.

Hin und wieder bleibt das Fahrrad an einem Stein hängen oder rutscht in ein Schlagloch, und unsere Körper stoßen gegeneinander. Ich fühle mich wie eine Olive in der Mühle, er ist der Mühlstein, der mir das zählflüssige Öl aus dem Fruchtfleisch drückt. Ich zittere, brennende Lava schwillt in meiner Brust, glühendes Magma, das ich nicht zu bändigen weiß.

Vor dem Kloster bleiben wir stehen.

»Abgemacht?«, fragt er.

Ich werde ihm helfen, keine Frage, auch wenn mir Lügen zuwider sind. Sie sind eine Waffe, die den verletzen, der sie führt.

»Im Leben hat man nur einmal die Wahl«, hat mir meine Mutter an einem glücklichen, nicht allzu fernen Tag einmal gesagt, »bring Herz und Hirn in Einklang, der Rest ergibt sich von selbst.«

Ich weiß, dass ich auf sie hören und mich auf Medoros Bitte nicht einlassen sollte, doch es ist stärker als ich: Was soll schon passieren? Ich schlage den Rat meiner Mutter in den Wind und kappe die Verbindung zwischen meinen beiden wichtigsten Organen.

7

Die vom vielen Gebrauch dunkel gewordene Kupferkanne stand friedlich auf dem Herd. Das Wasser darin brodelte und ließ das Kaffeepulver in einem dunklen Strudel aufwallen.

Genziana hatte den Kopf auf den Tisch gestützt und starrte gedankenverloren auf die Kanne. ›Es stimmt schon, in der Tasse ist immer dasselbe: Gesundheit, Liebe, Arbeit, Glück. Aber was genau passiert, verrät einem der Kaffee nicht, dazu braucht man Gespür.‹ Zwar hatte Viola ihre Gabe an sie weitergegeben, doch es war nicht genug Zeit gewesen, sie unter ihrer Anleitung zum Einsatz zu bringen. Und jetzt verlangte Medoro von ihr, die Leute für die Republik zu gewinnen ... ›Hoffen wir mal, dass sie mir glauben.‹

Wieder in ihren roten Morgenmantel gehüllt, war Genziana alles andere als gelassen. Das Medoro gegebene Versprechen hatte Fragen aufgeworfen, auf die sie keine Antworten wusste. ›Wenn das Schicksal auf dem Grund einer Kaffeetasse geschrieben steht, wieso hat sich meine Mutter an jenem verfluchten 9. Mai in einen Schutzkeller zerren lassen? Sie hätte vorhersehen müssen, dass dort eine Bombe fällt.‹

Der Verlust der Eltern blieb eine schwärende Wunde.

›Vielleicht ist das Leben wirklich ein Mysterium, das sich nur in Tatsachen offenbart, und Medoro hat recht: Im Kaffeesatz lesen ist Schwachsinn.‹

Sie seufzte und strich schutzsuchend über die abgetragene

Seide. Ein Schauder flimmerte durch ihre Brust und ihr kleiner, wohlgeformter Busen lugte aus dem Ausschnitt. Beschwichtigend legte sie die Hände darüber. Der Körper spricht auch, wenn der Mund schweigt, und ihr Körper sprach von unbefriedigter Liebe.

Im Grunde ihres Herzens wusste Genziana, dass sie Medoro helfen würde, doch die lebhafte Erinnerung an Violas Lehren trieb sie dennoch um. Ihre Mutter wäre außer sich gewesen, wenn sie erfahren hätte, dass Genziana die Kaffeesatzleserei missbrauchen wollte, um arglose Menschen zu manipulieren.

›Wenn sich die Leute überhaupt überzeugen lassen, schließlich sind sie keine Marionetten, deren Fäden ich ziehe! Wenn das Vertrauen fehlt …‹

Das Tauziehen ihrer beiden wichtigsten Organe hatte sie ermüdet. Sie blickte auf die Uhr. Es war spät, sie konnte nicht länger warten.

»Jedes Versprechen ist eine Schuldigkeit«, sagte sie laut und rief nach Provvidenza, damit sie ihr zur Hand ging.

Provvidenza bügelte gerade. Es machte ihr Freude, die Hemdsärmel so lange zu plätten, bis jede Falte verschwunden und der Stoff glatt war wie hingepudertes Mehl. Behutsam umfuhr sie die Perlmuttknöpfe, um die Ränder nicht zu schwärzen, und stärkte die Krägen, bis sie von allein standen. Mit beherztem Druck fuhr sie über Säume, Umschläge und Nähte. Kaum hörte sie die Stimme ihrer Herrin, stellte sie das zischende Bügeleisen auf die gusseiserne Platte.

»Die stehen alle vor der Tür, wollen wir sie reinlassen?«, fragte Provvidenza.

»Nein, warte einen Moment. Ich will bei dir anfangen. Du erinnerst dich an nichts und hast keine Ahnung, woher du kommst, also trink diesen Kaffee, dann wissen wir mehr.«

»Mir ist gleich, woher ich komme, mir genügt's, wenn ich weiß, was ich zu tun habe.«

»Und was wäre das?«

»Waschen, bügeln, Staub wischen und kochen.«

»Komm schon, trink, dann werden wir sehen, ob Putzen deine Bestimmung ist.«

»Ich mag keinen Kaffee«, erwiderte Provvidenza.

»Sei kein Dickkopf! Wenn du schon keine Vergangenheit hast, sollte dich wenigstens die Zukunft interessieren. Stattdessen begnügst du dich mit der Gegenwart.«

»Ich hab Besseres zu tun, als Träumen und Hoffnungen nachzurennen, das hat keinen Sinn. Meine Gewissheiten genügen mir: ein gestärktes Hemd, ein sauberer Rock, ein duftendes Laken.«

Provvidenza öffnete den Wartenden die Tür. »Herein, herein, los geht's«, rief sie und fuchtelte mit dem Lappen wie ein Dompteur mit der Peitsche.

»Küss die Hand«, grüßte Zù Minico. Ein Sonnenstrahl traf seine weiße, blanke Glatze.

»Setzen Sie die Coppola auf, Sie blenden mich!« Provvidenza riss ihm die Mütze aus den Händen und drückte sie ihm mit vielsagender Miene auf den Kopf. »Sie ist schon mürrisch genug«, raunte sie.

Zù Minico zog sich die Kappe in die Stirn. »Bei Ihrer Mutter, Gott hab sie selig, war es ein Zeichen von Respekt«, murmelte er entschuldigend, »und bei Ihnen nun ... ach, das soll man noch begreifen.«

»Setzen Sie sie auf, das ist ein Befehl, und hören Sie gut zu, wir müssen über ernste Dinge reden.« Genziana erklärte ihm die Bedeutung der Republik und behalf sich mit den Worten, die sie von Medoro gelernt hatte, dann schloss sie die Augen, bewegte lautlos die Lippen, als spräche sie mit einer unsichtbaren Wesenheit, und nickte mehrmals.

»In Ordnung, in Ordnung«, schloss sie laut, stand auf, knickste und winkte grüßend. »Entschuldigen Sie, das war der Geist meiner Mutter, der mir unbedingt sagen wollte, dass sie meiner Meinung ist: Beim Referendum stimmt ihr für die Republik!« Die letzten Worte hatte sie in Richtung Warteschlange gerufen.

»Eigentlich suche ich Arbeit, darüber wollte ich mit Ihnen sprechen«, erwiderte Zù Minico. »Sie wissen ja, wie es ist, die Familie wird größer, meine Tochter ist schwanger ...«

»Keine Sorge, Sie finden schon Arbeit. Ein Steinmetz wie Sie wird nie die Hände in den Schoß legen müssen. Schauen Sie hier, sehen Sie diesen Fleck, der aussieht wie eine Fahne?«

Der Mann reckte den Kopf und kniff die Lider zusammen.

»Nun, das ist die Republik, also ...«

»Aber ich hab den König immer gemocht, außerdem ist er ein Mann. Sie wissen doch, Männer bleiben besser unter sich, und was die Frauen angeht, steht die Königin ganz oben, eine Prinzessin, genau wie Ihre Mutter, und mit Verlaub, es gab keine, die ihr das Wasser reichen konnte. Dann kommen die Herzogin, die Marchesa, die Gräfin, die Baronin und ganz zum Schluss die Republik, und die zählt einen Dreck. Weiblich ist sie obendrein! Ja, glauben Sie denn, ich als Mann lasse mich vom letzten Rad am Wagen herumkommandieren? Dann lieber ein anständiger König!«

Zù Minico ging grußlos davon.

»Zu viel Vertrautheit bringt schlechte Manieren«, bemerkte Genziana. Die Frauen waren leichter rumzukriegen, man musste ihnen nur unter die Nase reiben, dass ihre geheimsten Träume wahr werden würden.

»Wollen Sie Ihren Mann wiedersehen?«

Cosima nickte energisch. »Ja, ja, ja und nochmals ja!«

»Dann müssen Sie das Kreuz bei der Republik machen, denn wenn der König gewinnt, behalten die Deutschen Ihren Mann.«

Mimmina hatte den stieren Blick einer Puppe und den Schnurrbart eines Wachtmeisters.

»Willst du einen Mann finden?«

Grinsend stellte Mimmina die Ellenbogen auf den Tisch und stützte den Kopf in die Handflächen. Ihre dunkle Oberlippe kräuselte sich.

»Mimmina, wenn du heiraten willst, musst du zwei Dinge tun: Erstens, dir den Bart abrasieren.«

»Gütige Muttergottes, ich kann doch nicht zum Barbier gehen!«

»Keine Sorge, ich helfe dir. Provvidenza, bring mir Ruggeros Rasiermesser!«

»Für einen Mann würde ich wirklich alles tun«, sagte Mimmina und legte die Hand aufs Herz.

Der Schnurrbart verschwand zusammen mit zwei winzigen Hautfitzeln. Ein Blutstropfen fiel auf Mimminas spitzes Kinn und gerann zu einem schmucken dunklen Leberfleck.

»Jetzt hör mir gut zu: Zweitens musst du am 2. Juni für die Republik stimmen, denn dann kommen alle Männer wieder nach Hause und das Viertel wimmelt von hübschen jungen Kerlen. Und drittens: Du darfst mit niemandem drüber reden, denn verratene Wünsche werden nicht wahr.«

Mimmina versprach es.

Bei den meisten bedurfte es keiner langen Reden: »Tja, also … Na gut, um des Vertrauens willen, das wir in Ihre Mutter hatten.«

Ein paar Tage später stand Zù Minico wieder bei den Olivares' vor der Tür. »Principessa, ich mache mir Sorgen um meine Tochter. Das Kind soll kommen …«

»Und was hab ich damit zu schaffen, bin ich etwa Hebamme?« Genziana war verärgert, sie hatte seine Arroganz bei ihrem letzten Treffen nicht vergessen.

»Ach, nun seien Sie nicht so, das ist doch Frauenkram.«

»*Jetzt* wollen Sie plötzlich was mit Frauen zu tun haben!«

»Ich bitte um Entschuldigung.«

Genziana lehnte sich zurück. Sie wollte ihn ein bisschen zappeln lassen. Dann ließ sie sich zu einem Blick in die Tasse herab. »Den Tag einer Geburt vorherzusehen ist nicht einfach, man muss den Mond mit einbeziehen und die Gezeiten.«

»Aber vielleicht so ungefähr ...«

»Noch ist Zeit. Zuerst kalbt die Kuh der alten Teresa. Dann haben Sie sogar noch Milch für die Kleine.«

»Und woher wissen Sie, dass es ein Mädchen wird?«

»Jungen in diesen Zeiten? Die gibt's nicht mehr«, versetzte sie mit spöttischer Herablassung.

»Aber ein Mädchen? Und wem soll ich mein Handwerk beibringen?«

»Fangen Sie schon wieder an?«

»In meinem Haus werden nun mal keine Jungen geboren.«

»Weil der Herrgott euch liebt und nicht leiden lassen will, schickt er euch Mädchen, die müssen nicht in den Krieg.«

»Aber jetzt herrscht Frieden. Die Amerikaner sind da.«

»Aber sicher! Träumen Sie weiter. Wir haben einen König und mit dem ist der Krieg nie fern.«

»Jesus, Maria und Josef, bloß nicht!«

»Sie wünschen sich einen Enkelsohn?«

»Ja doch.«

»Dann müssen Sie für die Republik stimmen.«

»Wollen Sie mich für dumm verkaufen, Principessa?«

»Zù Minico, mit dem König gibt's Krieg, mit der Republik nicht. Also, denken Sie drüber nach.«

»Das werde ich.« Stumm und mit versteinerter Miene blickte er aus dem Fenster. Die Glocken von Santa Caterina schlugen Mittag.

»Was ist? Raus mit der Sprache! Gleich gibt's Essen.«

»Nun ja, aber Sie haben doch schon gesagt, dass es ein Mädchen wird. Im Bauch kann man die Kinder nicht mehr ändern.«

»Der Herrgott kann machen, was er will.«

»Und wovon hängt's dann ab, ob es ein Junge oder ein Mädchen wird?«

»Vom Referendum!«

»Also gut, Sie haben mich überzeugt. Ich stimme für die Republik, aber wenn Sie mich hinters Licht geführt haben ...« Zù Minico ballte die Fäuste.

»Sie können mich beim Wort nehmen! Sogar meine Mutter ist wegen dieser Referendumssache aus dem Jenseits gekommen. Wenn Sie mir nicht trauen, dann wenigstens ihr.«

»Meine Empfehlung, Principessa.« Zù Minico zog die Mütze und ließ seine Glatze blitzen.

Als sie wieder allein war, zog Genziana den Morgenmantel aus und rieb sich seufzend die Lider. Was hatte sie da für einen Blödsinn verzapft und dann auch noch so getan, als wäre Violas Geist bei ihr ... und alles nur für Medoro! Am liebsten hätte sie sich in Luft aufgelöst.

»Bravo, Genziana!« Ruggeros Stimme riss sie aus ihren Gedanken. Ihr Bruder blickte sie anerkennend an. »Ich bin genau deiner Meinung. Dieses Land kann ein bisschen Demokratie gebrauchen. Unsere Mutter für das Referendum zu bemühen erscheint mir zwar recht übertrieben, aber im Krieg und in der Liebe ...«

Jetzt fühlte Genziana sich noch schlechter. Sie war eine Betrügerin. Und wenn ihre Lügen aufflogen? Es half nichts: Sie musste es wiedergutmachen.

›Provvidenza soll alle zu mir rufen‹, überlegte sie. ›Wenn sie dann hier sind, sage ich ihnen, dass ich geschwindelt habe, aber dass die Demokratie wirklich eine gute Sache ist, oder besser noch die Utopie, weil es schön ist, wenn alle gleich sind, und vielleicht bitte ich noch um Verzeihung. Jeder kann mal Fehler machen, sie werden mich schon nicht gleich umbringen. Vielleicht loben sie mich sogar für meinen Mut, denn den braucht es, um einen Fehler zuzugeben, und dann bin ich wieder für alle das Kaffeeböhnchen. Aber was wird Medoro sagen?‹

Ihr Magen zog sich angstvoll zusammen.

Lieber weiter betrügen, als seine Liebe verlieren.

8

In den Tagen vor dem Referendum war die Luft zum Zerreißen gespannt. Die Menschen setzten darauf, dass diese Abstimmung ihnen ein Stückchen des verheißenen Glücks bescherte. In den Häusern, Vereinslokalen und Straßen redete man von nichts anderem. Alle hatten begriffen, dass das allgemeine Wahlrecht unumkehrbar war. Die Frauen vermieden es, die Sprache darauf zu bringen, immerhin war die Wahl ja geheim und keiner konnte sie kontrollieren.

»Was wählst du?«, fragten die Ehemänner bang.

»Was du willst«, entgegneten die Frauen.

Die Männer hatten sich darüber die Köpfe heißgeredet, die Frage war von fundamentaler Bedeutung. Wenn die Frauen wählen durften, würden sie am Ende noch mitreden, vielleicht sogar studieren wollen, und waren diese störrischen Wesen erst einmal gebildet, würde es unmöglich sein, sie wieder fügsam zu machen! Die gegen jedwede Veränderungen wie Maulesel ausschlagenden Palermer sahen eine Katastrophe heraufziehen, noch verheerender als der Krieg. Kurzerhand sperrten viele ihre Frauen und Schwestern am Vorabend der Abstimmung ein. »Vorsicht ist besser als Nachsicht«, sagten sie sich und strichen über den in der Westentasche versteckten Schlüssel.

Was die Frauen allerdings nicht davon abhielt, am Morgen versammelt vor den Wahllokalen zu stehen.

Zà Crucifissa zeigte stolz ihre geschwollene Lippe. Ihr Mann hatte versucht, sie mit Ohrfeigen von ihrem neuen Recht abzubringen. Und zum ersten Mal in ihrem Leben hatte sie ihm zwei Tritte vors Schienbein verpasst. Jetzt, da sie wusste, wozu sie fähig war – fast hatte sie ihm das Bein gebrochen –, schleifte sie ihn zum Wahllokal und stieß ihn keifend vor sich her wie ein Fuhrmann seinen Esel.

Alivuzza bebte vor Wut, ihre amerikanische Liebe kam sie teuer zu stehen. »Republiksflittchen« hatte der Pfarrer sie genannt, und nun hoffte sie, die Demokratie würde sie in den Augen der rechtschaffenen Menschen wieder reinwaschen. »Den Schwachköpfen werde ich's zeigen. Republik hin oder her, wenigstens ist sie weiblich wie ich«, sagte sie und legte die Hände auf ihren runden Bauch.

Eine bunte Menschenmenge bevölkerte die Straßen. Die jungen Frauen trugen Festtagskleidung und klammerten sich an ihre steifen Kunstlederhandtäschchen. Die alten Mütterchen hatten sich wie zum Fronleichnamsfest einen kleinen Spitzenschleier auf den Kopf gelegt. Die betuchten Signoras trugen rote Korallen aus Sciacca im bebenden Dekolleté. Einige hatten sich ein Hütchen aufgesetzt, andere ein buntes Halstuch umgebunden. Die Ärmsten waren in abgetragene, vor Fettflecken starrende blassblaue Hauskittel gehüllt. Pralle Brüste lugten aus den Ausschnitten; die welken hatten sich zwischen Bauch und Herz verkrochen. Die Arme, ob rund oder mager, hingen in keuscher Erwartung an den

Seiten herab. Stöckel, Keilabsätze und Pantoffeln schoben sich vor dem Collegio Giusino über die marmornen Gehwegplatten. Sogar eine Braut war dort, die darauf wartete, von der Obhut des Vaters in die des Ehemannes überzugehen, und sich besorgt fragte, ob wohl diese erste emanzipatorische Tat ihre Jungfräulichkeit gefährdete.

Dazu trotzige Kinder an den Händen ihrer unwirschen Mütter, Neugeborene, die an milchprallen, ricottaweichen Busen hingen. Ein paar Frauen hatten sich sogar die Lippen geschminkt.

»Wischt euch den Lippenstift ab!«, krähte ein dickes Weib und wedelte mit einer grünweißroten Trikolore. »Sonst kriegt der Wahlzettel noch Flecken, wenn ihr daran leckt. Nicht dass sie die Stimme für ungültig erklären. Und denkt dran, das ist kein Briefumschlag, sondern ein Wahlzettel. Keiner darf wissen, wo ihr euer Kreuz gemacht habt.«

Diese Wahl war ihr erstes kollektives Geheimnis. Endlich durfte man etwas vor dem Ehemann oder dem Vater verheimlichen. Großartig, diese Republik!

Dann endlich öffnete sich quietschend das Tor. Ein letzter Blick auf den Stimmzettel, auf das feine, von Lorbeerzweigen umkränzte Profil, und sie durften von einem Recht Gebrauch machen, das von Liebe zu sich selbst und zu ihren Töchtern zeugte.

Trotz Medoros heimlicher Strippenzieherei behielt das Haus Savoyen in Sizilien die Oberhand. Auf dem Festland siegte die Republik – am Ende kommt es nun einmal, wie es kommen muss.

Als die Neuigkeit am 12. Juni eintraf, liefen die Menschen jubelnd auf die Straße. Die Trommeln rollten und die Straßenbahnen waren so voll wie zu Jahrmarktszeiten.

Genziana war stolz auf das Ergebnis, schließlich war der Sieg der Republik auch ihr Verdienst. Sie stand am Fenster und wartete, dass Medoro auftauchte. Als er nicht kam, lief sie besorgt in die Rösterei hinunter. Sie stellte sich in die Tür und beobachtete die wimmelnde Menge.

Zù Minico lief vorbei. »Und, sind Sie zufrieden, Principessa? Die Republik hat gewonnen, Teresinas Kuh hat gekalbt. Jetzt bleibt Ihnen nur noch zu wünschen, dass es ein Junge wird.«

Er spielte auf das Enkelkind an, das es kaum mehr abwarten konnte, auf die Welt zu kommen. Genziana zuckte mit den Schultern und antwortete nicht. Ihre Kunden kamen die Via Discesa dei Giudici hinunter, einige winkten ihr zu, andere lächelten. Als das Warten unerträglich wurde, beschloss sie, ebenfalls zur Piazza zu gehen.

Giovanni hielt sie am Arm zurück. »Geh nicht, das ist nichts für dich«, sagte er vorwurfsvoll.

»Wovon redest du?«

»Du weißt, von wem ich rede.«

»Nein, weiß ich nicht.« Sie versuchte sich loszumachen.

Giovanni verstärkte seinen Griff. »Medoro braucht eine Mitstreiterin, er will eine Frau auf Augenhöhe. Du hingegen brauchst einen, an den du dich anlehnen kannst und der dir die Verantwortung abnimmt. Und der dich im Zaum hält, denn das hast du nötig.«

»Du bist eifersüchtig.«

»Ich sag's noch mal: Vergiss ihn!«

Genziana riss sich los und rannte zur Piazza Bellini hinunter. Medoro war dort. Trunken vor Glück redete er auf die Menge ein. Aufmerksam hörte Genziana ihm zu, beobachtete die ausholenden Gesten seiner kräftigen Hände und hing sehnsüchtig an seinen sinnlichen Lippen.

›Er hatte zu viel Politik um die Ohren‹, dachte sie erleichtert und war mehr als gewillt, seine Abwesenheit zu rechtfertigen.

Medoro redete ungerührt weiter, und als er geendet hatte,

schloss er sich dem Rest seiner Truppe an und grüßte Genziana kaum.

Sie war wie vor den Kopf geschlagen. ›So ein Mistkerl! Womöglich hat er sogar was mit diesem Mädchen, das an ihm hängt.‹ Die Demütigung trieb ihr die Tränen in die Augen. Jetzt war sie noch einsamer als zuvor, nicht einmal ihre tote Mutter konnte sie anrufen, nach all dem, was sie getan hatte.

Sie ist rot: das Kleid, die Lippen, die Nägel. Ich bin schwarz: die Augen, die Wangen, das Herz. Dazwischen er, strahlend und rein, als hätte er nichts damit zu tun. Sie johlen, tanzen, singen, liegen sich in den Armen. Sie packt ihn beim Schopf und zieht ihn an sich, er wehrt sich, hebt die Hand, als wollte er sie schlagen, doch stattdessen küsst er sie und späht nach der Menge. Unsere Blicke treffen sich. Die Demütigung ist eine Flamme, die im Körper brennt, die Eifersucht der Wind, der sie nährt. Er zuckt zusammen, doch statt sich loszumachen, drückt er ihr die Lippen noch fester ins Fleisch, als wollte er sie verschlingen. Ihr Lippenstift rötet seine Wangen. Mir kommen die Tränen und hastig blicke ich zu Boden, denn eher sterbe ich, als ihm diese Genugtuung zu verschaffen. Dann laufe ich nach Hause.

Auf der Treppe nehme ich vier Stufen auf einmal und verfluche den Kaffee, die Republik, ein paar Heilige, das Schicksal, das mir meine Familie genommen hat, die Vergangenheit, die Zukunft und die Männer: Väter, Brüder, Verlobte, Verwandte, Freunde – sie sind alle gleich. Immer haben sie eine Ausrede, um zu verschwinden, und eine, um wieder aufzutauchen; kaum sind sie mit fliegenden Fahnen zurück, flauen sie ab wie der Schirokko. Sie scheren sich um die Lebenden und vergessen die Toten. Am meisten bin ich auf Medoro wütend, der mir die Zukunft genommen hat. Ich schreie, und meine Stimme scheint aus dem Innersten der Erde zu kommen wie ein grollendes, vernichtendes Beben.

Provvidenza stürzt herbei. »Was hast du? Was ist los?«

Dann Giovanni. »Ich hab dich gewarnt!«

Seine überflüssige Bemerkung hält mir noch einmal mein Scheitern entgegen und erschüttert mich bis ins Mark, sie ist die Lunte, die die Bombe platzen lässt.

Blind vor Zorn stürze ich mich auf alles, was ich in die Finger kriege. Geschirr und Töpfe fliegen scheppernd gegen die Wände, Gläser zerbrechen, Steinzeug klirrt, ich bin ein reißender Wasserfall. Ich stürze Stühle und Schränke um. Gegenstände hageln zu Boden, lassen Fliesen zerbersten und fügen den alten Rissen neue hinzu. Ich fauche, meine Wangen lodern, mein Atem geht keuchend. Die Küche ist ein Scherbenfeld, doch ich habe noch immer nicht genug.

Etwas sehr Wichtiges steht noch aus, um das Kapitel Medoro für immer zu schließen. Ich stürme in mein Zimmer. Sie steht oben auf dem Schrank, die Sonne scheint hindurch. Das Licht bricht sich im silbrigen Flitterstaub und wirft einen winzigen Regenbogen auf das braun glänzende Kolosseum. Ich packe sie mit beiden Händen und schleudere sie gegen die Wand. Das Glas zerplatzt und der Schnee, der genauso falsch ist wie alles, was mit Medoro zu tun hat, landet als körnige graue Pfütze auf dem Terrazzoboden. Ich trampele darauf herum, bis nur noch ein dunkler Fleck übrig ist.

Noch bin ich nicht fertig. Ich packe den Morgenmantel meiner Mutter und reiße das Fenster auf. Fort damit! Von wegen Schutz, er hat mir nur Unglück gebracht.

»Den nicht«, flüstert Giovanni heiser.

Als wären meine Batterien plötzlich leer, sinkt mein Arm herab, mit einem Schlag ist mein Zorn verflogen und weicht der Verzweiflung.

Verdammtes Leben, das ich nicht ändern kann.

9

Mit dem Ausruf der Republik erhob sich der Schirokko und hielt die Stadt Palermo fast zwei Monate lang im Griff. Die Hitze ließ den Bewohnern des Tribunali-Viertels keine Ruhe. Noch immer ohne fließend Wasser und Strom, suchten die zusehends entnervten Menschen nach einem Sündenbock. Da es keinen König mehr gab und sie mit der Republik noch nichts anfangen konnten, richteten sie ihre Wut gegen Genziana.

»Hast du nicht gesagt, es kämen haufenweise Männer zurück? Jetzt verschwinden sogar die letzten!«, schimpften die alten Mütterchen. Angelockt von der Verheißung einer Fabrikanstellung, waren Bauern und Handwerker bereits zum Kriegsende gen Festland aufgebrochen. Die verheerende Auswanderungswelle hatte die heiratsfähigen Mädchen leer ausgehen lassen und nun machten sie die Kaffeesatzleserin dafür verantwortlich. »Sie ist nicht den kleinen Finger ihrer Mutter wert.«

»Recht habt ihr!«, pflichtete Zù Minico ihnen bei. »Meine Tochter hat ein Kind gekriegt, und ratet mal, was? Ein Mädchen!«

Auch Mimmina hatte noch ein Hühnchen zu rupfen, denn der Schnurrbart war nachgewachsen und einen Mann hatte sie noch immer nicht.

Das Ein und Aus in der Küche der Olivares' versiegte und die Mütterchen grüßten Genziana nicht mehr.

»Wer mich nicht will, hat mich nicht verdient«, versuchte sie sich trotzig zu trösten. Vom Kaffeesatzlesen wollte sie sowieso nichts mehr wissen.

Nach und nach nahmen die Menschen ihr Leben wieder in die Hand. Der freiheitliche Windstoß, der den Frauen in Notzeiten die Türen geöffnet hatte, verebbte. Jetzt hieß es, zurück zum Alltag und an den Herd. Wenn sie unbedingt arbeiten wollten, konnten sie Stickerinnen, Korsettmacherinnen, Weißnäherinnen oder Schneiderinnen werden, denn »eine tüchtige Frau ›schaut, wie es in ihrem Hause zugeht, und isst ihr Brot nicht mit Faulheit. Sie geht mit Wolle und Flachs um und arbeitet gern mit ihren Händen ...‹ So steht es in den *Sprüchen!*«, sagte Ruggero, der, seit Medoro ständig unterwegs war, wieder seiner Manie für heilige Schriften frönte.

Von Rodolfo und Raimondo hatte man seit Jahren nichts gehört, und Giovanni fragte sich, ob er einen Antrag auf Todeserklärung stellen sollte.

Genziana versank in düsterer Schwermut. Obgleich sie ein zähes Gewächs war, ließ sie den Kopf hängen wie die nach Weihwasser dürstenden Rosen der heiligen Rita.

Am glücklichsten schien Provvidenza zu sein. Im Hier und Jetzt ging es ihr rundum gut: Sie kümmerte sich um den Haushalt und umsorgte Ruggero. Ihr Herz pochte in stetem Takt, ohne jähe Sprünge und Aussetzer. Medoros Abwesenheit machte ihr nichts aus, schließlich erinnerte sie sich nicht, ihn jemals geliebt zu haben. Mit zwölf Jahren, in einem Alter also, in dem ein Mädchenkörper die ersten Anzeichen von Weiblichkeit zeigt, war Provvidenza noch unreif wie ein vorzeitig gepflückter Apfel. Ihre Brust war kindlich flach, doch sie war in die Höhe geschossen. Ihr Haar war lang geworden und fiel ihr über den knochigen Rücken. Aus ihren unbeschwerten Bewegungen sprach eine innere Zufriedenheit, die Genziana zur Weißglut trieb.

›Was hat sie eigentlich für einen Grund, so zufrieden zu sein?‹

Genzianas Verdrossenheit ergoss sich über die Menschen, die ihr am nächsten waren. Selbst Giovanni blieb nicht verschont und verschanzte sich vorsorglich im Laden. Er nahm ihre Ausbrüche schweigend hin, schließlich hatte er Viola versprochen, sich um ihre Kinder zu kümmern, und dieses Versprechen würde er nicht brechen.

Als er die Nase voll hatte, legte er Genziana zwischen einer Beschimpfung und der nächsten den Arm um die Schultern und sagte voller Mitgefühl: »Er ist ein Mann, wie hättest du nein sagen können?«

Genziana blickte ihn verdattert an.

»Zwar hat er dich nicht gewaltsam dazu gezwungen, aber was blieb dir als Frau anderes übrig?«

Giovannis Absolution befreite Genziana von ihrem schlechten Gewissen. Sie klammerte sich daran und fühlte sich leichter. Eine neue Milde trat in ihr befriedetes Herz und änderte ihr Verhalten gegenüber ihren Mitmenschen. Ihre Worte wurden sanfter, ihre Gedanken zartfühlender. Und weil es sich mit Tugendkreisen ebenso verhält wie mit Teufelskreisen – sie entstehen willkürlich und breiten sich unaufhaltsam aus wie ein Ölfleck –, fiel es Genziana mit einem Mal leichter, die Zuneigung auszudrücken, die ihr Herz erfüllte. Vor allem die für Ruggero, immerhin war er ihr Bruder, aber auch für Giovanni, der ja nur versuchte, Orlando und die Rösterei am Laufen zu halten, und schließlich für Provvidenza, die ein Gespür für den Lauf der Dinge besaß.

10

Der Sommer ging zu Ende. Genziana hatte ihn auf der Terrasse zwischen ihren Pflanzen verbracht. Die Seele fließend, die Glieder flau, schien sie häufig in einer unwirklichen, von Fantasien und Sehnsüchten durchsetzten Dimension zu schweben und sich im Feuer des Sonnenuntergangs, dem Flimmern des Nachthimmels zu verlieren. Rücklings auf dem Dach liegend, betrachtete sie die Sterne und schlief dabei ein. Die Glocken von Santa Caterina weckten sie kurz vor Morgengrauen. Mit steifen Gliedern kletterte sie die Stiege hinab und schlich sich lautlos zu ihrem Zimmer. Schlaftrunken hielt sie an der Küchentür inne wie an einer Kreuzwegstation. Viola war noch immer dort und lächelte ihr zärtlich zu.

»Ciao, Mama«, murmelte sie benommen vor Wehmut. Wie gern hätte sie noch etwas hinzugefügt, ihr gesagt, dass sie es getan hatte, um ihr zu gleichen und ihre Wünsche nicht unerfüllt zu lassen, doch die Worte blieben ihr im Hals stecken, derweil Violas runder Körper verging wie eine Seifenblase.

Die Sonne war lau an jenem Nachmittag. Wie immer war Genziana auf der Dachterrasse bei der sauberen Wäsche. Der Duft der blühenden Frangipanibäume war so intensiv, dass er den Pottaschegeruch der wehenden Laken überdeckte. Zwischen den mit bunten Blütenbüscheln behängten Ästen blitzten die Glockentürme von San Domenico hindurch, die in den blauen Himmel ragten.

Mit brennenden Augen folgte Genziana den Fluchten des rotgeziegelten Daches, die sich mit den Linien des Horizonts verwoben. Sie blinzelte, ließ den angestrengten Blick auf den von nachmittäglichen Schatten fahlen Mauern ruhen und sah ihn um die Ecke der Via Roma biegen.

Er trug den Kopf hoch erhoben und war noch schöner geworden. Das krause Haar fiel ihm in störrischen Locken über Stirn und Ohren. Zurückgelehnt und mit schwingenden Armen ließ er die Füße in geschmeidig ausholenden Schritten übers Marmorpflaster gleiten. Jede Bewegung seines Körpers war ein Liebesversprechen, dem jeder seiner Blicke spottete. Medoro wirkte ernst und trug einen abgestoßenen, von einer Kordel zusammengehaltenen Koffer, der so ärmlich aussah, dass er Medoros Schönheit in den Schatten stellte. Genziana zuckte zusammen. Die Apathie, in die sie sich geflüchtet hatte, bekam Risse und zersprang wie eine Eierschale. Hinter die Pflanzen geduckt, folgte sie Medoro mit den Augen, bis er im Haus der Olivares' verschwand. Ihr Herz schlug wild.

Provvidenza öffnete die Tür und bat Medoro mit einer ausholenden Geste herein. Eilfertig riss sie ihm den Koffer aus den Händen, der so leicht war, als wäre nichts darin.

»Die Partei hat mich nach Rom berufen, ich bin gekommen, um mich zu verabschieden«, sagte er betrübt. Dann fügte er stolz hinzu: »Mein Kampfgenosse ist zum Justizminister ernannt worden und ich muss ihm den Rücken freihalten.«

Die Ironie des Schicksals wollte es, dass Medoro wieder jemandem den Büttel machte. Natürlich war der tückisch behagliche Sitz der römischen Macht etwas ganz anderes als der Palazzo Riso, und die Aufstiegschancen waren ungleich viel höher.

»Grüß deine Herrin von mir«, sagte er mit besonderer Betonung auf das Wort »Herrin«.

»Warte, ich hol sie dir«, sagte Provvidenza.

»Lass nur, ich hab's eilig.« Er hielt sie am Arm zurück.

»Und wenn sie's dann an mir auslässt?«

In dem Moment betrat Genziana die Küche und blickte ihn wehrlos an.

Sie musterten einander schweigend, dann hob sie den Koffer

hoch und wog ihn prüfend in der Hand. »Eine Utopie wiegt wohl nichts«, sagte sie traurig.

»Ich gehe fort«, versetzte er mit herausforderndem Blick.

Wieso werden Männer überheblich, wenn sie um Verzeihung bitten sollten?

»Auf Wiedersehen, Medoro«, antwortete Genziana getroffen. »Und viel Glück.« Es klang wie eine Verwünschung.

Provvidenza spreizte ihre in den Schürzentaschen vergrabenen Finger zu Hörnern. Medoro hielt Genziana die Hand hin, und fast wäre sie in Tränen ausgebrochen. Wie gern hätte sie kalt und ungerührt gewirkt, doch ihr zitterten die Knie. Um ihm keine Genugtuung zu verschaffen, wich sie seiner ausgestreckten Hand aus und stob davon. Sie stürzte sich aufs Bett, riss sich das Laken über den Kopf, presste sich wie am Tag des Bombenangriffs die Hände auf die Ohren und gab sich ihrer Verzweiflung hin.

Die Grübelei über diesen angeblichen Bruder hatte Provvidenza Medoro liebgewinnen lassen, und wie er nun mit dem Koffer in der Hand dastand, kam ihr eine Idee.

»Nimm mich mit«, sagte sie entschlossen.

»Das geht nicht. Ich muss arbeiten und habe noch gar keine Bleibe. Wo soll ich dich lassen?«

»Wenn's weiter nichts ist, ich mache alles mit. Ich brauche nichts zum Leben, ich koche, putze, bügele und komme überall zurecht.«

»Aber ich tue das alles doch auch für dich. Was haben wir denn hier für eine Zukunft? Du als Dienerin, ich als Büttel – schöne Aussichten!«

Schweigend starrte Provvidenza auf ihre Schuhspitzen.

»Es ist schon spät. Begleite mich zum Hafen«, schlug Medoro mit einem Anflug von Zärtlichkeit vor.

Sie leistete keinen Widerstand.

Von ihrem Fenster aus sah Genziana die beiden davongehen und beschloss instinktiv, ihnen heimlich zu folgen. Mit klopfendem Herzen spähte sie um die Häuserecken und huschte hinter den beiden immer kleiner werdenden Silhouetten her. ›Ist es denn möglich, dass ich ihm noch immer nachrenne?‹, fragte sie sich verblüfft.

Die beiden Geschwister setzten sich ans Heck des Schiffs. Ihre Hände streiften sich, steif und aufrecht saßen sie nebeneinander. Ringsherum umarmten sich die Passagiere zum Abschied. Vor ihnen lag die Stadt, übersät von Wunden, die nicht heilen wollten. Eine matte Sonne tauchte Palermo in rosafarbenes Licht, der Monte Pellegrino leuchtete wie ein von der umliegenden Landschaft eingefasster Edelstein. Das Schiffshorn ertönte und die Zurückbleibenden gingen von Bord.

»Pass auf dich auf«, sagte Medoro mit der Inbrunst, die Sizilianern eigen ist, wenn ihnen etwas von Herzen kommt. Wie gern hätte er noch gesagt: »Ich liebe dich«, doch brachte er nur ein »Benimm dich gut« heraus, das wie eine Drohung klang.

Provvidenza klammerte sich ans Geländer. Er legte ihr den Arm um die Schultern und seine sonst so festen Muskeln begannen zu zittern wie Wackelpudding. Seine Rüstung hatte einen Riss bekommen, durch den wahre Liebe hindurchschimmerte wie ein wertvolles Gemälde durch eine wertlose Kleckserei.

»Ich kehre zurück, das schwöre ich dir, und dann bleiben wir zusammen«, flüsterte er ihr durch die krausen Strähnen ins Ohr.

Hätte Provvidenza ihn in dem Moment gebeten, nicht zu fahren – und dazu hatte sie jedes Recht, schließlich war sie seine Schwester –, wäre er geblieben. Gleich einer weitherzigen Mutter, die ihrem Kind erlaubt, auf eigenen Füßen zu stehen, überließ Provvidenza ihn seiner Utopie. »Keine Sorge«, entgegnete sie und sah ihm fest in die Augen, »Unkraut vergeht nicht.«

›Der Apfel fällt nicht weit vom Stamm‹, dachte Medoro mit leisem Stolz. Sie schlossen sich in die Arme. Ihre Körper verschmolzen, Knochen auf Knochen, Haut auf Haut, dann ertönte das Schiffshorn zum dritten Mal und Provvidenza ging an Land.

Als das Schiff das Hafenbecken verließ, sah Medoro die Stadt in all ihrer Größe. Eine jähe Angst überfiel ihn, Palermo zu vergessen, wie er seine Mutter vergessen hatte, von der ihm nicht mehr geblieben war als die ferne Erinnerung an einen schwarzen Schal und ergrautes Haar. Der Anblick der Trümmer brannte sich in seine Seele ein, und die Rührung nahm ihnen die Grausamkeit. Eine mächtige Mauer verbarg die zerzausten Straßen, blühenden Bäume und bunten Karren. Die Fialen der Kirchen bohrten sich ihm wie Nadeln ins Fleisch. Benommen stand er da und blickte zur Mole mit der winkenden Menschentraube, ihre Hände wie tröstlich tanzende Schmetterlinge.

Unter ihnen war auch Genziana, deren schwarzes Haar bläulich in der goldenen Abenddämmerung schimmerte. Das Schiff beendete sein Manöver und vor Medoro tat sich das Meer in einer neuen Perspektive auf. Er blickte auf den endlosen Horizont, dessen riesige Weite ihn so heftig erschreckte, dass er am liebsten ins Wasser gesprungen wäre. Doch da er nicht schwimmen konnte, blieb er sitzen.

Der weiße Schaum gurgelte unter dem Schiffsrumpf, aus den Schornsteinen senkte sich zäher Rauch auf die Passagiere und schwärzte ihre Kleider. Medoro schloss die Palmen des Foro Italico, die düstere Silhouette des Castello Utveggio und die Häuser von Acquasanta, die in der glühenden Abenddämmerung den roten Bauklötzen eines Kinderspiels glichen, in seinem Herzen ein.

Als die Schiffslaterne sich zitternd im trägen Meerwasser spiegelte, tauchten an der Küste die Vororte auf: Im gelblichen Licht der Straßenlampen sahen sie unter den schimmernden Bergen aus wie Pappmachékrippen. Überwältigt von der Erhabenheit der Landschaft, hob Medoro den Blick. Über ihm wölbte sich begütigend das letzte Stück vertrauten Himmels: blau, von funkelnden Sternen bedeckt, wie die glitzernde Kulisse für den Stall zu Bethlehem.

Im bläulich aufflackernden Licht der Laternen machte sich Provvidenza auf den Heimweg. Genziana harrte auf dem Kai aus, bis es dunkel war. Mit dem Blick folgte sie der hellen Spur auf dem Hafenwasser, bis sie sich auflöste. Nur noch die Blasen der emporschnellenden Fische waren zu sehen, die so frei waren, wie sie sich seit langem nicht mehr fühlte.

›Wie schön wäre es, Flossen und Kiemen zu haben‹, war Genzianas letzter Gedanke, ehe die Dunkelheit das Schiff verschluckte.

11

Wenn das Sonnenlicht schwindet und sich die abendlichen Schatten an den Mauern recken, wird der Mensch angesichts des riesig sich weitenden Universums seiner eigenen Endlichkeit gewahr. Auch Giovanni stürzte abends bisweilen in eine tückische, lähmende Melancholie, denn zu dieser Zeit ist die Seele verletztlich.

Tagsüber begrub Giovanni seine Bedrückung in Arbeit. Doch sein Gleichmut war trügerisch, und wenn es Abend wurde und er sich daranmachte, die Flammen des Drachens zu löschen, verflog mit dem Kaffeeduft auch die Zuversicht.

Nachdem er sich an jenem Septemberabend von Medoro verabschiedet hatte, versetzte Giovanni den leeren Säcken einen Tritt. Er fühlte sich einsam und war wütend. All die Verantwortung, die mit dem Tod seines Herrn über ihn gekommen war, würde ihn noch umbringen. Medoros Rückkehr war eine Erleichterung gewesen: Er hatte auf die Hilfe dieses Jungen gesetzt, und sei es nur aus Dankbarkeit, immerhin hatte er seine Schwester gerettet. Doch der »Türke« zog die Leichtigkeit der Utopie dem Joch der Arbeit vor und hatte sich, ohne sich noch einmal umzublicken, aus dem Staub gemacht. Giovanni sah auf die Uhr: Bis zur Schließzeit waren es noch zwei Stunden. Mit dieser Schwermut im Nacken hielt er es keine weitere Minute mehr aus, und so verließ er den Laden. Die laue Luft schloss ihn in eine wohlige Umarmung.

Gemächlich setzte er sich in Bewegung und hob den Blick. Die Berge leuchteten in den Farben reifer Orangen, lange lila Schatten krochen über die Stadt. Geduldig wartete er auf den Obus. Mit einem klagenden Pfiff und wippenden Fühlern kam die riesige silberfarbene Schnecke zum Stehen. Im Gefährt drängelten sich Arbeiter mit kräftigen Händen und kleinen Augen. Giovanni hievte sich müde auf das Trittbrett und suchte sich einen Platz hinter dem Fahrer. Kaum setzte sich der Bus in Bewegung, löste sich der Knoten der Angst, Muskeln und Nacken entspannten sich: Die Stadt zu durchqueren verschaffte ihm ein tiefes Vergnügen. Im Vorbeifahren wirkten die von blühenden Gärten umgebenen Villen der Via Libertà unversehrt. Bis hierher waren die Bomben nicht gekommen.

»*Hic sunt leones!*«, rief der Schaffner, als sie die Sandsteinlöwen erreichten, die die Grenze zwischen Stadt und Land markierten. Der Mann hatte am Priesterseminar studiert und hieß bei allen nur »der Monsignore«. Viele Fahrgäste stiegen aus, diejenigen, die sitzen blieben, zahlten den Zuschlag. Der Obus rollte am

Parco della Favorita entlang. Mit jedem Tag sahen die gerölligen Felder magerer aus. Neidisch lauschte Giovanni den jungen Leuten, die lachten und über Frauen redeten. Auf den Sitzen hinter ihm tauschte ein Pärchen Zärtlichkeiten aus. Er konnte das Streicheln ihrer Hände, das Schnalzen ihrer Küsse hören. Giovanni fühlte sich hundeeinsam.

Der Bus bog scharf in den Viale Regina Margherita ein, eine lange Allee, über der sich die Äste der Bäume trafen und einen schattigen, duftenden Tunnel bildeten. Giovanni gab sich der Kühle hin. Ein begütigender Strom entsprang seinem Herzen und ergoss sich in alle Gliedmaßen, und sein Mund verzog sich zu einem einfältigen Lächeln. Dann tauchte am Ende der Straße das Meer auf, ein smaragdgrüner Strich, der mit dem Blau des Himmels verschmolz. Man konnte die schmale weiße Linie des Sandes erahnen. Die Luft war gesättigt von Lindenduft und Wehmut. Die Fahrgäste zuckten überrascht zusammen, vergaßen die Müdigkeit, und ihr Atem wurde lang, tief und einmütig.

An der Endstation wurde Giovanni von ungeahnter Trägheit übermannt. Da er sich von Kindheit an den engen Raum mit Orlando hatte teilen müssen, machten ihn frische Luft und Licht im Handumdrehen benommen und schläfrig, ähnlich einem trockenen Trinker, der nicht den kleinsten Schluck Wein verträgt.

»Endstation!«, rief der Fahrer, um Giovanni zum Aussteigen zu bewegen. »*Sacer est, aeternus, immensus, totus in toto*«, murmelte der Monsignore und spielte damit auf die Weite des Universums an.

Giovanni schüttelte die lähmende Trägheit ab, sein Bauch wippte, seine Knie zitterten und sein Oberkörper schwankte wie ein Segelschiff im Sturm.

Die Sonne war bereits untergegangen, ließ jedoch ein diffuses Leuchten zurück, das auf das Weiß des Sandes traf und die Landschaft fast durchscheinend machte. Giovanni ging bis zum Kurhaus, eine stattliche Feste, die Lichtblitze in den Himmel schickte. Der Steg zur Terrasse glich einer Zugbrücke, die man vergessen hatte hochzuziehen.

Giovanni zog sich die Schuhe aus und die Feuchtigkeit kroch an den Hosenbeinen hoch. Er räusperte sich und atmete tief ein, wie er es als kleiner Junge getan hatte. Dazu hatte Schwester Michelina ihn angehalten, wenn er sonntags mit seinen Kameraden spazieren ging.

»Reinigt euch die Lungen. Na los: Atmet! Ein und aus, ein und aus …«

Die Kinder blähten den Brustkorb, bis sie husten mussten.

»Sehr gut, so werdet ihr den Schmutz und die bösen Gedanken los!«

Giovanni füllte die Brust mit Luft, mit einem langen, durchdringenden Seufzen weiteten sich seine Lungen. Er hustete mehrmals und spuckte aus. Als Kind hatte er sich danach gleich besser gefühlt, doch jetzt empfand er nur restlose Zerfahrenheit. Sein Leben glich dem feuchten Strandsaum, den das Meer im Winter abfraß und im Sommer wieder ausspuckte und dabei einen Teil davon in seinen Eingeweiden behielt.

Er ging zur Mole zurück. Die Fischer waren zurückgekehrt, ihre grellbunten Kähne schaukelten auf dem Wasser wie Kinder in der Wiege. Die durchsichtigen Netze lagen in wirren Knäueln am Boden und herber Algengeruch lag in der Luft. Japsend zappelten die noch lebenden silbrigen Fische in den Weidenkörben. Giovanni fühle sich wie die nach Sauerstoff schnappenden, halbtoten Seebarben. Glatt und unbewegt lag das Meer da und war eins mit dem Land. Plötzlich stand der Mond am Himmel und blinzelte ihm zu und er lächelte zurück. Immer matter schien sein Herz zu pochen. Mit einer brüsken Handbewegung verjagte er die Schwermut.

›Ich bin noch am Leben‹, sagte er sich, ›irgendwie wird es schon weitergehen.‹

Die Mutlosigkeit, die ihn hierhergeführt hatte, löste sich auf, sein Pragmatismus holte ihn in die Wirklichkeit zurück, und die Fische zeigten sich als das, was sie waren: ein köstliches Abendessen.

›Die Dinge sind so, wie wir sie sehen‹, dachte er. Diese Momente der Einkehr strengten ihn mehr an als die Arbeit in der Rösterei. Zwar war er sensibel genug, um ehrlich mit sich zu sein, doch als schlichtes Gemüt verwirrten ihn allzu verstiegene Gedanken. Er kaufte eine Tüte voll Barben und Tintenfische und hastete zurück, um den letzten Obus zu erwischen. »*Sacra fames*«, sagte der Monsignore, als Giovanni die vier Lire für die Fahrkarte bezahlte, und deutete auf die triefende Tüte.

»Fisch zum Frittieren«, entgegnete Giovanni, während ihm das Wasser im Mund zusammenlief.

Während der Rückfahrt füllten sich Giovannis Kopf mit Ideen und seine Glieder mit Energie. Das Meer ist das beste Heilmittel für jedwedes Leiden, und er bedauerte es, Ruggero nicht mitgenommen zu haben. Der Junge war zwar ruhiger geworden, doch irgendetwas an ihm gefiel Giovanni nicht. In seinem starren, schläfrigen Blick blitzte hin und wieder ein irrer Funke auf, als schwelte unter der Asche die Glut des Wahnsinns. Welch trauriges Schicksal hatten diese beiden Kinder erfahren. Genziana hatte ein verletzliches Herz und Ruggero einen labilen Geist, doch er hatte Viola versprochen, sich ihrer anzunehmen.

»Vertrauen Sie mir. Ich kümmere mich um Ihre Habseligkeiten«, hatte er ihr zugeflüstert, und beide hatten gewusst, dass er weder die Kaffeekanne noch die Tasse meinte.

An der Via Roma stieg er aus und ging mit einer Schar magerer Katzen im Schlepptau, die auf ein paar Gräten hofften, nach Hause. Wie ein Rattenfänger lockte er sie bis vor den Hauseingang und schlug ihnen genüsslich das Tor vor den spitzen Nasen zu.

Die Wohnung war dunkel und eine ungewöhnliche Stille empfing ihn. Wo waren alle? Er schaltete das Licht an und fuhr zusammen. In der Küche hockten Genziana und Provvidenza einander mit Trauermienen gegenüber. »Wieso jagt ihr mir so einen Schrecken ein?«, schimpfte Giovanni.

Diese beiden Weiber ließen keine Gelegenheit aus, ihn auf die Palme zu bringen. Keine der beiden sagte etwas.

»Was ist los?« Seine Stimme bebte.

Die Mädchen antworteten mit einer matten Kopfbewegung. »Nichts.«

»Ihr sitzt da wie die Mumien in der Kapuzinergruft! Wollt ihr euch wohl rühren?« Er schlug mit der Hand auf den Tisch. Ein rosafarbenes Rinnsal sickerte auf die Tischdecke, die Papiertüte öffnete sich und gab ihren köstlichen Inhalt preis. »Jetzt wird dieser Fisch frittiert!«, befahl er. »Und dann reden wir endlich mal. Mit vollem Magen denkt sich's besser.«

12

Die violetten Barben sahen aus, als schäumten sie vor Wut. Wer konnte es ihnen verdenken? In Kürze würden sie in siedendem Öl landen. »Hol dich der Teufel!«, schienen ihre aufgerissenen Mäuler zu fluchen, als wäre das ihr letzter Gedanke in den Maschen des Fangnetzes gewesen. »Das wird dir noch leidtun!«, war aus ihren scheelen Blicken zu lesen, mit denen sie aus dem Spülbecken stierten.

Genziana wandte sich schaudernd ab. »Wie eklig!«

»Was sind wir empfindlich«, meinte Giovanni.

Provvidenza griff beherzt nach einem Fisch und zupfte an den Seitenflossen. »Schau mal, die haben Haarklammern, wie kleine Mädchen.«

»Du liebes Bisschen, was redest du denn da?«, rief Genziana angewidert. »Und nachdem du ihnen tief in die Augen geschaut hast, isst du sie womöglich noch.«

»Klar isst sie die«, schaltete sich Ruggero ein. »Fische sind dazu da, gegessen zu werden.« Vorfreudig setzte er sich an den Tisch.

»Was sind wir gescheit heute Abend! Prinzessin Zauditù, ich bin sicher, kaum sind die Fische fertig, verschlingst du sie mit einem Happs«, stichelte Giovanni, der sich in Violas Küche zu Hause fühlte wie die Kaffeebohnen in Orlandos Bauch.

»Und ich erst, ich hab einen Hunger ...«, brummte Ruggero. »Hier wurde ja seit Ewigkeiten nicht mehr gekocht.«

Tatsächlich war seit Ortensias Tod nichts Anständiges mehr auf den Tisch gekommen. Vielleicht lag es an der Trauer um ihre Toten oder an den Gewissensbissen, am Leben geblieben zu sein, dass in dieser verstümmelten Familie hauptsächlich geputzt und desinfiziert und allenfalls etwas Essbares zusammengerührt, aber bestimmt kein Essen zubereitet wurde.

Tatsächlich hatte Viola fürs Kochen nie etwas übriggehabt und Genziana kam zweifellos nach ihrer Mutter. Dafür hatte Ortensia in ihrem Leben nichts anderes getan, als zu kneten, zu kochen, zu braten und zu nähren. Früher hatte die ganze Wohnung wie ein Teller gefüllte Sardinen geduftet. Das Zischen und Blubbern der Pfannen und Töpfe hatte sich mit Raimondos und Rodolfos Gejohle, Mimosas Quengeln und Robertos Maßregelei vermischt.

Energisch riss Giovanni die Klappe der Kochmaschine auf und fluchte. Seine von Orlandos Flammen pergamentenen Hände waren äußerst hitzeempfindlich. Er schob trockene Scheite und ein paar Pinienzapfen hinein. Die flackernden Flammen brachten die dunklen Herdringe zum Leuchten, und unter dem Abzug stieg gespenstergleich eine Rauchsäule auf. Wohliger Holzduft breitete sich aus.

»Aaah!«, seufzten alle wie aus einem Mund. Eine leise Wärme umfing sie. Es war, als nähme man ein jäh unterbrochenes Gespräch wieder auf.

Provvidenza griff nach einem stumpfen Messer und fuhr damit über die glänzenden Fischrücken. Die Schuppen flogen durch die Luft, blieben an den Wänden kleben, bildeten bizarre Muster auf der marmornen Arbeitsfläche und verfingen sich in den Härchen auf Provvidenzas nackten Armen. Wie edler Haarschmuck legten sie sich auf Genzianas schwarze Locken: kleine, hauchzarte, schillernde Flocken.

Begleitet von einer vielstimmigen Melodie aus langen, tiefen, flachen, kurzen, energischen und seufzenden Atemzügen, schossen die Gefühle kreuz und quer wie die wild umherspritzenden Fischschuppen.

Der Nahrungsmangel während des Krieges hatte der familiären Gesundheit ebenso zugesetzt wie der körperlichen. Liebe nährt sich von gutem Essen, sie labt sich an duftenden Suppen und Wein, Geschichten entspinnen sich über Ragout und Fettaugen, Gespräche entstehen zwischen dampfenden Töpfen und gedeckten Tischen. Als Giovanni den Fisch gekauft hatte, hatte er instinktiv das Richtige getan, und die Stimmen, die die Küche erfüllten, waren der deutliche Beweis, dass sich etwas änderte.

»Wie bereitest du sie zu?«, fragte Genziana.

Sie hatte ihren anfänglichen Ekel überwunden und freute sich schon auf das zarte, säuerliche Fleisch der Barben und die festen, knusprigen Tintenfische.

»In der Asche«, antwortete Provvidenza.

»Wir alle werden wieder zu Asche!«, warf Ruggero mahnend ein.

»Ja, aber jetzt sind erst mal die Meerbarben dran«, versetzte Giovanni und kreuzte die Finger.

Mit einer Knoblauchzehe und einem Lorbeerblatt in ihren weißen Bäuchen landeten die Fische in Ölpapier gehüllt in der Glut.

Genziana übernahm die Zubereitung der Tintenfische. Sie trennte die langen Tentakel von den spindelförmigen Körpern, schnitt sie in Ringe, wälzte sie in Mehl und warf sie ins heiße Fett. Winzige Spritzer stoben auf und trafen ihre nackten Arme wie Nadelstiche.

Mit glücklichen Gesichtern setzten sich schließlich alle an den Tisch. Wie durch Zauberhand waren die bösen Erinnerungen verflogen, es schien, als hätte Medoro nie existiert und Ruggero seine Apokalypse vergessen.

Giovanni aß blind drauflos und kaute alles, was ihm zwischen die Zähne kam: Fleisch, Gräten, Haut. Ruggero trennte den Fischkopf ab, zerteilte das Fleisch in Filets, betrachtete versonnen die seltsame Anordnung auf seinem Teller und suchte darin nach einer versteckten Bedeutung. Provvidenza zerlegte ihre Fische in kleine Häppchen, auf denen sie eine Ewigkeit herumkaute, um sich keine Geschmacksnuance entgehen zu lassen. Sie fand heraus, dass das Fleisch zum Kopf hin bitterer schmeckte als am Schwanz. Genziana stocherte in ihrem Tintenfisch herum, als hätte sie keinen Appetit, doch nach und nach verleibte sie sich alles ein, selbst die Meerbarben, jedoch mit geschlossenen Lidern, um ihnen nicht in die Augen sehen zu müssen.

Die Katzen bekamen die Gräten, um die sie sich auf der Straße balgten, dann wurde es still und alle Blicke richteten sich auf Giovanni.

»Und? Was wolltest du uns sagen?«, fragte Genziana.

»Wir müssen über die Zukunft reden.«

»Ausgerechnet jetzt, wo wir satt und zufrieden sind?«

»Wann sonst?«

»Wenn der Esel kacken kann«, frotzelte Ruggero.

Eine köstliche warme Mahlzeit hatte genügt, um sie wieder in Kinder zu verwandeln.

»Ach, kommt schon! Schluss mit dem Blödsinn! Ihr seid erwachsen.«

»Na schön, leg los«, forderte Provvidenza ihn auf.

»Das Geschäft läuft schlecht. Wir verdienen so gut wie nichts, die Leute haben kein Geld ...«

»Wie viel bringt der Kaffee denn ein?«, fragte Genziana neugierig.

»Nichts, einen Scheißdreck. In erster Linie mache ich Schulden.«

»Aber du hast Angestellte.«

»Lehrlinge«, korrigierte er pikiert. »Sie geben sich damit zufrieden ... Genziana, aus ergebener Treue zu deiner Mutter habe ich mich deiner und deines Bruders angenommen, aber die Rösterei läuft schlecht. Die Leute sagen, der Olivares-Kaffee ist nicht mehr derselbe. Euer Vater, Gott hab ihn selig, hat mich gelehrt ihn zu rösten, aber mehr auch nicht. Ich tue mein Bestes.«

Als hätte er ihn herbeigerufen, schien plötzlich der schmerbäuchige Roberto mit vorwurfsvollem Blick und enttäuschter Miene in der Tür zu stehen.

»Nun gut, um es kurz zu machen: Wir müssen über eure Zukunft reden ... Ruggero, was hast du vor?«

»Nichts, ich vertraue auf die Vorsehung. Sie wird es richten.«

»Und wenn sie dich im Stich lässt? Ruggero, du musst arbeiten, nur dann kannst du auf etwas vertrauen. Keine harte Arbeit, etwas Geregeltes, was weiß ich ... ein Beamtenposten mit kleinem Salär und geringer Verantwortung.«

Giovanni hielt inne, doch er bekam keine Antwort.

»Na schön, verstehe, also kümmere ich mich um dich. Und du, Genziana? Du bist ein echtes Problem.«

»Wieso das? Vielleicht heirate ich ja.«

»Und wenn nicht? Du gehörst nicht zu denen, die sich mit dem erstbesten braven Christenmenschen zufriedengeben, nur um unter die Haube zu kommen.«

»Dann arbeite ich eben in der Rösterei.«

»Heilige Muttergottes, niemals! Kommt nicht in Frage«, erwiderte Giovanni. Die Wankelmütigkeit und Grillenhaftigkeit dieses Mädchens würde allen die Arbeit erschweren.

»Und was, zum Teufel, soll ich deiner Meinung nach tun?«, fragte Genziana.

»Ich hab mir überlegt, dass du die Schule beenden solltest. Deiner seligen Mutter war das sehr wichtig.«

»Aber als der Krieg ausgebrochen ist, wurden doch alle versetzt.« Bei dem Gedanken, lernen zu müssen, kam Genziana fast der Fisch wieder hoch.

»Stimmt. Aber jetzt gibt's die Gleichstellungsprüfung und die hast du nicht gemacht. Du könntest ins Giusino-Pensionat gehen, das ist gleich hier um die Ecke, weißt du?«

»Und ob.«

»Na, siehst du. Du gehst da hin, schreibst dich für die Prüfung ein und dann sehen wir weiter. Du hingegen …«, fuhr Giovanni fort und blickte Provvidenza an.

»Was hab ich damit zu schaffen? Ich muss hierbleiben. Wer kümmert sich sonst um den Haushalt?«

»Und was machst du, wenn keiner hier ist? Löcher in die Luft starren?«

»Na, aber das geht doch nicht … Es braucht immer eine Frau in der Küche. Wenn's die nicht mehr braucht, ist die Familie hin.«

Giovanni ging über ihre Bemerkung hinweg. »Ich habe mir gedacht, morgens, wenn du mit der Hausarbeit fertig bist, kommst du runter in den Laden. Arbeit bist du gewohnt, du bestehst zwar nur aus Haut und Knochen, aber zäh bist du trotzdem. Und außerdem bist du Waise und hast keine Aussteuer, einen Mann findest du nicht. Ein bisschen Geld kannst du gut gebrauchen.«

Provvidenza sperrte den Mund zu einem krummen Lächeln auf, zwischen ihren Zähnen hing Fisch.

»Aber glaub nicht, du kriegst sofort Geld. Zuerst bring ich dir was bei und dann reden wir weiter. Und schlag dir aus dem Kopf, dass du genauso viel verdienst wie die Männer, du weißt ja, hier in Sizilien kriegen die Frauen gemindertes Salär.«

»Ist das 'ne Krankheit?«, fragte Provvidenza.

»So in etwa: Selbst gestandene Frauen kriegen hier weniger als Männer, sogar weniger als Kinder.«

»Und wenn wir alles so lassen, wie es ist?«, fragte Genziana.

»Kommt nicht in Frage. Du hast immer nur getan, was du willst, das muss jetzt anders werden.« Er zog zwei weinrote Geldscheine aus der Tasche. »Du brauchst ein neues Kleid, so siehst du aus wie ein Waisenkind.«

»Das bin ich ja auch.«

»Ja, aber so aussehen sollst du nicht. Wer sich in den Schafspelz hüllt, wird vom Wolf gefressen. Und außerdem findest du in der Schule vielleicht einen Mann. Das Internat ist direkt nebenan, da wimmelt es von schmucken Kerlen!« Er lachte, das Abendessen hatte ihm gute Laune gemacht. »Und besorg der Kleinen eine Schürze. In der Rösterei muss sie anständig angezogen sein.«

Provvidenza schwieg. Von einem plötzlichen Schwindel gepackt, wurde ihr schwarz vor Augen. Daran waren nicht die Meerbarben schuld, sondern ein neues Gefühl: Neid. Während ihre Herrin sich daranmachte, einen Mann zu finden, durfte sie an die Liebe nicht einmal denken.

13

Signor Camarollo – von allen »Onorevole« genannt, weil er einen Abgeordnetenposten anstrebte – empfing in einer behelfsmäßigen Kanzlei in der Via dei Lampionelli. In dieser Straße wurden die Öllampen hergestellt, die die Häuser der Quattro Mandamenti erhellten. Als Giovanni die Kanzlei betrat, schlugen zwei Herzen in seiner Brust. Das eine war voller Stolz und riet ihm, niemanden um einen Gefallen zu fragen. Das andere, demutsvolle, drängte ihn, um Hilfe zu bitten, damit breche man sich gewiss keinen Zacken aus der Krone. Zaudernd wartete er ab, bis eines der beiden die Oberhand gewann. Er blieb vor einem verblichenen, alten Filmplakat stehen, *Baby in Gefahr*. Er war weder blond noch pausbäckig, doch auch er hatte das Gefühl, in Gefahr zu sein.

Ringsherum waren Frauen und Kinder emsig wie Ameisen dabei, Eimer, Zuber, Schüsseln und Krüge in die Via dei Giardinacci zu schleppen und Wasser zu holen, von dem das Viertel drei Jahre nach der Landung der Amerikaner noch immer abgeschnitten war. Der Typhus machte mehr Tote als die Bomben.

»Diese Stadt ändert sich nie«, stellte Giovanni grimmig fest und beschloss, in die Kanzlei hinaufzugehen.

Im Eingang saßen die Leute dicht gedrängt auf einer langen Reihe von aus einem Kino geklauten Klappsitzen. Traurig musterte Giovanni die hageren, unrasierten Gesichter, die schlechten Zähne, die eingefallenen, stier dreinblickenden Augen, schroff wie die Felsen, die bei Addauro aus dem Meer ragten.

»Wir sind und bleiben Sklaven«, murmelte ein alter Gewerkschafter, der in einer Ecke hockte.

»Zù Ciccio, was ist los?«, fragte Giovanni.

»Schau sie dir an! Stehen Schlange, mit dem Hut in der Hand, und warten darauf, um Arbeit zu betteln. Als hätte nicht jeder ein Recht auf Arbeit! Und ich genauso, ich stehe hier und bitte um Gnade.«

Zù Ciccios Hände bebten. Giovanni spürte die beiden Herzen in seiner Brust wie wild klopfen, er zündete sich eine Zigarette an und trat auf den Balkon hinaus. Mit unsicheren Schritten wagte er sich auf den brüchigen Marmor und hütete sich davor, sich auf die Brüstung zu lehnen, deren Eisenstreben ins Leere ragten. Aus dem Zimmer nebenan drang aufgeregtes Gezeter. Der Onorevole diskutierte über Wasser und Strom. Man hörte Beteuerungen, Drohungen und Gebrüll: »Herrgott, wir können sie nicht behandeln wie Vieh.«

»Und der Zaster? Wisst ihr, wie viel das kostet?«

Dann wurden die Stimmen leiser und verstummten ganz.

›Sie haben sich geeinigt‹, dachte Giovanni, kehrte ins Wartezimmer zurück und sah gerade noch, wie einige gutgekleidete Herren mit Coppola die Kanzlei verließen.

»Sie sind dran«, sagte das Hausmädchen und deutete auf die Tür.

»Küss die Hände.«

Signor Camarollo bedeutete ihm, Platz zu nehmen, doch um sich nicht zu klein zu fühlen, blieb Giovanni stehen.

»Ich höre.«

»Euer Ehren kennen mich, ich bin Bimbo aus der Rösterei Olivares. Wie Sie bestimmt wissen, habe ich bisher noch um nichts gebeten.«

»Weiter.«

»Der älteste Sohn Olivares hat durch den Krieg den Verstand verloren. Er ist allein, hat keine Familie mehr, und die Schwester … jemand muss sich um sie kümmern.«

»Und was willst du von mir?«

»Eine Stelle.«

»Aber wenn er schwachsinnig ist, was soll ich ihm dann zu tun geben?«

»Nun ja, es geht nicht um Arbeit, sondern um eine Stelle, eine Verwaltungsstelle.«

Signor Camarollo lächelte spöttisch. Die Palermer pfiffen auf Arbeit und beklagten sich dauernd. Er war irritiert, doch die Wahlen standen vor der Tür und er konnte Giovanni keinesfalls vor den Kopf stoßen. Also ließ er sich zu einem vagen Versprechen hinreißen: »Wenn wir gewinnen, sehr gern, aber im Augenblick kann ich dir nicht helfen.«

»Nun ja, es muss aber jetzt sein ... und machen Sie sich wegen unserer Stimmen keine Sorgen.«

Signor Camarollo setzte eine undurchschaubare Miene auf und dachte nach.

Befangen senkte Giovanni den Kopf und sein Blick fiel auf eine mehrere Jahre alte Zeitung. Auf der Titelseite war ein Foto von der Unterzeichnung des Waffenstillstands. Im Zelt zwischen den Amerikanern standen, glücklich lächelnd, Rodolfo und Raimondo.

›Sie leben‹, dachte er und fuhr sich mit der Hand an die Stirn. In Sekundenschnelle verwarf er den Antrag auf Todeserklärung und überlegte, dass die Olivares-Brüder womöglich zurückkehren und ihren Erbteil einfordern könnten. Ruggero musste unbedingt arbeiten, die Einkünfte reichten hinten und vorne nicht. Er beschloss, alles auf eine Karte zu setzen: »Scintiniune meint, Euer Ehren sei einer, der die Dinge wieder geradebiegt, darin seien Sie gut.«

Die Erwähnung des mächtigen Mafioso zeigte die gewünschte Wirkung. Auf dem Gesicht des Onorevole erschien ein honigsüßes Lächeln: »Und wenn wir ihm eine Invalidenrente zahlen? In seinem Zustand ... und Kriegswaise ist er auch!«

»Um Gottes willen! Der muss in einem Büro sitzen. Dann macht er Bekanntschaften, die Kollegen helfen ihm und stehen ihm bei, wenn's ihm schlecht geht. Vielleicht findet er sogar eine Frau, nicht schön, aber mit goldenen Händen.«

»Du glaubst wohl, man kann die Regierung melken, wie man will«, blaffte Camarollo.

Eine Aufwallung von Ehrgefühl durchzuckte Giovanni, sein stolzes Herz fing an zu rasen wie ein Araber, es trommelte gegen seine Rippen, als wollte es sie durchstoßen. »Euer Ehren haben gut reden. Die Regierung ist keine Milchkuh, aber auch wir sind kein Euter, das man melken kann. Wir von der Rösterei sind jedenfalls bereit, unseren Teil beizutragen. Jeden Morgen kommt das gesamte Tribunali-Viertel zu uns in den Laden. Und jetzt, wo auch die Frauen wählen dürfen, können Sie sich ausrechnen, wie viele Stimmen das macht.«

Signor Camarollo schwieg. Giovanni setzte sich den Hut auf und wandte sich zum Gehen. »Man hat mir etwas Falsches gesagt, offenbar können Euer Ehren nur heile Dinge geradebiegen. Ich danke Ihnen trotzdem, doch einen Rat möchte ich Ihnen dennoch geben. Ich habe gehört, dass Sie mit den Qualunquisten zur Wahl antreten. Sizilien ist nichts für Leute, die sich einen Dreck scheren. Dann lieber die Autonomisten, von denen geht uns wenigstens keiner auf den Sack und wir machen unseren Kram allein, schließlich fehlt es uns hier an nichts. Aber wenn Sie wirklich gewinnen wollen – das sagen die Pfaffen, nicht ich, ich hab nichts zu vermelden –, dann sind die Christdemokraten am besten. Doch denken Sie dran: Ein Pfarrer kümmert sich um seine Schäfchen.«

»Ts, ts, ts, was sind denn das für Töne? Wo hast du das bloß her? Wir verstehen uns doch. Grüß mir Scintiniune und sag ihm, sein Wunsch ist mir Befehl.«

»Jetzt übertreiben Eure Exzellenz aber. Sagen wir: Er findet

Gehör.« Zufrieden zog Giovanni ein Päckchen aus der Tasche, ein freundlicher Gruß seines verstorbenen Herrn, der »es Ihnen von dort oben dankt«.

Der Abgeordnete schnupperte an dem Pulver. »Tja, als es den alten Olivares noch gab, hatte der Kaffee ein ganz besonderes Aroma, von dem konnte man gar nicht genug kriegen. Heute ist das anders, warum bloß?«

14

Genziana und Provvidenza standen in der Ladentür und ließen sich von Giovanni die letzten Anweisungen geben. »Auf dem Lattarini-Markt gibt's massenhaft Sachen zu guten Preisen. Und außerdem ist da mein Freund Scintiniune, der besorgt euch alles, was ihr braucht.«

»Scintiniune?«, fragte Genziana, die, weil sie sich nur zwischen Küche und Terrasse bewegte, nichts von den neuen Bekanntschaften wusste.

»Sein Spitzname. Er meint, seit dem Tag seiner Geburt mogelt er sich irgendwie durchs Leben, daher sein Name.«

»Und wer ist das?«

»Genau weiß ich es nicht. Er ist noch nicht lange im Tribunali unterwegs. Er ist mit den Soldaten nach Palermo gekommen, aber mit ihnen gelandet ist er nicht. Er spricht Englisch, ist aber kein Ami. Ihr erkennt ihn sofort, er trägt ein Halstuch mit einem gestickten *L* darauf. Er ist der König des Schwarzmarkts, aber das kann euch egal sein – er verkauft brauchbares Zeug, das ist das Einzige, was euch interessieren muss.«

»Er vermietet sogar Smokings an Dirigenten«, warf Provvidenza ein, die Scintiniune gut kannte.

»Was weißt du denn schon?«, blaffte Giovanni sie an. »Wie oft soll ich dir noch sagen: Scher dich um deinen Kram.«

Das hatte er ihr tatsächlich schon oft gesagt. Doch auf diesem Ohr war die umtriebige Provvidenza taub, vor allem jetzt, da sie heimlich hoffte, Neuigkeiten über ihre Familie in Erfahrung zu bringen. Kaum sah Giovanni nicht hin, rannte sie an die Ecke Via Roma, um mit allen zu schwatzen.

»Kümmere dich um deinen eigenen Kram«, warnte Giovanni sie noch einmal mit erhobenem Finger, »und damit das klar ist, Mädchen: Gesenkter Blick und immer schön an der Wand entlang.«

»Jawohl«, antworteten die beiden im Chor und machten sich auf den Weg zum Markt.

Der Lattarini-Markt, einst für seine Gewürze berühmt, hatte sich nach der Landung der Amerikaner in einen Umschlagplatz für den neumodischen, billigen Plastikplunder eines vermeintlich wohlmeinenden Kolonialismus verwandelt.

Die duftenden Stände waren verschwunden, in den Souterrains hatten sich Läden einquartiert, in denen man seltsame Kleider, kreischbunte Synthetikstoffe, Hosen aus grobem Leinenstoff in allen Blauschattierungen, Hemden mit eingewebten Silberfäden, weiche, durchsichtige Nylonstrümpfe, kilometerweise Fallschirmseide der Alliierten, aus der sich prima Unterkleider und Unterhosen nähen ließen, und Militärdecken für warme Wintermäntel finden konnte. Die Geschichte rächte sich: Jahrhunderte zuvor waren es die Europäer gewesen, die die Ureinwohner auf der anderen Seite des großen Teiches mit Spiegeln und Glasperlen erobert hatten.

Genziana verabscheute die traditionellen, mit Lochstickerei

verzierten Blusen und verliebte sich in die enganliegenden, knallbunten Oberteile, die sich am Körper elektrisch aufluden und auf der Haut ein erregendes Prickeln verursachten. Sie rannte von Laden zu Laden, stürzte sich auf die Haufen von Kleidungsstücken, streichelte sie, hielt sie prüfend ins Sonnenlicht und legte sie an ihren Platz zurück. Es gab immer etwas, das ihr nicht gefiel. Die Farbe: »Schlammbraun, Rattengrau«, der Schnitt: »Kartoffelsack, Babystrampler, Hängerchen« oder der Stoff: »Grob wie Sackleinen, hart wie Pappe, durchsichtig wie Seidenpapier.«

Als sie mit den Ständen durch waren, kamen sie zum Geschäft von Angelino Morabito, genannt Scintiniune. Das war ein Laden! Groß, mit einem riesigen Schaufenster, aus dem wertvolle Stoffe und todschicke Kleider einen anlachten.

»Schau mal«, rief Provvidenza und zeigte auf ein elegantes rotes, tief ausgeschnittenes Kleid. Der bauschige Tüll glich einem Vulkan, der seine Lavafontänen gegen einen Himmel aus schwarzem Samt schoss. Angelockt vom verbotenen Luxus, betraten die beiden den Laden.

»Guten Tag ...«

Es schien niemand da zu sein. Genziana griff nach dem Kleid, es war zart und leicht. Weil sie sich unbeobachtet glaubte, schlüpfte sie in eine Umkleidekabine und kam kurz darauf mit einer Pirouette wieder heraus. Der Rock blähte sich und sprühte Funken.

»Du siehst wunderschön aus«, hauchte Provvidenza hingerissen.

Genziana drehte sich um sich selbst, schwang die Hüften und ließ die glatten, runden Schenkel hervorblitzen. Dann fiel der Stoff wieder über Knie und Waden. Sie seufzte vor Glück – dieser Laden war schöner als ein verborgener Schatz. Als Nächstes probierte sie ein Paar enge Hosen mit goldenen Reißverschlüssen über den Knöcheln an. Keine Frau aus den Quattro Mandamenti hätte so etwas zu tragen gewagt.

»Wie sehe ich aus?«

Die Hände in den Haaren, stolzierte sie hin und her wie die Schauspielerin Alida Valli, wenn sie *Ma l'amore no* singt.

»So eng? Du bist ja so gut wie nackt!«, sagte Provvidenza empört.

»Und wieso dürfen Männer so was tragen und wir Frauen immer nur schwarze, lange, unförmige Säcke?«

»So redest du nur, weil du keinen Mann hast, der dir den Kopf wäscht, oder einen Vater, der dir den Hintern versohlt.«

»Gott bewahre!«, Genziana bekreuzigte sich mit der Linken. »Irgendeinen Vorteil muss es ja haben, Waise zu sein, oder nicht?« Die zynische Bemerkung trieb ihr das Blut in die Wangen.

Plötzlich tauchte Scintiniune auf. Im dämmrigen Laden leuchtete sein weißes Hemd wie eine Sternschnuppe in der Laurentiusnacht. Die Hände in den Taschen vergraben, schlenderte er langsam auf die Mädchen zu. Er war groß, hatte plumpe Arme und einen massigen Oberkörper, eine kräftige Nase, ein breites Gesicht, schwarze Augen und einen vulgären Blick, und dennoch strahlte sein Körper primitive Überlegenheit und animalische Kraft aus, die ihn trotz seiner Hässlichkeit anziehend machten.

»Wir brauchen ein Kleid für die Schule und eine Haushaltsschürze«, sagte Provvidenza nervös, denn dieser Mann machte sie unruhig. Genziana hingegen stand reglos und mit leerem Blick da wie eine Eidechse, die an einem heißen Sommernachmittag an der Hauswand klebt.

»Dann müsst ihr hier nachschauen«, entgegnete er und zeigte auf eine Reihe dunkler Röcke und geblümter Blusen.

Hastig zog Provvidenza einen Rock und eine Bluse hervor und schob ihre Herrin damit in die Umkleidekabine. Kurz darauf tauchte Genziana wieder auf und wiegte sich in den Hüften wie ein Fotomodell.

Jede Frau kommt mit gewissen Talenten zur Welt, die sie, angeleitet von der Mutter oder den älteren Schwestern nacheifernd, im richtigen Maß zur Geltung bringt. Genzianas große Gabe schien die Verführung zu sein, doch sie wusste nicht, wie sie damit maßhalten sollte. Vor dem Spiegel trat sie von einem Fuß auf den anderen, fuhr sich mit den Händen über die Hüften, um den Stoff zu glätten, und Scintiniune fühlte sich provoziert. Begehrlich ließ er seinen Blick über ihren Körper wandern. »Very hübsch«, rief er und drehte den gestreckten Zeigefinger an seiner Wange.

»Das bedeutet ›lecker‹, nicht ›hübsch‹«, korrigierte sie ihn und machte die Geste nach.

»Zum Anbeißen?« Er grinste verschmitzt.

»Ja, lecker, good.« Genziana hatte die Anspielung nicht verstanden.

Er tippte sich mit dem Zeigefinger gegen die Schläfe. »So ›hübsch‹?«

»So ›bekloppt‹.«

Er brach in ein kehliges Lachen aus und kam noch ein wenig näher. Genziana spürte seinen warmen Atem, der nach fauligem Basilikum roch, und wich instinktiv zurück. Der Rock war so eng, dass sie nur einen kleinen, steifen Schritt machen konnte, der schwere Stoff spannte sich über ihre Rundungen und der Bund schnürte ihre schmale Taille ein.

»Du siehst aus wie 'n Leinwandstar«, stellte er fest und starrte auf ihre Brüste, die sich gegen die knappe Bluse drückten. Die elfenbeinfarbene Seide schmiegte sich wie eine zweite Haut an ihr pralles Dekolleté. Am Ausschnitt blitzten gestickte Rosen. Genziana fuhr mit den Fingern über die erhabenen Blätter, was Scintiniune abermals als Aufforderung verstand. Mit einer gekonnten Bewegung kam er noch näher wie ein Jäger, der sich an seine Beute heranschleicht. Sie hielt den Kopf gesenkt, ihr rundes Kinn sprang zart hervor, die Unterlippe war zu einem kindlichen

Flunsch vorgeschoben. Mit einem Satz sprang Scintiniune auf sie zu, warf sich auf die Knie, ergriff ihren Rocksaum, führte ihn zum Mund und zerriss den Faden der hinteren Naht mit den Zähnen.

»Da musst du ihn auftrennen, sonst stolperst du beim Gehen.«

Ein kleiner Schlitz klaffte über ihren wohlgeformten Waden und Scintiniunes gieriger Blick wanderte zu ihren Schenkeln empor. »So ist es besser, oder?«

Genziana wurde heiß und kalt, sie war unfähig, sich zu rühren. Sie war schwach und stark, Beute und Jäger.

Provvidenza zog sie am Arm. »Stolpern heißt nicht fallen. Komm, es ist schon spät.«

»Und ein Paar Strümpfe wollen Sie nicht unter diesen hübschen Rock ziehen?«, fragte Scintiniune und hielt Genziana zurück.

Sie war wie ein unschuldiges Kind auf Abwegen, bereit, das Verbot, Süßigkeiten von Fremden anzunehmen, in den Wind zu schlagen. Er holte ein Paar hauchdünne Nylonstrümpfe hervor, ein seltenes und kostbares Gut. Dann leckte er sich über den Daumen und fuhr damit über die dunkle Naht.

»Die müssen Sie gut hochziehen, und passen Sie auf, dass die Strumpfnaht schön gerade sitzt, sonst macht sie krumme Beine und das wäre ein Jammer.«

Genziana streckte die Hand aus, um sie zu berühren, doch ihre Finger landeten in seiner Faust. Ein anrüchiger Schauder durchfuhr sie und sie wurde rot.

»Achtung mit langen Fingernägeln! Das ist Nylon, das reißt sofort.«

Aus den Falten seines Stiernackens rannen zwei Schweißtropfen ins Hemd und färbten den Stoff dunkel.

Provvidenza beschloss einzuschreiten und drängte ihre Herrin in die Umkleidekabine. »Los jetzt, Giovanni wartet mit dem

Essen auf uns.« Dann wandte sie sich an Scintiniune. »Ich brauche noch eine Schürze zum Arbeiten in der Olivares-Rösterei.«

»Ihr seid Verwandte von Bimbo aus der Discesa dei Giudici?«, fragte Scintiniune überrascht.

»Er ist ... er war die rechte Hand meines Vaters«, hauchte Genziana.

»Dann sind die nix für Sie, zu weit.« Mit einer brüsken Bewegung riss er Genziana die Strümpfe weg. Er drückte Provvidenza ein kleines braunes Kittelchen mit goldenen Nähten in die Hand und verkroch sich wieder in seine Ecke. Mit Giovanni machte er Geschäfte, Frauen und *Business* zu vermischen war keine gute Idee. »Die Bezahlung kläre ich mit Bimbo«, murmelte er.

Benommen nahmen die beiden Mädchen ihre Kleidungsstücke und hasteten mit pochendem Herzen aus dem Laden.

Genziana spürte eine Hitze, als hätte sie Fieber. Ein unbekanntes Feuer hatte ihren Körper entfacht.

»Wie kommst du dazu, Scintiniune schöne Augen zu machen? Du hast dich aufgeführt wie ein Flittchen, nicht wie eine Olivares«, schimpfte Provvidenza.

»Und du? Verkriechst dich sofort hinter Giovanni, obwohl du sagst, du kannst ihn nicht ausstehen.«

»Es braucht eben einen Mann, um sich einen Mann vom Leib zu halten.«

»Einen Mann, nicht einen Schlappschwanz!«

Aus den Mündern zweier Mädchen klangen diese Worte so seltsam, dass die beiden sich anschauten und losprusteten wie Kinder, die etwas ausgefressen haben.

»Und wer hat dir das beigebracht?«, fragte Genziana wieder ernst.

»Niemand! Für die Dinge des Lebens braucht's keinen Lehrer!«

Der Herbst ist fast vorüber, doch es ist noch warm und man kann auf der Terrasse sein, ohne zu frieren. Ich nutze den letzten Rest Sommer, um das grüne Eckchen zu genießen, das ich mir neben dem Dachausstieg geschaffen habe. Die himmelblauen, gelben und rosa Frangipaniblüten erzittern im Wind und verströmen einen intensiven, süßen, bisweilen fast fauligen Duft. Der Salbei, die Petersilie und der Majoran stehen in üppigen Büschen in den Tontöpfen. Das Basilikum hat seine Blätter verloren, nur die starren Stängel und ein paar vertrocknete Blüten sind geblieben. Hier, zwischen Himmel und Erde, in diesem begütigenden Schwebezustand, lausche ich dem Atem des Viertels unter mir.

Wenn ich den Mut hätte, könnte ich meinen Bau verlassen, wieder aus dem Haus gehen und mit den Menschen reden. Dieses Alleinsein macht mich wahnsinnig, aber das ganze Viertel ist wütend auf mich. Giovanni hat recht: In der Schule könnte ich neue Freunde finden, aber die Schule hat mir nie Spaß gemacht, schon als Kind nicht. Meine Mutter hat mich dazu gezwungen. Von wegen Freiheit! Wann habe ich je getan, was ich wollte? Zuerst habe ich ihr gehorcht, dann nach Medoros Pfeife getanzt. Aber selbst wenn ich wählen könnte, wüsste ich nicht, was.

Plötzlich steht der Mond am Himmel, rund und strahlend. Mimì, das Hündchen der Nonnen, beginnt zu bellen, und das Drehtablett mit den Naschereien quietscht. Wer kauft denn so spät noch Süßigkeiten? Ich lehne mich über die Brüstung, ein Schatten huscht an der

Klostermauer entlang. Ich sehe angestrengt hin, doch schon verschwindet der Mond hinter den Wolken. Es ist spät, allmählich wird es kühl. Ich steige die Treppe hinunter, Zeit, schlafen zu gehen. Vor dem Spiegel ziehe ich mich aus. Abgesehen von dem blassen Teint und den eingefallenen Wangen sieht mein Körper wohl und gesund aus. Mein Busen ist voller und schwerer geworden, die Hüften sind wieder rund. Ein paar Kilos mehr sind entscheidend, es heißt »schön dick«, nicht »schön dürr«.

»Jede Heilung beginnt von innen«, pflegte meine Mutter zu sagen, und wenn es mir schlecht ging, hielt sie mich an, etwas dagegen zu tun. »Man fängt bei den wichtigsten Organen an«, sagte sie immer, und was gibt es Wichtigeres als das Herz? Seit kurzem höre ich meines, das nach Medoros Verschwinden geschwiegen hat, wieder schlagen. Wenn ich im Bett liege, überkommt mich eine Sehnlichkeit, die ich nicht im Zaum halten kann, etwas Laues, Begehrliches, das Scintiniunes Blick in mir geweckt hat. Im Schlaf stürze ich mich in verbotene Gefühle, zu denen mir im wachen Zustand der Mut fehlt. Meine Finger wandern über meine warme, glatte Haut. Meine Hände sind in Lauerstellung wie Geckos auf Mückenjagd. Ich strecke die Arme und presse die Knie zusammen, werde lang und dünn wie ein Schilfrohr, meine Fußknöchel berühren sich, die Beine legen sich übereinander. Ein unbestimmtes, zugleich heftiges Gefühl ergreift von mir Besitz und mein Unterleib krampft sich immer stärker zusammen. In der warmen Mulde, die ich in die Matratze gelegen habe, drehe ich mich auf den Bauch. Mein Busen wird flach und breit. Die goldenen Schemen meines Traums noch vor Augen, vergrabe ich mein Gesicht im Kissen. Ich atme in den leinenen Kissenbezug, und mein lauer Atem verfängt sich in meinem Haar.

Meine Finger kennen keine Scham, sie kennen den Weg. Sie bewegen sich geschmeidig, zuerst langsam, dann immer schneller, während mein Rückgrat sich reckt und krümmt. Der Atem wird schneller, dann schießt der Bogen seinen Pfeil. Er fliegt in geheime Gefilde und trifft mitten ins Ziel. Eine süße, klebrige Flüssigkeit nässt meine Falte. Dann breche ich über dem Kissenberg zusammen.

Ehe ich aufwache, höre ich die Stimme meiner Mutter. Kaum schlage ich die Augen auf, habe ich ihre geflüsterten Worte vergessen. Der Himmel über den Kuppeln der Martorana ist bereits hell, ich sehe es an dem Licht, das durch die Fensterläden sickert. Von draußen dringt der übliche Duft ins Zimmer. Genussvoll und zufrieden sauge ich ihn tief in die Lungen. Als Kind habe ich davon geträumt, im Laden zu arbeiten, Kaffee zu rösten. Hätte mein Vater es mir beigebracht, würde ich jetzt an Giovannis Stelle sein. Doch er zog Ruggero vor. Zum Glück kann er nicht sehen, wie es um ihn steht, er wäre am Boden zerstört. Vielleicht könnte ich versuchen, das Handwerk zu lernen. Wen kümmert's, dass Giovanni dagegen ist? Ich bin die Herrin, er kann mich nicht rausschmeißen.

»Für dein Glück werden die Frauen sorgen, für deine Sicherheit der Kaffee« – das waren die Worte, die mir entfallen waren! Und auf einmal sehe ich in meinem Herzen klar: Meine Mutter hatte es mir an jenem 9. Mai gesagt, doch ich hatte nicht zugehört, anderes im Kopf gehabt. Meine Zukunft hat nichts mit Kaffeesatz zu tun, sondern mit dem Kaffee selbst. Wie konnte mir das entgehen? Die Rösterei ist der Schlüssel. Das wollte sie mir sagen!

Ich muss hierbleiben, in meinem Viertel, in meinem Haus, in meinem Laden.

15

»Aufstehen, Signori, der Kaffee ist fertig, das hebt die Stimmung!«

An diesem Morgen brachte Provvidenza Genziana ein Tablett voll frisch gebackener Kringel. Seit dem Abend mit den Meerbarben hatte sie in der Küche Fortschritte gemacht.

»Wie das duftet!«, rief Genziana, setzte sich auf und biss gierig in einen Kringel. Der Zucker knirschte zwischen den Zähnen. »Verflixt, sind die gut!«

»Beeil dich, du musst dich in der Schule anmelden.«

»Ich muss gar nichts, wenn ich nicht will.« Genziana angelte nach dem nächsten Kringel.

Provvidenza musterte sie neugierig, ihre Herrin wirkte verändert. Doch sie kam lieber zum Punkt: »Wir sind jetzt groß und müssen unsere Pflichten selbst erledigen, das ist ganz natürlich, so natürlich wie rauschende Blätter und zankendes Federvieh. Und außerdem legt Giovanni so viel Wert drauf.«

»Immer diese Leier mit den Pflichten! Gibt's denn keinen Spaß?«

»Wenn's sich ergibt. Aber noch bist du wie ein Küken: Zuerst musst du die Eierschale kaputtmachen, hinausschlüpfen und in die Tenne purzeln, auch wenn's dir Angst macht. Los, Genziana, aus den Federn, Zeit, zu purzeln!«, rief Provvidenza und streifte ihr ein Kleid über den Kopf.

»Aua, au, meine Haare!«, kreischte Genziana fuchtelnd.

Unwirsch wandte sich Provvidenza von ihr ab und ließ sie in dem halb angezogenen Kleid sitzen.

›Was hat sie bloß?‹, fragte sich Genziana, zog sich den Rock zurecht und folgte ihr in die Küche.

Ungehalten klapperte Provvidenza mit den Töpfen, zerrupfte das Gemüse und schob geräuschvoll die Stühle herum.

»Wieso bist du sauer?«

»Ach, lass mich, verplempere nicht meine Zeit, ich hab zu tun.«

In dem Moment wurde es auf der Straße laut. Genziana sah aus dem Fenster, unter dem eine Gruppe Frauen wild durcheinanderzeterte. Neugierig ging sie hinaus und Provvidenza folgte ihr.

»Wer war es? Wer war es?«, die Frage hallte von einer Straßenecke zur nächsten.

»Sie haben das Neugeborene Zagara genannt.«

»Und ihr Haar ist rot wie eine Orange.«

»Die Pförtnerin sagt, sie geben sie nicht ins Waisenhaus, dazu ist sie viel zu schön. Die Nonnen wollen sie behalten.«

›Ein Rotschopf?‹, fragte sich Genziana erstaunt.

»Heilige Muttergottes, der Ami! Der Einzige mit roten Haaren im Viertel«, rief Provvidenza. »Das Kind ist von Alivuzza, sie muss es abgegeben haben, nachdem der Ami zurück in seine Heimat ist!«

Das war allerdings eine Neuigkeit. Doch blieb ihnen keine Zeit, ihr nachzugehen, denn Giovanni rief nach ihnen: »Hört ihr wohl auf, eure Zeit zu vergeuden? Los, die eine an die Arbeit, die andere in die Schule!«

Provvidenza rannte ins Haus, um den Fußboden zu wienern. Bestärkt durch ihre neu gewonnenen Überzeugungen, betrat Genziana jedoch unter Giovannis verblüfftem Blick den Laden. Entschlossen steuerte sie auf das Büro des Vaters zu und ließ sich auf dem geflochtenen Stuhl nieder. »Ich bleibe hier«, verkündete sie in bestimmtem Ton.

Giovanni begriff sofort, dass nichts zu machen war. Das Mädchen hatte von seiner Mutter gelernt, seinen Willen durchzusetzen, und er konnte Genzianas Augen ablesen, dass sie ihre Meinung um nichts in der Welt ändern würde.

Also fügte er sich und rechnete mit dem Schlimmsten.

16

Zum Totenfest hatte die Sonne noch warm geschienen und am nächsten Tag fing es an zu regnen. Der Winter 1946 war über Nacht gekommen. Wochenlang goss es ununterbrochen. Kleine Bäche rannen die Gossen entlang, flossen an den Straßenkreuzungen zu reißenden Strömen zusammen und verwandelten das Viertel in Morast. Dann hörte der Himmel auf zu weinen, denn kein Schmerz dauert ewig, und die Sonne kam wieder hervor, allerdings bleich und matt wie ein Genesender. Die Luft blieb kalt und der Duft nach Holzfeuer erfüllte die Gassen. Der Himmel verblasste von Hellblau zu Weiß.

Der Wiederaufbau hatte begonnen und sollte die Stadt und das Leben aller grundlegend verändern. Die Viertelvorsteher hatten beschlossen, woanders zu investieren, und die bessergestellten Familien und die Handwerker verließen die Quattro Mandamenti, um in den Vororten Arbeit zu suchen. Täglich wuchsen neue Baustellen aus dem Boden, fraßen sich die grünen Berghänge hinauf und entwurzelten die Orangen- und Zitronenhaine, deren Duft die Träume der Palermer versüßt hatte.

Nach den Plänen der Stadtverwaltung sollte die Altstadt bleiben, wie sie war: ein krankes Herz, welches das Blut nur mühsam durch die zeitverkalkten Arterien pumpte. Palermo konnte weder leben noch sterben. Seine Eingeweide moderten von Algen überwuchert auf dem Meeresgrund. Und nachdem die Geier monatelang über den Quattro Mandamenti gekreist hatten, beschlossen sie, sich auf die Berghänge rings um die Conca d'oro zu stürzen. Den redlichen Bürgern blieb nichts anderes übrig, als an ihre einst schöne, lebendige Stadt zurückzudenken und wie alte Leute der Vergangenheit nachzutrauern.

Die geduckten Häuschen mit den eisernen Balkonen und hölzernen Fensterläden wichen klobigen Wohnblocks mit Rollläden, die alle zur selben Zeit hinabgezogen wurden. Statt der mit Schnitzereien verzierten Anrichten tauchten in den Esszimmern wuchtige, verspiegelte Schränke auf. Die schmiedeeisernen Betten mit den blumenverzierten Kopfenden landeten im Keller, die Löwenpranken unter den Tischen und Sesseln verschwanden, die Stuhlbeine wurden schlanker.

Die übrigen Trümmer wurden hinter Lattenzäunen und Stacheldraht versteckt. Die Herzen der Menschen erstarrten in verdruckstem, gänzlich unbegründetem Optimismus. Auch die Gesellschaft veränderte sich, ein eilfertiges, kurzatmiges und engherziges Kleinbürgertum ohne Vergangenheit und ohne Geschichte entstand.

Die Veränderungen wurden von oben verfügt, die Menschen konnten und wollten daran nicht teilhaben. Dies war der Moment, sich zu wehren und das allgemeine Chaos dazu zu nutzen, die Geschichte zu verändern und sich aus der Knechtschaft zu befreien. Doch war es einfacher, alles beim Alten zu belassen – besser bekanntes Leid als unbekanntes Glück.

Die im Stich gelassenen Sizilianer sehnten sich nach einer starken Hand, denn Autonomie und Emanzipation kommen nicht über Nacht. Also machten sie sich auf die Suche nach einem Vater. Sie bekamen eine grimmige, strafende, übermächtige Mutter, die ihren Kindern niemals erlauben würde, sich frei zu entfalten. Während man anderswo die Demokratie aufbaute, machte sich hierzulande Feudalismus breit.

Die Frauen versuchten, Normalität in ihre von Hunger und Elend gebeutelten Familien zurückzubringen, deren Männer verschwunden, ermordet oder emigriert waren. Sie warfen das Vorurteil des schwachen Geschlechts über den Haufen und stürzten sich in die Suche nach Arbeit und Brot. Viele von ihnen waren es nicht gewohnt, Initiative zu ergreifen, und verloren sich in haarspalterischen, widersinnigen und kleinlichen Überlegungen, doch die Zupackenderen unter ihnen nahmen ihr Schicksal beherzt in die Hand. Manche von ihnen waren stadtbekannt: Anna Grasso, Lina Colajanni, Giuliana Saladino, aber die meisten blieben namenlos. Diese weitherzigen Frauen schrieben ein kleines und dennoch großes Stück Geschichte, von dem man heute nichts mehr weiß, und schufen das Fundament für die Emanzipation ihrer Töchter und Enkelinnen. Sie bauten die Brücke zwischen »Du existierst nicht« zu »Ich gehöre mir«.

Genziana verdrückte ihre Scheibe vom Weihnachtskranz. Die Kaffeekanne beschwor das Bild ihres Vaters herauf, es war seine gewesen. Sie nippte am Kaffee. Er war ungenießbar! Kein Wunder, dass das Geschäft nicht lief.

»Wieso hast du mir auch nichts beigebracht?«, wandte sie sich laut an Robertos Geist. Der Schmerz, der die Erinnerungen an ihre Familie begleitete, hatte nachgelassen und einer süßen, zärtlichen Wehmut Platz gemacht. Bisweilen konnte sie sogar ihre Gegenwart spüren. Sie versuchte sich Mimosas blasses Gesicht ins Gedächtnis zu rufen und vernahm den mütterlichen Duft nach Puder und Vanille. Sie hörte Ortensias raue Stimme und musste über Raimondos und Rodolfos dumme Scherze schmunzeln.

»Solange ich da bin, werdet ihr nicht sterben«, versprach sie feierlich. Die Worte, die ihre Mutter vor Jahren ausgesprochen hatte, waren zu einem tröstlichen Ritual geworden.

Sie schloss das Fenster, ging zur Wohnungstür, schlüpfte in den Mantel, murmelte den Ausspruch ihres Vaters: »Meine Soldaten«, und machte sich auf den Weg in die Rösterei.

Durch die Schaufenster beobachtete sie die Leute auf der Straße. Wie gern hätte sie mit jemandem gesprochen, doch noch fehlte ihr der Mut zum ersten Schritt. Neugierig verfolgte sie das geschäftige Hin und Her der alten Mütterchen, die emsig am zerschlissenen Gewebe des Viertels flickten. Sie mochte ihre vor Inbrunst und Verachtung bebenden Rufe.

Eine war Genziana besonders aufgefallen: Sie war groß und sprühte vor Energie. Das weiße Haar wellte sich über die breite Stirn bis hinter die Ohren und umrahmte ein jugendlich glattes, leuchtendes Gesicht. Ihr Brustkorb war breit, fast eckig und vollkommen flach. Sie hatte schlanke, lange, anmutige Beine. Sie erinnerte Genziana an ihre Mutter, auch wenn sie sich kein bisschen ähnlich sahen. Mehrmals war sie kurz davor gewesen, hinauszugehen und sie anzusprechen, doch konnte sie sich nie dazu durchringen, ihr warmes Eckchen neben Orlando zu verlassen, in dem sie es sich gemütlich gemacht hatte.

Dann, eines Morgens – es mochte am Wind liegen, der sie unruhig machte, oder am pudrigen Licht, das die Straße freundlicher erscheinen ließ, oder vielleicht am blendend blauen Himmel –, setzten sich Genzianas Füße in Bewegung und brachten sie Schritt für Schritt auf die Piazza Pretoria. Die nackten Statuen strahlten wie aus Zucker, die Nymphen mit ihren spitzen Brüsten, die Mimosa so gut gefallen hatten, waren wie durch ein Wunder unversehrt. Verstohlen blickte Genziana zu dem dicken Cannolo hinauf, das damals ihre Neugierde geweckt hatte, und sie musste unwillkürlich lächeln.

Auf dem Platz standen die Wäscherinnen und warteten darauf, von den Herrschaften ins Haus gerufen zu werden, um die wöchentliche Wäsche zu machen. Ihre Hände waren unverwechselbar, rau und arthritisch, die Finger vom Wäscheblau verfärbt, das zum Bleichen benutzt wurde. Die weißhaarige Signora war ebenfalls dort und sprach mit einem seltsam fremden Akzent. Die Wäscherinnen nannten sie »die Festländische«.

Genziana beobachtete sie und beneidete sie um die Selbstverständlichkeit, mit der sie den Menschen gegenübertrat. ›Sie spricht zu ihren Herzen, genau wie meine Mutter‹, dachte sie, und in dem Moment trafen sich ihre Blicke und die Frau lächelte ihr zu. Genziana wurde rot und lief davon.

Giovanni sah sie um die Ecke kommen. Ihre Schuhe mit der hohen Korksohle rutschten auf den feuchten Pflasterplatten und sie stolperte über herumliegendes Geröll. In ihrem engen Rock konnte Genziana keine großen Schritte machen. Provvidenza hatte den Schlitz wieder bis unten zugenäht, denn »ein anständiges Mädchen hält die Beine bedeckt«. Vorsichtig setzte Genziana einen Fuß vor den anderen, sie war anmutig und geschmeidig wie eine Mohnblume im Wind, ein Ausbund an sinnlicher Weiblichkeit.

Giovanni stand in der Ladentür, atmete die prickelnde Luft und begleitete seine Gedanken mit einer trägen Handbewegung, als wollte er Fliegen verscheuchen. ›Sieh einer an‹, dachte er, ›gespuckt die Mutter.‹ Und wie sie sich in den Hüften wiegte, schoss ihm etwas durchs Herz oder vielleicht durch den Kopf. Ein Verlangen, das gleiche, das er empfunden hatte, als er an Violas Morgenmantel gerochen hatte, doch ließ er es nicht bis in die Eingeweide vordringen, sondern zu einem flauen Gefühl verglimmen.

›Was für ein verkorkstes Kind‹, dachte er, ›manchmal ist sie so süß, dass man ihr fast sein Herz öffnen möchte, und dann wieder unergründlich wie tiefes Wasser.‹ Wäre er ehrlich mit sich gewesen, hätte er zugeben müssen, dass er der Fuchs und Genziana die Traube war.

»Wo bist du gewesen?«, rief er, als sie in Hörweite war.

»Beim Brunnen.«

»Treff mich der Schlag! Seit wann gehst du vor die Tür?«

Ohne zu antworten, stob Genziana an ihm vorbei in den Laden und verkroch sich in ihrer Ecke. Dort fühlte sie sich sicher.

17

Das Triften-Amt, in dem Ruggero angefangen hatte zu arbeiten, war der handfeste Beweis, dass Sizilien sich niemals ändern würde. Gegründet im Jahr 1917, war es eine jener überflüssigen Einrichtungen, die Nichtstuer mit Gehältern und Bezügen versorgte.

Laut der gesetzlich festgelegten Strukturen und Aufgaben sollten die Angestellten auf Katasterblättern den Verlauf der Triften, die Ende der Vierzigerjahre noch immer die einzigen Verbindungswege auf der Insel darstellten, eintragen und überprüfen.

Niemand hatte jemals eine Bestandsaufnahme gemacht, was zudem keine leichte Aufgabe war, weil zahlreiche Straßen im Laufe der Jahrhunderte von den Großgrundbesitzern in Beschlag genommen worden waren, um Wegezoll abzupressen. Weder der Verwaltung noch den Angestellten war daran gelegen, Wind um die Sache zu machen. Und so traf man dort nur Beschäftigte auf Empfehlung, »Kinder von«, »Kindeskinder von« oder Invalide. Die Anstellung garantierte ein festes Einkommen mit dreizehntem Monatsgehalt und Sondervergütungen, das sich bis zu einer Summe von dreißigtausend Lire belaufen konnte. Hinzu kam die Rente.

Ruggeros Zimmergenosse hieß ebenfalls Ruggero.

Zögerlichen Schrittes betrat Ruggero Olivares pünktlich das Büro. »Einen schönen guten Tag!«

Niemand antwortete.

»Allerseits«, fügte er hinzu. Nichts, als wäre er Luft. Die Gleichgültigkeit seiner Kollegen quälte ihn, doch konnte er nicht einfach wieder nach Hause gehen wie zu Studentenzeiten. Also nahm er hinter seinem Schreibtisch Platz und starrte die weiße Wand an, bis die Lider schwer wurden und er sich in den Schlummer flüchtete. Aber selbst mit geschlossenen Augen nahm sein hautloser Körper jedwede Schwingung wahr. Eines Morgens, als er zu unruhig war, um einzunicken, brach er das Diktat des Schweigens: »Nichts dauert ewig!«, wetterte er.

Sein Kollege schreckte aus der Apathie hoch, in der er die meiste Zeit des Tages verbrachte, und starrte ihn mit großen Augen an. Mehrmals klappte er den Mund auf und zu, brachte jedoch kein Wort heraus.

»Also, willst du nun was sagen oder nicht?«, brüllte Ruggero.

Da fühlte sich der Kollege berechtigt zu sprechen. »Versteh mich nicht falsch, ich bewundere dich. Es ist nicht jedermanns Sache, stundenlang stillzusitzen und nichts zu tun.« Er überschüttete ihn mit Komplimenten, und endlich spürte Ruggero, dass er existierte.

Schlafend und schweigend wurden sie Freunde.

Mit der Zeit nahmen auch die anderen Kollegen ihn wahr, und genau wie Giovanni gehofft hatte, wurde das Büro zu einem schützenden Uterus. Von jeglicher Verantwortung befreit und von Schläfrigkeit umgeben, entdeckte Ruggero Olivares die unbeschwerte Seite des Lebens und begann, arglose Scherze zu machen.

Sein Vorgesetzter war ein bescheidener, schmächtiger, schwächlicher Mann. Auch er hatte sich verkrochen. Er war sanft und schweigsam und hatte weder Haare noch Zähne. Ruggero, der ein geborener Spötter war, brachte ihm jeden Morgen ein Stück steinhartes Mandelkrokant mit. Der »Dottoooore«, wie ihn alle übertrieben nannten, schnitt eine seltsame Grimasse und verzog sich mit dem Geschenk in sein Zimmer. Durch die geschlossene Tür konnte er das Lachen der Angestellten hören: Zu viel Vertrautheit endet bekanntlich in schlechten Manieren.

»Fallen dir die Beißer raus, geht's dir schlechter als 'ner Maus«, sangen sie. Der Chor wurde zu einer Art gutmütigem Klassenkampf.

»Das muss aufhören«, murmelte der Mann, der kurz vor der Pensionierung stand. An seinem letzten Morgen im Büro tauchte er mit einem brandneuen Gebiss auf. Er trug die Uhr, die die Geschäftsführung ihm zum Abschied geschenkt hatte, und biss unter den verdatterten Blicken seiner Untergebenen herzhaft in ein Stück Mandelkrokant.

Durch seine Scherze machte sich Ruggero einen Namen. Als sein Ansehen wuchs, änderte er die Taktik: Er setzte eine strenge Miene auf und mimte den Chef. Es machte ihm Spaß, seinen Gegenüber stumm und mit ausgestrecktem Zeigefinger aufs Korn zu nehmen. Sogleich wurde sein Schweigen als Drohung verstanden. Sein bohrender Blick schüchterte ein, und jemand gab ihm sogar Geld, weil er ihn für einen Schutzgeldeintreiber hielt.

In jener unschuldigen Zeit brauchte es wenig, um amüsant oder einschüchternd zu sein.

Der neue Vorgesetzte kam aus dem Norden und traf kurz vor Weihnachten ein. Als Erstes beauftragte er die beiden Ruggeros, das Archiv aufzuräumen. Bei zehn Akten täglich waren sie am Ende der Woche bei fünfzig, was für sie eine Unmenge, für den Chef jedoch »ein Scheißdreck« war.

»Da unten kann man vor Staub nicht atmen«, verteidigten sich die beiden empört. »Wenn wir wieder nach oben kommen, sehen wir aus wie Müllmänner und nicht wie Sachbearbeiter.«

»Na und?«

»Wir verlangen eine Entschädigung«, brachte Ruggero Olivares hervor.

Der Vorgesetzte, der sich nicht um das undurchsichtige Netz der Vetternwirtschaft scherte, von dem seine beiden Untergebenen profitierten, drohte: »Ich gebe euch einen Monat, dann ist das Archiv aufgeräumt.«

Strenggenommen war er nun einmal der Chef, also mussten die beiden gehorchen. Zwischen einem Nieser und dem nächsten kam Ruggero Olivares, der nicht im Traum daran dachte, sich dieser vermeintlichen Schikane zu beugen, eine Idee. »Kannst du Baseball spielen?«, fragte er seinen Kollegen.

»Ist das ein Kartenspiel?«

»Quatsch, das spielen die Amis, noch nie gesehen?«

»Nee.«

»Ich bring's dir bei.« Ruggero Olivares griff sich einen Besen. »Mach das Fenster auf und wirf mir 'ne Akte zu.«

»Was soll das werden?«

»Los, wirf!«

»Aber dann fliegen alle Blätter raus.«

»Keine Sorge.«

So brachten sie den Nachmittag zu, der eine warf Akten, der andere schlug sie mit dem Besenstiel aus dem Fenster.

»Das ist Beesboll?«

»Ganz genau.«

Am Ende der Woche war das Archiv aufgeräumt und sie setzten ihren Chef darüber in Kenntnis. Der Veneter war ein gutgläubiger Mann und lobte sie, ohne zu kontrollieren. Die Wind und Regen ausgesetzten Unterlagen verwandelten sich in einen matschigen Haufen, der den Hof verunzierte.

Einige Zeit darauf hatte Scintiniune ein juristisches Problem.

Er besaß ein Gut in Bivio Fresco und sein Nachbar hatte mehrfach Wegerecht gefordert. Es hatte Prügeleien, Schießereien und wiederholte Brandstiftung gegeben, bis endlich die Carabinieri eingegriffen hatten.

Nun war es von Amts wegen zu einer Gerichtsverhandlung gekommen und der Richter hatte das Trift-Büro um Auskünfte über die durch Bivio Fresco führenden Straßen und Wege ersucht. Doch das Archiv war leer. Aus Mangel an Belegmaterial gewann Scintiniune den Prozess und erwirkte aus Dankbarkeit für den jungen Olivares eine Beförderung, die ihm zu einem höchst angesehenen Posten in der Regionalverwaltung verhalf …

Der Kaffeeduft trifft mich wie eine schallende Ohrfeige. Sofort ist mein Hirn hellwach. Meine Knie aber werden weich, mein Herz schlägt schneller, mir wird seltsam flau und ich sinke auf der Türschwelle zusammen.

»Mir ist schlecht«, murmele ich und die Mitarbeiter scharen sich besorgt um mich.

Giovanni drückt mir ein Glas Wasser in die Hand. »Das liegt an den Ölen, die bei der Röstung freigesetzt werden. Anfangs geht es allen so, da gewöhnt man sich dran ... oder du gehst wieder in die Schule.«

»Ich werde mich dran gewöhnen, hier kriegen mich keine zehn Pferde weg, selbst meine Mutter ist auf meiner Seite.«

Giovanni reißt die Augen auf und schüttelt den Kopf. »Die Olivares' spinnen doch alle«, seufzt er frustriert.

In den ersten Tagen verschanze ich mich im Laden, zusammengekrümmt auf den Kaffeesäcken, weil ich mich nicht auf den Beinen halten kann. Die Bohnen sind hart wie Kies und hinterlassen blaue Male auf meiner Haut, mein Körper gleicht einem Flussbett. Hin und wieder gehe ich zum Durchatmen auf die Straße und vertrete mir die Beine. Es heißt, dadurch baut man das Koffein schneller ab. Mein Blut ist voll davon, obwohl ich kaum Kaffee trinke. Die Rösterei strotzt vor Koffein, das ich mit jedem Atemzug und jeder Pore aufnehme.

Kaum gehe ich wieder hinein, erwartet mich die nächste Ohrfeige und mir wird wieder schwummerig. Ich weiß nicht, warum, aber alles, was ich mag, bereitet mir Unbehagen und Schmerz. Natürlich denke ich an Medoro. Ich hangele mich an der Wand entlang in mein Eckchen zurück, Orlando empfängt mich und wärmt mich mit seinem Atem.

Giovanni bringt mir keinen Deut bei, ich weiß, ich bin ihm im Weg, doch der Zuspruch meiner Mutter gibt mir Kraft. Aufmerksam verfolge ich jeden seiner Handgriffe und stehle die Betriebsgeheimnisse mit den Augen. So lerne ich etwas übers Rösten. Es macht Spaß, zuzusehen, wie die Bohnen sich verändern. Wie durch Zauber wird ihre Farbe kräftiger und nimmt einen Goldton an. Noch habe ich nicht begriffen, zu welchem Zeitpunkt man die Ventile öffnet, um das Feuer zu drosseln, oder wann man Holz nachlegt, um die Temperatur zu erhöhen, aber ich bin sicher, das werde ich noch lernen, und sehe genau hin, um nichts Entscheidendes zu verpassen.

Die Angestellten hantieren flink mit Schäufelchen und Schaltern, bis Giovanni kommt und seine Anweisungen erteilt: »Öffnen«, »Schließen«, »Anziehen«, »Drücken«. Ihre schweißglänzenden Muskeln tanzen, die Finger fliegen über Hähne und Kurbeln. Was für eine Anstrengung! Ich frage mich, ob ich genügend Kraft habe, um diesen eisernen Drachen zu bändigen. Vielleicht lässt er sich auf andere Weise zähmen, meine Mutter hatte auch das Heft in der Hand, ohne je laut zu werden: Sie hat zum Gehorsam verführt.

Zwischen einer Röstung und der nächsten blättere ich durch Papas Bücher: Sie sind voller Skizzen und Notizen über dieses schwarze Pulver, dem wir unseren Wohlstand verdanken. Hin und wieder gestatte ich meiner Fantasie freien Lauf und träume mich in unbekannte Länder: Brasilien, Guatemala, Costa Rica, Äthiopien … die Welt ist so groß, und ich bin nie über die Quattro Mandamenti hinausgekommen.

Die Kunden kommen und gehen, kaufen Kaffee, lachen, tratschen. Sie tun so, als würden sie mich nicht sehen. Stattdessen fragen alle nach Provvidenza. »Herzchen, Schätzchen«, rufen sie fröhlich, als hätte sie in der Rösterei das Sagen. Die Festländische ist auch dabei. Wie gern würde ich mit ihr reden, aber mir fehlt der Mut: Sie ist so groß und respekteinflößend. Der Atem hebt und senkt ihre Brust und strömt ihr mit leisem Pfeifen aus der Nase. Sie erinnert an einen mächtigen Wal, dessen großer Kopf voll ist mit wertvollem Öl. Ihren Mann hat sie untergehakt, ein kleines, ebenfalls weißhaariges Männchen, das neben ihr aussieht wie ein Goldfisch.

Hin und wieder treffen sich unsere Blicke, ihre Augen strahlen und sind voller Wärme, sie lächelt mich an und um ihren Mund kräuseln sich sanfte Falten. Wie gern würde ich sie kennenlernen.

18

Genziana hockte zusammengekauert neben Orlando und blätterte in einem Atlas. »Indien, Brasilien, Guatemala, Costa Rica, Äthiopien … schön und gut, aber wo machen sie denn nun den Genziana-Kaffee?«, murmelte sie vor sich hin.

»Hundert Gramm Arabica. Aber bitte den besten!«

Ein schleppender, von einem weichen, gedehnten Zischlaut untermalter Singsang unterbrach Genzianas Suche. Sie erhob sich von den Säcken und schlich zum Tresen. Untergehakt bei ihrem Mann, stand dort die Festländische.

»Aus Indien oder aus Brasilien?«, fragte Giovanni.

»Ist die Welt nicht groß?«, gab die Frau fröhlich zurück.

Genziana musterte sie interessiert.

»Was ist, stimmt etwas an mir nicht?«

Genziana zog sich in ihr Eckchen zurück und griff wieder zum Atlas.

»Magst du Geografie?«, erkundigte sich die Frau und lächelte freundlich.

»Nein, das nicht, aber ich bin neugierig.«

»Da, wo ich herkomme, ist Neugier eine Tugend, hier hingegen kann sie zum Verhängnis werden.« Sie lachte gurgelnd. »Ich bin Lalla, die Parmesanerin, aber ich bin nicht aus Käse.« Wieder lachte sie schallend.

»Ich habe Sie am Montag bei den Wäscherinnen auf dem Platz gesehen.«

»Dann weißt du wohl auch, was ich mache?«

»Ich weiß, dass die Frauen den ganzen Tag dort stehen und ausschreien, und manchmal habe ich Sie mit ihnen vor dem Rathaus stehen sehen.«

Die Festländische blickte sie fragend an.

»Verzeihung, ihre Dienste ausrufen, ich habe vergessen, dass Sie nicht von hier sind.«

»Deshalb nennt man mich auch die Parmesanerin, weil ich aus einem Dorf unweit von Parma komme. Er hingegen«, sie zeigte auf ihren Mann, »heißt Gianni und ist in Sizilien geboren, er ist Chemiker und arbeitet daran, die Gießerei wieder zum Laufen zu kriegen. Wir wohnen in Papireto … da gibt's wirklich eine Menge zu tun!«

»Ich lebe in diesem Haus, seit ich geboren bin. Wir waren eine große Familie … jetzt sind wir nur noch zu zweit, ich und mein Bruder Ruggero.«

»Dann kennst du wohl das ganze Viertel. Wieso hilfst du mir nicht?«

»Wobei?«

»Nun ja, der Krieg hat nicht nur die Stadt zerstört, sondern auch die Familien. Niemand kann lesen. Einen Pensionsantrag auszufüllen kann zu einer echten Hürde werden. Manchmal ist es schwer, mich verständlich zu machen, nur wenige sprechen Italienisch: Sie verstehen mich nicht und ich sie nicht. Mein Mann hat mir ein bisschen Nachhilfe gegeben, aber eure Sprache ist so schwer.«

»Und ich soll mit den Leuten reden?«

»Ganz genau, du kannst Sizilianisch und kennst die Menschen aus dem Viertel, schließlich bist du hier geboren und aufgewachsen …«

»Da haben Sie sich die Richtige gesucht«, meinte Genziana bitter.

Die Frau machte eine fragende Geste.

»Hier im Viertel redet niemand mit mir, alle sind gegen mich.« Genziana wunderte sich über ihre Offenherzigkeit.

»Und wieso?«

»Die Sizilianer legen sich mit jedem an. Einen Tag ist man König und am nächsten ziehen sie einen in den Dreck.«

Die Festländische machte ein mitfühlendes Gesicht. Sie wollte etwas sagen, doch ihr Mann zog sie am Arm. »Essenszeit«, sagte er brüsk.

»Ich komme ja schon.« Sie nahm den Kaffee, zahlte und winkte Genziana zu sich heran.

Genziana kam hinter dem Tresen hervor. Jetzt standen sie sich direkt gegenüber und sie konnte ihr in die Augen sehen.

»Besuch mich mal, vielleicht fällt uns zusammen eine Lösung ein.« Die Festländische strich ihr über den Kopf.

»Wenn die nicht Kommunistin ist«, sagte Giovanni warnend am Abendbrottisch.

»Na, und wenn schon«, mischte sich Provvidenza ein. »Medoro ist auch Kommunist.«

»Aber sie ist nun mal zu anders«, versetzte er.

»Quatsch, wir sind alle gleich, zumindest zwischen den Beinen«, raunte Provvidenza Genziana ins Ohr und sagte laut: »Wie auch immer, wenn ihr was über die Festländische wissen wollt ...«

»Hört, hört, unser Löffel, der in allen Töpfen rührt.«

»... Dann bin ich eben ein Löffel, aber wenigstens weiß *ich*, wen ich vor mir habe ... Jedenfalls: Die Parmesanerin ist gleich nach dem Krieg nach Palermo gekommen und hat eine Frauengruppe der kommunistischen Partei gegründet. Und dann hat sie ganz allein in ihrem feuchten Stübchen gehockt und den Pilzen beim Wachsen zugesehen, weil keine Frau je einen Fuß zu ihr hineingesetzt hat. In ihrer Heimat ist so ein Frauenbüro selbstverständlich, aber in den Quattro Mandamenti natürlich nicht. Also hat sie angefangen, Kleidung und Essen zu verteilen, und sich bei allen beliebt gemacht. Sie hat sogar den Witwen geholfen, Anträge auf Kriegsrente zu stellen. Jetzt wenden sich alle an sie, wenn sie Probleme haben.«

»Wie damals bei Viola«, seufzte Giovanni.

Es war dieser Bemerkung geschuldet, dass Genziana sich bei der Festländischen blicken ließ. Sie hatte ein brennendes Bedürfnis, zu reden, sich verstanden zu fühlen. Seit dem Tod ihrer Mutter hatte ihr niemand mehr die Hand gereicht. Zudem litt sie unter der kollektiven Feindseligkeit des Viertels. Deshalb klopfte sie eines Nachmittags bei Lalla an die Tür, Kommunistin oder Qualunquistin hin oder her. Die Tür öffnete sich, und noch ehe Genziana ein Wort sagen konnte, zog die Festländische sie über die Schwelle.

»Komm herein. Ich hab Pfaffenschinken da. Ich mach dir auch gern eine Pizza Fritta, du hast bestimmt Hunger, nicht wahr?«

Genziana riss die Augen auf. Aßen die hier tatsächlich Priesterfleisch? »Ich danke Ihnen, aber ich esse kein Fleisch«, entgegnete sie unsicher.

»Da ist wohl jemand wählerisch. Dabei hättest du es nötig … Na, komm rein. Und hör sofort mit diesem ›Sie‹ auf, du kannst mich duzen.«

Die Festländische zog sie in die Küche. In dem heimeligen Raum mit den beschlagenen Fenstern fühlte sich Genziana sofort wie zu Hause. Lallas Ehemann lehnte mit einem Glas Wein in der Hand am Fenster.

»Ich bin weg«, sagte er und stellte das Glas in die Spüle. »Dann könnt ihr in Ruhe reden.«

Lalla beugte sich zu ihm hinunter und verabschiedete sich mit einem leidenschaftlichen Kuss, den er erwiderte. Beim Hinausgehen gab er ihr einen Klaps auf den Hintern. Genziana wurde rot. Ein weißhaariges Männchen, aber was für eines!

»Auch kleine Männer können echte Kerle sein«, sagte die Parmesanerin, als hätte sie Genzianas Gedanken gelesen, und fing an, mit Mehl und Schmalz zu hantieren. Leichtfüßig wie auf einem Tanzparkett bewegte sie sich auf ihren hohen Absätzen durch den Raum, wiegte sich in den Hüften und sprühte vor Lebensenergie.

»Der Schinken kommt aus der Parma-Ebene, Schweinefleisch aus meiner Heimat. Koste mal! Wie schmeckt dir das?«

Genziana kam sich schrecklich dumm vor. Von wegen »Priesterfleisch«.

»Trink, das ist Lambrusco.«

Der perlende Wein kitzelte auf der Zunge und in der Kehle. Sofort fühlte sie sich beschwingt wie seit langem nicht mehr.

»Na los, Herzchen, trink aus!«

Wie ein gutgelaunter Lastwagenfahrer kippte Lalla ihr Glas in einem Zug hinunter. Die Pizza war knusprig und der Schinken so butterzart, dass er am Gaumen zerging und einen würzigen Nachgeschmack hinterließ.

»Wie köstlich«, rief Genziana.

»Bei uns isst man nämlich auch gut, weißt du?« Lalla lachte. »Hast du auch einen Spitznamen, Herzchen?«

»Was ist das denn für eine Frage?« Genziana wurde rot.

»Schämst du dich etwa, ihn mir zu sagen? Ist er so schrecklich?«

»Meine Mutter hat mich ›Böhnchen‹ genannt, weil ich dunkel bin wie eine Kaffeebohne.«

»Genau das ist mir auch in den Sinn gekommen, als ich dich auf den Säcken habe liegen sehen. Doch du bist noch sehr jung, bisher hast du nur die *Farbe* von geröstetem Kaffee. Es braucht noch eine Weile, bis du dein Aroma entfaltest. Was meinst du, Herzchen?«

Genziana gefiel diese Bemerkung nicht. Ihre Miene wurde hart, sie reckte die Schultern und verschränkte die Arme vor der Brust.

»Nun sei nicht so empfindlich. Ihr Sizilianer seid bei jedem bisschen eingeschnappt, ihr nehmt euch einfach zu ernst.«

›Sie hat recht‹, dachte Genziana. ›Was hat sie denn schon gesagt? Jung zu sein ist schließlich keine Beleidigung.‹

Die Ellenbogen auf die Tischdecke gestützt, sodass sich ihre gestikulierenden Hände hin und wieder berührten, saßen sie mit zusammengesteckten Köpfen da und redeten. Ihre Freundschaft entspann sich mühelos. Lallas Stimme war einnehmend, sie schwang sich zu hellen Tönen auf, fiel zu einem Murmeln ab und stieg langsam wieder an. Geradeheraus und in konstantem Fluss kamen ihr die Worte über die Lippen, und ihre Augen leuchteten. Doppeldeutigkeiten und gehässige Hintergedanken waren der Parmesanerin fremd. Sie war mit sämtlichen Aktivistinnen des Viertels befreundet, Anna Grasso inbegriffen.

»Erzählst du mir, weshalb alle etwas gegen dich haben, Herzchen?«

Genziana schwieg, hin- und hergerissen zwischen dem Wunsch, ihr Geheimnis zu teilen, und der Angst, schlecht dazustehen.

»Na los, vielleicht lässt sich etwas dagegen unternehmen.«

Genziana schüttete ihr Herz aus, sie hatte es bitter nötig. Die Festländische unterbrach sie nicht, und am Abend saßen sie noch immer da, leise ins Gespräch vertieft, ihr Atem zu einem duftigen Hauch vereint.

»Du erinnerst mich an meine Schwester«, sagte Lalla plötzlich mit bewegtem Blick. »Sie war klug und temperamentvoll, zu viel für eine Frau.«

›Und du erinnerst mich an meine Mutter‹, dachte Genziana, atmete Lallas Duft ein und fing an sie zu lieben.

Als Gianni zurückkam, fand er die beiden mit glühenden Gesichtern und leuchtenden Augen am Küchentisch sitzen, das Herz auf der Zunge. Zwei Generationen saßen einander gegenüber, eine Mutter und eine Tochter, die sich ihre Zweifel, Hoffnungen und Wünsche offenbarten, die eine, um ihr Wissen zu teilen, die andere, um es aufzunehmen. An der Geschichte, die die Parmesanerin erzählte, war nichts neu, doch Genziana hörte sie zum ersten Mal, denn Viola hatte keine Zeit gehabt, ihr das Geheimnis voll erblühter Weiblichkeit zu verraten.

Lalla schloss ihren Mann in die Arme und streichelte ihn zärtlich. »Ist es schon so spät?«, fragte sie. Wie oft hatte Genziana ihre Mutter diese Worte abends in der Schlafzimmertür zu Roberto sagen hören. »Geh schon vor, ich komme gleich.«

Er verschwand im Nebenraum und Lalla verabschiedete sich hastig von ihrem Gast. »So ist er nun mal. Solange er essen, trinken und lieben kann, ist er glücklich. Und wieso sollte ich ihm dieses Glück verwehren?«

›Das ist alles, worum es in der Liebe geht?‹, fragte sich Genziana. Unwillkürlich musste sie an Medoro denken und die Sehnsucht durchbohrte ihr Herz.

19

Die Öldämpfe hörten auf, Genziana zuzusetzen, und wurden ein Teil von ihr: Sie durchdrangen ihr Blut, ihre Muskeln, ihre Gedanken. Das Mädchen fand seine Lebenskräfte wieder und fing an, sich wie alle anderen in der Rösterei nützlich zu machen. Sie befüllte die Kaffeedosen, half Giovanni beim Rösten und saß, wenn es nötig war, an der Kasse. Dennoch blieb sie scheu und launenhaft. An manchen Tagen war sie still, an anderen brodelte sie wie Orlando auf Hochtouren. Und hin und wieder kam es zu unschönen Wutanfällen, in denen sie mehr und mehr Viola glich, deren Zornesausbrüche den Leuten noch in lebhafter Erinnerung waren. Doch wen wunderte das? Am Ende benehmen sich die Frauen wie ihre Mütter, es ist nur eine Frage der Zeit.

Als Genziana an diesem Morgen in den Laden kam, war sie schlechter Laune, und die Angestellten unterhielten sich im Flüsterton, um ihre Verstimmung nicht zu schüren.

Sie vergrub die Hände in einem Sack, schnupperte an den Kaffeebohnen, kostete eine und ihre Miene hellte sich auf. »Riechen die nach Jasmin?«, rief sie überrascht.

»So ist es«, bestätigte ein Lehrling. »Das ist die wertvollste Sorte, die wir haben, die trinkt die Königin von England.« Er hielt ihr eine helle Bohne hin. »Probier den hier, der kommt aus Costa Rica.«

»Der ist ein bisschen herb, wie im Fass gereifter Wein. Was meinst du?«

»Keine Ahnung, für mich gibt's am Ende des Monats nur ein Päckchen Robusta.«

»Lass mich noch einen probieren.«

»Dann nimm den, der kommt aus Indonesien.«

»Der ist kräftig, kratzig, was für Männer! Er schmeckt, als wäre Pfeffer drin.«

»Iss nicht zu viele, sonst wird dir schlecht«, warnte Giovanni.

»Was redest du da? Inzwischen hab ich mich dran gewöhnt. Mir wird nicht einmal mehr schwindelig.«

Am Abend war Genziana flatterig und angespannt wie eine Geigensaite. Sie wälzte sich schlaflos im Bett herum, all ihre Organe spielten verrückt: Das Herz raste, der Atem ging hastig, als hätte sie einen Dauerlauf hinter sich, ihr Magen grummelte und ihre Beine zappelten unter den Laken, als rennte sie bergab. Sie war wie ein Vulkan, das Magma in ihr wollte explodieren. Ihr Hirn sprühte vor Ideen, die eine nach der andern emporstiegen und sich wie Perlen eines Rosenkranzes aneinanderreihten.

Was war das Geheimnis der nach ihr benannten Kaffeemischung, des größten Verkaufsschlagers ihres Vaters? Die ganze Nacht quälte sie diese Frage und ein kleines Stimmchen raunte ihr zu: »Finde es heraus!«

›Bestimmt hat es etwas mit mir zu tun, es muss schließlich einen Grund geben, wieso der Kaffee meinen Namen trägt.‹

Am nächsten Morgen war sie die Erste im Laden. Die schlaflose Nacht war ihr anzusehen: Lider und Wangen waren geschwollen, die Falten auf der Stirn tiefer.

»Von heute an will ich, dass ihr mir bei jedem Röstvorgang alles Schritt für Schritt erklärt«, verkündete sie, als die anderen eintrafen. Sie zog ein Heft hervor und fuhr fort: »Ich mache mir Notizen, irgendwann werde ich es schaffen.«

»Was denn?«, fragte Giovanni argwöhnisch.

»Geht dich nichts an.«

In den folgenden Monaten nahm Genziana Giovannis gesamten Erfahrungsschatz in sich auf. Aufmerksam beobachtete sie ihn bei der Arbeit und notierte sich jede Kleinigkeit: die Hitze, den Druck, das Gewicht, die Trichterkapazität. Ihr Geruchssinn wurde immer feiner. Nach kurzer Zeit konnte sie die an Gardenien erinnernde blumige Note von dem Zitruston unterscheiden, der den Gaumen zusammenzog wie Mandarinen an Weihnachten; das fruchtige Aroma von frisch gepflückten Kirschen vom durchdringenden Vanilleduft, der an einen mit Feigen gefüllten Weihnachtskranz denken ließ; die Süße marzipanumhüllter Datteln von der holzigen Würze eines jahrhundertealten Eichenhains. Am liebsten war ihr die Nuance von frisch gebackenem Hartweizenbrot.

Genziana lernte, auf einen Blick die schlechten Bohnen von den guten zu unterscheiden, die verwachsenen von den beschädigten, die vergorenen, sauren, faden und verbrannten zu erkennen. Sie machte sich mit ihren seltsamen Formen vertraut und erfand ihre eigenen Kategorien: Kiesel, Ohren, Hölzchen, Muscheln. Osmotisch saugten ihre Sinne eine Unmenge Wissen auf, und ihr Geruchssinn weckte ferne Erinnerungen, denn das Gedächtnis schult sich vor allem durch die Nase. Hinter ihren geschlossenen Lidern tauchten Bilder ihres über die Destillierkolben gebeugten Vaters auf, Violas gütiges Gesicht, ihr zustimmendes Nicken nach einer Tasse Kaffee, das einverständige Lächeln, mit dem sie einander ansahen. Das Schwatzen ihrer Eltern klang ihr in den Ohren, das Schnalzen ihrer Lippen und Zungen.

Das »Dornröschen auf den Kaffeesäcken«, wie Genziana bei den Angestellten hieß, schlief und träumte nicht, sondern hauchte einem Handwerk neues Leben ein, das qua Geburt und Tradition das ihre war.

Abends lief sie voller Begeisterung zu Lalla und erzählte ihr, was sie gelernt hatte. Dann saß sie bei einem Glas Wein in der von Bratenduft erfüllten Küche und schilderte jede Kleinigkeit. Manchmal wurde sie von Wehmut gepackt und erzählte mit bewegter Stimme von Viola und wie beliebt sie im Viertel gewesen war.

»Jeder fragte sie um Rat und wandte sich an sie, wenn es etwas zu entscheiden gab. Und alle begegneten ihr mit Hochachtung, so ähnlich wie dir. Mich hingegen können sie nicht ausstehen.«

»Genau wie deine Mutter mache ich mich eben nützlich, ich helfe, wo ich kann, kämpfe gegen Ungerechtigkeiten, kümmere mich um die Kinder. Und was machst du?«

»Jetzt liegt die Schuld wohl noch bei mir«, schnaubte Genziana.

»Die Schuld nicht, die Verantwortung schon. Versuch dir ein Beispiel zu nehmen. Gute Taten entstehen durch Nachahmung.«

»Ich bin so anders als du, ich könnte es dir niemals gleichtun.«

»Nicht an mir sollst du dir ein Beispiel nehmen, Herzchen, sondern an deiner Mutter.«

Genziana sperrte den Mund auf: Sie bewunderte ihre Freundin für ihr selbstbewusstes Handeln und Auftreten, doch manchmal verstand sie sie einfach nicht. »Ich hab's ja versucht, aber es ist schiefgegangen«, entgegnete sie mit zitternder Stimme.

»Viola war eine versierte Kaffeesatzleserin, aber mit Kaffee kann man so einiges anstellen. Dir gehört eine Rösterei, wieso fängst du nicht da an?«

»Aber das mache ich doch.« Seit Monaten kniete sie sich in die Arbeit, doch statt ihre Bemühungen anzuerkennen, drängte Lalla sie ständig mit dem Rücken an die Wand. »Es ist nicht so einfach, wie du denkst. Kaum mache ich etwas, sind die anderen gegen mich. Sogar Provvidenza hat sich verändert. Die guckt mich neuerdings immer so komisch an ... «

»Hast du ihr etwas getan?«

»Ach was! Sie lebt unter meinem Dach, ich gebe ihr zu essen, wir sind wie Schwestern.«

»Vielleicht ist sie neidisch.«

»Aber auf was denn? Wenn ich nicht wäre, dann ... « Genziana zog einen Flunsch. Sie begriff nicht, dass Lalla lediglich versuchte, sie in die Erwachsenenwelt einzuführen, die aus Entscheidungen und Verantwortung bestand und in der man sich nicht drücken konnte. Ihre Freundin tat, was Viola getan hätte, allerdings weniger behutsam, und ihre unverblümte Art gab Genziana das schmerzhafte Gefühl, unfähig zu sein.

»Ganz genau. Du bist die Herrin und sie die Dienerin. Du befiehlst und sie gehorcht. Doch Freundschaft ist nur auf gleicher Augenhöhe möglich und Liebe ebenso.«

»Dann muss ich also auf sie verzichten?«, fragte Genziana bang.

»Manchmal verändern sich Beziehungen plötzlich und man kann nichts dagegen tun. Freundschaften sind wie wertvolle Kristalle, sie haben Schwachstellen, von denen wir nichts ahnen, und berührt man sie zu fest, gehen sie kaputt.«

»Und was soll ich tun?«

»Denen die Hand reichen, die es nötig haben. Genau das hat deine Mutter gemacht: Sie hat geholfen.«

20

Den Winter 1947 verbrachte Genziana fast ausschließlich in der Rösterei. Die Düfte, Farben, Aromen und Geräusche erfüllten ihr Leben. Gefühle und Erinnerungen pendelten ins Gleichgewicht zurück. Bereits drei Hefte hatte sie mit Notizen gefüllt: Stolz strich sie mit der Hand darüber, fest überzeugt, dass der Analyse die Auswertung folgen würde. Ihr Vater hatte es genauso gemacht. Sie konnte sich noch gut daran erinnern, wie er abends über seine Hefte gebeugt am Küchentisch saß, Berechnungen anstellte und seine Gedanken niederschrieb.

Eines Februarmorgens federte sie energisch aus dem Bett. Ihr Körper erschauderte bei der Berührung mit der kalten Luft, doch statt wieder unter die Decken zu kriechen, sprang sie in die Kleider.

›Jetzt wird zur Tat geschritten‹, sagte sie sich und spritzte sich eisiges Wasser ins Gesicht. Sie rannte die Treppe hinunter, riss die

Tür zur Rösterei auf und steuerte zielstrebig auf den bereits seit einer Weile schnaufenden und grummelnden Orlando zu.

»Die nächste Ladung mache ich«, verkündete sie und streichelte dem Drachen über die Wangen.

»Rösten ist eine heikle Angelegenheit«, wandte Giovanni ein, »in null Komma nichts ist die Ladung verbrannt oder noch halb roh.«

Ohne zu antworten, griff Genziana nach einem Sack. Sie war so entschlossen, dass keiner zu widersprechen wagte.

Provvidenza hörte auf, Staub zu wischen, und machte Anstalten, ihr zu helfen.

»Das mache ich allein, die Verantwortung soll ganz bei mir liegen.« Es war das erste Mal, dass sie dieses Wort benutzte. Um zu zeigen, dass sie es ernst meinte, krempelte sie die Ärmel hoch und füllte die Bohnen in den Funken sprühenden Trichter.

Genziana entschied sich für Orangenholz und füllte den Kessel. Verdattert schaute Giovanni sie an. Mit wissend erhobenem Zeigefinger deklamierte sie: »Unterschiedliches Holz, je nach Kaffeequalität: Orange für die fruchtigen Noten, Olivenholz für die Moschustöne, Eiche für die würzigen Nuancen.«

Mehrmals kontrollierte Genziana den Druckmesser, den Thermostat und den Kessel. Ihre Augen waren überall, ihre Haut glänzte vom Schweiß. Zwischen den halb geöffneten Lippen blitzten die zusammengebissenen Zähne hervor. Das dampfige Haar lockte sich und legte den Nacken frei. Nach ein paar Minuten prüfte sie den Röstgrad. Sie zog das Schäufelchen hervor, schüttelte die Bohnen, schnupperte und schaute, steckte es wieder hinein und begann kurz darauf von vorn.

Ihre Nase zitterte wie die eines Spürhundes, sie atmete hastig, ein leises Girren entrang sich ihrer Kehle. Ihr Atem mischte sich mit dem des Drachens, der sich wie betört von ihr umschmeicheln, liebkosen und anspornen ließ.

Um sie herum herrschte Stille.

»Jetzt!«, rief Genziana und öffnete die Schleusen. Der Kaffee prasselte in die Pfanne, und wie ein seidiges Meer hob und senkte sich die bronzefarbene Masse in regelmäßigen Wellen unter den rotierenden Kühlschaufeln. Sie schrie vor Freude und tätschelte Orlando begeistert, der sie aus seinen gläsernen Spionen sanft anblickte.

Als der Rauch verflog, stand Genziana, von einer Duftwolke umgeben, im Raum und stellte sich den bewundernden Blicken der Angestellten. Mit vor Aufregung bebender Brust und dem leuchtenden Blick einer Verliebten stand sie da, breitbeinig, die Hände in die Taschen gestemmt, und grinste zufrieden.

»Du bist eine echte Olivares!«, rief Giovanni voller Stolz und machte sich daran, die Säcke zu füllen.

Sie schob ihn zur Seite. »Weg da! Wer anfängt, hört auch auf, so lautet die Regel.« Schnaufend füllte sie die Säcke und plombierte sie.

Mit Herzblut und Muskelkraft hatte sie sich in die Arbeit gestürzt und sich nur ab und zu mit einer nachlässigen Geste den Schweiß abgewischt. Jetzt konnte ihr Körper die Anstrengung meistern und ihr Geist wurde immer wacher. Das Erstaunlichste aber war, wie beides zusammenfloss, als säße der Verstand in ihren unermüdlich schuftenden Armen. Genziana hatte wie eine Frau gehandelt, hatte auf grimmige Verausgabung Pausen kritischer Begutachtung folgen lassen, bereit, wieder von vorn zu beginnen, sollte das Ergebnis zu wünschen übrig lassen.

Mehrere Tage lang ließ Genziana nicht von Orlando ab und bewies ihr Talent als Rösterin. Selbst ihre schärfsten Kritiker mussten sich der Tatsache beugen: »Rösten kann sie wie ein Mann. Wenn auch kein Vergleich mit ihrem Vater.«

Dieses »Wenn auch« dämpfte ihre Freude. Sie musste um jeden Preis hinter das Geheimnis des Kaffees kommen, der ihren Namen trug, koste es, was es wolle. Also überließ sie abermals Giovanni die Kontrolle über Orlando und stürzte sich in die Suche.

Wie ein Pascha machte Giovanni es sich in seiner alten Rolle bequem und kehrte schon bald wieder zu den alten Gewohnheiten zurück. Doch etwas in ihm hatte sich verändert. Er trug stets ein sauberes Hemd, hielt das Haar gestutzt und die Wangen glattrasiert. Und wenn er fluchte, entschuldigte er sich sofort.

Auch die Angestellten waren wie ausgewechselt: reinlich, wohlriechend, makellos und fleckenfrei gekleidet, zurückhaltend, dezent und wohlerzogen. Der Grund für diesen Wandel war die Gegenwart zweier Frauen.

Irgendwann begann Giovanni, Provvidenza in Augenschein zu nehmen. Sie war ebenfalls groß geworden: Dünn und lang, mit hervorspringenden Brüsten und breiten Hüften, die sie wie eine Amphore aussehen ließen. ›Natürlich reicht sie nicht an Viola heran‹, dachte er, ›aber eine Frau ist sie allemal, und am Ende ist eine so gut wie die andere.‹ Allmählich kam er in die Jahre und die Einsamkeit lastete schwer auf ihm.

Provvidenza erwiderte seine Blicke und begann ihrerseits, ihn unter die Lupe zu nehmen: die runden Augen, die vom Dampf geglätteten Wangen, der Schweiß, der ihm in silbrigen Bächen von den Achseln über die behaarten Arme rann, die Stirnfalten unter dem geknoteten Taschentuch. Während dieser eingehenden Betrachtungen verfiel sie zuweilen in eine Art Trance. Wie ein Schwachsinniger, der in den Wirren seines Geistes nach Funken von Klarheit hascht, trat sie schwankend von einem Bein auf das andere. Verschwommene Erinnerungen blitzten auf, gesichtslose Schemen, vertraute, nach Hefe duftende Empfindungen. Provvidenza sperrte sich nicht dagegen, und wenn sie verschwanden, versuchte sie, ihnen bis in die nebelhaften Tiefen der Vergangenheit zu folgen.

»Was geht dir durch dein hohles Köpfchen?«, fragte Giovanni eines Morgens.

Provvidenza fuhr aus ihrem Tagtraum, der sich wie ein schreckhafter Igel in einem Winkel ihres Bewusstseins zusammenrollte, und lächelte ihn breit und schiefzahnig an.

Er griff sie am Arm und zog sie unter Orlandos Kinn. »Koste mal.«

Stolz hielt er ihr ein paar frisch geröstete Bohnen hin. Versonnen betrachtete Provvidenza seine Hände, als lägen wertvolle Juwelen darin. Sie öffnete den Mund und ließ sich von ihm eine Bohne füttern.

»Au, ist die heiß!«, schrie Provvidenza und blies durch die halb geöffneten Lippen. Dann zerbiss sie die Bohne mit den Schneidezähnen und die splittgroßen Krumen rutschten unter ihre Zunge. Ein Holzaroma stieg vom Gaumen in die Nase, ein lieblicher Geschmack breitete sich aus, ein Wohlgefühl durchdrang ihren Körper und ein dankbarer Ausdruck trat auf ihr Gesicht.

In Giovannis Brust schwelte eine Sehnsucht nach Glück. Er nahm sich gern dieses jungen Mädchens an, das, genau wie er, keine Erinnerungen an seine Familie hatte und die Freuden der Liebe nicht kannte. Eine Welle der Zuneigung erfasste ihn und er fuhr ihr mit den Fingern über die Lider. »Mach die Augen zu.«

Provvidenza gehorchte, sie vertraute ihm. Giovanni steckte ihr ein paar Bonbons zwischen die Lippen. Sie begann zu kauen. Der Zucker knirschte zwischen ihren Zähnen und der scharfe Zimtgeruch stach in der Kehle. Der Geschmack war ihr vertraut und sie meinte, etwas zu erinnern.

Plötzlich riss sie die Augen auf, blickte ins Leere und fing mit einem winzigen Stimmchen an zu reden, als wäre sie erst sechs Jahre alt: »Meine Mutter saß in der Haustür und kämmte mir die Locken, die Sonne schien blass … Ich hatte ganz viele Knoten, der feine Kamm tat mir weh, aber sie ließ nicht locker, sie konnte ganz schön zupacken. Ich weinte, und sie lächelte und küsste mich auf den Scheitel. ›Komm schon, hör auf zu jammern, so kann ich dich nicht lassen, du siehst aus wie eine Zigeunerin.‹ Ihre Stimme zitterte, es war, als wollte sie weinen, auch wenn sie lachte, man wusste nicht, ob sie froh oder traurig war ... Sie strich mir das Kleid glatt: ›Wie hübsch du bist!‹ Sie nahm mich unter ihren Schal und ich schlief an ihrer Brust ein ... Das Haus war blendend hell. ›Sag der Principessa guten Tag!‹ Sie kniff mich in den Arm. ›Der Königstochter?‹, fragte ich. ›Es war einmal ein Ki-Ka-König, der hatte eine Ti-Ta-Tochter ...‹«

In dem Moment kam Genziana herein. Giovanni legte den Finger an die Lippen und bedeutete ihr zu schweigen.

Provvidenza ließ die Vergangenheit Revue passieren. Mit leerem Blick blätterte sie durch die Seiten ihrer Erinnerungen. Giovanni füllte die Lücken. Seine Worte waren wie ein magischer Kleber. Die Mosaiksteinchen setzten sich zu einem kostbaren Bild zusammen, das Provvidenzas Leben zeigte.

»Die Principessa hat dir Zimt- und Karobbonbons geschenkt, die haben dir so gut geschmeckt. Und sie hat dir zu essen gegeben, ständig hattest du einen leeren Magen.«

Sie sprachen im Wechsel, hin und wieder geriet Provvidenzas kindliche Stimme, von der Wucht der Emotionen überwältigt, ins Stocken, und Giovannis Bariton schaltete sich ein.

»Es ist heiß, ich hab Hunger ... Mama, die Kekse ... Sie streichelt mich. Wir haben nichts im Haus ... ›Komm, ich bring dich zur Principessa.‹ In einer Minute sind wir da. Es schlägt Mittag. Wir kommen aus dem Vicolo Brugnò, die Sonne blendet mich und ich reibe mir die Augen. ›Beeil dich, die Principessa isst bald zu Mittag!‹ Sie nimmt meine Hand, ihre Finger sind rau und schwielig. Dann *uuuuuuh*, die Sirene.« In Provvidenzas Augen stand Panik, eine Träne rann ihr übers Gesicht.

»Der Schutzkeller bei der Kathedrale ... Los, die Treppe runter!«, versuchte Giovanni sie zum Weiterreden zu bringen.

»Nein, ich will da nicht runter! Es stinkt nach Mäusen, es ist dunkel, ich hab Angst ... ›Beeil dich, sei ein liebes Mädchen!‹ Nein, ich will nicht. Ich reiße mich von ihr los. Die Menschen stürzen die Treppe hinunter, sie schreien. Ich will da nicht runter, die Kathedrale ist besser, es ist Sonntag, es ist Messe, ich renne die Stufen hinauf. ›Halt, Provvidenza, draußen fallen Bomben, draußen wartet der Tod ...!‹«

21

»Herzchen, ich hab eine Idee. Ich hab erfahren, dass die Bank von Sizilien zinsfreie Darlehen vergibt. Und deshalb ...«

»Darlehen? Was bedeutet das?«, fiel Genziana ihr ins Wort.

»Siehst du, die Schule wäre doch zu etwas gut gewesen. Dann wüsstest du jetzt, wovon ich rede.«

Genziana wurde rot und sah zu Boden.

»Na gut, es hat keinen Zweck, es dir lang und breit zu erklären. Willst du die Rösterei auf Vordermann bringen?«

»Und ob ich das will, aber mit welchem Geld?«

»Genau das ist der Punkt. Du kriegst das Geld von der Bank und zahlst es von dem, was du verdienst, nach und nach zurück. Morgen kommst du mit und dann regeln wir alles ...«

Genziana gelang es, die Wäscherin von nebenan zu überreden, ihr ihren Laden zu verkaufen. Die beiden Mädchen entrümpelten die Ladenlokale. Unter den Dingen, die sich im Lauf der Jahre angesammelt hatten, kam die Kiste mit den Destillierkolben und Robertos Habseligkeiten zum Vorschein.

»Wenn alles fertig ist, stellen wir die Sachen wieder auf den Tisch meines Vaters«, verkündete Genziana.

Die Mitarbeiter rissen die Wände ein und weißten sie, der Fußboden wurde gewienert, der Tresen mit einer schönen Marmorplatte versehen und die alten Behälter durch neue Dosen ersetzt. Ringsherum gab es Regale aus Olivenholz und Glasborde.

Hinter die Kasse neben dem Eingang ließ Genziana zwei Basreliefs aus Edelholz hängen, gefertigt vom berühmtesten Kunsttischler der Stadt. Sie zeigten den Erntezyklus des Kaffees. Auf dem ersten waren Männer mit muskulösem Oberkörper zu sehen, die säten, hackten und mit ausladenden Gesten kleine Pflänzchen setzten. Das zweite stellte fröhliche Kinder und dralle Frauen bei der Ernte der reifen Kaffeekirschen dar.

Vier große Lampen und ein stattlicher Ventilator wurden aufgehängt. Die Röstdämpfe verschwanden in einem Aluminiumrohr, das wie eine abschussbereite Rakete an der Hausfassade emporragte. Es war das von Genziana gesetzte Zeichen des Fortschritts. Eine duftende Wolke lag nun über der Via Discesa dei Giudici. An manchen Tagen wehte die Brise sie über die Dächer, an anderen drückte sie der Schirokko wie Nebel in die Straßen.

Mit dem letzten Geld einer noch nicht eingelösten Finanzierung beschloss Genziana, ihren Mitarbeitern neue Uniformen nähen zu lassen.

»Wieso lässt du das nicht Alivuzza machen?«, schlug Lalla vor.

Die Schneiderin saß über den Tisch gebeugt und schnitt Hosen aus einem großen Stück Stoff.

»Guten Tag«, grüßte Genziana.

»Ihnen auch einen guten Tag«, erwiderte Alivuzza den Gruß, ohne von ihrer Arbeit aufzusehen.

»Wir müssen mit dir reden.«

»Zu Befehl.«

»Kein Befehl, Alivuzza, allenfalls eine bescheidene Bitte.«

Die Schneiderin antwortete nicht und blickte abwartend auf.

»Wie geht es dir?«, fragte Genziana.

»Wollen Sie über meine Gesundheit reden? Wie es mir geht, hat noch nie jemanden interessiert.«

Genziana wandte sich zum Gehen, doch Lalla hielt sie zurück. »Du musst ihr die Hand reichen«, raunte sie.

»Ich freue mich, dass du wieder in deinem Atelier arbeiten kannst«, brachte Genziana mit glühenden Wangen heraus. »Ich würde gern über etwas Geschäftliches mit dir reden.«

»Dann lass uns reden.«

»Am Tag des heiligen Benedikt will ich ein Fest geben, um den neuen Laden einzuweihen, und ich würde mich freuen, wenn du die Uniformen für die Angestellten nähst. Ich weiß schon, du nähst hauptsächlich Hochzeitskleider ...«

»Ach was«, fiel Alivuzza ihr ins Wort. »Mit Brautkleidern ist Schluss, die jungen Dinger haben zu viele Extrawünsche. Jetzt nähe ich nur noch Arbeitskittel, den Arbeitern ist alles recht. Und Säuglingskleidung, denn Babys können sich nicht beschweren, allenfalls weinen.«

»Umso besser«, schaltete sich Lalla ein. »Dann schreib dir die Maße auf und gebt euch die Hand.«

Alivuzza warf ihr einen finsteren Blick zu. Als Gefangene ihrer Einsamkeit war sie die Einzige, die Genziana ihre gnadenlosen Prophezeiungen noch nicht verziehen hatte.

»Und, was ist?«, drängte Lalla.

Die Schneiderin hatte nicht den Mut, die Festländische vor den Kopf zu stoßen, die ihr geholfen hatte, ihr Atelier wiederaufzubauen.

Der Frieden schien besiegelt.

»Natürlich bist du zu dem Fest eingeladen«, sagte Genziana noch, ehe sie ging.

Am Tag des heiligen Benedikt wurde der neue Laden eingeweiht. Das ganze Viertel hatte sich in der Via Discesa dei Giudici versammelt: Zù Minico mit seinen fünf Enkeltöchtern und der abermals schwangeren Tochter; Mimmina am Arm ihres Mannes, einem Carabiniere mit stattlichem Schnurrbart, der dem ihren Konkurrenz machte; die rothaarige Fanni mit einem imposanten, flammenden Dutt auf dem Kopf; Giovanni in einem weißen, von Provvidenza mit besonderer Sorgfalt gebügeltem Hemd; Ruggero mit einer Schar lärmender Freunde.

Der Priester bespritzte den Tresen, die Kasse, Orlando und die Kaffeedosen mit Weihwasser. Der Fotograf hatte einiges zu tun, sie alle in Pose zu bringen. In der Mitte stand Genziana mit einem sinnlichen Flunsch; links und rechts von ihr befanden sich Provvidenza mit einer hübschen neuen Schürze aus schwerer Baumwolle, aus der ihre behaarten Arme hervorschauten, und der breit lächelnde, verschmitzt dreinblickende Giovanni. Daneben reihten sich die Mitarbeiter in den neuen Uniformen: lange weiße Hemden mit einem freundlich lächelnden kleinen Mohr auf der linken Brust. In einer Ecke stand mit abwesender Miene Ruggero, die Hände in einer Kaffeedose vergraben.

Alivuzza hatte sich nicht blicken lassen. »Sie haben meine Uniformen, das soll reichen«, hatte sie durch Schwester Gesa ausrichten lassen. »Und alles Gute!«

Auf dem neuen Tresen standen schwere, eckige Gläser voller Kekse und gerösteter Kichererbsen neben vollen Kaffeetassen. Zufrieden füllten sich die Menschen Hände und Bäuche. Alles, einfach alles war köstlich ... bis auf den Kaffee. Den probierten sie, dann blickten sie sich verstohlen um und spuckten ihn heimlich aufs Straßenpflaster.

22

Inzwischen kannte Genziana sämtliche Legenden und Ursprünge des Kaffees, seine Röstung barg keine Geheimnisse mehr. Doch was den überwältigenden Geschmack betraf, von dem die alten Kunden schwärmten, kam sie keinen Schritt voran.

An diesem Morgen war sie bei Sonnenaufgang in die Rösterei hinuntergegangen, die warme Spätfrühlingssonne machte die Arbeit besonders beschwerlich. Müde steckte sie den Kopf in einen Sack Arabica-Kaffee aus Guatemala und verharrte in dieser unbequemen Position, um tief einzuatmen und sich von seinem herrlichen Aroma trösten zu lassen.

»Diese Bohnen verheißen wahre Wunder«, seufzte sie.

So fand Lalla sie vor.

»Was tust du da, Herzchen?«, fragte sie und umfasste Genzianas Taille.

»Schau mal, wie groß die sind. Und sie sind alle gleich, einfach perfekt. Das war Mamas Lieblingsbohne.« Mit der verzückten Miene eines Menschen, der etwas für immer verloren Geglaubtes wiedergefunden hat, ließ Genziana die Bohnen durch die Finger rieseln.

»Diese Rösterei lässt mich in der Zeit zurückreisen, weißt du. Ich kann mich nicht nur an alles erinnern, ich höre manchmal sogar ihre Stimmen. Die Eindrücke sind so stark, dass ich das Gefühl habe, meine Familie ist noch immer da.«

»Also verbringst du deine Tage damit, Dingen nachzutrauern, die nicht mehr da sind?«

»Was soll ich deiner Meinung nach sonst tun?«

Lalla schüttelte den Kopf. »Hast du einen Freund?«, fragte sie rundheraus.

»Nein.«

»Und warum nicht? Stimmt an dir irgendetwas nicht? Lass mich dich anschauen!« Lachend lupfte sie Genzianas Rock.

Das Mädchen riss sich los. Scherzhaft griff Lalla nach ihrem Busen, doch Genziana war nicht zu Scherzen aufgelegt und stieß sie unwirsch zurück. »Lass das!«

»Nein, scheint alles in Ordnung zu sein. Dann hat jemand dein Herz gestohlen. Wer ist es?«

»Ach, hör auf.« Genziana steckte den Kopf wieder in den Sack.

Lalla nahm sie bei den Schulten, drehte sie zu sich herum und blickte ihr in die Augen: Sie waren feucht und verträumt. »Treffer!«, rief sie. »Jetzt musst du mir alles erzählen.«

Genziana musste sich dringend das Herz erleichtern, denn dieses Geheimnis war zu einem Geschwür geworden, das ihre Lebenslust auffraß. Sie ließ sich noch einmal bitten und erzählte ihr schließlich von Medoro.

»Jetzt weißt du alles über mich.«

Lalla lächelte. »Mein Herzchen, die Welt ist voller junger Kerle, du musst dich nur umsehen.«

»Aber ich will *ihn*!«

»Schau mal, mit ihm ist es wie mit einem Artikel aus dem Warenhauskatalog: Er gefällt dir, du willst ihn haben – aber er ist ausverkauft ... Also vergiss ihn! Die Liebe soll uns gesund und glücklich machen, du hingegen scheinst krank zu sein.«

Genziana schüttelte den Kopf wie ein bockiges Kind. »Ich liebe ihn, seit ich ein kleines Mädchen war, ich will ihn.«

»Hör mal, Herzchen, du könntest so viele hübsche Kerle kennenlernen ... Gehst du denn manchmal tanzen?«

»Nein.«

»Schlecht! Und außerdem ist es bei dir zu Hause zu still. Wieso machst du nie das Radio an? Ein kleines Liedchen hier und da kann helfen. Da geht es um Liebe, um Mädchen, die unglücklich sind wie du und dann ihr Lachen wiederfinden. Da kannst du mitsingen und was lernen.«

Genziana wurde schwach, nach so vielen Monaten quälte Medoros Abwesenheit sie noch immer.

»Herzchen, am Sonntag gibt's ein Fest und du kommst mit. Ich will dich mit hohen Absätzen sehen, wie eine richtige Frau. Glaub mir, wir werden uns amüsieren!«

»Aber auf hohen Absätzen kann ich nicht laufen«, wandte Genziana ein.

»Hier, zieh meine Schuhe an! Ich zeig dir, wie's geht.«

Beklommen schlüpfte Genziana in die schwarzen Pumps. Solche Schuhe hatte sie noch nie besessen. Wie hoch und dünn die Absätze waren und wie schmal die Schuhspitzen! Der erste Schritt war wackelig und sie musste die Arme ausbreiten, um das Gleichgewicht zu halten.

»Schau nach vorn«, befahl Lalla. »Und jetzt kneif die Pobacken zusammen und spüre, wo du bist.«

Genzianas angespannte Hinterbacken hoben sich unter dem Rock und ihr Profil gewann eine neue Rundung, die ihr Halt und Sicherheit gab.

»Setz einen Fuß vor den anderen, Brust raus und durchatmen!«

Genziana reckte die Brust, ließ die Schultern sinken und machte sich darauf gefasst, die Welt von oben zu betrachten.

»Beweg dich, als müsstest du die Luft durchschneiden.«

Sie hob einen Fuß und der andere schwankte: Es erschien ihr unmöglich, dass ihr ganzes Gewicht auf fünf kleinen Zehen lastete. Ihre Fesseln streiften sich, der erste Schritt war geschafft. Sie tat den zweiten, dann den nächsten und durchschnitt den Raum wie ein Messer die Butter.

»Wo bist du?«, fragte Lalla.

»Na hier, was ist das denn für eine Frage?«, lachte Genziana, hielt sich mit schlaksigen Bewegungen an Lallas Rücken fest, knickte um und verlor fast den Halt.

»Siehst du, was passiert? Auf Absätzen darfst du dich nicht ablenken lassen, genau wie im Leben. Du musst immer wissen, wo du bist, dieses Bewusstsein hilft dir, dein Gleichgewicht und die richtige Richtung zu finden. Also, wo bist du?«

Genziana stellte die Füße fest auf den Boden, spürte in ihren Körper hinein, reckte die Schultern und stellte sich vor, mit dem Kopf den Himmel zu berühren. Ihr war, als hinge sie an einem Faden. Sie zog daran und hatte das Gefühl, gewachsen zu sein.

Als Erstes suchte sie sich in ihren Zehen: Der große Zeh war gerade und angespannt, die anderen waren halb gebogen. Sie arbeitete sich von unten hinauf, festigte die schmalen Fesseln, die schlanken Waden, die kräftigen Schenkel, den eingezogenen Bauch, den gleichmäßigen Atem, das gereckte Kinn, den ins Unendliche gerichteten Blick.

»Gut, und jetzt geh«, wies Lalla sie an.

Genziana tat ein paar Schritte, den Kopf erhoben. Sie blieb stehen, machte eine Drehung, die Arme dicht am Körper. Sie schien sich ihrer Schönheit sicher zu sein. Genziana war nicht mehr dornig wie eine Rose und auch nicht zart wie eine Mohnblume, sondern stolz und kraftvoll. Die kobaltblaue Blütenkrone war fest und voll und wartete darauf, sich dem Sonnenlicht zu öffnen. Die hohen Absätze mochten ihr Gleichgewicht gefährden, doch war das ihrer Haltung nicht anzusehen. Schließlich war sie ein Enzian mit festen, fleischigen Wurzeln, von denen sie bisher nur den bitteren Geschmack kannte, ohne um ihre heilende Wirkung zu wissen.

Versuch ein bisschen weniger intelligent zu wirken«, rät mir Lalla.

»Du musst geheimnisvoll sein«, sagt Giovanni.

»Du brauchst ein schönes Kleid«, meint Provvidenza.

»Du solltest lieber beten«, schlägt Ruggero vor.

Beten ist das Einzige, was ich nicht tue: Ich bin schön, heiße Olivares und habe eine Rösterei … Ich werde schon einen Verehrer finden.

Das Kleid kaufe ich bei Lattarini. Weder rot noch weiß, sondern goldgelb: Das lässt meine Haut leuchten wie gerösteten Kaffee. Modell Ricordo, aus weichem Acetat, das wie Seide schimmert. Der raffinierte Faltenwurf bringt meine straffen, runden Brüste zur Geltung, der asymmetrische Schnitt lässt meine linke Schulter frei. An der Taille ist es eng, genau zweiundfünfzig Zentimeter, und bauscht sich anmutig über den Hüften. Der Rock ist weit und schwingend, denn das braucht es beim Tanzen.

Die Schuhe schenkt mir Lalla zusammen mit ihrem Ratschlag. Sie sind vorn offen, haben Fesselriemchen und machen mich lang wie ein Schilfrohr.

»Trag sie ein, bevor du zum Fest gehst, Herzchen. Nicht dass du mir auf die Tanzfläche purzelst!«

Ich übe in der Küche.

»Walzer«, ruft Provvidenza und klatscht den Takt: »Eins-zwei-drei, eins-zwei-drei … «

Giovanni pfeift scherzhaft durch die Zähne und ruft: »Tango!«

Ich grätsche das rechte Bein, fahre mit dem Fuß sanft über den Boden, ziehe das linke nach, spreize es ab, dann wieder das rechte. »Eins, zwei, drei, vier … fünf, sechs, sieben, acht … « Zum Schluss lehne ich mich weit zurück, die Arme vor der Brust.

Lachend lasse ich mich auf einen Stuhl fallen und streiche mein Kleid zurecht. »Einen Wermut, bitte.« Ich tue so, als ob ich trinke, schlucke bedächtig, flattere mit den Lidern, fahre mir durchs Haar, das mir offen über die Schultern fällt. Den ganzen Nachmittag habe ich damit zugebracht, es mit dem Brenneisen in ordentliche Wellen zu legen.

»Und, was meinst du? Bin ich geheimnisvoll genug?«, frage ich Giovanni.

»Na ja … Pass auf, wir versuchen es mit einer Unterhaltung. Tu so, als wäre ich dein Verehrer.«

»Und was machen Sie?«, frage ich ins Blaue hinein.

»Ich bin Anwalt.« Giovanni kratzt sich am Kopf. »Oder hättest du lieber einen Ingenieur? Oder einen Apotheker?«

Ich weiß, was ich gern hätte … Meine Gedanken wandern zu Medoro, aber ich bin wild entschlossen, mir das Fest nicht verderben zu lassen.

»Einen Arzt.«

»Ich bin Arzt. Und Sie, was sind Sie? Stickerin?«

»Aber nicht doch! Ich bin Rösterin«, antworte ich mit rollendem R und lege eine besondere Betonung in dieses mir so bedeutungsvoll erscheinende Wort.

»Dummchen«, sagt er. »Du darfst doch nichts von dir preisgeben. Geh-heim-nis – das *wollen die Männer.«*

»Aber was soll das denn heißen, geheimnisvoll sein*?«, rufe ich ungeduldig.*

»Versuch's mal mit einer Zigarette.«

Er hält mir eine hin. Ich greife danach, stecke sie mir in den Mund und blase in den Filter, doch nichts passiert.

»Du bist wirklich dusselig. Sieh her, so geht das: Du musst sie zwischen Zeige- und Mittelfinger nehmen, mit dem Daumen halten sie nur Kerle. Dann steckst du sie zwischen die Lippen, ohne draufzubeißen. So, und jetzt zieh dran und atme ein.«

Ich muss husten und mir wird schwindelig.

»Beim ersten Mal geht es allen so, daran gewöhnst du dich, das ist wie beim Kaffee.«

Ehe ich aufbreche, lege ich noch Puder und einen schönen dunkelrosa Lippenstift auf. Rot ist nur was für Flittchen.

»Wie sehe ich aus?« Mit ist so bang, dass ich am liebsten dableiben würde.

»Wunderschön!«, rufen alle im Chor.

»Warte«, sagt Provvidenza, als ich gerade losgehen will. Sie holt ein schwarzes, zähes Zeug aus der Tasche, das aussieht wie Schuhcreme. »Schau zum Fenster und halt still.« Sie spuckt auf eine Zahnbürste, steckt sie in die schwarze Schmiere und fährt mir damit über die Wimpern. »Das ist Schuhwichse und macht einen geheimnisvollen Blick. Jetzt siehst du wirklich aus wie eine Schauspielerin.«

Wir lachen, sind unbeschwert und fühlen uns glücklich. Meine Schuhe stecke ich in die Taschen, denn das Pflaster ist nicht für Absätze gemacht. Jetzt habe ich alles. Für den einfältigen Eindruck wird meine Befangenheit schon sorgen.

23

Der Palazzo Pantelleria gehörte zu den wenigen Gebäuden, die nach dem Bombenangriff stehengeblieben waren. Die blassrosa Fassade hatte mehr Risse als das Gesicht der alten Pförtnerin Falten, das Gesims war abgefressen wie ein trockener Brotkanten, die Dachziegel waren mit den Möwen davongesegelt.

Im Innenhof stand eine riesige Großblättrige Feige, deren Luftwurzeln sich bis zum zweiten Stock emporhangelten. Die staubigen Blätter ragten in alle Richtungen.

Alles wirkte verwaist und verfallen. Genziana warf einen letzten Blick auf ihr Spiegelbild in der Glastür: Die Farbe Gelb stand ihr. Sie prüfte, ob die Riemchen ihrer Schuhe richtig geschlossen waren, dann schritt sie hoch erhobenen Hauptes und mit starr geradeaus gerichtetem Blick die Treppe empor. Sie fühlte sich stolz und kam sich vor wie eine Prinzessin. Und irgendwie war sie es ja auch, schließlich hatte man ihre Mutter so genannt.

Die fröhliche Musik hallte durch den riesigen, freskenbemalten Saal, manche Schallplatten kamen direkt aus Übersee. Der farbige Fußboden ächzte unter den wilden Schritten der Tänzer. Die Leute schwitzten in ihren eleganten Kleidern, es war heiß, doch die Fensterläden blieben geschlossen, weil man fürchtete, sie könnten auf die Straße stürzen.

»Den ersten Tanz machst du mit Gianni, um das Eis zu brechen. Aber dann will ich meinen Mann wiederhaben, ich bin sehr eifersüchtig!« Lalla schubste sie ihm sanft entgegen.

Es war ein süßer, wehmütiger Walzer und Genziana wurde starr wie ein Stock.

»Es ist ganz leicht«, rief Gianni und kreiselte mit ihr an den Wänden entlang. Er bewegte sich leichtfüßig, sein schlohweißes Haar leuchtete wie eine Schaumkrone aus dem Meer aus dunklen Köpfen und sein Griff war fest. Genziana starrte auf ihre Füße und zählte mit: »Eins-zwei-drei, eins-zwei-drei ...«

»Was tust du denn da? Das hier ist doch keine Militärparade!«

Sie wurde rot.

»Denk an nichts. Überlass mir deine Beine und behalt dein Herz.«

Genziana hob das Kinn, atmete tief durch, blickte in die Ferne und bewegte sich widerstandslos. Mehrmals umrundeten sie den Saal, drehten sich gegen den Uhrzeigersinn, und als Gianni spürte, dass sie sich mehr und mehr seiner Führung hingab, begleitete er sie auf ihren Platz zurück.

»Jetzt hast du begriffen, wie es geht, und ich kann zu Lalla zurückkehren.« Der Name seiner Frau zauberte ein Funkeln in seine türkisblauen Augen.

Auch junge Männer waren dort, sogar hübsche, in weiten Hosen mit hohem Bund, weißen, schweißnassen Hemden und pomadig zurückgestriegelten Haaren. Plötzlich bildeten die Tänzer einen Kreis, klatschten in die Hände und schnippten mit den Fingern.

Gianni und Lalla standen in der Mitte, ihre Arme, Beine und Blicke in einem Tanz zu *Chattanooga Choo Choo* verschlungen. Sie wich zurück, er holte sie ein, perfekt im Takt und ohne einen Fehltritt. Dann kehrten sich die Rollen um, es war ein fröhliches, neckisches Spiel. Lalla hatte sich sogar die Schuhe ausgezogen: Auf hohen Absätzen zu springen ist nicht ohne. Genziana war sprachlos. Wie gern wäre sie auch so ausgelassen, so unbekümmert gewesen. Dann endete die Musik. Lalla ließ sich keuchend und lachend auf einen Stuhl fallen und griff sich ein Glas Marsala.

»Darf ich?«

Genziana blickte auf, ein großer, kräftiger Mann hielt ihr auffordernd die Hand hin. Sie schüttelte den Kopf; sich in die Hände eines Unbekannten zu begeben und sich wie ein Brummkreisel herumwirbeln zu lassen war etwas ganz anderes, als mit einem Freund zu tanzen.

Lalla funkelte sie an. »Tanz!«, zischte sie ihr zu.

Genziana erhob sich zögernd und folgte dem Fremden zur Tanzfläche. Er umfasste ihre Taille, dann standen sie da und warteten auf die Musik. Genziana war dermaßen konzentriert und befangen, dass sie, ohne es zu merken, die Luft anhielt.

»Du wirst noch ersticken«, bemerkte der Fremde belustigt.

»Ich kann nicht besonders gut tanzen«, stammelte sie.

»Keine Sorge, es ist ganz leicht. Man muss sich nur ein wenig gehenlassen.«

Langsam hob die Musik an und Genziana blieb nichts anderes übrig, als zu improvisieren. Zu den Noten von *Besame mucho* führte er sie mit festem Griff; zu *Signorinella pallida* ließ er sich zu ein paar Komplimenten hinreißen; bei *Amado mio* konnte er sich nicht mehr zügeln und zog sie fest an sich. Genziana wurde stocksteif und stemmte ihm die Arme gegen die Brust. Schließlich wusste sie noch nicht einmal, wie der Kerl heiß.

In den Armen ihres Mannes kreiselte Lalla um sie herum. »Es ist nur ein Tanz«, raunte sie Genziana zu.

Also umfasste sie die Schultern ihres Tanzpartners, legte ihre Finger auf sein Hemd, tat einen schüchternen Hüpfer und schloss die Augen. Im funkelnden Licht der Scheinwerfer entfalteten sich ihre blauen Flügel, schickten kobaltblaue Blitze in alle Richtungen, begannen anmutig zu zittern und machten sich bereit zum

Flug. Die Musik wurde schneller und verwandelte sich in rasenden Galopp. Zu den Noten von Glenn Miller ließ ihr Kavalier sie los. »So ist es noch einfacher«, rief er begeistert. »Bei diesem Tanz gibt es keine Schritte, du springst einfach herum.«

Genziana nahm ihren Mut zusammen und wiegte vorsichtig die Hüften, er fasste ihre Hände und fing an zu hüpfen wie ein Gummiball. Sie folgte seinem Beispiel, bis sie den gleichen Rhythmus gefunden hatten und im Gleichtakt sprangen. Mit einer gewagten Geste riss er sie an sich. Ihr Rücken klebte an seinem Oberkörper, doch ehe sie sich über sein schweißnasses Hemd und den rasenden Herzschlag in seiner Brust wundern konnte, schleuderte er sie wie einen Brummkreisel von sich und zog sie sogleich mit vielsagender Miene wieder zu sich heran. Genziana war ganz außer Atem, sie amüsierte sich prächtig. Dann brach die Musik ab, schnörkellos und ohne Nachklang. *Bumm,* ein trockener Trommelschlag, Genziana klappte ihre Flügel zusammen, um sie vor den anderen zu verbergen, und der Saal war nur noch vom vielstimmigen, heißen Keuchen der Tanzenden erfüllt.

»Ich heiße Aurelio Foddicchio«, sagte ihr Tänzer und begleitete sie an ihren Platz zurück.

»Genziana Olivares.«

»Was für ein wunderschöner Name.«

»In meiner Familie haben alle Frauen Blumennamen. Meine Mutter hieß Viola, meine Schwester Mimosa und meine Großmutter Ortensia.«

Nach und nach lernten sie sich kennen.

»Ich bin Arzt, Psychiater … Ich kuriere Verrückte, vorausgesetzt, sie lassen sich kurieren.« Er lachte.

Genziana wurde steif. Verrückte zu behandeln kam ihr unschicklich vor. Doch er war Arzt, genau das hatte sie sich gewünscht. Zudem war dies nicht der passende Moment, um wählerisch zu sein, also schmunzelte sie über seinen Scherz.

»Mir gehört die Rösterei in der Via Discesa dei Giudici«, entgegnete sie.

»Bei dir bekommt man bestimmt köstlichen Kaffee.«

Genziana lächelte stolz.

Sie tanzten oft und unterhielten sich in den Pausen. Ihr mal langer, mal kurzer Atem wurde eins mit den Worten und der Musik. Als es Zeit war, sich zu verabschieden, streifte er Genzianas Lippen mit einem Kuss. Ein heißer Schauder lief ihr über den schweißnassen Rücken und ihr Unterleib zog sich begehrlich zusammen.

Erregt vom Tanz, der neuen Bekanntschaft und der Flut von Eindrücken, machte sie sich auf den Heimweg. Unterwegs redete sie in einem fort auf ihre Freunde ein und hielt sie mit zahllosen Ausreden zurück.

Gianni blieb geduldig, dieses grünschnabelige Mädchen war fast wie eine Tochter für ihn, doch irgendwann zupfte er seine Frau am Ärmel.

»Moment, noch eine letzte Sache …«

Mit leuchtenden Augen flüsterte Genziana Lalla etwas ins Ohr und wurde rot.

»Du hast's wohl eilig, Herzchen?«, spöttelte die Festländische.

»Ach was! Ich hab nur keine Erfahrung.«

»Wieso zerbrichst du dir dauernd den Kopf? Genieß den Augenblick und geh schlafen, es ist nämlich spät.«

Sie verabschiedeten sich, und es war klar, dass der Abend für Lalla und Gianni noch nicht zu Ende war.

Am nächsten Morgen stand ihr Tanzpartner im Laden.

»Wie wär's mit einem kleinen Kaffee?«, fragte Genziana und lud Foddicchio nach oben in die Wohnung ein.

Bereitwillig folgte er ihr.

»Wir empfangen in der Küche«, sagte sie entschuldigend, »eine alte Angewohnheit aus den Zeiten meiner Mutter.«

»Wie traulich.« Er ergriff ihre Hand.

Sie zog sie weg. ›Wie aufdringlich‹, dachte sie. ›Aber vielleicht muss das so sein.‹

Die Kaffeedose war leer.

»Sieh an, die Frau des Schusters hat kaputte Schuhe«, sie kicherte verlegen und vergrub die Hände in den Taschen, aus Angst, er könnte wieder danach greifen. Ihre Taschen waren voller Kaffeebohnen. Ein Hoch auf die alte Angewohnheit, sie vom Boden aufzulesen! Sie füllte die Kaffeemühle. ›Was das wohl für eine Brühe wird‹, dachte sie bang. Normalerweise mischte sie die Bohnen nie.

Wruimmm, wruimmm, das altgewohnte Geräusch hallte durch die Wohnung und ein vertrauter Duft erfüllte die Luft.

Die angespannten Muskeln unter Genzianas glatter Haut wölbten sich. Die Brust in der leichten, tief ausgeschnittenen Bluse bebte. Hin und wieder warf sie Foddicchio einen flatternden Blick zu. Er gab ihr das Gefühl, schön zu sein, und sie verhielt sich dementsprechend.

Genziana bewegte sich andächtig und sah ihrem Gast tief in die Augen. Ihre dunklen Wimpern warfen zarte Schatten auf die Wangen, zwischen den halb geöffneten Lippen blitzten die weißen Zähne hervor. Mit hypnotischer Geschmeidigkeit bewegte sie sich zwischen Tisch und Herd. Der begehrliche Blick eines Mannes hatte genügt, um eine instinktive Sinnlichkeit in ihr zu wecken und aus dem arglosen Mädchen eine berückende Verführerin zu machen. Es dauerte eine Weile, bis der Kaffee in der Kanne brodelte, und die ganze Zeit über saß Foddicchio schweigend da und betrachtete sie. Genziana empfand diese schmeichelnden, erregenden Blicke wie ein Geschenk. Ihr junger Körper hatte es bitter nötig. Doch sie achtete tunlichst darauf, ihm nicht zu nahe zu kommen. Schließlich servierte sie ihm einen starken schwarzen, nach Jasmin und Orangen duftenden Kaffee.

Allein der Geruch brachte Foddicchio ins Schwärmen. Vorsichtig nippte er daran und stürzte den Kaffee dann in einem Zug hinunter. Ein sirupartiger, matt säuerlicher Schmelz erfüllte seinen Mund. Leicht salzig in der Zungenmitte, süß auf der Spitze, bitter in der Kehle. Er bat um einen zweiten.

Unterdessen hatte Genziana die Atemprobe gemacht: lang, tief, kurz, schnell, flach; doch selbst wenn sie die Luft anhielt, konnte sie ihren Atem nicht mit seinem in Einklang bringen.

›Aber was spielt das schon für eine Rolle?‹, dachte sie. ›Zu Mamas Zeiten mag diese Sache mit dem Atem noch funktioniert haben, doch die Zeiten ändern sich nun einmal.‹

Wie sehnte sie sich danach, sich zu verlieben und Medoro zu vergessen! Also fand sie zahllose Gründe, sich ihre Bedenken schönzureden, und beschloss, sich auf diesen Mann mit den anzüglichen Augen einzulassen.

»Bei der Arbeit warten sie schon auf mich, aber so ein Kaffee ist einen zweiten Besuch wert«, sagte Foddicchio und verabschiedete sich mit einem albernen Handkuss.

Kaum war er aus der Tür, fing Genziana an zu singen, dann schaltete sie das Radio ein: Wie schön ihr Leben plötzlich war.

24

Nach jahrelanger Passion harrte man eines Ostern der Auferstehung. Die Konditoren hatten lange im Voraus mit ihren Vorbereitungen begonnen, und bereits in den ersten Märztagen waren die Schaufenster und Verkaufstresen mit Lämmern aus Marzipan gefüllt. Wie sie sich da aneinanderreihten, mit den kleinen Metallglöckchen an den winzigen silbernen Halsbändern, stimmte allein ihr Anblick fröhlich.

Eines Morgens tauchte Ruggero in der Rösterei auf und starrte verzückt auf die Herde auf dem Tresen. Die weißen, zarten Schäfchen hatten den Unschuldsblick von Neugeborenen. Ruggero lächelte scheinbar versonnen, wie in Vorfreude auf das süße Marzipan. Plötzlich schnellten seine Hände zu den Schafsköpfen und trennten ihnen mit der Präzision eines Chirurgen sämtliche Ohren ab. Dann rannte er hinaus und setzte seine Operation in den Konditoreien des Viertels fort.

Abends kamen die Händler in die Via Discesa dei Giudici und verlangten von Giovanni eine Entschädigung. Wütend stürmte er in Ruggeros Zimmer. Ruggero war gerade dabei, ein verheddertes Wollknäuel zu entwirren, ordentlich aufzuwickeln und zu den bunten Knäuelhaufen zu legen, die sich zwischen den Möbeln stapelten, kleine bunte Dünen, die er nachts erschuf.

»Begreifst du nicht, dass ich durch dich eine Menge Geld verloren habe?«, brüllte Giovanni.

»Geld ist der Teufel«, entgegnete Ruggero. Abermals waren seine großen Augen von apokalyptischen Visionen getrübt.

Nach Ruggeros Lämmergemetzel beschloss Genziana, Fodicchio um Hilfe zu bitten, und suchte ihn in seiner Praxis auf.

»Ich muss ihn einweisen: Er ist nicht gesund, also ist er

krank«, konstatierte Foddicchio und schob die Stifte auf seinem Schreibtisch zurecht.

Genziana glaubte, er mache einen Scherz, und bat ihn, sie nicht auf den Arm zu nehmen.

»Aber das ist kein Witz, ich bringe ihn in die Klinik und wir probieren es mit einer neuen Behandlungsmethode.«

Genziana wurde ganz flau. Ihren Bruder einsperren zu lassen wäre ein zu schwerer Schritt. Foddicchio kam näher, als wollte er ihr gut zureden. Benommen ließ sie sich von ihm in die Arme schließen. Doch als sie sich losmachen wollte, küsste er sie. Fodicchios dicke, raue Zunge schob sich zwischen ihre Zähne und fuhrwerkte in ihrem Mund herum. Übelkeit stieg in ihr auf. Er ignorierte ihren panischen Blick, ihre starren Arme, die sich gegen ihn stemmten, ihre Lippen, die sie vergeblich aufeinanderzupressen versuchte. Erst als er genug hatte, ließ er von ihr ab.

Genziana erbrach sich auf seine Jacke und stellte fest, dass die Liebe eine Empfindung ist, die im Bauch entsteht und im Herzen wurzelt. Also verbannte sie Aurelio Foddicchio aus ihrem Leben und rannte nach Hause.

›Wenn die Frauen die Lungen der Welt sind, werde ich doch wohl genug Luft für meinen Bruder haben‹, sagte sie sich auf dem Weg und beschloss mit neuer Entschiedenheit, Ruggero in Providenzas Obhut zu geben.

»Kümmere dich um ihn«, bat sie.

Provvidenza freute sich: Sie mochte diesen freundlichen jungen Mann. Genziana mahnte die Angestellten der Rösterei, ihn nicht mehr aus den Augen zu lassen, und machte sich hastig auf den Weg zu Lalla, um sich ihren Zuspruch zu holen.

Wie immer war sie auf ihrer Seite.

Ich lasse all meine Unsicherheit in Foddicchios Praxis zurück und gehe als neuer Mensch davon. Ruggero lächelt, nicht nur mit den Lippen, sondern von Herzen. Sein wehrloser Ausdruck bestärkt mich in der Überzeugung, das Richtige getan zu haben. Meine Drangsal hat sich gelohnt: Ich bin schöner, mein Blick ist wacher, tiefer, sehender geworden.

Die anderen haben die Veränderung bemerkt, sie spüren meine Stärke und verhalten sich dementsprechend. Giovanni hört mir respektvoll zu, erkundigt sich nach den Einkäufen, wartet jeden Morgen, bis ich in den Laden komme, um die Angestellten anzuweisen. Providenza ist wankelmütig. Mal sieht sie mich neidvoll an, dann wieder zornig, doch hat das nichts mit mir zu tun, allenfalls mit ihrer lückenhaften Erinnerung, die sie noch immer umtreibt. Nur Ruggero gegenüber ist sie langmütig. Sie rechtfertigt seine Schwächen, akzeptiert seine Maßlosigkeiten, erträgt seine Fehler. Hier zeigt sich, wie abwegig, unberechenbar und vielfältig die Liebe ist, und bei Ruggero entfaltet sich ihre heilende Wirkung.

Langsam kommt er wieder zu sich. Die düsteren Schatten, die seine Albträume bevölkern, sind zwar nicht verschwunden, doch Provvidenzas liebevolle Nähe beschwichtigt und beruhigt ihn. Es waren nicht meine Mutter oder Medoro, die ihn bei Sinnen gehalten haben, sondern deren Liebe, das begreife ich jetzt.

Die Liebe ist der Schlüssel zur Welt, der Motor des Lebens.

Meine Mutter hat es mir vorgelebt, und von heute an wird sich die

Liebe unter meinem Dach wieder frei bewegen können. Es brauchte den vermessenen Foddicchio, um mir die Augen zu öffnen. Ich habe ihn nicht mehr wiedergesehen, was allerdings kein Zufall ist. Ehe ich an jenem Tag davongerannt bin, habe ich ihm ins Gesicht geschrien: »Wehe, du lässt dich im Laden blicken, dann gebe ich dich Orlando zum Fraß und mache ein Kilo Robusta aus dir!«

Noch immer spüre ich seine schleimige Zunge. Seine weißen, teigigen Hände sind der schlagende Beweis, dass ein Mann ohne Schwielen ein Mann ohne Seele ist.

Seit einiger Zeit habe ich aufgehört, auf die Dachterrasse zu gehen, ich bin lieber im Laden. Besser, man steht mit beiden Beinen auf der Erde, der Himmel gehört den Vögeln. Ich habe mich verändert, werde nicht mehr laut, suche nach behutsameren Worten. Und dennoch wiegt mein leichter Ton schwer.

Auch mein Kaffee ist besser geworden, heiß wie ein verliebter Mann, mit intensivem Geschmack und komplexem Aroma, das der Vielfalt des Lebens entspricht. Doch er muss noch voller werden: sinnlich, süß, stark, genau wie die Liebe. Deshalb setze ich meine Recherche fort.

Die Wehmut zieht mich zum Koffer meines Vaters.

Darin zu wühlen gleicht einer Schatzsuche. Ganz oben stoße ich auf die Destillierkolben, eingewickelt in raues Packpapier. Behutsam wickele ich sie aus und prüfe, ob sie intakt sind. Ich staube sie ab und stelle sie an den Platz, an dem sie sich befanden, ehe der Krieg kam und mein Leben auf den Kopf gestellt hat.

Zwischen Zeitungspapier liegt die Uhr, mit der mein Vater die Röstzeiten maß.

Dann sind da eine Schachtel Streichhölzer, ein paar heruntergebrannte Kerzen, mehrere Quittungen, zahllose Rechnungen, ein paar Liebesbriefe. Schreibfedern, eine verrostete Röstpfanne, ein Taschentuch von meiner Mutter, das ihren Geruch verloren hat.

Ganz unten liegt ein schwarzes Heft: »Notizen« steht darauf.

Mit dem Finger zeichne ich die runden Lettern nach. Ich sehe meinen Vater vor mir und meine sogar, sein pfeffriges Parfüm zu riechen.

Ich blättere durch die Seiten. Auf der ersten steht ein Datum: »13. 05. 1926«.

25

Nach Ladenschluss schickte Genziana ihre Mitarbeiter nach Hause und schob Giovanni aus der Tür. »Ich hab zu tun«, sagte sie ohne weitere Erklärungen. Sie setzte sich ins väterliche Büro und fing an zu lesen. Ihr Herz wurde weich: Diese Seiten schilderten ihr Familienleben, sie erzählten Gedanken, Hoffnungen, Wünsche und Ideen. Sie hielt einen Finger als Lesezeichen ins Buch, schnäuzte sich und wischte die Tränen fort. Die Erinnerungen an die letzten Jahre mit ihrer Familie erfüllten sie mit süßer Sehnsucht. Sie weinte, empfand jedoch keinen Schmerz, allenfalls eine zehrende Wehmut, wohl wissend, dass alle in ihren Erinnerungen lebendig blieben und sie zu der machten, die sie war.

... Ein Mysterium! Faszinierend, anziehend, betörend und sich zudem ständig steigernd. Was wäre ich ohne Viola? Ein alter Tunichtgut, der niemals eine Frau wirklich besessen hat.

Mehrmals las Genziana diesen Absatz, weil sie fürchtete, ihn nicht richtig verstanden zu haben. Doch dann war sie sich sicher, dass ... ja, ihr Vater sprach von der Weiblichkeit. Sie hatte ihn stets für einen einfachen Kaffeehändler gehalten und konnte nicht glauben, wie empfindsam er gewesen war.

Schon lange habe ich versucht, dem Rätsel, das sich in einem Frauenkörper verbirgt, auf die Spur zu kommen. Ich habe ihn gekostet, genos-

sen, manchmal verschlungen, ohne seine Bedeutung jemals wirklich zu erfassen. Wie rasend glitten meine Hände über Brüste und Haut, doch erst Viola hat mir erlaubt, das Wesen der Frau zu begreifen und das verschlungene Fadennetz zu erahnen, das ihren Körper durchspinnt und an einem zentralen Punkt zusammenläuft, der sich pulsierend zusammenzieht und entspannt, um Gedanken, Gesten, Seufzer zurückzuhalten oder hindurchzulassen. Ich streichle ihren kleinen Knoten …

Genziana wurde rot, sie ahnte, wovon ihr Vater sprach.

Es sind die Frauen, die die Welt zu einem besseren Ort machen. Wenn diese Schwachköpfe, die jeden Morgen in meinem Laden aufkreuzen, nur wüssten, was sie verpassen …

Genziana erinnerte sich an die endlosen Schwafeleien, die ihren Vater gedemütigt und ihre Mutter wütend gemacht hatten.

Frauen sind weich und einladend, zerbrechlich und sinnlich und auf eine ganz besondere Weise stark, wie der Wal in Moby Dick*. »In jedem auf achtunggebietende Weise schönen Ding hat Kraft viel mit der Magie zu tun.«*

Das Buch von Melville! Genziana erinnerte sich, es auf dem Nachttisch ihres Vaters gesehen zu haben, und nahm sich vor, es zu lesen. Sie sah den Buchdeckel noch genau vor sich: Ein feuerroter Himmel über einem düsteren, stürmischen Meer und zwischen den Sturzwellen ein grimmig dreinblickender weißer Wal.

Im Gegensatz zu ihrer Mutter besitzt Genziana ein wildes, ungestümes, ruheloses Wesen, das wusste ich, kaum dass ich sie in den Armen hielt.

Genziana las noch aufmerksamer. Deshalb begann das Heft am Tag ihrer Geburt! Sie rief sich ihren Vater ins Gedächtnis; sie hatte sich so sehr an die Erinnerungen an Viola geklammert, dass das Bild ihres Vaters fast vollständig verblasst war. >Was für ein Jammer, dass er tot ist, wer weiß, was ich alles von ihm hätte lernen können. Und ich habe immer geglaubt, Mama wäre der Mittelpunkt der Familie gewesen.<

Sie las weiter.

Wenn es stimmt, dass Vielfalt bereichert, verstehe ich nicht, weshalb so viele Röster nur eine Kaffeesorte verwenden. Die Brasilianer in Ehren, sie bauen Arabica an, und natürlich will niemand unnötiges Geld ausgeben, um bei anderen Bauern zu kaufen, aber was kümmert's mich? Ich bekomme den Kaffee auch nicht geschenkt … Wer verbietet mir also, Arabica und Robusta zu mischen? Erstens spare ich damit, denn Robusta kostet weniger, und zweitens wage ich etwas Neues. Wetten, am Ende kommt dabei sogar noch besserer Kaffee heraus?

Das war also das Geheimnis, eine Mischung aus zwei völlig unterschiedlichen Bestandteilen. Das erklärte, weshalb der erste Kaffee, den sie Foddicchio gemacht hatte, so gut geworden war: Sie hatte verschiedene Bohnen verwendet.

Trotzdem begriff Genziana nicht, weshalb der Kaffee ihren Namen trug. Neugierig blätterte sie um.

… Ich habe versucht, Genzianas Wesen in dem Kaffee zu bannen, der ihren Namen trägt. In ihr vereinen sich männliche Laster und Tugenden – Mut, Kraft, Vorwitz, Überheblichkeit – mit weiblichen: Sinnlichkeit, Zähigkeit, Anpassungsfähigkeit, Eigensinn, Entschlossenheit. Sie ist vielschichtiger als ihre Mutter, nuancenreicher als ihre Geschwister und das lebende Beispiel dafür, was für wunderbare Resultate die Vermischung meines Blutes mit dem Violas zeitigt.

Genziana hat mein Glück vollkommen gemacht. Ihr Duft, ihre dunkle Haut, ihr kraftvolles Weinen … alles an ihr ist Süße, wie besonders edler Arabica, und Biss, wie bester Robusta. Ich musste die beiden Bohnen nur mischen, um den Kaffee zu erschaffen, der ihren Namen trägt.

»Ich wusste, es hatte etwas mit mir zu tun!«, rief Genziana triumphierend. Sie war so aufgeregt, dass sie das auf der folgenden Seite notierte Rezept sofort ausprobieren wollte. Obgleich es tiefe Nacht war, heizte sie den Kessel an und warf sämtliches Holz hinein, um möglichst schnell auf Druck und Temperatur zu kommen. Fieberhaft machte sie sich ans Rösten. Genziana befüllte den Trichter, und als die Luft in der Rösterei glühte, öffnete sie die Schleusen und ließ den Kaffee hineinströmen, der wie ein unterirdischer Fluss in den Eingeweiden des Drachen verschwand. Gebannt starrte sie in seine asymmetrischen, schillernden Augen, während der Dampf leise zischend aus den Stutzen drang. Schwitzend brachte sie Orlando auf Hochtouren. Ihr biegsamer Körper bebte mit dem seinen im Gleichklang, als wären sie ein geübtes Liebespaar. Ein lustvolles Hochgefühl wallte in ihr empor. Sie spürte es in den Eingeweiden, als der richtige Moment gekommen war. ›Jetzt!‹, dachte sie und öffnete die Schütte: Eine bronzefarbene Kaskade stürzte in die Pfanne, die Kühlschaufeln begannen sich zu drehen und die Ventilatoren schluckten den Rauch.

Es war noch stockfinster, als der Kaffeeduft durch das Viertel zog, und viele wachten auf und wunderten sich, dass es noch gar nicht hell war. Andere meinten zu träumen.

Dann streifte Genziana die Handschuhe über und griff in die Bohnen: Sie waren dunkel und seidig glänzend wie ihre Haut. Sie schloss die Augen und prüfte ihr Aroma, Orange und Jasmin, der Duft ihrer Heimat. Sie mahlte die noch warmen Bohnen, füllte die Kaffeekanne und wartete geduldig.

Als die Sonne aufging, schenkte sie sich eine Tasse des Kaffees ein, der ihren Namen trug, und verließ die Rösterei. Sie ging zur Kirche Santa Caterina und setzte sich auf die Treppe, um im hellen Morgenlicht ihren Kaffee zu genießen.

Mit beiden Händen führte sie die Tasse an die Nase, der Duft war voll, edel, intensiv. Sie trank den ersten Schluck, das Jasminaroma erfüllte ihren Gaumen und die Bilder jenes fernen Junimorgens stürzten auf sie ein, an dem ihre Mutter ihr zum ersten Mal erlaubt hatte, Kaffee zu trinken. Ihr Magen zog sich zusammen und eine heftige Sehnsucht durchfuhr ihre Brust: In all den Jahren hatte nichts sie ihre Mutter, ihre Familie, ihre eigene Kindheit so sehr vermissen lassen wie dieser wiederentdeckte Geschmack. Reglos saß sie da, die Ellbogen auf die Knie gestützt, die Tasse in den Händen, und starrte vor sich hin.

Als sie wieder zu sich kam, lief sie aufgeregt zu Lalla, sie musste mit jemandem reden. Die beiden setzten sich in die Küche und Genziana holte eine Handvoll Kaffeebohnen aus der Tasche und ließ Lalla kosten. Während sie gemeinsam den erlesenen Kaffee genossen, schilderte Genziana haarklein, was sich in der Nacht zugetragen hatte. Ihre Freundin hörte aufmerksam zu.

»Meine Mutter hat es mir gesagt«, schloss sie.

»Was denn?«

»Für dein Glück werden die Frauen sorgen, für deine Sicherheit der Kaffee.«

»Irre ich mich, oder fehlt noch etwas, damit die Prophezeiung wahr wird?«, sagte Lalla schmunzelnd.

Tagelang schnupperte Genziana an den gerösteten Bohnen und hielt sie so lange in den Händen, bis ihre Handflächen von ihrem Duft durchdrungen waren. Nach ihrer Entdeckung beschworen die verschiedenen Aromen alte Erinnerungen, neue Empfindungen und ungeahnte Gefühle herauf. Sie nahm das gleichmäßige

Pochen ihres eigenen Herzens wahr, und wenn sie sich in ihren Gedanken verzettelte, besann sie sich auf ihren Atem und fand wieder zu sich. In ihr brodelte es vor fruchtbarer Energie. Sie stellte verschiedenste Überlegungen und Versuche an, um die Genziana-Mischung zu vervollkommnen. Ein heimlicher Ehrgeiz trieb sie an: Eine neue Mischung zu kreieren, die noch besser war als die des Vaters und Aromen und Gerüche eines neuen Lebens barg, das nur ihr gehörte. Sie beschloss, dass Orlando nach jedem Röstvorgang und nicht, wie bisher üblich, nur am Ende des Tages gereinigt werden musste, und wies ihre Mitarbeiter an, ihn nach jeder Trichterfüllung zu putzen und trockenzuwischen.

»Seht ihr diese verkohlten schwarzen Reste, die in der Pfanne kleben? Wenn die nicht entfernt werden, schmoren sie weiter und lassen den Kaffee bitter werden.«

Die Angestellten blickten sie entgeistert an.

Genziana machte eine Probe mit zwei afrikanischen, entfernt medizinisch schmeckenden Robusta-Sorten. Sie verlas die Bohnen per Hand und sortierte die schlechten aus. Dann trieb sie die Temperatur noch höher und versuchte es mit einer extremen Röstung. Der Duft der neuen Kreation war holzig und würzig, der Kaffee stark und erdig wie das mineralreiche Schlackwasser aus Goldminen. Er schmeckte nach Schokolade und geröstetem Brot: Beim ersten Schluck zog sich der Gaumen zusammen, doch dann blieb eine angenehme, wohlige Bitterkeit zurück.

›Eine eindeutig männliche Mischung‹, stellte Genziana fest.

Sie mischte Arabica und Robusta in unterschiedlichen Verhältnissen. Um die Samtigkeit herauszukitzeln, drosselte sie Orlandos Temperatur und röstete behutsam die kleinen, blassen Bohnen. Die neue Schöpfung trug ein leichtes, feines Aroma. Die ersten Tropfen waren bitter, abgelöst von einer alten, lang ersehnten Süße, die vom Mund direkt ins Herz lief. Dieser Kaffee erinnerte an einen abflauenden Sturm, der einen Duft nach Veilchen und Maiglöckchen zurücklässt, und besaß eine kraftvolle Sanftheit, die man sonst nur von Frauen kennt.

An manchen Tagen war Genziana zufrieden, an anderen wusste sie nicht weiter. Die Mischung des Vaters war Ausdruck einer noch unreifen Weiblichkeit gewesen, und nun war es an ihr, ein stimmiges Verhältnis von Arabica und Robusta zu finden, in der das Wesen der erwachsenen Frau voll zur Geltung kam.

›Und wenn es das ist, was Mama mir mit ihrer Prophezeiung sagen wollte?‹

Sie versuchte, mit Lalla darüber zu reden, doch die war anderer Meinung. »Ich glaube, mit dem Glück durch die Frauen ist etwas anderes gemeint.«

Seit einiger Zeit focht Lalla einen Kampf gegen den vom Landwirtschaftsministerium eingeführten sogenannten Serpieri-Koeffizienten, der besagte, dass Frauen bei gleicher Arbeitszeit mehr als vierzig Prozent weniger Lohn erhielten als Männer.

»Ich glaube, Viola dachte an etwas anderes.«

»Und an was?«, fragte Genziana ungeduldig.

»Hilf anderen Frauen. Sie hat mit ihrem Kaffeesatz geholfen, du kannst es mit der Rösterei.«

26

Die Entdeckung der Mischung änderte den Arbeitsrhythmus: Die Rösterei öffnete frühmorgens und schloss spätabends. Die Kunden waren in Scharen zurückgekehrt und die Mitarbeiter kamen kaum hinterher.

Genziana freute sich darüber, doch allmählich machte sich die

Anstrengung bemerkbar. Ein schöner Apriltag dämmerte herauf, aber sie war bereits abgekämpft und verschwitzt, weil sie eine Sonderbestellung hatte rösten müssen. Sie reckte sich und ging vor die Tür, um sich die Beine zu vertreten. Oben an der Straße setzte sie sich auf die Stufen des Klosters, schloss die Augen und atmete tief ein. Als sie die Lider hob, sah sie Alivuzza aus der Martorana kommen. Sie rief nach ihr und winkte sie zu sich. Auf ihren streichholzdürren Beinchen wackelte die Näherin heran.

»Bist du noch immer zornig auf mich?«, fragte Genziana.

»Nicht doch.« Alivuzza verzog die Lippen zu einem bitteren Lächeln, in ihren Augen stand ein tiefer, tränenloser Schmerz.

»Was machst du um diese Uhrzeit hier?«

Alivuzza antwortete nicht sofort und fuhr sich mehrmals mit der Zunge über die dunklen Lippen, zwei schmale, runzelige Striche.

»Hast du dich etwa bekehrt?«, witzelte Genziana.

»Erinnern Sie sich, als Sie mir das letzte Mal aus dem Kaffeesatz gelesen haben?«, entgegnete Alivuzza brüsk.

Die Frage klang wie ein Vorwurf, und Genziana wurde rot und stammelte eine Entschuldigung: In jener Zeit war sie wirklich unausstehlich gewesen.

»Sie hatten recht«, seufzte die Schneiderin und schien zum Reden aufgelegt.

Genziana, die nicht begriff, worauf sie anspielte, stand auf, reckte die Brust und blickte ihr fest in die Augen, die zwei Gipsgruben glichen. »Alivuzza, ich habe mich verändert. Ich weiß, dass du sauer auf mich bist, weil ich manchmal hässlich zu dir war …«

»Nicht doch, da sind Sie auf dem Holzweg.«

Die Schneiderin hockte sich auf eine Stufe. Ihr Atem war vor Kummer und Schmerzen schwer. Genziana empfand Mitleid für diese alt geborene junge Frau. Sie rückte neben sie und nahm ihre

Hand. Alivuzza schlug die Gefahr, ihr wertvolles Geheimnis einer Frau anzuvertrauen, die in der Vergangenheit nichts für sie übriggehabt hatte, in den Wind und schüttete Genziana ihr Herz aus.

»Sie haben es mir gesagt: ›Was mit dem Ami ist, weiß ich nicht, aber hier sehe ich ein kleines Mädchen‹, und jetzt habe ich eine Tochter, sie lebt bei den Nonnen ...«

»Zagara!«, rief Genziana.

»Pssst, niemand weiß davon!«

»Und wieso gehst du zur Martorana, wenn die Kleine im Santa-Caterina-Kloster ist?«

»Die Nonnen bringen sie jeden Morgen in den Chor hinter der Orgel und von der Luke im Turm aus kann ich sie sehen. Nur ein einziges Mal habe ich sie in den Armen gehalten ... dieser Duft!« Zwei erdige Tränen rannen aus ihren Augen.

»Arme Alivuzza. Aber wieso holst du sie nicht zu dir? Geld hast du genug, du kannst für sie sorgen.«

»Und was sollen die Leute sagen?«

»Was kümmert's dich? Die Leute zerreißen sich sowieso über alles das Maul. Kannst du denn nachts schlafen?«

»Nein, immer muss ich an das rote Köpfchen denken und würde am liebsten sterben.«

»Nimm sie zu dir, was soll schon passieren?«

»Ich würde vor Scham sterben.«

»Dann stirbst du so oder so, aber wenigstens hättest du die Kleine und wärst nicht mehr allein. Hör auf mich, geh und hol sie! Egal, was ist, ich werde dir helfen. Meine Mutter hat niemanden im Stich gelassen und jetzt bin ich an ihrer Stelle.«

Kurzentschlossen nahm Genziana Alivuzza beim Arm, zog sie vor die Naschluke in die Via degli Schioppettieri und klopfte laut.

»Wer da?«, rief die Pförtnerin.

»Genziana Olivares.«

»Was wollen Sie?«

»Machen Sie auf, ich muss mit euch reden.«

»Hier ist Klausur, ohne die Genehmigung des Bischofs geht hier niemand rein oder raus.«

»Dann legt mir die Kleine in die Luke.«

»Welche Kleine?«

»Die kleine Zagara, die ihr versteckt. Euer lebendes Püppchen.«

»Sie sind verrückt!«

»Entweder ihr gebt mir die Kleine, oder ich sage alles dem Bischof.«

»Na, na, na, Don Mariano war da und ...«

»Die Kleine ist von Alivuzza.«

Die Schneiderin wurde feuerrot, doch kaum waren diese Worte ausgesprochen, kam es ihr plötzlich sinnlos vor, sich länger zu schämen, und sie verspürte nur das brennende Verlangen, ihre Tochter wieder in den Armen zu halten. Die beiden Frauen fingen an, gegen die Tür zu treten.

»Die Kleine gehört mir, ich will sie wiederhaben. Gebt sie mir, oder ich hole sie mir mit Gewalt!«, schrie Alivuzza.

Düster wummerten die Tritte durch die Straße.

»Rosa, Rosuccia, Rosella, Rosalia, Blume meines Lebens: Von wegen Orangenblüte, sie heißt Rosuccia, ich hab sie geboren und will sie wiederhaben!«

Der Lärm lockte die Leute aus den Häusern, und da die Nonnen Dreck am Stecken hatten – sie hätten die Kleine ins Waisenhaus geben müssen, statt sie bei sich zu behalten –, hörte man plötzlich ein Quietschen, das Tablett setzte sich in Bewegung, und in der dunklen Luke leuchtete ein kleiner karottenroter Lockenschopf mit einem runden, sommersprossigen Gesichtchen auf. Die türkisblauen Augen stammten vom Amerikaner, die Ähnlichkeit ließ keinerlei Zweifel. Dann kam der kleine, dralle schneeweiße Körper zum Vorschein, der in der Klausur noch nie einen Strahl Sonne gesehen hatte. Alivuzza war, als hätte sie die Kleine noch einmal zur Welt gebracht. Sie brach auf dem schmutzigen Straßenpflaster zusammen und weinte erst sandige, dann milchige, dann immer klarere Tränen. Endlich erlaubte sie sich den Luxus, zu atmen, füllte ihre Lungen und ward ebenfalls neu geboren.

»Komm mit in die Rösterei«, forderte Genziana sie auf.

»Nein, ich will die Kleine gleich nach Hause bringen, jetzt ist alles gut.«

Alivuzza kehrte mit ihrer Tochter heim und ein paar Tage lang redete das ganze Viertel über nichts anderes. Dann geriet die Sache in Vergessenheit und die Güte siegte über das Vorurteil, zumal Zagaredda – oder Rosuccia – ein wahres Goldstück war.

›In dieser Stadt ist die Liebe noch nicht ganz erloschen, und genau da muss man ansetzen‹, sagte sich Genziana, die seit langem nicht mehr so guter Dinge gewesen war.

Anfang April war es bereits sehr warm. Die Sonne ließ den Nektar aus den Blüten triefen, deren schwerer Duft die Luft erfüllte. Der Frühling in Palermo gleicht einer ruhelosen Frau, der das fröhliche kleine Mädchen namens Sommer folgt.

Die Wahlen standen vor der Tür, die ersten seit zwanzig Jahren!

Die Parmesanerin hatte sich in den Wahlkampf gestürzt und Genziana ging ihr hin und wieder zur Hand.

»Hast du jetzt begriffen, was deine Mutter sagen wollte?«, fragte Lalla und rollte einen Stoß Plakate zusammen. Violas Prophezeiung war noch immer nicht restlos geklärt.

»Ich habe verstanden, dass ich einen eigenen Weg finden muss, um dem Viertel eine Stütze zu sein.«

»Aber, Herzchen, das mit den Frauen ist doch sonnenklar. Stell sie in der Rösterei ein, zahl ihnen ein ordentliches Gehalt, und schon hast du eine ganze Schar von Freundinnen, die dir zur Seite stehen.«

»Unterstützung könnten wir allerdings gebrauchen, die neue Mischung hat uns ziemlich ins Hintertreffen gebracht! Giovanni wird alt, er kann sich nicht mehr ständig um Orlando kümmern, und Provvidenza hat mit Ruggero zu tun …«

»Worauf wartest du dann noch?«

Also stattete Alivuzza auch die weiblichen Angestellten mit Schürzen aus, doch diesmal ließ sie sich nicht bezahlen. Es war ihre Art, sich bei Genziana für ihr Glück zu revanchieren.

Jede Mitarbeiterin wurde von Genziana eingewiesen. Den Feinfühligsten unter ihnen brachte sie das Rösten bei.

»Regeln sind dazu da, um gebrochen zu werden«, wiederholte sie nachdrücklich. »Vertraut eurem Instinkt, dann kann nichts schiefgehen. Ob eine Röstung gelingt, liegt nicht an Orlando, sondern an der Beziehung, die ihr zu ihm aufbaut. Ihr meint, er sei aus Eisen? Weit gefehlt, er hat ein Herz, das schlägt wie eures.«

Mit großen Augen und gebannten Mienen hörten die Mädchen ihr zu. Sie konnte nicht fassen, dass jemand an ihre Fähigkeiten glaubte. Sie dankten Genzianas Wertschätzung mit Arbeitseifer und Hingabe. Das Ergebnis war eine bunte Vielfalt an Mischungen: kräftige, milde, mehr oder weniger aromatische, süße, herbe und säuerliche.

Glückliche Zeiten standen bevor.

27

Im Mai ist Palermo zum Sterben schön und pulsiert vor Leben. Hinter halb geschlossenen Fensterläden, in dämmrigen Zimmern, im Schutz wehender Gardinen, zwischen rauen Leinenlaken und in den nach Feigen und Tomaten duftenden Straßen pochen die Herzen und der Atem wird weit. Die Kathedrale hebt sich strahlend vom klaren Himmel ab und an den Quattro Canti halten die Heiligen ihre Hände in die süße Morgenluft: Die heilige Cristina und die heilige Ninfa, die für den Frühling und den Sommer stehen, übernehmen das Ruder, während Herbst und Winter in Gestalt der heiligen Oliva und Agata zurücktreten. Die Sonne trocknet Fäulnis und Schmerz. Seufzer und Melodien durchklingen die nächtlichen Straßen.

Genziana war ruhelos. Zum ersten Mal wurde ihr bewusst, dass die Distanz, die sie von ihren Leidenschaften trennte, veränderliche Grenzen hatte. Bisher hatten die Treppen hinunter in den Laden ihren Horizont markiert, doch an jenem Morgen wurde ihr die Rösterei eng. Sie hatte genug von der Dunkelheit und den Kaffeedämpfen, bestimmt würde ihr ein Spaziergang guttun, und ohne jemandem etwas zu sagen, öffnete sie die Tür und schlüpfte hinaus.

Die Sonne schien ihr ins Gesicht, sie folgte ihren warmen Strahlen, bog rechts in die Via Roma ein, überquerten Corso Vittorio Emanuele und erreichte die Discesa Caracciolo: Dort begann der große Markt Vucciria.

Das Licht blendete sie, schützend legte sie die Hand an die Stirn und atmete die von Düften gesättigte Luft. Sie blieb stehen und zog eine kleine Lebensbilanz. Tapfer hatte sie die Klausur des Krieges überstanden, den schmerzlichen Verlust ihrer Familie allein bewältigt, unter den unbarmherzigen Blicken der Mütterchen des Viertels ihr Gleichgewicht wiedergefunden, Medoros Fortgang wacker ertragen. Jetzt spürte sie, wie das Leben nach ihr rief, und sie sehnte sich danach, zu vergessen und sich dem sinnlichen Feuer der Jugend hinzugeben.

Instinktiv schlugen ihre Beine die richtige Richtung ein und führten sie zum Markt, wo sie, umgeben von allen nur erdenklichen Köstlichkeiten, ihren Hunger nach Glück stillen konnte.

Mit vor Erwartungen berstendem Herzen schritt sie die Treppe hinunter.

Die gierigen Blicke der Männer krochen unter ihren Rocksaum und zwischen die Blusenknöpfe. Sie berührten ihren Körper wie eine fordernde Zärtlichkeit, die sie unversehens genoss. Sie setzte ein unschuldiges Lächeln auf, sah ihnen in die Augen und wiegte sich in den Hüften. Einige ließen von ihr ab, als hätte sie ihren Hunger gestillt, andere riefen: »Signorina, Signorina«, und versuchten, ihr einen Gruß oder eine einladende Geste zu entlocken.

Genziana fühlte sich von den plumpen, an Scintiniune erinnernden Aufmerksamkeiten beinahe geschmeichelt. Er hatte ihr zum ersten Mal ihre Weiblichkeit offenbart, doch inzwischen brauchte sie dazu niemanden mehr: Sie wusste sehr wohl, dass sie eine Frau war.

Sie beschleunigte ihren Schritt, ihre Absätze fanden auf dem unebenen Pflaster kaum Halt, was ihrem Gang eine sinnliche Zögerlichkeit verlieh. Eine Salve von Pfiffen begleitete sie die Stufen hinunter.

Die Straße war rutschig von dem Blut der Tiere, die seit dem Morgengrauen zerlegt wurden, und vom unaufhörlich von den marmornen Markttischen triefenden Wasser. Genziana geriet ins Stolpern und breitete Halt suchend die Arme aus. Ein Metzger mit rot verschmierter Schürze eilte ihr zu Hilfe. »Das Pflaster der Vucciria wird nie trocken«, sagte er mit kehliger Stimme.

Genziana ekelte sich nicht vor den Flecken, die wie Blumen

auf dem abgewetzten Schürzenstoff leuchteten, im Gegenteil: Ein angenehmer Schauder überrieselte sie. Der zur Schau gestellte Tod war ein erneuertes Lebensversprechen. Der Unbekannte ließ seine Hand über ihren Arm gleiten. »Ganz allein?«, fragte er und sein Blick wanderte an ihr hinab. Genziana versuchte sich loszumachen und sah sich verwirrt um. Die entgegenkommenden Menschen versperrten ihr die Sicht. Sie hob den Kopf, und ehe ihr Blick das endlose Blau des Himmels erreichte, wanderte er über die fensterlosen Hausfassaden, die sich einer düsteren Kulisse gleich über dem grausamen Schlachthof namens Vucciria erhoben. Wie dampfende Eingeweide bot sich das Innere der Wohnungen den schamlosen Blicken der Passanten dar. Die ladenlosen Fenster waren schwarze Augenhöhlen, unter denen sich Schutthaufen wie Grabsteine aneinanderreihten.

›Das ist mein Palermo: Schön und voller Tod, siech und krank‹, dachte sie bitter und fragte sich, ob es denn wirklich keinen Weg gab, dieser wie ein Fluch auf der Stadt lastenden Lähmung zu entkommen.

Der Metzger hatte seinen Griff gelockert, und Genziana verabschiedete sich freundlich und setzte ihren Weg zwischen Marktbuden, Ständen und Tischen fort.

Die Sonne sickerte durch den farbigen Markisenstoff über den Waren und tauchte alles in orangefarbenes Licht. Die Gassen waren mit Kisten, Kästen, Schachteln und Kartons vollgestellt, die sich zu willkürlichen Gebilden aufeinandertürmten. Die aus Abbruchmaterialien errichtete Vucciria war der Beweis dafür, dass das Herz der Stadt noch schlug: Ein neues Leben war möglich, aber würden die Palermer diese Chance nutzen?

Zwischen an die Hauswände gespickten Familienfotos hingen die unvermeidlichen Konterfeis des heiligen Giuseppe und der heiligen Rosalia und versinnbildlichten die zwischen Himmlischem und Weltlichem zerrissene sizilianische Seele.

Die Rufe der Händler waren ein hypnotisierendes Klagelied. »Frisch soll er sein, das schmeckt auch den Kleinen!«

»Weiße und schwarze ...!«

Sie mischten sich mit dem Klopfen des Fleischerbeils. Mit hypnotischem *Klack, klack,* schlugen die Metzger auf die Tierknochen ein, als rührten sie eine Trommel. Genziana setzte ihren Weg fort, ließ sich mal von den Stimmen, mal von den Gerüchen leiten. Die Metzger schnitten, hauten, entbeinten. Sie sah zu, wie ihre Klingen die Muskeln zerteilten und vor dem perlfarbenen Knochen haltmachten. Der Hammer ging auf die Rippen nieder, die auf dem marmornen Arbeitstisch splitterten. Gelbliche Knorpelstückchen spritzten in alle Richtungen. Rinderhälften und Lämmerschädel baumelten wie makabre Pendel an dicken Eisenhaken. Ein rotes Rinnsal sickerte zwischen den Hackbrettern hindurch.

Klack, klack, klack.

Tagtäglich vollzog sich auf diesem Markt das grausige Schauspiel des Todes, aufgeführt von mit Beilen bewaffneten Händen und Armen, die unbewusst die Heiligkeit des Lebens feierten. Genziana war fasziniert. Männer können kein Blut sehen, weil es unter ihren Händen zum Symbol des Todes wird. Frauen hingegen fürchten es nicht, sie wissen, wie viel Leben in einem roten Rinnsal stecken kann.

In der Via Garraffello prangten die Fische farblich sortiert auf den Eisplatten. Die durchscheinenden, an einem Metallring hängenden Tintenfische tropften auf die violetten Drachenköpfe. Die Meerbarben lagen aufgereiht wie Soldaten auf einem weichen Algenbett neben Haufen weißer Garnelen. Die noch lebenden Sardinen funkelten silbrig. Die verendenden Seeigel waren von verstörender Schönheit. Rosensträuße leuchteten zwischen den gezückten Säbeln der Schwertfische, rote Nelken schmückten die großen, blutigen Thunfische.

»Bauchspeck vom Thunfisch!«

»Saubere Bastardmakrele!«

Klack, klack, klack.

Wie eine lange, bunte Schlange lag das feilgebotene Gemüse auf den Ständen. Duftende Orangenpyramiden ragten gen Himmel.

»Rote Brasilienorangen!«

»Tarocchi, Sanguinelle, ganz frisch!«

Zart duftende, saure Zitronen lagen neben Zitronatzitronen mit weißer, würziger Albedo. Zucchini standen stramm, die kleineren von einer dicken Bastkordel gehalten, die in cremefarbenen Locken herabhing. Berge von grünen und schwarzen Oliven, die dunkel schimmerten wie die Monti Iblei. Zwiebeln, Kartoffeln und grüne Bohnen, die aus den Eimern quollen. Erdverkrustete Salatköpfe. Zarter, bauchiger Fenchel mit knackig fleischigen Blättern.

»Weiß, frisch, köstlich – und geröstet erst!«

»Trocken, sauber und geputzt, schaut euch diesen Salat an!«

Klack, klack, klack.

Unaufhörlich hämmerte das Beil. Die Gemüsestände leuchteten in allen Grünschattierungen: von dem hellen, zarten Grün des Broccolis über das strahlende, geäderte des Mangolds bis zum Schwarzgrün der Zichorie.

Das Obst war ein duftender Regenbogen, aus dem die Pfirsiche mit ihren kleinen Blätterbüscheln zart hervorleuchteten.

»Ganz frisch aus der Favorita!«

Klack, klack, klack.

Genziana kam zu den Gewürzständen, deren Duft den süßlichen Blutgeruch überdeckte. Kurkuma, Zimt, Nelken und Kümmel lagen in Haufen auf den Verkaufstischen.

Der Safran, wertvoll wie Gold, lagerte in Dosen, damit er sein Aroma bewahrte. Weiter vorn gab es Kräuter. Der Salbei beruhigte sie, der wilde Fenchel ließ ihr das Wasser im Mund zusammenfließen, der Oregano bändigte ihre Erregung.

Zwischen den Lorbeersträußen spürte Genziana das stete Pochen des Herzens in ihrer Brust und wünschte, sie könnte sich dieser Lebensfreude hingeben. Sich verlieren und wiederfinden, ohne von jemandem abhängig zu sein: Danach sehnte sie sich.

Plötzlich stand sie vor dem Genio di Palermo. Mit dreistem Blick stierte er auf die ölige Dunstwolke hinab, die sich von den Marktständen erhob: Gegrillte Knorpel und Innereien vom Rind, gegrillte Schweineschwarte, Milz im Brötchen und Foccaccia wurden der geheimnisvollen Gottheit als Opfer dargebracht.

Während Genziana die imposante Statue betrachtete, durchwogte sie ein warmer Schauder und ein unbekanntes Feuer prickelte auf ihrer Haut. Nein, das war nicht Liebe, von der nur eine blasse, schemenhafte Erinnerung geblieben war. Dies war drängende, heftige, glühende Leidenschaft: Blind und ungerichtet trieb sie sie nicht einem Mann, sondern dem Leben zu.

Wie in Trance taumelte Genziana weiter, bis ein frischer Windstoß sie in die Wirklichkeit zurückholte. Mit von Düften und Farben gesättigten Sinnen blieb sie am Ende der Via dei Chiavettieri vor einem winzigen, unscheinbaren Laden stehen. Zwischen Kupfertöpfen und Aluminiumdeckeln entdeckte sie einen eigentümlichen Gegenstand.

»Was ist das?«, fragte sie den Verkäufer.

»Kaffeemaschine«, gab er lakonisch zurück.

Sie machte ein verblüfftes Gesicht. So etwas hatte sie noch nie gesehen.

»Neumodischer Kram«, fügte der Mann hinzu.

DIE ENTSCHEIDUNG
(23. Mai 1951)

Die innere Wahl des Menschen wird immer für eine leidenschaftliche Hölle anstelle eines faden Paradieses ausfallen.

Guido Ceronetti

Das Mütterchen

Sie scheint nicht mehr ganz jung zu sein. Ein hübscher heller Farbton stünde ihr gewiss besser zu Gesicht, doch stattdessen bleibt sie bei unerbittlichem Grau. Ihre Haut ist rau wie Sportlerfersen und hat ein paar Sommersprossen. Fällt Licht auf sie, bringt es sie nicht zum Glänzen, sondern verblasst zu einem matten Schimmer, doch liegt das nicht an ihrem Alter, denn sie ist nicht alt.

Ein kleiner, glänzender Zylinderhut thront wie ein kesses Hütchen auf ihrem achtfachen, durch klare Kanten gebrochenen Gesicht, hinter dem sich widersprüchliche Persönlichkeiten verbergen. Die eine ist bescheiden wie ein Pfauenweibchen, das weder bunte Federn noch prunkvolle Schweife braucht, da es einen sehr viel kostbareren Schatz besitzt: die Eier. Die nächste ist süß und kräftig wie Mandelkrokant. Eine ist gefährlich wie eine Pistole in Kinderhänden, giftig wie saure Milch, ungesund wie Bruderneid. Eine ist betörend wie die einer Dame zwischen schwatzhaften, zänkischen Kurtisanen. Manchmal gibt sie sich bescheiden wie eine Novizin und ist verlässlich wie ein Freund aus Kindertagen; dann wieder ist sie launenhaft, anmaßend, empfindlich, zimperlich … deshalb, heißt es, hat sie so viele Gesichter.

Sie ist stattlich, und dieser in die Seite gestemmte Arm hat etwas Herablassendes. »Was gibt's zu glotzen?«, scheint sie ihren Betrachter zu fragen.

Von der Taille abwärts ist ihr Bauch braunfleckig wie die bekleckerte Schürze einer Köchin. Ein goldfarbener Knopf blitzt unter dem eng geschnürten Schürzenbund hervor, ist jedoch weder Schmuck noch Zierde, sondern gleicht einer Sicherheitsnadel, die das Kleidungsstück an ihrem kräftigen Rücken zusammenhält.

In ihrer Brust schlägt ein hohles, trichterförmiges Herz. Darin verbirgt sich der geheime Schatz, ein rätselhaftes Etwas, das sie zugleich zu Fee und Hexe macht. Das Ergebnis ist wechselhaft, je nachdem, wie das Wasser, welches das kleine goldene Ventil umspült, und das in ihr *centrum cordis* gestopfte Pulver harmonieren. Aus ihren Eingeweiden gurgelt dunkles Sickerwasser und zwängt sich durch die Tülle. Brodelnd und pfeifend schäumt es bis zum letzten »Böllerschuss« empor, der verkündet: »Es ist so weit!«

Als neuzeitliche Chimäre aus Aluminium und Bakelit macht das Mütterchen starken, cremigen, unwiderstehlich köstlichen Kaffee oder trübe, widerliche Plörre. Sicher ist jedoch, dass sie, kaum hat der Gewohnheitsmensch Misstrauen und Vorbehalte überwunden, die alte neapolitanische Kaffeekanne ersetzen wird, denn der Fortschritt lässt sich nun einmal nicht aufhalten und die Zukunft gehört Visionären wie dem forschen Ingenieur Bialetti.

Er war es, der, getrieben von einem duftenden Traum, angespornt von einer gehaltvollen Idee und dem unerschütterlichen Glauben an alles, was dem Menschen Erleichterung verschafft, 1933 die Kaffeemaschine erfand.

1

Am 23. Mai 1951 strahlte hoffnungsfroh die Sonne über der Discesa dei Giudici. Über dem Eingang der Rösterei prangte ein neues Schild, eine weiße Marmorplatte mit der gemeißelten Inschrift: »Caffè Zauditù«. Der Akzent dehnte sich in einem verwehten Schnörkel, der als kleine Dampfsäule aus einer glatten, runden Kaffeetasse aufstieg.

Das Basrelief hatte Zù Minico gefertigt, der jetzt mit einem kleinen Jungen zufrieden plaudernd darunter stand: sein heiß ersehnter Enkelsohn, den er nun endlich bekommen hatte. ›Schon schön, diese Republik‹, hatte der Alte sich glücklich eingestehen müssen und Genziana im Innersten seines Herzens für ihre Voraussage gedankt, mochte sie sich auch ein wenig in den Zeiten geirrt haben.

Der Kleine betrachtete die Schaufenster, die so blitzblank waren, dass manch einer dagegen lief, deutete auf die bunten Schachteln und quengelte: »Opa, ich will ein Bon.«

Provvidenza stand im Laden und musterte ihn zärtlich. Dieses Gebettel kannte sie nur zu gut. Wie oft hatte sie ihrer Mutter auf der Treppe zu den Olivares' damit in den Ohren gelegen! Jetzt, da ihre Erinnerungen vollends zurückgekehrt waren, konnte sie die Bonbons sogar schmecken, die Viola ihr in der sonnigen Küche in die Hand gedrückt hatte. Provvidenza streichelte sich über den runden Bauch, der sich unter ihrem weiten Kleid wölbte: Sie glich einer Frucht bringenden Zucchiniblüte. Nach den Berechnungen der Hebamme würde das Kind mit dem Sommer kommen. Die Hand in den Rücken gestemmt, verließ sie den Laden und füllte Mimìs Hände mit Süßigkeiten.

»Sag danke zur Signora Olivares«, hielt Zù Minico den Kleinen an.

Provvidenza hatte Ruggero geheiratet und war jetzt Signora Olivares. Die Neuigkeit von der Hochzeit hatte alle überrascht. Es war ganz plötzlich passiert, in einer Winternacht des vergangenen Jahres. Ruggero war zu ihr ins Bett geschlüpft und hatte sich in ihre Arme geschmiegt. »Mir ist kalt«, hatte er gesagt, doch statt ihn zurückzuweisen, hatte Provvidenza angefangen, sanft auf ihn einzureden, und nach und nach hatten ihre Atemzüge Einklang gefunden. Bei diesem Abend war es nicht geblieben. Er schlief friedlich bei ihr ein und sie blieb wach und betrachtete sein kindliches Gesicht. Eines Morgens hatte Ruggero ihr noch halb im Schlaf zugemurmelt: »Mein Atem.« Es war eine wunderschöne Liebeserklärung. Kurz darauf heirateten sie.

Giovanni, der sich vorgestellt hatte, mit Provvidenza eine Familie zu gründen, hatte seine Pläne geändert und, weil er die Einsamkeit leid war, Alivuzza einen Antrag gemacht. ›Im Grunde ist eine Frau so gut wie die andere‹, hatte er sich gesagt, ›und an Viola reicht sowieso keine heran.‹ Er war in die Via Rua Formaggi Nummer 2 gezogen, doch das erhoffte Glück hatte er dort nicht gefunden.

An jenem Morgen strahlte die Sonne durch die dünnen Scheiben, fiel auf die glänzenden Deckel der Kaffeedosen und spiegelte sich an der rauchgeschwärzten Decke, die selbst bei Tag einem Sternenhimmel glich. Der hohe, stattliche Marmortresen trennte die Mitarbeiterinnen von den Kunden. Ringsherum an den Wänden reihten sich auf bläulich schimmernden Glasborden versiegelte, mit Buchstaben des Alphabets gekennzeichnete Büchsen aneinander. M, P, R, G, V: Die Buchstaben bezeichneten die verschiedenen Mischungen, deren Zusammensetzung von Genziana peinlich genau austariert und dann an ihre Mitarbeiterinnen weitergegeben wurde. »Keine Geheimnisse mehr!«, hatte sie beschlossen. »Die richten mehr Schaden an, als dass sie nützen.«

In der Stadt entstanden neue Röstereien, doch der Laden in der Via Discesa dei Giudici musste die Konkurrenz nicht fürchten. Genziana wurde von allen hoch geschätzt: »Mit Kaffee kennt sich die Olivares wirklich aus, das muss man ihr lassen.« – »Sie ist zwar eine Frau, aber sie hat was in der Birne.«

Die Krönung ihrer Erfindungen: die Mischung Zauditù, ein Zusammenspiel verschiedener Arabica-Sorten mit kräftigem Duft, mildem, sinnlichem Geschmack und dunkler, fast schwarzer Färbung, die den Geschmack der Kundschaft getroffen hatte. Um der alten Zeiten willen hatten manche angefangen, sie Principessa zu nennen, doch sie wehrte ab: »Meine Mutter und ich sind kein Vergleich«, gab sie mit strahlendem Lächeln zurück. Sie hatte unrecht, denn auch sie hatte gelernt, den Frauen der Quattro Mandamenti unter die Arme zu greifen. Zwar konnte sie nicht im Kaffeesatz lesen, doch hatte sie sich, ihrer Familie und den Menschen im Viertel die Zukunft gesichert.

Orlando war an seinem alten Platz: Umgeben vom geschäftigen Treiben der unermüdlich schwatzenden und singenden Lehrlingsmädchen und Mitarbeiterinnen, röstete er wie am ersten Tag.

»Füll den Trichter, Concetta, der ist hohl wie eine Oktobermelone!«

»Maria, lauf ins Lager, der Pfeffer ist alle«, rief Ruggero. Er war nun für das Gewürz zuständig, dessen Absatz mit dem Rückgang der männlichen Präsenz im Viertel weniger geworden war. Doch Ruggero steckte seine Nase gern in das graue Pulver, das ihm eine wohlige Niesattacke und schillernde Visionen verschaffte, denen er mit geschlossenen Augen nachjagte. Ein paar Minuten lang schwebte er zwischen bunten Regenbogen und glitzernden Tropfen dahin, bis Provvidenza ihn zum Naseputzen verdonnerte und in die Wirklichkeit zurückholte. In Genzianas Augen waren diese Träume das letzte, harmlose Überbleibsel seines Wahnsinns. ›Es heißt ja, alle Verrückten sind Träumer und alle Träumer verrückt.‹

»Jeeetzt!« Von freudigem Jubel begrüßt, strömte der Kaffee aus dem Drachenmaul.

»Achtung, Saveria, halt den Kleinen fest, sonst verbrennt er sich noch.«

In der Rösterei wuselten auch Kinder herum, die die Mitarbeiterinnen nicht zu Hause lassen wollten. Ihr fröhlicher Lärm war das Zeichen des Neuanfangs, den die Olivares' selbst in dunklen Zeiten nicht aus dem Blick verloren hatten.

»Guten Tag, zweihundert Gramm Mimosa-Kaffee, bitte.«

»Gern, Zà Luigia.«

Lächelnd füllte Ruggero eine Tüte, wog sie und überreichte sie der Kundin. Ihm unterstand der Verkauf. Provvidenzas Atem hielt sein Herz und seinen Verstand zusammen und hatte ihn zu einer inneren Eintracht geführt, die ihm die Autorität des Vaters versagt hatte.

Die Stimmen der Angestellten und das Plaudern der Kunden vermischten sich mit dem Surren der Kaffeemühlen, dem Klingeln der Kasse und dem Bimmeln der Türglocke, die jeden neuen Kunden ankündigte.

Der Laden war wieder Treff- und Sammelpunkt geworden.

»Hundert Gramm Zauditù: bitte sehr. Sollen wir ihn mahlen?«

»Nein, das mache ich selbst, ich mag ihn lieber ganz frisch gemahlen.«

»Wie Sie möchten, Signora Caruso.«

Ding!

»Guten Tag allerseits, kann ich bitte einen Kaffee haben?«

»Gern, Signora Fragalà. Dafür bin ich zuständig«, schaltete sich Genziana ein. Die Kaffeemaschine war ihr ganzer Stolz, und sie liebte es, sie zu bedienen: Man musste sie nur füllen und auf die Flamme stellen, schon war der Kaffee fertig. Die Maschine war eine wahre Präzisionsuhr, die die Zeit in Minuten und Sekunden bemaß. Die träge neapolitanische Kaffeekanne hingegen richtete sich nach dem Schlag der Kirchenglocken, nach Morgengebeten und Abendandachten. Die eine war Vergangenheit, die andere Zukunft.

»Diese Kaffeemaschine ist wirklich ein Wunder. Zwei Minuten und zack: Der Kaffee ist fertig. Weißt du noch, die alte neapolitanische?«, meinte Provvidenza.

»Und weißt du noch, als wir die Kaffeemaschine das erste Mal benutzt haben?«, fragte Genziana zurück.

Provvidenza wurde rot. »Ach, hör auf, musst du denn alle Familiengeheimnisse ausplaudern?«

»Wieso, was war denn da?«, wollten die Angestellten wissen.

»Nun, kaum fing die Kaffeemaschine an zu pfeifen, dass selbst der Schaffner am Bahnhof blass dagegen aussieht, begann Provvidenza zu schreien: ›Eine Bombe, eine Bombe!‹ Sie verkroch sich hinterm Schrank und wollte nicht mehr rauskommen. Ich rief: ›Schau, wie schön!‹, und sie: ›Eine Bombe!‹.«

Alle lachten.

»Nach den Bomben auf der Piazza Sett'Angeli war die Ärmste nun mal traumatisiert«, schaltete sich Ruggero ein.

Ein trauriger Schatten huschte über die Gesichter, doch schon fing Orlando an zu schnaufen: Die nächste Ladung war fertig. An die Arbeit, fort mit der alten Trübsal!

»Bitte sehr«, sagte Genziana und stellte das Tässchen auf den Tresen. Staunend blickte Signora Fragalà auf den Kaffee, der fast so dickflüssig war wie heiße Schokolade. Die goldfarbene, dicht geäderte, rötlich schimmernde Crema war einfach unwiderstehlich. Sie tat den Zucker hinein, er blieb einen Moment lang auf der Oberfläche stehen und sackte dann in den Kaffee, der wie ein schwerer Samtvorhang darüber zusammenschlug. Signora Fragalà schloss die Augen, genoss den kräftigen Geschmack und das feine Aroma, und ein energischer Schauder durchfuhr ihre Muskeln. Genziana lächelte zufrieden: An der Kaffeemaschine gefiel ihr einfach alles, auch die Tatsache, dass das Kaffeepulver tief in den Eingeweiden blieb.

»Wie viel macht das?«, fragte die Kundin.

»Dreißig Lire«, antwortete Margherita, ein kaum sechsjähriges Mädchen, das besser rechnen konnte als jede Buchhalterin.

Die Signora zog drei grünliche Scheine hervor.

»Noch immer diese AM-Lire der Alliierten! Wissen Sie denn nicht, dass die nicht mehr gelten?«

Die Frau wurde rot. »Ich hab nur die.«

»Keine Sorge, der Kaffee geht auf uns ...« Provvidenza konnte den Satz nicht zu Ende bringen und krümmte sich mit einem Aufschrei zusammen.

Genziana lief zu ihrer Schwägerin und legte ihr die Hand auf den Bauch. »So ein Gestrampel.«

»Bestimmt wird's ein Junge«, antworteten die Lehrmädchen im Chor.

2

Ding, wieder ging die Tür auf.

Medoro kam herein.

Genziana war nicht überrascht. Seit einer Weile schon hatte sie mit seiner Rückkehr gerechnet.

Provvidenza ging ihm schwerfällig entgegen. Er streichelte ihr über den Bauch, der zu dick war, um sie zu umarmen.

»Bist du noch immer hier? Wenn du nicht achtgibst, kommt der Kleine auf den Kaffeesäcken zur Welt.« Er lupfte seinen Hut. »Guten Tag allerseits.«

»Guten Tag, Onorevole!«, grüßten die Mädchen zurück.

Er war mit dem Morgenschiff gekommen und das ganze Viertel wusste bereits davon. Nur den Olivares' gegenüber hatte man respektvoll geschwiegen.

Medoro sah aus wie immer: schön und unerschrocken. Diesmal jedoch war er ordentlich gekleidet und strahlte friedliche Besonnenheit aus. Er hatte sich die Haare geschnitten, die dicht und schwarz die Ohren umrahmten und in einer widerspenstigen Welle über der Stirn standen. Die Wangen waren von einem dichten Bart bedeckt. Wie gern hätte Genziana ihn berührt. Ihr Unterleib zog sich wie gewohnt zusammen. Sie flatterte mit den Lidern, die langen, gebogenen Wimpern unter den staunend in die Höhe gezogenen Augenbrauen warfen feine Schatten auf ihre Wangenknochen. Für jeden hatte Medoro ein Lächeln und einen Handschlag. So offen und zugänglich hatte Genziana ihn noch nie gesehen. Und wie gewählt er sich ausdrückte. ›Ein Bild von einem Mann‹, dachte Genziana und fragte sich, ob dieser feine Herr noch genauso interessant war wie der zornige Junge, der vor dem Palazzo Riso aufs Pflaster gespuckt hatte.

»Machst du mir einen Kaffee?«

»Was für einen? Wir haben ganz verschiedene. Leicht, stark, mit kräftigem Aroma.« Sie zeigte auf die Behälter in ihrem Rücken.

»Wie ist die Zauditù-Mischung?« Er lächelte verschmitzt.

»Dominant und energisch.«

»Die nehme ich.«

Genziana drehte sich um und spürte, wie sich sein Blick in ihren Rücken bohrte. Der weiche Stoff ihres Kleides schmiegte sich bei jeder Bewegung an ihre Kurven. Sie strich sich den Rock über den runder gewordenen Hüften zurecht, stellte sich auf die Zehenspitzen und reckte die Arme, sodass ihr festes, rundes Hinterteil hervortrat. Dann hob sie eine Dose herunter und schüttete die Bohnen in die Mühle. Ein durchdringender Duft erfüllte den Raum. Nachenklich wischte sie sich die winzigen Schweißperlen von der Stirn und streifte die Hand an der Hüfte ab. Sie fragte sich, was dieser Mann für sie war. Er war nicht mehr der Freund aus Kindertagen, auch nicht der Junge, der ihr Herz hatte höher schlagen lassen, und ebenso wenig der Verräter, der sie ausgenutzt und dann verlassen hatte.

»Warte«, sagte er und kramte ein Päckchen aus der Tasche. »Ich habe dir ein Geschenk mitgebracht.«

»Was denn, den Petersdom im Schnee?«, fragte Genziana spöttisch.

»Mach es auf.«

Sie riss das Papier ab und die Mädchen prusteten los. »Eine Bombe!«

Medoro machte ein ratloses Gesicht.

Genziana stellte die Kaffeemaschine auf den Tresen. »Glaubst du, wir leben hinter dem Mond? Schau mal.«

Unter dem Tresen reihten sich Kaffeemaschinen in allen Größen aneinander.

»Wir haben sogar die Röstereilotterie neu aufgelegt und vergeben bei fünfzig Sammeltalern eine Maschine als Preis.«

Medoro starrte verlegen auf seine Schuhspitzen, dann blickte er auf.

Genziana musterte ihn amüsiert. »Du kriegst deinen Kaffee. Was meinst du, machen wir ihn mit deinem Geschenk?«

Sie mussten lachen. Dann standen sie schweigend da, während der Espresso durch die Maschine gurgelte, und er blickte sie an.

Wie schön sie geworden war. Und so elegant, als erwartete sie Gäste. Sie trug einen gepunkteten Rock und eine gelbe Bluse mit eckigem Ausschnitt, das Haar war zurückgebunden und wurde von einem Samtreifen gehalten, aus dem sich ein paar rabenschwarze Locken lösten. Früher war sie herb und spröde gewesen wie eine saure Weinbeere, jetzt war sie rund und strahlend wie eine reife Kaffeebohne. Ihr Busen war wohlgerundet. Ihre Arme waren fest und strahlten Kraft und Sanftheit aus. Ihre Haut leuchtete in einem warmen Bronzeton, als hätte sie in Öl gebadet. Die olivfarbenen Wangen unter den fein modellierten Wangenknochen waren voll, der Mund sinnlich, zwischen den leicht geöffneten tiefroten Lippen blitzte eine Reihe elfenbeinfarbener Zähne hervor.

»Bitte«, sagte Genziana und stellte ihm gekonnt das Tässchen hin. Die Crema war dicht und karamellfarben mit braunen Schlieren, der Duft sauber und klar. Medoro schnalzte mit der Zunge und nippte bedächtig daran. Die erste Bitterkeit verwandelte sich sogleich in Süße, ihm war, als schmeckte er Schokolade und geröstetes Brot. Als er die Tasse leerte, stieg ihm ein Geruch nach Jasmin und Zitrusblüten in die Nase.

›Ich bin zu Hause‹, dachte er. Die kostbare Mischung mit dem Namen Zauditù barg die Düfte seiner Stadt.

»Wieso kommst du nicht hinter diesem Tresen hervor?«, fragte er.

Mit elegantem Hüftschwung umrundete sie auf ihren hohen Absätzen den Verkaufstisch.

»Ich möchte mit dir reden«, raunte Medoro ihr ins Ohr.

»Warum? Ist schon wieder Wahl?«

Er schüttelte den Kopf. »Wir haben noch etwas zu klären.«

Ringsum war es mäuschenstill geworden und die Mädchen blinzelten neugierig herüber.

»Was gibt's zu gucken?«

Sofort machten sie sich wieder an die Arbeit.

Die Tür öffnete sich mit einem befreienden *Ding,* und Giovanni kam mit einer triefenden Tüte herein. »Ich hab euch frischen Thunfisch mitgebracht, den kann Provvidenza mit Zwiebeln machen.«

Giovanni arbeitete nicht mehr in der Rösterei, denn Alivuzza hielt ihn an einer sehr kurzen Leine. Nach ihren schlechten Erfahrungen mit dem Ami hatte sie Giovanni dazu verdonnert, ihr in der Schneiderei zur Hand zu gehen, weil sie glaubte, ihn damit besser an der Kandare zu haben. Doch ohne die Rösterei hielt er es nicht lange aus, mochte das auch Streit mit seiner Frau bedeuten. Er begrüßte Medoro und nahm Orlando ins Visier. »Bitte achtet auf die Schrauben, ihr müsst das Öl abwischen …«

»… sonst verteeren sie«, beendeten die Mädchen den Satz.

Abends saßen sie alle bei den Olivares' am gedeckten Tisch. Frittierter Fisch war der Auftakt gewesen, nun folgte ein Auflauf, von dessen glänzender Kruste kleine Dampfwölkchen aufstiegen.

Provvidenza versenkte das Messer darin; es war eine Schande, diese wie von einem versierten Maurer glattgezogene Fläche zu zerstören. Ein paar smaragdgrüne Erbsen rollten heraus, köstliche Juwelen in goldenem Käseschmelz.

»Der Gast ist heilig«, sagte Ruggero und reichte Medoro seinen Teller.

Sie aßen und schwatzten, jeder mit einer heimlichen Hoffnung im Herzen. Der Thunfisch mit Zwiebel war köstlich und in null Komma nichts vertilgt. Über den leergeputzten Tellern ging das Leben weiter. Alle trugen ein Lächeln auf den Lippen: Provvidenza ein dankbares, Ruggero ein argloses, Medoro ein wehmütiges, Genziana ein sinnliches. Nach dem Kaffee zündete sich Medoro eine Zigarette an, nahm einen Zug und fing an, von sich zu erzählen, schließlich war er dieser Familie eine Erklärung schuldig.

»Als das Schiff ablegte, war mein Herz winzig klein. Außer mir vor Zorn, starrte ich auf das in der Ferne verschwindende Festland. Ich war wütend auf Palermo, die böse Stiefmutter, die mir verweigerte, was ich brauchte, und mein Leiden genoss. Während des Krieges war ich nach Norden geflohen, und nun musste ich abermals fort, weil ein besseres Leben bei uns unmöglich schien.

Die Reise war entsetzlich. Ich glaubte, in der Koje ersticken zu müssen. Es gab keine Luft, und das Bullauge war so winzig, dass man meinte, im Sarg zu liegen. Ich habe so oft versucht hinauszusehen, dass mir vom Aufstützen die Arme weh taten. Aber alles, was ich sah, war salziges Grau. Eine Eiseskälte stieg empor und kroch mir in die Knochen. Meine Füße waren nass, als hätte ich sie in eine Wanne gestellt. Die Kälte zog mir bis ins Herz. Also habe ich mich wie ein verstörtes Kind unter den Decken zusammengekauert und an Provvidenza und meine Mutter gedacht, um mir Mut zu machen.«

»Du Glückspilz, wenigstens wusstest du, wie sie aussieht«, fiel ihm die Schwester ins Wort. »Ich erinnere mich nur an einen dunkelhaarigen Schatten, an einen Schleier, eine Stimme …«

Medoro streichelte ihre Hand. »Ich habe sie auch ein bisschen vergessen. Aber ihre Schläge nicht, die brennen mir noch immer im Nacken.«

Ruggero klopfte ihm auf die Schulter, er wusste, wie verhasst ihm der Gehorsam war, den seine Mutter ihm mit Ohrfeigen einzubläuen versucht hatte.

»Dann bin ich eingeschlafen, und die Traurigkeit, die mir im wachen Zustand hier saß«, er klopfte sich auf die Brust, »und weder rauf noch runter wollte, löste sich im Schlaf in Tränen. ›Vergebung!‹, rief ich immer wieder, ich fühlte mich schuldig, weil ich Provvidenza verlassen hatte.«

Die Olivares' blickten sich vielsagend an.

›Wie anders er geworden ist‹, dachten alle, nie zuvor hatte man von ihm das Wort »Vergebung« gehört.

»Ich bin aufgewacht, weil jemand einen Schuh nach mir warf.

Es war mein Kajütengefährte, der von meinem Gejammer aufgewacht war. Die Wogen schlugen gegen das Schiff wie eine Axt auf Holz. Das offene Meer war mit weißen Schäfchen gesprenkelt, die auf dem schwarzen Wasserspiegel tanzten. Das Schiff rollte langsam dahin und schaukelte wie eine Kinderwiege. Im Morgengrauen stieg ich auf die Brücke und blickte zum Horizont, ich kam mir vor wie ein blinder Passagier. Ich atmete den frischen Algengeruch ein, er war so köstlich, dass ich meine Lungen damit füllte, als Mittel gegen das Heimweh.

Unversehens tauchte die Küste auf, weder Felsen noch Inselchen oder Wellenbrecher kündigten sie an. Als wir Neapel erreichten, färbte sich der Himmel orange und der Hafen umarmte mich wie eine gütige Mutter. Ich fand eine Mitfahrgelegenheit und gelangte nach Rom.«

Medoros Stimme brach vor Erregung. Hastig schenkte Genziana ihm ein Glas Wasser ein.

»Und Rom? Wie ist es da?«, drängte Provvidenza.

Er atmete tief durch. »Die Hauptstadt ist ein monströser, buckeliger Drache. Sieben Buckel hab ich gezählt, jeder ist unterschiedlich hoch. Eine dichte, giftige Wolke umwallt ihn und von weitem ist seine Silhouette verschwommen und nebulös. Rötlicher Qualm dringt aus seinen verseuchten Nasenlöchern und bedeckt den Himmel. Und den Weg nach Hause zu finden ist eine Qual! Diese Stadt ist ein Labyrinth von ineinander verschachtelten Vierteln. Ganz anders als Palermo mit seinen zwei großen Straßen, die sich an den Quattro Canti treffen. Das, was mich am meisten beeindruckt hat, war der Geruch nach fauligem Obst. Monatelang ließ mich der Ekel nicht los, bis ich mich irgendwann daran gewöhnte. Aber das Licht ist einfach wunderbar! Weich und sinnlich. Die Römer können sich glücklich schätzen, in dieser herrlichen Stadt zu leben, denn das Schöne führt zwangsläufig zum Guten.«

»Wenn dem so wäre«, unterbrach ihn Ruggero, »wäre unsere Stadt voller Heiliger. Doch leider kann Schönheit ein Giftpfeil sein, der zum Tod durch Lähmung führt. Sieh dir an, was hier bei uns passiert ist.«

»Du hast recht, Palermo war so schön.«

»Und das wird es wieder sein«, fügte Genziana hinzu, doch selbst in ihren Ohren klang das nicht ganz überzeugend. Wer wusste schon, ob Palermo sich je wieder aus der Asche erheben würde.

»Offenbar bin ich hier nicht der Einzige, der das Feld der Utopie beackert«, stellte Medoro zufrieden fest.

»Und was gibt es dort außerdem?« Provvidenza hatte noch immer nicht genug.

»Und dann gibt es noch Bäume und Wiesen zwischen Zementburgen, Blumen an den Fenstern und auf den Balkonen. Leuchtend grüne Flecken zwischen Häuserblöcken, die nicht mehr als drei Stockwerke hoch sind. Es ist, als würde man Dörfer durchqueren, zwischen denen Gärten und Wäldchen liegen. ›Ist das hier wirklich Rom?‹, fragte ich mich verwirrt. Das Zentrum hingegen ist ein Irrgarten aus stinkenden Gassen, genau wie hier, nur ohne Trümmer. Zwar sind dort auch Bomben gefallen, aber die waren nicht der Rede wert. Ihr glaubt nicht, was die Römer für ein Theater wegen zwei getroffener Häuser in San Lorenzo gemacht haben! Sogar der Papst hat seinen Vatikan verlassen. Was sollen *wir* da sagen? Bei uns hätte es Jesus Christus und die gesamte Dreifaltigkeit gebraucht, doch stattdessen redet kein Mensch darüber. Die Geschichte ist einfach ein riesiges Durcheinander … Der Kaffeeduft in der Piazza Sant'Eustachio hat mich getröstet.«

»Aber hättest du uns nicht wenigstens einen Brief oder eine Karte schreiben können?«, fragte Provvidenza vorwurfsvoll.

Medoro senkte den Blick. »Verzeih«, murmelte er.

Sie redeten noch ein bisschen, dann ging Provvidenza ins Bett. »Ich bin müde, das Kind ist schwer.«

»Wie werdet ihr es nennen?«, wollte Medoro wissen.

»Amato«, sagte Ruggero, während seine Frau ihn hinter sich her in den Flur zog.

3

»Hast du Lust auf einen Spaziergang?«, fragte Medoro.

»Ich hab eine bessere Idee«, antwortete Genziana. Sie nahm seine Hand und führte ihn auf die Dachterrasse.

Der Himmel flirrte vor Sternen.

»Was für eine klare Nacht«, seufzte sie.

Er schwieg. So zupackend er in politischen Dingen war, so linkisch war er, wenn es um Gefühle ging.

»Und, hast du die Utopie gefunden?«, fragte sie schmunzelnd.

»Eine Utopie bleibt unauffindbar«, entgegnete Medoro mit leiser Enttäuschung.

»Was hast du in all den Jahren gemacht?«

»Das, was ich am meisten hasse: den Büttel. Aber für die Partei ist es etwas anderes als für einen Baron, denn als Gegenleistung für meine Dienste konnte ich studieren. Und so habe ich Karriere gemacht …«

»Und wo hast du in Rom gewohnt?«, fiel ihm Genziana ins Wort, die brennend gern wissen wollte, ob er eine Freundin hatte.

»Am Campo de' Fiori, du weißt ja, ich mag Märkte.«

»Und wie war deine Wohnung?«

»Winzig klein, mit einem Fenster über den Dächern, die sind rot wie hier und ganz verschachtelt. Hin und wieder bin ich darauf spazieren gegangen, das war ein Spaß.«

»Du hast bestimmt viele Freunde gefunden.«

»Ich hab geschuftet wie ein Tier, abends bin ich mit Schuhen ins Bett gefallen. Der Himmel hat mich glücklich gemacht: nachts dunkelblau, fast schwarz, und tagsüber ganz hell, fast weiß. Und dieses Licht, ah …« Medoro seufzte und Genziana suchte in seinen Augen nach einem Hinweis, der ihr seine Rückkehr erklärte.

»Dieses Licht hat mich gleich am ersten Tag behext. Es bringt den Travertin der Häuser zum Strahlen und wird von ihm sanft zurückgeworfen … Es erfüllt dich wie ein Teller Pasta. Rom ist hinreißend, schön und hinterhältig.«

»Hinterhältig? Wieso?«

»Nun ja, das Leben dort ist halt nicht einfach. Schon das Gehen ist schwierig, es gibt keine Pflasterplatten, sondern Katzenköpfe, die einen garantiert stolpern lassen.«

»Und wer hat für dich gekocht?«

»Niemand.«

»Und was hast du gegessen?«

»Nichts, ich hatte nicht viel Geld. Und weißt du, was die Römer essen? Innereien, Kutteln, Hirn … die essen die Tiere mit Haut und Haar. Ich hatte vielleicht ein Heimweh …«

»Was hat dir am meisten gefehlt?«

»Der Fisch, das leuchtend rote Blut der Metzger, die Marktrufe. Im Vergleich mit uns sind die Römer stumm. Die haben keine Zeit, zu rufen, die haben's so eilig, dass sie sogar die Silben verschlucken. Ein Verb zu konjugieren ist anstrengend und die Energie dafür haben sie nicht, bei der ganzen Vergangenheit, die sie mit sich rumschleppen. Sie kommen schon müde und bedripst zur Welt. Trotzdem gefällt mir Rom, auch wenn seine Schönheit wie eine Krankheit ist, sie geht ins Blut, dringt in Herz und Hirn und macht sie kaputt.«

»Aber wenn es dir dort so gut gefällt, wieso bist du wiedergekommen?«

»Das Heimweh ist schuld. Ich kann nicht weit weg von Palermo sein.«

»Sieh sie dir an, unsere Stadt«, unterbrach ihn Genziana und deutete auf die Straße unter ihnen. »Nur das Herz funktioniert, der Rest ist verloren ...«

»Aber jetzt gibt es die Entwicklungsbank *Cassa per il Mezzogiorno*, deshalb bin ich zurückgekommen ... niemand muss Sizilien mehr verlassen.«

»Ist das deine neue Utopie?« Genziana massierte sich die Oberarme. Ihr war kalt.

Er bot ihr seine Jacke an. »Du hast mir gefehlt«, flüsterte er.

Genziana nahm seinen kraftvollen Atem wahr, den Moschusduft seiner Haut ... Sie legte ihre Lippen auf die seinen und schob mit der Zunge seine weißen, harten Mandelzähne auseinander. Sie fing an, ihn zu streicheln, ihre neugierigen Hände bewegten sich sacht, ihr fesselloser Körper war wild entschlossen, sich zu nehmen, was er brauchte.

Medoro war befangen, er wollte ihren Kuss erwidern, wusste jedoch nicht, wie, er hatte nie aus Liebe geküsst. Aus Wut, Begehren, Leidenschaft, Freundschaft, sogar Solidarität, aber das hier war etwas anderes, Unbekanntes, dieses Mädchen schüchterte ihn ein. Sie hatte glatte, geschmeidige Haut und einen köstlich süßen Duft, der ihn eher schwach denn begierig machte. Er wagte eine Umarmung, ihre Atem jagten einander, ihre Muskeln spannten und entspannten sich. Medoro vergrub sein Gesicht in ihrem Haar, seine kalte, feuchte Nase hielt an ihrem Hals inne, dann suchte er ihren Mund, kostete ihre Lippen, zwei würzige, samtige Kastanien.

Ihre Knie gaben nach, sie sackten zu Boden, lehnten sich gegen die Dachluke und blickten in den Himmel. Die Sterne funkelten blendend hell. Mit zögernden Fingern öffnete Medoro Genzianas Bluse, ihre freigelegten Brüste drängten hervor, die feuchte Nachtluft ließ die Brustwarzen strammstehen wie Soldaten. Dann zog er ihr den Rock aus und Genziana war nackt.

Sie war kein bisschen befangen, ihre Finger glitten über seinen Körper und hielten hier und da inne. Als er nach ihr griff, um sie an sich zu ziehen, zögerte sie: Sie musste sich zügeln. »Kriegst du es hin, dich ein bisschen dumm zu stellen?«, klang ihr Lallas Stimme in den Ohren. ›Vielleicht ist es besser, wenn ich die Arglose spiele‹, dachte sie, ›sonst kriegt er einen Schreck und haut wieder ab.‹

Doch es war so herrlich, sich an ihn zu schmiegen, die Wärme seiner Haut zu spüren, sie zu riechen, seinen Mund, seine Zunge zu schmecken. ›Wer weiß, wie der Rest schmeckt?‹, fragte sie sich und kostete ihn Stück für Stück. Er seufzte, stöhnte, führte sie oder nahm ihren Kopf in die Hände, um ihr in die Augen zu sehen. Sein verschwommener, ungläubiger Blick stachelte sie an. Als Medoro das Rückgrat durchbog und den Kopf zurückwarf, überlegte sie, was für Lust sie ihm bereitete, und beschloss, ebenfalls auf ihre Kosten zu kommen. Sie richtete sich auf und zwang ihn, sie anzusehen. Ihre geraden, muskulösen Beine waren kostbare Säulen, ihr Unterleib ein Büschel dunkles Moos. Begehrlich ließ Medoro seinen Blick über sie wandern, dann kniete sie sich hin, ihr bebender Busen streifte seine Brust.

Sie stützte die Arme auf den Sims, bog den Rücken durch und reckte ihm ihren Unterleib entgegen. Er vergrub das Gesicht in ihrem weichen Fleisch und saugte gierig an ihrer nach Meer schmeckenden Haut. Seine Nase wanderte ihre Falte hinab, dann spürte sie seine kräftige Zunge, die sie vor Lust erbeben ließ. Sie wusste, dass sie weiter gegangen war, als sie vorgehabt hatte, eigentlich hatte sie ihn nur küssen wollen. Jetzt gab es kein Zurück mehr.

Keuchend ging ihrer beider Atem im Takt und hielt zeitgleich überwältigt inne, um wieder zu sich zu kommen. Genziana gab sich diesem langsamen, steten Rhythmus hin, sie wusste nicht, dass die Liebe sich sprunghaft entwickelt und unversehens nach oben ausschlägt. Doch dann zog Medoro seine Zunge zurück und presste seine Lippen fordernd gegen ihr kleines Knötchen. Ihre Beine zuckten, als wollte sie fliehen. Es war nur ein Moment, dann überrollte sie die Lust und machte sie weich und widerstandslos. Er drückte behutsam, bei jedem Mal ein wenig fester. Als Genziana sich anspannte und anfing zu stöhnen, ließ Medoro von ihr ab, zog sie auf sich und küsste sie.

Die Lust, die sich bis eben noch zwischen den Schenkeln gesammelt hatte, strömte zum Mund. Medoros Lippen waren fordernd. Genziana presste ihren Unterleib gegen den seinen und ließ ihn in sich gleiten. Reglos und mit geschlossenen Augen verharrten sie, erschreckt von dem raschen Wechsel zwischen Süße und Heftigkeit. Sie saß auf ihm, wagte nicht, sich zu rühren, so überwältigt war sie von diesem lustvollen Empfinden, dem ihre Fantasie seit Kindertagen nachspürte. Medoro streichelte sie, seine Berührungen waren zart und beruhigend, und benommen ließ sie den Kopf auf seine Brust sinken. Sie lauschte dem Klopfen seines Herzens, das sich mit dem ihren mischte. Wie gern wäre sie jeden Abend von diesem kräftigen *Tatum tatum* in den Schlaf gewiegt worden. Doch Medoro hatte andere Pläne. Er packte sie bei den Hinterbacken und fing an, sie auf und ab zu bewegen, bis sie nicht mehr anders konnte, als sich der Bewegung hinzugeben. Die Lust war so intensiv, dass Genziana sich am liebsten darin verloren hätte. ›Ich werde mich schon wiederfinden‹, sagte sie sich in der Gewissheit, das ihr Herz nunmehr fest in der Brust verankert war.

Also spannte sie den Rücken an, presste die Schenkel zusammen, wurde flüssig und heiß, und ein durchdringender Duft entströmte ihrer Haut, der den der Frangipaniblüten überdeckte.

Medoro vergrub seine Finger in ihrem Haar, Genziana schauderte, ihr Blick wurde wässrig. Medoro löste sich in ihr wie Zucker im Kaffee, dann brachen sie erschöpft übereinander zusammen. Lange lagen sie in süßer Lähmung da, die Genziana bisweilen morgens kurz vor dem Aufwachen empfand. Endlich empfand sie reines, unbeschwertes Glück.

Sie hatten sich schweigend geliebt, nur Seufzen und Raunen hatte ihre Vereinigung besiegelt. Jetzt suchten beide nach den richtigen Worten, um ihrem Gemütszustand Ausdruck zu geben und dem trügerischen Bedürfnis des Alleinseins zu trotzen, das befriedigte Liebende bisweilen überfällt und sie manchmal für immer auseinanderbringt.

Trotz der neuen Kleider und des gepflegten Haarschnitts war Medoro sich treu geblieben und tat sich in Gefühlsdingen schwer. Rauchend durchwühlte er sein Hirn nach einer eindrucksvollen Formulierung, die diesem erhabenen Moment gerecht würde.

›Im Grunde war es nicht anders als eine Kundgebung‹, überlegte er. ›Es gab ein Crescendo, eine spannungsgeladene Pause und dann ging's steil bergab zum donnernden Finale.‹ Doch sosehr er sich um Nüchternheit bemühte, Genzianas Blick, der so ganz anders war als der der Wähler, schüchterte ihn ein.

Genziana ließ jeden winzigen Moment dieser Nacht Revue passieren. Sie wollte sich jeden Duft, jeden Geschmack, jedes Gefühl ins Gedächtnis einprägen. Sie riss den Blick von ihm los und schloss die Lider, um ganz bei sich zu sein. Beglückt lauschte sie seinem Atem, der mit dem ihren verschmolz.

Endlich räusperte sich Medoro, hustete, drückte die Zigarette aus und gab sich einen Ruck. »Hast du mir nichts zu sagen?«, fragte er zärtlich, und es klang wie »Ich liebe dich«.

Sie musste lachen und strahlte ihn verschmitzt an. »Wer sich einen Türken schnappt, darf ihn behalten!«

Dann drückte sie ihm einen Kuss auf den Mund.

Ich tue so, als würde ich schlafen, und genieße dieses ungekannte Glück. Jetzt, wo die harte Hülle zerbrochen ist und Öle und Düfte freisetzt, gebe auch ich wie eine Kaffeebohne meine besten Aromen preis. Er war das letzte fehlende Mosaiksteinchen. Wie bei der köstlichsten Kaffeemischung haben alle Spielarten der Liebe in meinem Herzen ihr Gleichgewicht gefunden. Da ist die Liebe für diese Stadt, die sich mir nach wie vor entzieht wie eine ewige Utopie; die Liebe für diese verstümmelte Familie, die wundersamerweise dennoch nicht auseinanderbricht; die Liebe für Medoro, der sich so stark fühlt, aber mich braucht, um atmen zu können; die Liebe für die Frauen im Laden und die Mütterchen im Viertel, die endlich solidarisch sind; die Liebe für mein leeres und zugleich volles Heim; die Liebe für die Rösterei, die Nest, Rückzug und Kreuzweg ist; die Liebe für meinen mit Anmut und Atem gesegneten Körper.